인생

임시
보관 중

인생
임시
보관 중

가키야 미우 지음
김윤경 옮김

문예춘추사

차례

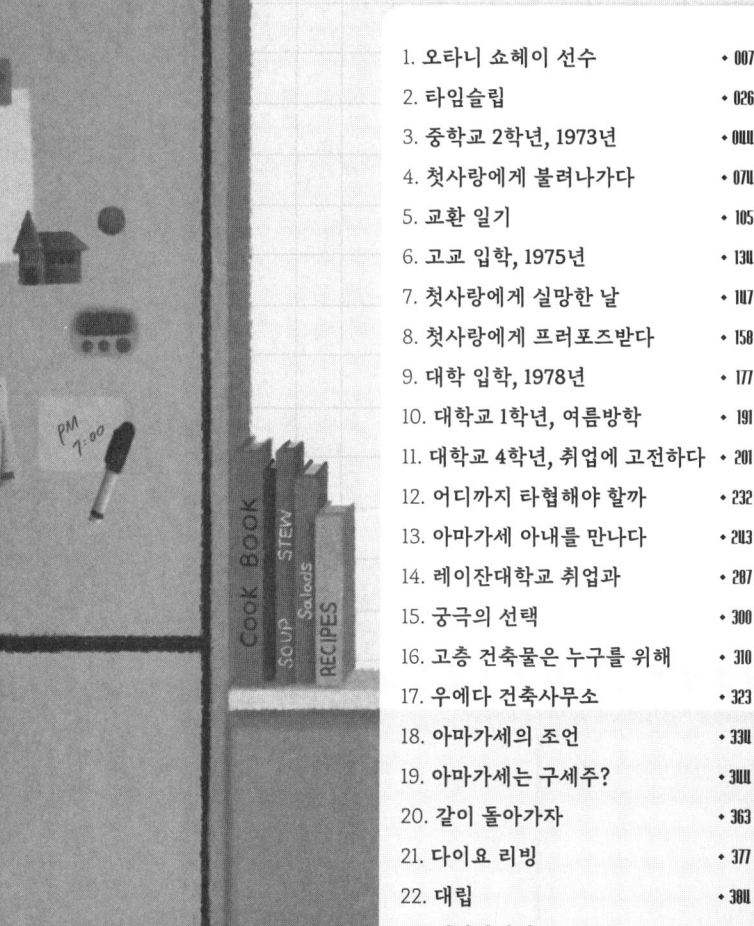

1.

오타니 쇼헤이 선수

— 오타니 선수는 고등학생 때 이미 인생의 목표를 정했다고 합니다.

아나운서는 마치 자신의 일인 양 자랑스러워하며 말했다.

TV 화면에는 가로, 세로 각 9줄씩, 총 81개의 네모 칸이 클로즈업되었다. 로스앤젤레스 에인절스 구단의 오타니 쇼헤이 선수가 고교 1학년 때 쓴 것이라고 한다.

— 이 표는 목표 달성을 위한 만다라차트인데요.

맨 가운데 칸에는 '8개 구단, 드래프트 1순위'라고 쓰여 있었다. 프로 야구에 관해서는 잘 모르지만, 드래프트[1]에서 8개 구단으로부터 일제히 1위로 지명받는 것이 목표라는 뜻이겠지. 그 목표가 적힌 칸을 둘러싼 주변 칸에는 목표를 달성하기 위

---

1 신인 선수를 선발하는 일

한 기술적인 방법과 체력을 기르는 방법, 정신을 강화하는 아이디어가 쓰여 있었다. '인사'라든가 '방 청소'는 운을 불러들이기 위한 행동인 듯하다.

— 고3 때는 이런 '인생 설계도'도 만들었습니다. 대단하네요!

아나운서는 오타니 선수의 행적에 매료되어 감탄한 표정으로 이야기를 계속했다.

인생설계도라고 불리는 종이의 가운데쯤에는 '인생이 꿈을 만드는 게 아니다! 꿈이 인생을 만든다!!'라고 큼지막하게 쓰여 있었다. 그리고 왼쪽 여백 가득히 '후회 없는 인생을!' '내가 아니면 누가 하나?!'라는 힘찬 글씨가 적혀 있다.

그리고 나이별 순서대로 목표가 빼곡히 쓰여 있었다.

18세 메이저 입단

20세 메이저 승격/ 15억 엔

22세 사이 영 상(Cy Young Award)[2]

26세 월드 시리즈 우승/ 결혼

28세 아들 출생

30세 일본인 최다 승리

---

2 미국 프로야구 역사상 가장 위대한 투수 사이 영(Cy Young)을 기념하여, 메이저리그에서 매년 최우수 투수에게 주는 상

31세 딸 출생

32세 월드 시리즈 두 번째 제패

33세 차남 출생

37세 장남, 야구를 시작하다

이 인생설계도를 바라보고 있자니 가슴이 조여들었다. 나도 모르는 사이에 숨을 멈추었던 모양이다.

오타니 선수는 어릴 때부터 장래 목표를 정하고 그 목표를 향해 앞만 보고 달려왔다고 한다. 그가 설계한 인생 길에는 결혼이 있고 자녀가 차례로 세 명이나 태어나는 인생 중대사가 예정되어 있지만, 이러한 계획이 야구 인생을 방해하는 일은 절대로 없다. 그의 인생은 반듯하게 앞으로 쭉 뻗어나간 외길로, 가정생활을 위해 인생 목표를 포기하는 건 생각해본 적도 없을 것이다. 오히려 가정이 자신을 응원해준다고 믿어 의심치 않았고 아내와 아이들 존재가 야구 인생의 발목을 잡기는커녕 원동력이 된다고 여기는 게 틀림없다.

매스컴에서 보도하는 내용을 들으면, 오타니 선수의 아내는 그의 인생에서 준주연 또는 조연을 맡고 있는 듯하다. 남편이 기운 없을 때는 격려해주고 맛있는 요리를 마련해주며 언제나 따뜻한 미소를 지어주는 여성이다. 게다가 그를 위해서 기꺼이 영양학 학위까지 취득한 '헌신적인 아내' 이미지를 강조하고 있다. 결국 아내는 자신이 뭔가가 되고 싶어 하는 야심가가 아니라, 남자를 내조하며 살고 싶어 하는 여성인 것처럼 보도되고 있다.

좋겠다! 남자들은. 목표를 향해 쭉 달려가기만 하면 되니까.

그에 비하면 여자의 인생은 결혼이나 출산으로 어쩔 수 없이 중단되고 만다. 그러다 보면 순식간에, 예순이다.

뭐야, 이제 와서 새삼스럽게 왜 그래?

그런 건 누가 가르쳐주지 않아도 어릴 때부터 잘 알고 있었다. 엄마나 이모, 고모들 또는 동네 아줌마들이 무상으로 가정부 같은 생활을 하는 모습을 보며 자라온 데다 TV에서 보는 높은 양반들은 거의 대부분이 남자였다. 그런데도 장래에는 꼭 훌륭한 사람이 되어 보이겠다고 포부를 가졌던 시절이, 내게도 있었다. 그 시대의 봉건적인 분위기에도 기죽지 않았던 건 몇 살쯤까지였을까.

내 가치관이 서서히 바뀌기 시작한 건 중학교에 입학할 무렵부터였다. 예쁜 여자애들만이 멋있는 남자 선배들한테 관심을 받는 현실을 맞닥뜨린 것이다.

남자 중학생들만 그렇다면 또 모를까, 간혹가다 남자 선생님들에게서도 그런 경향을 엿보게 되었을 땐 꽤나 충격이었다.

그때까지의 가치 기준, 가령 공부를 잘한다, 달리기를 잘한다, 노력가다, 다정다감하다, 이런 기준이 무너지고 세상에서는 예쁘장한 애들이 훨씬 더 가치가 높다는 것을 알게 되었다.

얼굴이 예쁜 여자애들 중에는 초등학교 때는 소극적이고 숫기 없던 애들도 있었다. 하지만 중학교에 들어와 남학생들이 호감을 보이고 떠받들기 시작하자 그전과는 달리 당당하고 자신감 있는 태도로 바뀌었다. 심지어는 다른 여자애들을 얕잡아 보는 애들도 있었다.

그렇게 상황이 완전히 뒤집힌 모습을 멀찍이서 바라보던 날들이 내 사고관에 영향을 미치지 않을 리는 없었지만, 그래도 내 신념의 축은 생각보다 별로 흔들리지 않았다. 그럴 수 있었던 건, 어릴 때부터 도시에 강렬한 동경을 품고 오로지 넓은 세상을 꿈꾸었기 때문이다. 그래서 이런 시골구석 중학교에서 벌어지는 연애 놀이에는 그다지 흥미를 느끼지 못했다. 내 미래는 활짝 열려 있고 내가 노력하기에 따라 가능성이 무한히 펼쳐질 거라고, 당시의 나는 진심으로 그렇게 믿었다. 빛나는 미래를 꿈꾸며 공부와 동아리 활동에 몰두했다.

우리 세대는 틀림없이 엄마나 이모, 고모들과는 다른 시대를 살게 될 거라고 생각했다. 그건 희망이 아니라 확률 높은 예측이었다. 내가 어른이 될 무렵에는 낡아빠진 봉건주의적 사회 풍조 따위는 흔적도 없이 사라지고 남녀가 평등한 대우를 받는 세상이 될 거라고 철석같이 믿었다. 어린 시절에는 시간이 무척 유유히 흐르는 느낌이었기에 10년 후, 15년 후의 미래가 끝

없이 멀게만 느껴졌다. 하지만 시간은 순식간에 흘러갔다.

밝은 미래를 믿어 의심치 않던 중학생인 내가, 60대가 된 지금의 나를 보면 어떤 생각이 들까.

— 실망이야. 이러니저러니 떠들어봐야 결국은 파트타임으로 일하는 주부잖아. 엄마나 이모, 고모랑 뭐가 달라?

맞는 말씀입니다, 라고 대답할 수밖에 없다는 사실이 원통하고 분하다. 그뿐만 아니라 엄마나 이모 세대는 전자제품이 제대로 보급되지 않던 시절이어서 가사 노동에 오랜 시간을 들여 고생스럽게 일해왔다.

그에 비하면 나는 편하게 살아왔는지도 모른다. 하지만 변명을 하자면, 게을렀던 적은 한 번도 없다. 열심히 살아왔다. 엄마들 세대와 달리 가전제품은 다 갖추고 살았지만 시간제로 근무하며 가사와 육아, 그리고 아이들 입시 뒷바라지로 긴장의 끈을 놓을 수 없는 하루하루를 살았다. 그런 일들을 통틀어 노동 시간으로 환산하면 분명 남편보다 많은 시간을 소비했을 것이다. 만약, 한 번 더 인생을 다시 살 수 있다면 내 인생을 방해하는 요소는 모조리 배제해보고 싶다.

그러기 위해 이제 결혼은 하지 않겠다. 물론 아이도 낳지 않을 거다.

내 인생을 살고 싶다. 인생은 단 한 번뿐이니까.

여자의 인생도 당연히 남자의 인생과 마찬가지로 더할 나위 없이 소중할 터이다. 나도 사실은 오타니 선수처럼 내가 원하는 외길을 똑바로 걸어가고 싶었다.

— 오타니 선수는 차례차례 꿈을 이루고 있군요. 인생설계도에 쓴 것과 똑같은 인생이에요. 정말 대단합니다.

아나운서가 자신의 일이라도 되는 양 기뻐하며 말했다.

더 이상 듣고 싶지 않았다.

요 며칠간 WBC³ 경기를 보는 것이 큰 즐거움이었다. 일본 국가대표팀이 승승장구하는 모습을 보면 그렇게 후련하고 기분이 좋을 수가 없었다. 그런데 이제는 보고 싶지 않다.

무의식중에 채널을 돌렸다.

— 오늘의 요리는 방어조림입니다. 디저트로는 우유푸딩을 만들어볼게요.

앞치마를 두른 중년 여성이 화면에 나와 있다.

요리 프로그램도 싫다. 볼 때마다 분해서 견딜 수가 없다. 이 정도 요리는 누구나 만들 수 있는 거 아닌가?

내 친구나 지인들 중에는 요리 솜씨가 좋은 여자가 많다. 방어조림쯤이야 눈 감고도 만들 수 있다. 요즘은 프로가 아닌 사람들이 인터넷에서 다양한 레시피를 소개하고 있으며, 동영상도 방대하다고 할 만큼 많이 올라오는 게 바로 그 증거다.

똑같이 요리 솜씨가 뛰어나도 '요리연구가'라고 불리는 여

---

3 World Baseball Classic: 국가 간 시합을 벌이는 국제 야구 대회

성과 '요리를 잘하는 파트타임 주부'는 수입은 물론 지위도 하늘과 땅 차이다. 대체 어떻게 노력하면 TV에 나오는 측이 될 수 있는 걸까. 어떻게 하면 레시피 책을 낼 수 있는 걸까.

인생은 우리가 생각하는 것보다 훨씬 더 운에 좌우된다. 실력보다 인맥이 더 잘 통한다.

그런 당연한 이치를 깨달았을 때는 이미 60대로 들어서 있었다.

아아!

그때 라인⁴ 착신음이 울렸다. 남편이다.

— 오늘은 일찍 퇴근할 수 있겠어. 저녁 먹을 시간에 늦지 않게 서둘러 갈게.

이건 대체 무슨 뜻이지? 설마 지금도 자기 아내가 남편이 한시라도 빨리 집에 들어오길 바란다고 생각하는 거야? 그런 건 벌써 30년도 더 전의 얘기다. 익숙지 않은 육아에 시달려 수면부족이 계속되는 바람에 한 번이라도 좋으니 세 시간만 안 깨고 푹 잘 수 있었으면 하고 간절하게 소망하던 날들의 일이다. 남편이 1초라도 빨리 들어와 육아나 가사를 잠깐만이라도 도와주길 바랐다. 그래서 수도 없이 부탁했지만 당시 남편은 "바빠서 안 돼!" 이 한마디면 끝이었다. 그러는 동안 나는 다 포기했고 남편에게는 더 이상 아무것도 기대하지 않게 되었다.

---

4 일본의 모바일 메신저 앱. 한국의 카카오톡과 같은 기능을 한다.

지금은 아이들도 다 자라 독립해 남편과 단둘이 지내고 있다. 이제는 남편이 한시라도 빨리 집에 들어왔으면 하는 마음은 눈곱만큼도 없다. 오히려 "오늘은 늦으니까 저녁밥 안 해도 돼." 하는 연락을 받으면 그 순간 해방감이 온몸을 감싼다. 나 혼자라면 남은 야채와 고기를 대충 섞어 오코노미야키[5] 같은 걸 만들어 간단히 저녁을 해결할 수 있다.

후우, 크게 숨을 내쉬면서 으쌰 하고 소파에서 일어나 저녁 준비를 시작했다. 젊었을 때와는 달리 이제 요리는 숙련된 경지에 올라, 순식간에 조림과 맑은장국을 만들어냈다.

야채 샐러드에 삶은 달걀을 얹고 있는데 현관 문이 열리는 소리가 났다.

"오늘도 일본이 이겼다는군. 다르빗슈 유[6] 대단하네."

남편이 그렇게 말하며 거실로 들어섰다.

"아, 그랬어?"

"응? 집에 있으면서 경기 안 본 거야?"

남편은 넥타이를 느슨하게 풀며 부엌으로 들어오더니 냉장고에서 캔맥주를 꺼내며 말을 계속했다.

"오늘 파트 근무는 다섯 시까지 아니었나?"

"그렇긴 한데, 왠지 보고 싶지 않아서."

---

5 밀가루 반죽에 고기와 해산물, 야채 등을 취향에 따라 섞어서 구워먹는 일본 음식
6 샌디에이고 파드리스 팀의 투수로 일본 오사카 출신. 이란인 아버지와 일본인 어머니 사이의 혼혈이다.

뜨겁게 달궈진 프라이팬에 버터를 넣었다. 버터가 80퍼센트 정도 녹았을 때, 소금과 후추를 뿌려두었던 송어를 프라이팬 가장자리 쪽으로 미끄러뜨리듯 집어넣었다.

"왜 안 봤어? 요즘 WBC 보는 게 낙이라고 호들갑 떨더니만."

"내가 그랬나? 응, 그랬을지도. 그보다 오타니 선수가 쓴 만다라차트라는 거 알아?"

"물론 알지. 바둑판 모양으로 생긴 거잖아? 목표를 정해놓고 착착 이뤄나가다니 진짜 의지가 강해."

"실은 나…… 오타니 선수가 너무 대단해서 내 인생은 뭐였나 싶은 게 울적해지더라고. 그래서 오늘 하는 경기를 볼 수가 없었어."

솔직히 말하는 순간, 남편이 느닷없이 큰소리로 웃음을 터트렸다.

"진심으로 하는 소리야? 자신을 오타니 선수랑 비교하다니, 대체 그 자신감은 어디서 나오는 거냐? 믿을 수가 없네."

"그렇다고 말을 꼭 그렇게 해……."

"어디 가서 절대 그런 말 하지 마라. 머리가 어떻게 된 줄 알 거야. 오타니 선수랑 자신을 비교하고 울적해하는 주부라니 너무 웃기잖아. 나까지 망신이라고."

"아, 됐어. 그 얘긴 그만해."

그래도 남편은 연신 히죽히죽 웃으면서 캔맥주 꼭지를 따고는 꿀꺽꿀꺽 맥주를 마셨다.

"혹시 또 페미니스트 같은 소릴 하려는 거야? 여자는 가정을 위해 희생하느라 자신의 꿈을 이루지 못했느니 어쩌느니 하면서 말야."

"그런 말 한마디도 안 했거든."

"야구 소년이었던 나도, 오타니 선수랑 날 비교하지는 않는데 말이지."

"네네, 잘못했습니다. 이제 그만 하라니까!"

언제부터 이렇게 남편과는 말이 통하지 않게 된 걸까.

언제부턴가 남편은 어떤 화제가 나오든 자기 아내를 업신여겼다. 친구들이 "좋겠다. 부부가 친구같이 지내서"라며 부러워하던 일이 지금은 아득히 먼 옛날의 환상 같다.

나중에 남편이 정년퇴직을 하면 서로 보듬어주며 함께 여행 다니고 같은 취미를 즐기면서 여유롭고 평온한 노후를 보내야지, 하던 젊은 날의 소망은 한낱 꿈이었던 모양이다.

지금은 꼭 필요한 전달 사항이 아니면 대화하고 싶지 않다. 어디 그뿐인가, 다신 저 사람이랑 엮이고 싶지 않다는 생각마저 드는 날도 있다.

단지 오늘만큼은 오타니 선수가 정말 대단하다는 생각을 하다가 너무 울적해져서, 그 감정을 이겨내고 싶어 누군가가 공감해주길 바랐다. 그래서 나도 모르게 그만 솔직한 마음을 털어놓은 것이다. 하지만 이 정도로 비웃음당할 거라면 두 번 다시 남편에게는 마음을 열지 않겠다고 속으로 맹세했다. 대체 이번이 몇 번째 맹세인 거냐. 포기하지 못하고 여전히 미련을 갖는 나 자신이 정말이지 어처구니가 없다.

둘 다 평균 수명까지 산다고 가정하면 앞으로 이삼십 년이나 더 함께 살아야 한다. 같은 지붕 아래 남편이 있는데도 나는 결혼 초부터 늘 고독감에 사로잡혔다. 앞으로도 남편 살해범이 되지 않고, 정신병에 걸리지 않고서 멀쩡하게 살아갈 자신이 없다.

"오타니 선수는 우리랑 사는 세계가 다른 사람이야. 그런 초인과 자신을 일일이 비교하고 우울해하다간 정신적으로 버티질 못하지."

그만 좀 하라니까!

큰소리를 내지르고 말 것만 같아서 싱크대에 선 채로 급히 유리컵에 수돗물을 받아 벌컥벌컥 마셨다. 그리고 나도 모르는 사이에 뒤를 돌아 남편을 쩨려보았다.

"당신도 요전번에 고 히로미[7]랑 자기를 비교했잖아? 내가 나이도 더 어린데 더 늙어 보여, 그러면서."

"하하하, 그랬지. 하지만 그거랑 이건 다르지. 애초에 네가 야구 룰이나 제대로 알아?"

---

7 郷ひろみ. 일본의 가수 겸 배우. 1955년생

적당히 좀 하라니까!

남편은 자신이 말로 아내를 꺾어 누르면서 스트레스를 발산하고 있다는 사실을 알고 있을까. 아마 평생 깨닫지 못하겠지.

"당신이 그 정도로 열렬한 오타니 팬인 줄은 몰랐는데." 하고 남편이 덧붙였다.

얼굴에 분한 표정이 드러난 듯이 보였다.

설마 남편이 오타니 선수를 질투하는 건가? 만약 그렇다면 참 어지간히도 자기 분수를 모르는군.

"그 사람은 체격부터 타고났어. 게다가 부모 복도 있고 말이지."

내가 아무 대답도 하지 않는 게 못마땅했는지, 남편은 열받은 표정으로 나를 보았다. 심기를 건드렸다가는 성가신 상황이 벌어질 게 뻔해서 "그렇지." 하고 마지못해 맞장구를 쳐주었다.

— 남편 인품에 정말 실망이다. 더 좋은 사람인 줄 알았는데.

블로그를 여기저기 다니며 들여다보니 여성들의 그런 글이 많이 나왔다.

— 친구 같은 부부였는데, 어느 사이엔가 부모 세대랑 똑같은 관계가 되어 있더군요.

— 그런 낡은 사고방식을 가진 남편은 부모 세대까지일 줄 알았는데.

블로그를 읽고 우리 부부만의 문제가 아니라는 걸 알게 될 때마다 조금은 위로가 되었다. 하지만 아무런 해결책도 되지 않는다.

연애하던 동안에는 남자가 더 잘났다거나 여자는 남자를 따라야 한다는 사고방식은 전혀 느끼지 못했다. 애초에 내가 그런 남존여비 사상에 물들어 있는 놈을 좋아할 리가 없다. 당시의 남편은 항상 내 의견에 귀를 기울였고 나를 존중해주었다.

그런데 어쩌다가 이렇게 되고 말았을까. 언제부터 이렇게 변한 걸까. 아니면 처음부터 이런 사람이었는데 내가 몰랐던 것뿐일까?

남편이 알아차리지 못할 정도로 작게 머리를 좌우로 흔들어 머릿속에서 이 복잡한 생각을 떨쳐냈다.

"자, 다 됐어. 들자고요."

"엇! 오늘 저녁, 이게 다야?"

"이게 다냐니? 조림이랑 생선구이에 샐러드, 맑은장국, 그리고 밥, 이만하면 충분한 거 아냐?"

"오늘 파트 일 다섯 시까지였잖아. 끝나고 시간 많았을 거 아냐? 야구도 안 봤다면서."

"나도 이제 젊지 않아. 계속 서서 하는 일이라 말도 못하게 피로가 쌓인다고. 아니면 뭐 흑모와규 스테이크라도 있어야 만족하겠어?"

"흑모와규라! 그거 좋네."

"그건 생일날 특별식으로 미뤄두자고. 평소에 호사를 부리다가는 노후에 어떡하려고 그래."

남편은 가전 회사에서 영업직으로 일하는데, 정년 연장을 신청해서 앞으로 3년은 더 촉탁직으로 일하기로 했다. 하지만 급여는 크게 줄어들었고, 자신보다 나이 어린 여자 상사의 말투에 화가 나느니 어쩌니 하면서 최근에는 툭하면 "언제까지고 회사에 얽매이고 싶지 않아." 하는 말을 꺼냈다. 설마 그러지야 않겠지, 싶으면서도 어느 날 갑자기 "회사 때려치우고 왔어!" 하고 폭탄선언을 하는 건 아닐까 조마조마하다.

그래서 나는 더욱더 파트 일을 그만둘 수 없게 되었다. 환갑을 맞이했을 때 주 4일 근무로 줄였고 지난달 예순세 살 생일부터는 주 3일로 더 줄였지만, 그냥 다시 나흘로 늘리는 게 좋을지도 모르겠다. 하지만 아무래도 주 5일 근무로 되돌아가는 건 이제 힘에 부친다.

"알았어, 알겠다고. 그보다, 어디 컵라면 있나?" 하고 남편이 물었다.

"있을걸? 아마도 찬장 안에."

"감튀는?"

"당신이 사온 거 있을 텐데."

그렇게 대답하자 남편은 순간 기분 좋은 표정으로 바뀌었다. 결국 정크푸드가 먹고 싶었던 것뿐이다. 남편은 영양에 대한 지식이 없을 뿐만 아니라 건강에 신경 쓰는 남자들을 건강 오타쿠[8]라고 종종 비아냥거린다.

몇 년 후 남편이 완전히 은퇴한 후에도 나는 남편의 식사 수발에서 벗어나지 못할 운명이다. 요즘 와서 생각날 때마다 부아가 치미는 일인데, 우리 세대는 여자만 가정과 수업을 들었다. 남자들은 그 시간에 의자를 만들거나 소프트볼을 하곤 했다.

뭐였던가, 그 시대는.

가사는 여자가 할 일이지 남자하고는 관계없다고 학교가 가르친 거나 다름없지 않은가.

개인 힘으로는 저항할 수 없는 국가 방침에 인생을 지배당했었다. 국가 방침이라고 하면 거대한 조직이라고 착각하게 되지만, 사실은 문부성[9] 상층부에 있는 아저씨 몇 명에게 결정권이 있었던 게 아닐까. 낡은 사고관을 지닌, 만나본 적도 없는 아저씨들에게 번롱당하며 살아왔다고 생각하니 너무나도 나 자신이 불쌍해서 눈물이 날 것만 같다.

그때 느닷없이 남편이 웃음을 터뜨렸다.

"뭐가 우스워?"

"암만 생각해도 걸작이잖아? 오타니 선수랑 자신을 비교하

---

8 건강 관리나 건강 정보 수집에 과도하게 집착하는 사람

9 교육이나 학술, 문화 정책을 관장하는 행정 기관으로 추후 '문부과학성'으로 통합되었다. 우리나라의 교육부에 해당한다.

는 주부라니 말이야."

그렇게 대답한 남편은 다시 생각해도 우스워 죽겠다는 듯이 연신 웃어댔다.

"진짜 끈질기네. 당신 말야, 원래 그런 성격이었어?"

예상치 못하게 증오 섞인 낮은 목소리가 튀어나왔기 때문일까. 남편은 깜짝 놀란 표정으로 입을 다물었다.

분명 남편은 이렇게 집요한 사람이 아니었다. 밝고 뒤끝 없는 사람이었다. 그 시원시원한 모습에 마음이 끌렸더랬다. 어쩌면 남편도 회사에서 인간관계 등으로 고생을 겪는 동안에 성격이 삐딱해진 걸까.

나는 "잘 먹었습니다!" 하고 자리에서 일어섰다.

금슬 좋은 부부라면 남편이 식사를 마칠 때까지 대화를 나누며 같이 앉아 있을지도 모른다. 하지만 반주를 곁들여가며 부질없이 보내는 긴 저녁 식사는, 내게는 그저 시간 낭비일 뿐 의미가 없어진 지 오래다.

"자기가 먹고 난 그릇은 직접 좀 씻어봐. 나, 허리가 너무 아프단 말야."

"나야말로 싱크대가 너무 낮아서 허리가 아파진다고."

"아, 그러세요?"

"그렇게 화낼 것까지 없잖아? 누가 봐도 싱크대 높이는 여자들 평균 키에 맞춰 만들어진 건데."

"뭐?"

듣고 보니…… 그럴지도 모르겠다.

아무리 생각해봐도 150센티미터 정도 되는 여성에게 맞춰 설계되어 있다. 최신 시스템으로 설계된 부엌은 약간 더 높긴 하지만, 그래도 기껏해야 163센티미터 정도 여성 키에 맞춘 듯하다.

기업이 다 그런 식이다. 부엌일은 여자 몫이라고 단정짓고 있다.

아아, 진짜! 다들 하나같이 왜 이러냐.

하지만 나 혼자 아무리 떠들어봐야 이 세상은 꿈쩍도 하지 않는다.

"아, 됐어. 개수대에 넣어둬. 나중에 내가 할 테니까."

"땡큐!"

이제 절대로 남편에게는 어떠한 부탁도 하지 않겠어. 지금껏 몇 번이나 그렇게 다짐했던가.

이런 내 심정을 말로 하면 남편은 분명 그까짓 설거지 같은 걸로 뭘 그렇게 난리냐고 코웃음 치겠지. 부탁이라고 할 정도로 대단한 일이냐고. 그래서 아예 입을 다물고 만다. 말하면 그만큼 실망이 커져 슬퍼질 테고, 남편의 쪼잔함을 느낄 때마다 경멸하게 될 것 같아서. 나는 남편을 존경하며 살고 싶었다. 그리고 남편에게도 존중받고 싶었다.

아니면, 이렇게 별것 아닌 일로 자꾸만 화를 내는 내가 그릇이 작은 걸까.

아니, 그렇지 않다. 결코 별것 아닌 일이 아니다. 이런 날들이 계속되면서 결혼한 여자의 마음에는 항상 굴욕감이 똬리를 틀어 점점 그렇게 심신을 갉아먹게 되는 거다.

2.

타임슬립

아아, 잘 잤다.

아침에 눈을 뜬 순간에 이렇게 푹 잔 느낌이 드는 날은 하루 종일 기분이 좋다.

게다가 남편이 이른 아침부터 골프 치러 나가기라도 하면 마음속에 해방감이 가득 차오른다.

침대에 누운 채 텔레비전을 켜자 다양한 소식과 정보를 알려주는 〈킹 다이몬의 정보 모닝〉이 막 시작된 참이었다. 볼살이 늘어진 중년 남성들과 반듯한 외모의 젊은 여성들이 화면에 비치고 있었다.

어떤 오락 프로그램이든지 계단식 좌석에는 다양한 연령층의 남성이 앉아 있지만 여성들은 20세 전후부터 기껏해야 30대까지다. 40대 이상의 여성이 등장할 때는 실제 나이보다 놀랄 정도로 젊어 보이거나, 아니면 철저하게 몸매 관리를 한 여자들뿐이다. 한마디로, 남자는 능력으로 승부하지만 여자는 결국 젊음과 아름다움이 가장 중요하다는 말이다. 모든 가치 기준이 남성 시선에 맞춰져 있다.

이런 광경은 너무도 많이 봐와서 익숙할 만도 했다. 하지만 오늘 아침만은 왠지 참을 수 없을 만큼 화가 치밀어오른다. 일본의 매스컴은 앞으로도 계속 이런 식으로 하려는 걸까.

분명…… 바뀌지 않겠지. 지금껏 아무리 세월이 흐르고 시대가 바뀌어도 바뀌지 않았으니까.

— 다음은 일기 예보입니다.

백발이 성성한 킹 다이몬의 목소리가 나오더니 화면이 기상도로 바뀌고 젊은 남자 기상 캐스터가 등장했다.

— 오늘은 고기압이 뻗어나가 간토 지역 일대는 맑음 마크 한 가지입니다.

또랑또랑한 어조로 그렇게 말했을 때, 킹 다이몬이 물었다.

— 이 마크는 자외선을 나타내는 거였나?

— 그렇습니다. 이제 슬슬 여성들에겐 선크림이 필요하겠네요.

— 아, 벌써 그런 계절인가. 어이, 린코, 너도 선크림 바르나?

킹 다이몬은 젊은 여성 연예인에게 물었다.

— 물론이죠. 여배우는 모두 한겨울에도 바르는 걸요.

— 하얀 피부를 유지하는 것도 보통 일이 아니네.

혹시 이 프로그램은 바보밖에 못 나오는 건가? 여성은 미백에 신경 쓰는 게 당연하다고 공언하는 것도 다들 똑같다. 그뿐만이 아니다. 오늘날 일본에는 다양한 나라에서 온 사람들이 살고 있다. 전국에 방송되는 텔레비전을 통해 하얀 피부 우월주의 같은 말을 하면 불쾌하게 느끼는 사람도 있을 테고, 차별로 인식하는 사람도 있을 게 틀림없다. 출연자들은 왜 그런 단순한 사실에도 생각이 미치지 못하는 걸까.

— 오늘도 시청해주셔서 감사합니다. 내일 또 만나요.

킹 다이몬이 그렇게 인사하자 출연자 전원이 카메라를 향해 손을 흔들었다.

방송이 끝나기 직전, 앞서 날씨를 전했던 기상 캐스터가 얼굴 가득 웃음을 띠며 외쳤다.

— 주부님들, 오늘은 빨래 널기 좋은 날이에요!

"장난해?"

나도 모르게 TV에다 대고 소리를 질렀다.

무슨 소리야! 빨래는 '주부'만 하는 줄 아는 거야? 세상에 독신이 얼마나 많은데, 스스로 빨래하는 남자도 부지기수다. 게다가 요즘 젊은 부부들은 맞벌이가 더 많다.

애초에 세탁기가 가정에 보급된 지 반세기가 넘었다. 우리 동네에서도 베란다에서 빨래를 널거나 걷어들이는 남편들을 자주 볼 수 있다. 내 남편도 부탁하면 다 마른 세탁물을 걷어주긴 한다. 생색을 내면서 '내가 도와줬다고!' 하고 얼굴에 쓰여 있긴 하지만.

요즘은 건조 기능이 탑재된 드럼형 세탁기를 사는 사람도 늘어나서 빨래를 건조대에 널지 않는 집도 많다.

이 기상 캐스터는 젊은데도 머릿속은 왜 이리 고리타분한 걸까? 빨래는 '주부'가 하는 거라는 고정관념이 아직도 뿌리 박혀 있다.

방송에서 말하는 한마디 한마디가, 알게 모르게 사람들 마음에 커다란 영향을 미치는 법이다. 특히 어린아이들의 깨끗한 마음에는 편향된 남녀관이 스리슬쩍 스며든다.

매스컴이 내보내는 이러한 메시지가 돌이킬 수 없는 현재를 만들어낸 건 아닐까? 그리고 오늘 방송된 〈킹 다이몬의 정보 모닝〉도 돌이킬 수 없는 미래를 만들어냈다.

이대로라면 일본은 세계에서 혼자 뒤처지고 말 것이다. 그렇게 생각하자 마음이 좀처럼 진정되질 않았다.

그러고 보니…… '애처호'[10]라는 이름의 세탁기가 있었다. 그게 몇 년도였더라. 당시는 TV 광고가 수시로 흘러나오곤 했다. 가전제품에 그런 이름을 붙이는 게 허용되던 시대였다. 그 시대에 어른들이 반대 목소리를 내주었더라면 이후 세월을 거쳐

---

10 愛妻號. 일본 내셔널사가 1983년도에 제조, 판매한 전자동 세탁기 이름

오늘날에는 좀 더 나은 풍조가 자리잡았을지도 모르는데.

TV 화면을 노려보다 보니 어느 사이엔가 홈쇼핑 방송이 시작되었다.

— 비타민C가 레몬 50개분이나 들어 있어서 피부가 깨끗해집니다. 여성에게 아주 기쁜 정보군요.

뭐라고? 왜 여자만 기뻐할 거라고 단정하지?

미용에 신경 쓰는 남성이 늘고 있다는 것쯤은 모두 알고 있잖아? 아니면 이 방송 제작진들은 여자는 모두 온종일 미용에 관한 생각을 한다고 여기기라도 하는 걸까.

아니야, 아무도 그렇게까지 말하지 않았잖아.

최근에 내가 어째 좀 과격해졌다.

하지만 초등학생이나 중학생의 무의식처럼 존재하는 심리에 편견을 심어줄 것이 분명하다. 매일같이 눈으로 보고 귀로 듣는 것이 편견에 치우친 내용투성이라면, 알게 모르게 세뇌되어 여자는 이렇고 남자는 저렇기 마련이라는 고정관념에서 남녀 모두 빠져나오지 못한 채, 숨 막히는 인생을 살게 되지 않을까?

그 결과…… 몇 년이 지나도 변함없는 세상이 계속된다. 조금씩 변화를 보이기는 하겠지만 그 속도가 너무나 느려서 세계의 성 격차 지수(Gender Gap Index)는 영원히 쫓아갈 수 없을 것 같다.

나야 상관없지. 그렇잖아, 이젠 아줌마라기보다 할머니에 가까운걸.

할머니 정도 되면 이제 와서 인생을 바꿀 수도 없는 노릇이니 오히려 속 편하거든.

남들 의견에 흔들리는 일도 줄었다. 여자는 어때야 한다는 둥, 편견으로 가득한 그 어떤 말을 들어도 이제 속지 않을 자신이 있다.

모두 다 기망이라는 것을 알기에 코웃음을 치고 넘어갈 수 있다. 물론 마음속 깊은 곳에서는 풀리지 않는 응어리가 찝찝하게 남아 있기도 하지만.

문득 고개를 들어보니 커튼 틈 사이로 비쳐든 햇살이 방 안으로 쏟아지고 있었다. 계절이나 시각에 따라 비쳐드는 빛의 세기나 각도가 다르다. 사계절 변화나 뺨에 닿는 바람 또는 발갛게 물든 노을 하나하나에도 감동을 느끼게 된 건 언제부터였을까. 이 또한 내가 나이를 먹어서일까?

벽에 비치는 빛줄기를 넋 놓고 바라보노라니 차츰 기분이 좋아졌다.

"어쩌니저쩌니해도 나는 행복한 사람이야."

아무도 없는 방에서 스스로에게 타이르듯 소리 내어 말해보았다.

아이들 학비 부담에서도 해방되었고 양어깨를 무겁게 짓누르던 주택 장기 대출금도 다 갚았다. 아이들이 독립해 나가면서 가사가 대폭 줄어든 덕에 자유로운 시간이 늘었다. 그런 생각을 하면 이제까지 살아온 날들 중에서 가장 행복하다고 할 수 있다.

자산가 아들과 결혼한 기미코처럼 해외여행을 마음껏 다니며 노후를 만끽할 수는 없겠지만, 그래도 이 평온한 생활을 행복이라고 하지 않으면 뭘 행복이라 하겠는가.

몸을 일으키고 양손을 들어올려 천장 쪽으로 쭉 뻗었다.

하지만…… 가사와 육아 중책에서 겨우 벗어났을 때는 서글프게도 이미 나이가 들었다. 체력뿐만 아니라 기력까지 다 떨어졌는지 오늘은 모처럼 휴일인데도 몸이 깨나른해서 외출할 마음도 들지 않는다. 요즘은 이렇게 누운 채로 뻔둥뻔둥 TV만 보는 일이 늘어났다.

파트타임 근무를 주 3일로 줄였는데도 이 모양이다. 한심해, 마사미!

무심코 시계를 보니 벌써 10시 반이다.

아, 큰일났다. 근처 카페에서 모닝 세트를 먹으려면 11시까지 가야 한다.

마음속으로 '웃샤!' 하고 벌떡 일어나 재빨리 세수를 하고 어제와 똑같은 옷을 입고서 집을 나섰다.

최근에는 혼자 모닝 세트를 먹으러 가는 일이 작은 사치였다. 일주일에 두 번뿐이고 이제 남은 인생도 그리 길지 않으니 황혼기에 이 정도 낭비는 나 자신에게 허용하고 있다.

"A세트 주세요. 따뜻한 커피하고요."

이 체인점의 토스트 샌드위치는 참치와 체더치즈, 샐러드용 시금치를 넣고 구워낸다. 음료를 포함해서 500엔으로 값도 싼 데다 양이 넉넉해 점심까지 겸할 수 있다는 점도 꽤나 만족스러웠다.

음식을 받아들고 늘 앉는 구석 자리로 가서 앉았다.

"날씨가 좋아서 다행이야."

어디선가 톤 높은 목소리가 들렸다. 소리가 난 쪽을 돌아보니 나와 동년배로 보이는 여자 두 명이 있었다. 이제 외출하려는 걸까. 두 사람 다 공들여 화장한 모습이었고 옆에는 고급스러운 백이 놓여 있었다. 한눈에도 생활에 여유가 있어 보였다.

"나, 요즘 또 살쪘지 뭐야."

살쪘다고 푸념하는 여성은 원피스에 트위드 재킷을 걸치고 5센티 정도 굽이 있는 구두를 신고 있다. 나이에 비해 머리칼이 무척 풍성한 걸 보면 가발을 쓴 거겠지.

"봐봐, 여기. 살이 붙었어." 여성이 그렇게 말하더니 블라우스 위로 뱃살을 잡아 보이며 말을 이었다. "그래서 나, 지난주부터 다이어트 시작했잖아."

그녀들 말소리가 신경 쓰여서 들고 간 문고본 속 문장이 머리에 들어오질 않는다.

책 읽기를 포기하고 책장을 덮고는 벽에 걸린 서양화를 바라보면서 커피를 마셨다.

"엄살은. 날씬하기만 한데 뭘 그래. 살 안 빼도 돼."

"그래도 난 평생 예쁘고 싶은걸."

60대나 70대가 되어도 줄곧 높은 미의식을 유지하며 사는 여성도 있다. 난 그런 건 진작에 버렸다. 옷은 신축성이 좋아 움직이기 편한 것으로 입고 신발은 늘 푹신한 운동화를 신는다. 젊었을 때와 달리, 아무도 나를 쳐다보지 않는다. 그 깨달음이 원래 갖고 있던 합리적인 사고를 더욱 부추겼다.

"그러고 보니까……."

여성이 목소리를 낮춰 새로운 화제를 꺼내기에 신경이 쓰여 귀를 바짝 세웠다.

"기타무라 씨가 홈헬퍼 일을 시작했대."

"어머머머, 그 소문 역시 진짜였구나. 남편이 주식으로 큰돈을 날렸다더니."

"그래? 주식으로? 그건 몰랐네."

"다들 알고 있던데?"

"근데 본인 말은 다르더라. 일하는 게 건강에 좋아서 시작했다는 거야."

"그야 거짓말인 게 뻔하지. 돈이 궁해서 하는 게 분명해."

"그래? 그런가? 응, 그렇겠네. 지금까지 전업주부였던 사람이 그 나이에 일을 시작하는 거 자체가 이상하잖아."

"그렇지. 근데 그보다 말야, 야마자키 씨네 아들이 회사 그만두고 집에 틀어박혀 있는 거, 알아?"

"진짜? 몰랐어. 야마자키 씨도 힘들겠네. 아들이 명문고 나와서 도쿄대에 합격했을 때는 그렇게 자랑하더니만."

"그 사람, 자랑이 너무 심하더라고. 그러니 벌이 내린 건지도 몰라."

"아이 참, 후후훗."

타인의 불행은 꿀맛이라고 했던가. 타인에게 진심으로 동정하는 일이 있다면, 그건 놀랄 정도로 비참한 불행이 닥쳤을 때, 그러니까 천재지변이라든가 아니면 강도가 들었을 때다. 하지만 그 경우에도 조건이 붙는다. 평소에 겸허하고 가족 중 누구 한 사람도 엘리트여서는 안 된다.

그건 그렇고, 60대 여자들끼리 나누는 대화란 게 이런 하찮은 내용뿐이라니. 세상 사람들이 이렇게 수준 떨어지는 가십을 듣는다면 아줌마들은 하나같이 멍청하다고 생각해도 어쩔 수 없는 일이다. 그렇게 생각하는 사람은 남자뿐만이 아니다. 젊은 여자들도 그렇게 생각할 게 뻔하다.

그때 다이어트를 한다고 한 여성이 내 쪽을 돌아보더니 나를 머리끝부터 발끝까지 재빨리 훑었다. 평가해보고 만족한 결과가 나온 듯, 살짝 웃음을 보였다.

이봐요, 당신 실례 아냐? 당신은 한껏 멋을 부리고 나왔겠지만 나는 근처에 장 보러 가는 차림이라고!

마음속으로 그렇게 항변하면서 토스트 샌드위치를 다 먹고 커피도 남김없이 마셨다.

그나저나…… 오늘은 돌아가는 길에 마트에 들러 뭘 사가기로 했더라. 포셰트[11]에 넣어두었던 쪽지를 꺼내 들고 적어놓은 물품 목록을 들여다보았다

참깨 페이스트, 랩 작은 거.

과일도 사야지. 특별 할인 코너에도 들러보자. 종잇조각에 '과일'이라고 써넣고 나서 불현듯 떠오른 생각에 종이를 뒤집어 새하얀 지면에 바둑판처럼 눈금선을 그렸다.

분명 오타니 선수도 이렇게 선을 긋는 데서부터 시작했겠지.

그리고 그는 한가운데 칸에 이렇게 썼다.

─8개 구단, 드래프트 1순위.

만약 내가 고교 시절로 되돌아간다면 뭘 적을까.

생각해봤지만 구체적인 목표가 하나도 떠오르지 않았다. 이렇다 할 만한 특기도 없었고, 오타니 선수가 야구에 품은 열의에 필적할 만한 거라고는, 인생을 살면서 한 번도 찾아내지 못

---

11 끈 달린 작은 가방

했다. 그래서 별수 없이 '외길 인생'이라고 적어넣었다. 다시 한 번 새로운 인생을 살 수 있다면 목표를 한 가지로 좁히고 싶다. 그 목표를 실현하기 위한 요소를 주변 칸에 써넣어야 하는데 이번에도 무엇 하나 떠오르지 않는다.

애초에 '외길 인생'이라니, 너무 추상적이다.

그렇다면 '동일 노동에는 동일 임금을!' 이건 어떨까?

이게 실현된다면 파트타임 주부 시급이 크게 뛰어오르겠지. 그렇게 된다면 인생이 극적으로 바뀔 것이다. 아니지, 목표가 너무 거창해졌네. 그런 건 나 혼자 힘으로는 어찌해볼 수가 없는 일인걸.

만에 하나, 남편이 이 쪽지를 보게 되면 어쩌지? 분명 이때다 하고 기다렸다는 듯이 "시작이군, 또 페미니스트야?" 하며 빈정댈 게 뻔하다.

이봐, 마사미! 아내의 절실한 소망을 비웃는 남자는 아예 상대를 하지 말라니까.

— 투수와 타자, 두 가지를 완벽히 해내는 프로 선수를 꿈꾸다니, 머리가 어떻게 된 거 아냐?

그런 식으로 오타니 선수를 비웃은 사람도 있었다고 어디선가 읽었다. 하지만 오타니 선수는 해냈다.

그렇다면 역시…….

어이, 마사미! 뭘 그리 진지하게 생각하고 그래?

벌써 60대이니 어떤 목표를 세운들 실현하기는 불가능하다. 내가 할 수 있는 건 기껏해야 전자레인지로 해먹을 수 있는 간단 요리 레퍼토리를 한두 개 늘린다거나 하루에 5천 보를 걷는 다거나, 그 정도가 고작이지. 나이가 들면서 체력이 떨어져 그런 일조차도 실현하기 어려운 겁쟁이로 전락했는걸.

하지만 어차피 상상하는 꿈인데 거창한 내용을 쓰면 좀 어때? 한순간이라도 좋으니 꿈을 꾸고 싶을 뿐이다. 오타니 선수처럼 '장래 목표'가 아니라 가공의 꿈 이야기에 지나지 않으니까.

그렇다면 목표를 '남녀가 평등한 세상'으로 해보면 어떨까?

그건 아니지. 그래 봐야 오히려 허무해질 뿐이다.

요즘 젊은 여성들은 세상에 염증을 느끼고 있다. 그래서 결혼도 하지 않고 아이도 낳지 않는다. 자신의 인생이 남편이나 아이라는, 나 아닌 타자에 좌우될 것이 뻔히 눈에 보이기 때문이다. 더욱이 시골이라면 시부모에 더해 친인척까지 늘어날지도 모른다. 이런 상황이라면 저출산화가 진행되는 것도 어쩌면 당연한 일이다.

그렇게 결론을 내렸을 때, 대학생으로 보이는 남성 세 명이 가게로 들어왔다.

그들은 차례로 카운터에서 음료를 주문하고는 내 바로 옆자리의 둥근 테이블에 자리를 잡았다.

"어젯밤에 너, 그러고 나서 어떻게 됐어?" 하고 묻는 소리가 들렸다.

그에 대답하는 소리가 없어 궁금해 쳐다보았더니, 너라고 불린 남학생은 고개를 숙인 채 커피를 마시고 있다.

"이 자식, 그 여자랑 둘이서 술 마시러 갔다잖아. 그것도 비싼 데를." 하고 옆에 앉은 남자가 대신 대답했다.

"진짜? 말도 안 돼. 너, 그런 폭탄한테 술을 샀다고?"

"네 취향이 그런 줄 몰랐어."

"아냐. 어쩌다 보니 그렇게 된 거뿐이라고." 하고 드디어 남자가 대답했다.

"그런 거지? 그래도 돈을 그렇게 막 쓰면 되겠냐?"

"나도 후회했어. 못난이랑 결혼할 바에는 평생 혼자 사는 게 나아."

"그야 당연하지."

나도 모르게 숨을 죽였다. 세상은 이렇게 수준 낮은 녀석들로 가득 차 있다. 못생긴 사람이나 아줌마가 무슨 죄인이라도 돼? 나 역시도 열심히 살아왔다고.

오늘 아침에도 세수할 때 거울에 비친 나 자신을 보고 충격을 받았다. 살찌고 늙은 데다 눈 밑에 주름도 늘었다.

하지만…… 그래서 뭐 어떻다고?

그런 생각을 하면서 착잡한 마음으로 손끝을 바라보자 아까 그 종잇조각이 들려 있었다.

분한 마음이 가슴에 차 있었기 때문일까, 앗 하고 정신이 들었을 때는 어느새 바둑판 무늬 칸 한가운데에 적은 '외길 인생'을 두 줄로 지우고 다시 펜을 놀리고 있었다.

— 여성이 가슴을 활짝 펴고 살아갈 수 있는 세상을 만든다.

이런 남자들이 설치게 그냥 내버려둘 수는 없지 않은가. 오늘 아침 와이드쇼만 해도 남성 출연자들 연령이나 외모는 다양했지만 여성 출연자들은 전부 젊고 미인이었다.

하지만…… 여성이 가슴을 활짝 펴고 살아갈 수 있는 세상이라는 게, 어떤 세상?

그런 장대한 목표를 달성하려면 뭘 해야 할까?

아아, 지금 그게 문제가 아니지. 집에 돌아가면 욕실 청소를 해야 한다. 욕조 측면에 부착된 패널을 떼어내는 힘든 작업이 기다리고 있다. 근데 욕실 청소야말로 왜 그렇게 어려운 거야. 진짜 화가 난다. 왜 그렇게 만들었을까. 욕조 패널을 떼어내면 곰팡이투성이다. 그래서 다들 강력 곰팡이 제거제를 쓰지 않을 수 없고, 그 결과 바다를 점점 더 오염시킨다.

지인들에게 물어보니 처음부터 측면 패널을 떼어낸 채로 욕조를 사용한다는 사람도 있다. 떼어내기 어렵거니와 다시 끼워넣기도 어려운 애물이다.

팔이 길고 힘센 사람이 아니고선 좀처럼 하기 어렵다. 그렇다고 남편에게 부탁해봐야 "이번 휴일에 할게." 하고 건성으로 대답할 뿐, '이번 휴일'이라는 날은 영원히 오지 않는다.

부엌도 마찬가지다. 도시의 시스템키친은 너무 좁다. 집이 좁으니 어쩔 수 없다고는 하지만 불필요할 정도로 커다란 개수대와 삐까뻔쩍한 3구 가스대를 만들어놓은 까닭은 뭘까? 그 탓에 조리대는 거의 없는 것이나 마찬가지다. 대체 어디서 채소나 고기를 썰어야 하나? 설거지한 식기는 어디에 두면 좋지?

가스레인지가 3구로 되어 있어서 앞쪽 2구가 몸 바로 곁에 있다. 냄비 손잡이가 옷에 걸려 냄비가 엎어질 뻔한 적이 한두 번이 아니다. 게다가 예전에는 가스레인지를 싱크대 옆자리에 올려놓기만 하면 되었지만, 지금은 시스템키친으로 빌트인되어 있어서 교체 비용이 놀랄 정도로 비싸졌다. 하나부터 열까지 그저 이익만 추구하는 기업들이 초래한 개악이라고밖에 생각할 수 없다.

아, 맞다. 부엌과 욕실을 사용하기가 그렇게 불편한 것도 여성의 인생에서 귀중한 시간을 빼앗는 요인이므로 만다라차트에서 목표를 둘러싼 주변 칸에 써넣자.

— 가정 내 설비는 가사에 익숙한 사람이 설계할 것.

칸을 하나 메웠더니 기세가 붙어 잇달아 거침없는 글씨로 적어넣었다.

— 편견으로 가득 찬 상업 광고를 전부 없앨 것.

— 편견에 치우친 발언을 하는 아나운서를 해고할 것.

— 오이는 휘어져도 좋으니 저농약 재배를 실현하라.

어라? 노선이 빗나갔는걸. 아니, 이것도 식재료를 사서 매일 요리를 하는 생활자의 아이디어를 반영하는 거니까, 그래, 이것도 나름 맞는 말이라고 해두자.

사건은 현장에서 일어난다. 그런 대사를 들은 적이 있다. 요리도 욕실 청소도 해본 적이 없는 남자들이 책상에 앉아서 시스템키친을 설계하다니 언어도단이다. 현장을 잘 아는 사람이 설계해야 한다.

나는 어느새 칸을 메우는 데 몰입해 있었다.

차츰차츰 아이디어가 늘어나고 생각이 정리되자 우선순위도 뚜렷이 보였다.

남편을 떠올리며 '거봐, 역시 난 멍청하지 않다고!' 하고 속으로 외쳤다.

다 쓰고 나서 종이를 바라보는데, 갑자기 만다라차트 중심이 태풍의 눈처럼 보이고 주변 글씨가 빙글빙글 돌기 시작했다.

눈의 착각일까?

요즘 눈이 침침해져서 지난주에는 안과에 다녀온 참이다. 백내장 증상이 있는데 5단계 중 1단계라고, 의사가 설명해주었다. 건조용 안약을 처방받았을 뿐이지만 오늘 아침에도 또 넣는 걸 깜빡 잊어버렸다.

어쨌든 만다라차트가 빙글빙글 도는데도 왠지 현기증은 나지 않고 속도 울렁거리지 않았다. 게다가 의식도 또렷하다.

그때 뺨에 바람이 느껴졌다.

장난감 풍차나 아니면 소형 선풍기를 가까이서 들여다보는 듯한 감각이었다.

기분 좋은 바람이었기에 그대로 가만히 만다라차트 한가운데 칸을 바라보는데 그때…….

어?

왜 이러지?

목표를 써넣은 가운데 칸으로 전신이 빨려들어갔다.

미처 소리를 지를 틈도 없었다.

3.

중학교 2학년, 1973년

아! 이 노래, 알아.

― 혼자가 아니라는 건
― 멋진 일이야
― 네 어깨 너머로
― 초원이 빛나네.

오랜만에 듣는다. 제목이 뭐였더라.

양옆에서도 등 뒤에서도 노랫소리가 들려왔다. 아무래도 나
는 단체 속에 섞여 서 있는 것 같다. 살짝 주위를 둘러보니 모
두 앞을 보고 가지런히 줄 서서 노래를 부르고 있다.

여긴, 어디지?

그때 옆자리에 있는 사람이 한층 목소리를 높였다.

— 언제까지나, 어디까지나

하모니가 어우러져 꽤 듣기 좋은걸.

아, 생각났다. 이 곡은 여자 아이돌 아마치 마리[12]가 부른 〈혼자가 아니야〉[13]라는 곡이다.

노래가 끝나자 주변 사람들이 일제히 고개를 숙여 인사했다. 그러자 앞줄에 서 있는 사람들의 머리가 갑자기 사라졌기에 시야가 탁 트여 앞쪽 광경이 눈에 들어왔다.

앞쪽은 객석이었다. 단체로 거무스름한 복장을 한 사람들로 꽉 채워져 있다. 자세히 응시해보니 중학생이나 고등학생인 것 같았다.

아무래도 나는 무대에 서 있는 모양이다. 무대라고 해봐야 학교 체육관 정도의 넓이다.

그러고 보니 중학교 때 반 대항 합창대회가 있었는데 그때와 분위기가 똑같다.

이건, 꿈이겠지?

지금까지 몇 번인가, 꿈을 꾸면서 이건 꿈이라고 확실히 인식한 적이 있다. 하지만…… 꿈치고는 묘하게 리얼하다.

아니, 꿈이 아니다. 아까까지 나는 카페에서 모닝 세트를 먹

12 1970년대 초반에 데뷔해 일본의 국민 아이돌로 큰 인기를 누린 여자 가수이자 배우
13 원제 〈ひとりじゃないの〉

고 있었다. 그곳에는 타인의 불행은 꿀맛이라는 듯 가십을 즐기는 두 중년 여성이 있었다. 그리고 못생긴 여자를 인간 취급도 하지 않는 남자 대학생 세 명도 분명히 있었다.

그들은 어디로 사라진 걸까.

그리고 장 볼 목록 뒷면에 적은 만다라차트는 어떻게 된 거지? 그 종이를 들여다보고 있는데 목표를 적은 한가운데 칸을 축으로 빙글빙글 돌기 시작하지 않았나? 그리고 그 중심으로 내 몸이 빨려들어간 듯한…… 설마! 그 작은 네모 칸으로 내 몸이 들어갈 리가 없다.

하지만, 이 느낌은…….

그때 누군가가 내 등을 검지인지 뭐 그런 걸로 살짝 찌르는 감촉이 느껴졌다. 아무래도 나만 우두커니 넋 놓고 서 있었던 모양이다. 모두 줄지어 무대 끝쪽으로 걸어가기 시작했다. 나도 그 줄을 따라 이동했다.

걸어가면서 내가 입고 있는 옷을 내려다보니 싱글 블레이저에 플리츠 스커트다. 중학생 때 입던 교복과 똑같다. 곁눈질로 보자 남자들은 스탠딩 칼라[14]로 된 교복을 입고 있었다.

"기타조노, 너 듣고 있어? 오늘은 아침부터 멍하네?"

기타조노…… 결혼 전 성으로 불린 건 오랜만이었다.

깨닫고 보니 교실이 있는 건물로 연결된 복도에서 체격이

---

14 목선을 따라 깃을 세워 단추로 잠그는 디자인

아담한 여학생이 내 곁에서 나란히 걷고 있다.

"남자애들 목소리가 좀 작지 않았니?"

"응?"

"화음이 잘 어우러져야 하는데 여자애들 목소리만 크게 들려서 아쉽네. 그렇게 수없이 연습하고도."

이 여자애는 누구더라? 어디서 본 적이 있는 것도 같고……. 아! 게메코다.

이름은 모리타 기미코지만 다들 게메코라고 불렀다. 몇 년 전, 환갑 동창회에서 만났을 때는 체지방률 얘기가 나와서 서로 30퍼센트나 된다고 한탄했다. 하지만 지금 눈앞에 있는 게메코는 체지방률이 10퍼센트도 안 되어 보인다. 그렇게 말하는 나도 배가 홀쭉하다. 납작하다 못해 움푹 들어갔을 정도다.

역시 꿈인 걸까. 그렇다면 요상한 꿈이다. 꿈치고는 너무나 리얼하다. 혹시 몽유병자가 된 걸까? 아니면, 좀처럼 깨어나지 못하는 백일몽인가? 마치 타임슬립을 한 것 같지만, 그런 일이 현실에서 벌어질 리가 없다.

영문을 모른 채 게메코 뒤를 따라 걷다가 2학년 5반 교실로 들어가기에 나도 따라 들어갔다. 교실 안으로 한 발을 내딛다 말고 나는 무심코 발을 멈췄다.

아마가세 료이치다.

심장이 마구 날뛰었다. 그는 맨 뒷줄 창가 자리에 앉아 창밖을 내다보고 있었다. 불현듯 애틋하고 그리운 감정이 가슴에 차올랐다.

나는 중학교 3년 내내 아마가세 료이치를 좋아했다. 그는 여학생들에게 단연 인기가 높았다. 공부도 잘하고 달리기도 뛰어났다. 밝고 쾌활한 인상과 점잖고 자상한 성격이 혼재하는 남자였다.

내가, 내가 하면서 매사에 나서길 좋아하는 남학생이 많았던 가운데, 아마가세가 보이는 조용한 미소는 여학생들 호감을 한껏 끌어올렸다.

'하늘은 한 사람에게 많은 재능이나 자질을 주지 않는다'라는 말은 사실 거짓부렁이라는 걸 처음으로 내게 가르쳐준 사람이다.

어른이 되어서도 가끔 그 애를 떠올릴 때가 있었다. 언제였던가, 혼잡한 신주쿠 거리에서 나도 모르게 숨을 죽이고 멈춰선 적이 있다. 앞에서 걸어오는 남학생이 아마가세와 너무도 닮아서였다.

― 아마가세일 리가 없어. 난 이제 중년 아줌마인걸. 동급생인데 그 애만 중학생일 리가 없잖아.

남모르게 쓸쓸하게 웃으며 외로운 기분이 들었다.

중학교 시절에는 그를 멀찍이서 바라보았을 뿐, 이야기를 나눈 기억도 거의 없다. 그런데 사춘기 추억이란 건 이렇게 오래도록 마음속에 남아 있는 것인가.

전문대학 시절에 시부야에 있는 플라네타리움에서 남자친구와 천장에 떠 있는 별을 올려다보면서도 아마가세를 떠올렸다. 그가 별에 관해 박식했기에 분명 이곳에 왔을 거라고 생각하자 남자친구가 내 손을 잡고 있는데도 아마가세가 가까이서 느껴지고 가슴이 따뜻해졌다. 그가 도쿄에 있는 대학교에 진학했다는 말을 들었지만 도쿄는 너무 넓어서 한 번도 마주친 적은 없었다.

지금, 중학생인 아마가세 모습을 보자 뛰는 가슴이 멈추질 않았다.

마치 좋아하는 마음에 다시 불이 붙은 것만 같다.

실제로는 예순세 살이나 된 아줌마인데?

몇 살 때 동창회였더라, 아마가세가 굉장한 미인과 결혼했다는 소식을 게메코에게 들었다. "아, 그래?" 하고 관심 없는 척했지만 사실은 뭐라 말할 수 없는 공허함이 밀려왔다.

미녀가 반드시 미남과 결혼하는 건 아니지만, 미남은 꼭 미녀와 결혼한다. 그런 것쯤은 옛날부터 당연한 일이었고 그야말로 멀리서 바라보며 동경할 뿐이었던, 처음부터 내가 넘볼 수 없는 상대였다.

그렇다 보니 아마가세가 누구와 결혼을 하든지 나와는 관계없는 일이었다. 애초에 그때의 나는 이미 결혼해서 아이도 있었다.

사랑이니 연애니 하는 데 완전히 흥미를 잃은 것은 40대 중반을 넘어설 즈음부터였다. 딱히 어떤 계기가 있었던 건 아니지만 세상은 어딜 가나 남존여비 사고가 만연해 있었고 그때마다 받은 상처가 쌓이고 쌓이다가 그 나이가 되자 허용치를 넘는 바람에 지쳐버린 것 같다. 거들먹거리거나 잘난 척하는 남자들에게 고개를 끄덕이며 맞장구쳐주는 관대한 대응도 더 이상 할 수 없게 되었다. 그리고 어느 사이엔가 남자라는 존재 전체에 거부감을 갖게 되었다. 그래서 지금 아마가세를 본 순간 이렇게 아련한 감정이 든 것은, 예상밖이었다. 하지만 이건 꿈속에서 일어나고 있는 일이다. 물론 나도 중학생으로 돌아갔다고 생각하면 그리 이상한 현상도 아니다. 내 시선을 알아차렸는지 아마가세가 내 쪽으로 몸을 돌리려고 하기에 나는 당황해서 게메코에게로 시선을 옮겼다.

"기타조노, 언제까지 그렇게 멍하니 있을 거야?"

게메코 말에 정신이 번쩍 들었다. 모두 자리에 앉아 있는데 나만 우두커니 서 있었던 것이다. 하지만 덕분에 내 자리가 어딘지 알았다. 비어 있는 자리는 복도 쪽으로 앞에서 두 번째 자리뿐이었다.

아마가세와는 거의 대각선으로 떨어져 있는 자리다. 단 한 번만이라도 좋으니 가까운 자리가 되었으면 하고, 자리를 바꿀 때마다 아쉬워했던 중학 시절의 안타까운 감정이 다시금 되살아났다. 하지만 가까운 자리가 되기는커녕 3학년 때는 각자 다른 반으로 배정되어 하늘이 나를 저버린 듯한 기분마저 느껴야 했다.

그렇다 치더라도 이건 너무 긴 꿈이다.

아까부터 뺨과 손등을 꼬집어봤지만 평소처럼 아픔이 느껴지는 건 왜지? 이게 꿈이 아니면 뭘까? 정말로 타임슬립이라도 한 걸까?

설마! 말도 안 돼.

그때 담임 선생님이 교실로 들어왔다.

어머, 이 선생님이 이렇게 젊었나? 당시는 중년 아저씨라고 생각했는데 아직 30대일지도 모르겠다.

연락 사항만 짧게 듣고 홈룸 시간이 끝나자 모두 집으로 돌아갈 준비를 시작했다. 나는 자리에 앉은 채 그런 모습을 멍하니 바라보았다.

"기타조노, 뭐해?"

게메코가 다가와 의아하다는 표정으로 물었다.

"뭐하긴…… 이제 나도 집에 가야지."

"웬일이야? 동아리를 다 빠지고."

"동아리라니, 무슨 동아리?"

"응? 농구부 차기 캡틴으로 지명받고서 지금 무슨 소리 하는 거야? 역시 너 오늘 좀 이상해."

농구부?

아, 그러고 보니……. 혹독하게 연습하던 날들이 또렷이 떠올랐다. 방과 후뿐만 아니라 시합을 앞두고는 아침 연습도 있었고 다른 중학교와의 연습 경기로 주말이 통째로 날아갈 때도 종종 있었다.

— 그만 좀 일어나라. 지각할라.

엄마가 아무리 깨워도 좀처럼 눈이 떠지질 않았다. 수면이 가장 중요한 성장기였는데 매일 체력의 한계를 넘어선 날들이었다. 장래 실업팀에 들어갈 것도 아닌데 연습에 너무 많은 시간을 뺏겼다. 독서를 즐길 여유조차 없었고 취미도 갖지 못했다. 주 3일 정도면 괜찮으련만 청소년이 심신을 단련할 수 있다는 취지에 맞는 범주를 확연히 넘어선 수준이었다.

다시 중학교 생활로 돌아갈 수 있다면 나만의 시간을 확보하고 싶다. 그러려면 이때 동아리를 그만둬도 상관없다. 그렇게 결심하고는 집으로 돌아갈 채비를 하고서 교무실로 가, 농구부 고문 선생님을 찾아 두리번거렸다.

"선생님, 죄송해요. 몸이 안 좋아서 오늘은 연습을 쉬어야 할 것 같아요."

느닷없이 동아리를 탈퇴하겠다고 하면 분명 이유를 물으시겠지. 그럴듯한 이유가 떠오르지 않아서 일단 오늘만이라도 빠져야겠다고 생각했다.

"그래? 몸 잘 돌봐라. 조심해서 가고."

농구부 고문을 맡고 있는 물리 선생님은 꾀병을 의심도 하지 않고 흔쾌히 허락해주었다.

이 선생님은 평소 동아리 활동에 그다지 열정이 없었다. 그런데도 아침 연습까지 했던 건 3학년 동아리 차장이 열혈녀였기 때문이다. 고문 선생님도 동아리 부장도 차장이 말하는 대로 끌려다녔다. 요즘 시대라면 이런 일도 문제가 됐을지도 모른다.

그대로 교문을 나서 집으로 향했다.

중학교에서 집까지는 걸어서 10분 걸린다. 상점가로 접어들었을 때, 활기 띤 분위기에 깜짝 놀랐다. 셔터가 내려져 있는 가게는 한 군데도 없었으며 채소 가게, 양품점, 그리고 화과자점과 작은 서점에도 몇 명씩 손님이 있었다.

그때 유리 가게에서 주인이 뛰어나왔다.

"얘들아, 이런 데서 공놀이하는 거 아냐. 운동장에 가서 놀아!"

도로에서 공놀이를 하던 초등학생 남자애들이 "죄송합니다!" 하고 순순히 사과하고는 풀 죽은 모습으로 물러갔다.

상점가를 빠져나와 초등학교 옆을 지나는데 교정에서 환호성이 들려왔다. 고개를 돌려 들여다보니 아이들이 피구를 하며 즐거워하고 있었다. 그러고는 절 옆을 지나면서 보니 경내가 술래잡기를 하는 아이들로 북적거렸다.

언제부터였던가. 방과 후 교정에서 노는 것이 금지되고 절 경내에 '관계자 외 출입금지'라는 팻말이 나붙게 된 것은.

중학생 때는 미래에 저출산 시대가 올 거라고 상상도 하지 못했다. 인구는 꾸준히 증가하는 건 줄만 알았다. 그리고 이 나라는 한층 더 크게 발전해나갈 거라고 믿어 의심치 않았다. 하지만 요즘 세상은 저출산 현상이 멈출 줄 모르고 계속 심화되고 있다. 가사와 육아로 자신의 인생을 잃고 만다는 사실을 인지한 여성들의 역습인 걸까.

집 현관문은 잠겨 있지 않았다. 심지어 몇 센티미터쯤 열려 있다. 이 시절의 시골은 어느 집이나 그다지 주변을 경계하지 않았다.

2층 내 방으로 올라가 천천히 방 안을 둘러보았다. 미닫이 문틀에 걸려 있는 노란색 플리츠 스커트와 스웨터의 감촉을 확인하고, 책장에 꽂혀 있는 책들의 책등을 바라보았다.

아리요시 사와코[15]의 《황홀한 사람》, 기타야마 오사무[16]의 《전쟁을 모르는 아이들(戰爭を知らない子供たち)》,[17] 그리고 쇼

---

15 有吉佐和子. 일본의 소설가이자 극작가
16 北山修. 일본의 정신과 의사이자 작사가
17 전쟁을 직접 경험하지 않은 세대의 시선으로 전쟁과 평화, 인간, 사랑 등 청춘의 고민을 피력한 에세이집

지 가오루[18]의 《빨간 망토 소녀야, 조심해(赤頭巾ちゃん気をつけ
て)》[19] 등이 있다. 그 옆에는 이나다 고조[20]의 《고교방랑기(高校
放浪記)》[21]가 전권 꽂혀 있었다. 사촌이 읽고 재미있다기에 다 모
아놓은 것이다.

그때 아래층 복도를 성급히 걷는 엄마의 발소리가 들려왔다.
그 소리는 통통통 하고 경쾌하게 계단을 올라오는 소리로 바뀌
더니 내 방문을 노크하는 소리가 나는 동시에 문이 열렸다.

"마사미! 빨래 걸으라고 했잖니?"

엄마의 모습을 보고 놀랐다.

"엄마, 지금 몇 살이야? 30대 후반쯤 돼?"

"얼렁뚱땅 넘어가려 해도 소용없어. 얼른 빨래 걸어. 엄마 좀
도와라."

"근데 나, 지금은 그럴 때가 아닌데……."

느닷없이 중학생으로 돌아오고 말았다. 어제 카페에 있던
시점부터 지금까지의 일을 차례로 적어봐야겠다고 생각하던
참이었다.

"마사미 너! 엄마 말 듣고 있는 거야?"

---

18 庄司薫. 일본의 소설가

19 학생운동을 배경으로 도쿄도립 히비야고등학교 학생 '쇼지 가오루'의 생활을 경쾌하고 매력적인 문체로
그린 작품. 아쿠타가와 상을 수상한 밀리언셀러

20 稲田耕三. 일본의 저자

21 의대를 목표로 한 저자가 고교 시절에 겪은 반항과 고독을 진솔하게 담아낸 에세이로. 1972년에 청소년
층에게 폭넓은 공감을 얻었다.

"미안, 엄마. 나 지금 공부하려던 중이거든."

그렇게 말하며 문득 깨달았다. 지금 내 변명은 평소의 남편과 똑같지 않은가.

남편은 절대로 인정하지 않겠지만 항상 자신이 하고 싶은 일이 우선이었다. 아이들이 어렸을 때 가족끼리 동물원이나 아쿠아리움에 자주 가곤 했는데, 집에 돌아오면 남편은 늘 곧장 소파로 가서 맥주를 마시며 텔레비전을 보았다. 아이들을 데리고 나갔다 오면 지치는 건 서로 마찬가지이거늘 아내를 배려하는 마음이 눈곱만큼도 없었다. 나는 부엌에 서서 저녁을 준비해야 하고 애들 숙제도 봐줘야 했다. 남편에게 부탁해도 그건 자신의 일이 아니라며 귀찮다고 입버릇처럼 말하는 그 배려심 없는 태도가 도저히 믿기지 않을 정도였다. 아내가 눈 밑에 다크서클이 내려올 정도로 피로에 절어 있어도 조금도 아랑곳하지 않았다. 아니, 다크서클 같은 거 알아차리지도 못했겠지. 결혼해서 5년이 지나자 아내의 얼굴을 찬찬히 들여다보는 일조차 없어졌다. 남편만 아니면 저녁밥은 아이들과 대충 간단히 먹어도 되는데. 그렇게 생각하며 원망이 쌓여갔던 것이다.

뭐든지 함께 이야기하는, 친구 같던 젊은 날의 관계는 어디로 사라진 걸까. 어느 사이엔가 남편은 아내인 나를 존중하지 않게 되었다.

그런데 중학생으로 돌아온 지금, 내가 엄마를 만만하게 막대하고 있다. 남편이 나를 대하는 모습과 똑같다. 아무리 함부로 사용해도 절대 해지지 않는 걸레나 뭐 그런 것처럼.

엄마는 이른 아침에 일어나 우리 남매의 도시락을 싸고 가족을 모두 배웅한 뒤에는 파트타임으로 메밀국숫집에 일하러 갔다. 퇴근길에 장을 봐서 집에 들어오고 빨래를 걷어 갠 뒤에 저녁 식사를 준비한다. 게다가 뒷밭에서 가족이 먹을 만큼의 채소까지 가꾸고 있었다. 취미가 아니라 생활비를 절약하기 위해서다. 그 당시는 냉장고의 냉동실 성능이 썩 좋지 않았으며 가정에서 냉동하는 노하우도 잘 알려져 있지 않았고 욕실에서는 스위치를 누르면 목욕물이 자동으로 데워지는 시절도 아니었다.

엄마는 아침 일찍 일어나서 잠들 때까지 거의 앉지를 못했다. 이렇게 말하는 나도 결혼하고 나서는 엄마와 마찬가지로 지나치게 가혹한 생활을 해왔다.

60대가 되고 나서 가끔씩 인생을 되돌아보게 되었다. 가족 한 사람 한 사람이 자기 몫의 가사를 알아서 해주면 얼마나 좋았을까. 옛날에는 어릴 때부터 남의 가게에서 견습생으로 일하던 시대가 있었다는 걸 생각하면, 초등학생이라도 분담할 수 있는 집안일은 얼마든지 있다. 엄마 한 사람의 부담이 너무 커지지 않도록 하려면 그 방법밖에 없다. 가정부를 고용할 정도의 부자는 별개로 치더라도.

따라서 중학생인 나도 엄마를 도와야 한다.

하지만……

"엄마, 왜 오빠한테는 안 시켜?"

"오빠는 공부하느라 바쁘잖니. 넌 여자니까 집안일을 배워 두지 않으면 좋은 신붓감이 될 수 없어."

"아니, 엄마! 그런 낡은 사고방식을 자식한테 강요하면 안 되지. 그건 여자인 나뿐만 아니라 오빠한테도 안 좋아. 나중에 오빠 아내가 고생한다고."

"무슨 소릴 하는 건지 모르겠네. 어서 빨래나 걷어와."

"……알았어. 빨래 말이지? 네네, 걷어오겠습니다."

나는 그렇게 대답하면서 빨래 건조대로 갔다.

— 좋은 신붓감이 될 수 없어.

— 누가 데려가겠냐?

— 노처녀 되면 어쩌려고?

그러고 보니 이런 말들이 요즘 시대에는 사라졌다. 여성에게 결혼을 강요하고 가정에만 얽매여 한평생을 살게 하던 시대는 끝났다. 이건 모두 여성이 일할 수 있는 자리가 늘어났기 때문이다. 결국 여자의 인생은 자신의 경제력에 좌우된다.

빨래를 걷어 아래층으로 내려갔더니 엄마가 보이지 않았다. 아마 동네 반상회 일로 외출한 모양이다.

배가 고파서 냉장고를 열었다. 가지와 다진 고기가 있기에 마파가지를 만들까 하다가 이 시대에는 일반 가정에 두반장 같은 게 없었다는 사실이 떠올라, 대신 시치미[22]와 된장을 쓰기로 했다.

"옆집 부인에게 붙잡히는 바람에 늦었지 뭐니." 하며 엄마가 돌아왔다.

"너 언제 이렇게 요리를 배웠니? 맛 좀 보자. 어머, 매콤하니 아주 맛있네. 요리를 이렇게나 잘하다니 당장 시집가도 되겠어."

엄마는 함박웃음을 지었다. 시집갈 수 있겠다는 말을 최대의 칭찬으로 여긴다는 사실에 진저리가 났다.

엄마와 저녁 준비를 하고 있는데 고등학교 2학년인 오빠가 학교에서 돌아왔다. 오빠는 공부를 그다지 잘하지 못한다. 우리 동네에 있는 현립 고등학교에 불합격해 옆 동네에 있는 사립고교에 들어가는 바람에 버스로 통학하고 있다.

"오빠도 도와. 거기 오이 좀 얇게 썰어서 소금 뿌리면 돼."

"응? 나더러 하라고?"

놀라서 나를 쳐다보는 오빠는 의외로 기뻐하는 표정이었다.

"그건 안 돼. 케이스케는 공부해야지. 내년에 입시잖아." 하고 엄마가 끼어들었다.

"엄마, 겨우 10분 정도 요리 도와주는 건데 뭘 그렇게 예민

---

22 고추를 주재료로 한 향신료를 섞은 일본의 조미료. 정식 명칭은 시치미 도가라시(七味唐辛子)

하게 그래?"

"그게 아니지, 오빤 남자고 장래가 걸려 있는데."

있잖아, 엄마. 난 오빠의 비참한 미래를 알고 있거든. 음식 하나 만들 줄 모르는 남자가 노후에 혼자 사는 생활이 어떤 건지 상상해본 적도 없지? 그 시대 시골에서는 집안일 할 여자가 없는 집은 생활하기 힘들다며 주위 사람들이 가엾이 여기고는 반드시 누군가가 도움의 손길을 내밀어줬으니까 말야. 친척도 많았고 이웃끼리 빈번하게 교류하며 가까이 지냈지. 하지만 그런 시대는 곧 끝난다고요.

거실에서 티브이 소리가 흘러나왔다. 그새 아버지가 퇴근해 돌아와 있었던 모양이다.

"아빠도 와서 도와줘. 티브이만 보지 말고 밥 좀 퍼주셔." 하고 나는 거실에 얼굴만 내밀고 과감히 말해보았다.

"어? 내가?"

텔레비전 앞에 누워 있던 아버지는 놀란 목소리로 묻더니 벌떡 일어나 부엌으로 왔다.

"다들 바쁜데 아빠만 느긋하게 티브이 보고 있잖아. 불공평해."

어릴 때는 아버지가 무서웠다. 또 어떤 일이 아버지의 신경을 거슬러 화를 폭발시킬지 도통 알 수가 없었다. 하지만 지금 눈앞에 있는 사람은 고작해야 40대밖에 되지 않은 햇내기다.

나는 인생의 쓴맛, 단맛을 다 본 60대 여자가 아닌가. 두려워할 게 뭐 있나.

"그만해, 마사미. 너 오늘 왜 그래?"

오빠는 작은 목소리로 말하고는 내 옷소매를 잡아당겼다. 돌아보니 오빠가 긴장한 표정을 짓고 있다.

"마사미, 아빠한테 쓸데없는 말 하지 마라." 하고 엄마가 나를 째려보았다.

"그렇잖아. 다 피곤한데 아빠만 티브이……."

말꼬리가 기어들어갔다. 엄마와 오빠가 이상하리만치 아버지를 신경 쓰는 모습을 보며 자라서인지, 어릴 때 두려워하던 아버지의 그 느낌이 불현듯 떠올랐다.

그때였다.

"내가 밥을? 좋았어, 맡겨보라고!"

아버지는 시원스럽게 대답하고는 셔츠 소매를 걷어붙였다. 슬쩍 곁눈질로 쳐다보니 기뻐하는 표정을 짓고 있기에 긴장이 풀어졌다.

어쩌면 아버지가 아무것도 도와주지 않을 거라고, 엄마가 지레짐작으로 그렇게 믿고 있던 게 아닐까. 확실히 아버지 얼굴에는 '좋아, 얼마든지!'라고 쓰여 있었다.

아버지 입장에서 생각해보면 부엌에서 아내와 딸이 즐거워하며 요리를 하는 모습을 보고 자신만 소외된 기분이었을지도 모른다. 오늘은 드물게 오빠까지 부엌에 들어와 있으니 한층 더 그랬을 것이다.

혹시 외로웠을까. 하긴 내 남편처럼 아내가 부탁해도 들어 주지 않는 남자도 있으니까, 같은 남자라도 사람마다 다른 거 겠지.

저녁은 거실에서 먹었다. 다다미방에서 낮은 탁자에 둘러앉 기는 꽤 오랜만이다. 내가 도쿄에 있는 전문대학에 진학한 뒤 에 리모델링해서 다이닝키친으로 바뀠기 때문이다. 탁자가 낮 아서 먹기가 아주 불편했다. 새우등이 될 수밖에 없다.

티브이를 켜놓은 채였고 뉴스를 보면서 식사를 하는 동안 아무도 말하는 사람 없이 묵묵히 먹기만 했다. 폭력단의 세력 다툼에 관한 뉴스가 많아서 볼 마음이 들지 않았다.

"지금 몇 년도지?"

슬쩍 오빠한테 물었더니 "1973년도잖아." 하고 오빠가 대답 했다.

어떤 시대였더라. 자세히 알고 싶어서 평소 습관대로 주머 니에 손을 넣어 스마트폰을 찾았다.

아, 이 시대에는 스마트폰이 없었지! 그러자 더욱더 구글로 당장 검색해보고 싶은 충동에 사로잡혔다.

"총리가 누구더라?"

"다나카 가쿠에이.[23] 작년까지는 사토 에이사쿠[24]였지만." 하고 아버지가 대답했다.

"맞다. 깜빡했네."

다나카 가쿠에이라는 이름을 들으니 제일 먼저 조에쓰 신칸센[25]이 떠올랐다. 그가 쓴 《일본열도 개조론(日本列島改造論)》[26]이 베스트셀러가 되었던 기억이 난다.

빨래 걷기를 한 번 거부했던 일이 마음에 걸려서 저녁 식사가 끝나면 자진해서 설거지를 하기로 마음먹었다. 다 먹은 내 그릇을 포개는데 오빠가 젓가락을 내려놓더니 일어나서 바로 2층으로 올라가려고 했다.

"오빠, 잠깐만. 자기가 먹은 그릇 정도는 싱크대에 갖다두지 그래?"

"엇, 내가?"

오빠는 그렇게 말하고는 자신의 그릇을 부엌으로 가져다놓더니 또 2층으로 가려고 몸을 돌렸다.

"진짜로 놓고만 가면 안 되지. 설거지도 해."

나는 오빠한테 스펀지를 건넸다.

"알았어. 하지 뭐."

---

23 田中角栄. 일본의 정치가. 니가타 출신. 1972~1974년 내각총리대신을 역임했다.

24 佐藤栄作. 일본의 정치가. 1964~1972년 내각총리대신을 역임했다.

25 上越新幹線. 도쿄와 니가타를 잇는 고속 간선 철도.

26 건축가 출신인 다나카 가쿠에이 총리가 쓴 저서로 교통 정책을 포함하여 이후 일본을 어떻게 발전시켜나갈지를 구체적으로 기록했다.

엄마는 반주를 걸치는 아빠 옆에서 함께 티브이를 보고 있어서인지, 우리 남매의 대화는 듣지 못한 것 같았다.

"오빠, 세제 너무 많이 묻혔어."

"그래? 반쯤 할 걸 그랬나?"

"아주 조금만 해도 돼."

"너 의외로 짠순이구나."

"아냐. 세제로 닦는 것보다 헹구는 데 노고가 더 들어. 빨래도 그렇고."

"진짜? 몰랐네."

오빠는 대단한 사실이라도 알아낸 것처럼 말하더니, 채소를 썰고 있는 나를 보고 물었다.

"근데 너 뭘 만드는 거야? 저녁 다 먹었잖아."

"내일 가져갈 도시락."

그때 갑자기 등 뒤에서 엄마 목소리가 들려왔다.

"마사미, 네가 도시락 싸는 거야? 고마워라."

다진 고기에 피망과 양파를 함께 볶아서 소금과 후추로 간을 하고 마지막에 달걀물을 부어서 살짝 저어주었다.

"자, 다 됐다."

이제 식으면 냉장고에 넣어두고 밥은 내일 아침에 담으면 된다.

"어머나, 말도 안 돼. 그렇게 볼품없는 도시락을 학교에 갖고 갔다가는 비웃음당하지."

"대체 누가 비웃는다고 그러셔? 영양 밸런스가 만점인데."

"그런 도시락이 어딨어? 비상식이야."

"이걸로 충분하다니까. 남의 시선 따위 아무려면 어때!"

"오늘 마사미, 뭔가 멋있는데." 하고 오빠가 말했다.

"그렇잖아, 오빠. 남들이 뭘 해줄 건데? 남의 뒷말이나 하면서 즐거워하는 타인들, 평생 상대하지 않아도 괜찮아. 그런 사람들하고는 가까이하지 않는 게 더 좋아."

그런 사실을 어릴 때부터 알았더라면 인생이 얼마나 편했을까. 하지만 시골의 좁은 커뮤니티 속에서 살아온 엄마는 노년이 되어서도 남의 이목을 신경 썼다. 아니, 오히려 나이가 들수록 더 심해진 것 같다.

"비웃음당하는 건 네가 아니라, 이 엄마라고."

"그런 한심한 친구들은 그냥 내버려둬요. 영양만 충분하면, 꼭 엄마처럼 호화로운 도시락 만들지 않아도 돼."

내가 파트타임으로 일하는 곳에서 점심시간에 동료들 도시락을 보면, 1990년대에 들어설 무렵부터 점점 간소해졌다. 랩에 싸온 오니기리[27] 두 개에 샐러드를 곁들인 점심이 유행하기도 했다.

근년에 들어서는 엔화 약세 현상이 지속되면서 일본의 GDP

---

27 밥에 양념을 하거나 다양한 속재료를 넣어 세모나 동그란 모양으로 빚은 주먹밥

가 독일에 추월당해 4위로 하락할 것 같다고 언론에서 떠들어 댔다. '잃어버린 30년'이라는 말이 한창 회자되었지만, 70년대 와는 비교할 수도 없을 정도로 풍요로워졌다. 아닌 게 아니라, 현시대에 남의 도시락에 뭐가 들었는지를 보고 부자인지 가난 한지를 판단하는 사람이 있을까. 이제는 명품을 입고 있다고 해서 부자라고 생각하지 않는다. 어떤 면을 보더라도 옛날보다 훨씬 윤택한 시대가 되었기 때문이다.

어느 곳에서 일하든 탕비실에 전자레인지가 놓여 있어 모 두 요긴하게 사용하고 있다. 옛날에는 단지 데우는 기능만 있 는 단순한 제품이라도 20만 엔 정도 했지만, 어느 사이엔가 놀 랄 정도로 가격이 낮아졌다. 독신 남자 직원들이 전날 남은 음 식인지, 카레와 밥을 각각 다른 용기에 담아와서 전자레인지에 데워 먹는 모습도 여러 번 보았다. 그 정도로 점심을 먹는 양상 은 사람마다 다양해졌고, 어느덧 남의 시선을 신경 쓰는 사람 은 없어졌다.

"나도 너랑 똑같은 도시락 좋아." 하고 오빠가 말했다.

"오빠, 나한테 만들라는 말이야? 내가 여자라서?"

"응? 아니, 난 그게 아니라……." 하고 오빠가 당황한 표정으 로 나를 보았다.

오빠는 그렇게까지 깊이 생각하지 않았을 테지. 하지만 악 의 없이 말했다는 게 더 나쁘거든요.

"오빠도 자기 건 자기가 만들어."

"무슨 말 하는 거야? 오빤 수험생인데." 엄마 목소리에 화가 묻어나왔다.

오빠는 고등학교를 졸업한 후에 오사카로 나가 혼자 살면서 재수 입시 학원에 다녔다. 그리고 소위 F랭킹으로 불리는 하위 대학에 입학했다. 취업을 못해 고전하다가 중견 기업인 기계 제조회사에 영업직으로 겨우 들어갔다. 누가 봐도 사람이 좋아 보여서 그나마 가능했던 게 아닌가 싶다.

하지만 문제는 결혼 생활이었다. 올케언니가 화내는 걸 우연히 들은 적이 있었다.

— 맞벌이하는데 요리는 항상 내 몫이고. 1년 365일 매일 음식 만드는 게 얼마나 힘든 일인지 모르지? 당신은 사과도 하나 제대로 깎을 줄 모르고 말이야.

— 나도 빨래 개고 쓰레기도 내다버리고, 도와주잖아.

— 뭐야? 머리 안 써도 되는 편한 일만? 그런 건 초등학생도 할 수 있다고.

오빠가 아직 초등학생이었을 때, 엄마는 오빠한테 자주 잔일을 시켰다. 그땐 내가 어려서였을 것이다.

"오빠니까 네가 이것 좀 해줘." 하면서 심부름을 보내거나 나를 돌보는 일을 돕게 했다.

하지만 오빠가 중학생이 되어 성적이 신통치 않다는 것을 알게 된 시점부터 엄마는 오빠에게 집안일을 일절 시키지 않았고 그저 '공부, 공부' 하고 내몰았다. 그건 오빠의 장래를 생각해서였겠지.

"아무리 그래도 마사미, 그런 도시락은 좀⋯⋯." 엄마는 여전히 마음에 걸리는 모양이었다.

"엄마, 좀 더 엄마 자신을 소중히 하셔. 엄마의 시간을 가지면 좋잖아. 집안일은 아빠나 우리한테 분담시켜야 한다니까."

그렇게 말하자, 엄마는 의아한 표정으로 나를 바라보더니 "왜?" 하고 물었다.

"엄마는 일하고 오는 것만도 피곤할 텐데 집안일이랑 반상회 일도 하잖아. 지치고 스트레스도 쌓일 거 아냐!"

"엄마들은 누구나 다 집안일 해. 사쿠라다 국어 선생님도 그렇고." 하고 오빠가 반론했다.

사쿠라다 선생님은 세 자녀를 둔 중학교 여교사로, 오빠의 중3 때 담임이었다.

"이러다 엄마가 갑자기 없어지기라도 하면 어떡할 건데? 다들 곤란하겠지?" 하고 내가 말했다.

"왜 내가 갑자기 없어진다는 거야? 오늘 마사미, 왜 이러는지 모르겠네." 하고 엄마가 어이없다는 표정을 지었다.

"결국은 엄마가 먼저⋯⋯."

암으로 죽는단 말야.

그건 아직 더 훗날의 일이긴 하다. 30여 년 후, 아버지가 이집에 홀로 남겨진다. 집안일을 전혀 할 줄 모르는 아버지는 좋지 않은 식생활이 원인이 되어 건강을 잃었다. 오랜만에 집에 돌아갔을 때 초라하고 쇠약한 할아버지가 되어 있어, 아직 70대였는데도 90세 정도로 보여 충격을 받았다. 집안일이라고는 아무것도 할 줄 모르면서도 노인요양시설에는 들어가지 않겠다고 고집을 부렸다. 그게 무엇을 의미하는지, 아버지는 알고 있었을까. 나와 올케가 번갈아가며 아버지를 돌봐드리러 고향집을 계속해 드나들어야 했다. 몸과 마음이 피폐해지는 데다 장거리 간병을 위한 교통비로 경제적 부담도 이루 말할 수 없었다. 결국 올케는 더 이상 견디지 못하고 폭발했고 오빠 모르게 이혼신고서를 제출하고 집을 나가버렸다. 그 후 아버지 간병은 오롯이 나 혼자의 몫이 되었다. 생각보다 빨리 돌아가셔서 그나마 다행이었지만, 부모가 일찍 세상을 떠나주어 다행이라고 안도하는 날이 올 줄은, 어릴 때는 상상도 하지 못했다. 그런 박정한 딸이 되고 만 나 자신을, 나는 무슨 일이 있을 때마다 떠올리고 자책하면서 몇 년 동안이나 우울감에서 헤어나올 수 없었다.

　― 있잖아, 엄마. 그런 미래가 올 줄도 모르고 무책임해.

　그런 말이 목구멍까지 치밀어 올라왔다.

　"스스로 할 수 있는 일은 뭐든지 하는 게, 아빠나 우리 남매를 위한 일이기도 하니까."

"오늘 마사미, 왠지 의젓하네. 누가 부모인지 모르겠어. 그보다 내일 저녁엔 뭘 먹을까?"

엄마가 스시집 메뉴를 펼쳤다.

"어? 내일 스시 시키는 거야?"

"마사미, 벌써 잊은 거니? 내일 친목회에서 여행 간다고 말했잖아."

"아아…… 생각났어. 엄마는 여행 갈 때면 완벽하게 가사를 해놓고 나서 가셨지?"

아빠가 행여 불편함을 느끼기라도 하면 미안하다며 전날에는 미리 스시를 주문해놓고 나서 여행을 떠나는 게 관례였다. 그래서 어릴 때는 엄마가 없다는 쓸쓸함보다, 평소에는 자주 먹지 못하는 특별한 음식을 먹을 수 있다는 기쁨이 더 컸다.

그렇게 생각하면 우리 세대의 부부관계는 조금 나아진 셈이다. 내가 여행이나 야근으로 집을 비울 때면 남편은 아이들에게 자신이 유일하게 잘 만드는 나폴리탄 스파게티를 만들어주었다. 남편도 30대까지는 협조적인 면이 있었다.

"돈이 들긴 하지만 어쩔 수 없지." 하고 엄마는 한숨을 섞어 말하면서 메뉴판을 바라보았다.

"저녁밥쯤이야 내가 만들게. 스시 안 시켜도 돼."

"말도 안 돼. 네가 어떻게 해?"

"무슨 소리야. 오늘 저녁도 내가 했잖아. 맛없었어?"

"오늘 네가 만든 요리 진짜 맛있었어. 그렇지만……."

"튀김이랑 간단한 장국 어때?"

"만들 수 있어?"

"그런 건 식은 죽 먹기야."

"정 그렇다면…… 식비도 줄어들 테고, 그럼 그렇게 할래?"

"아 뭐야, 모처럼 스시 먹으려고 기대하고 있었는데." 오빠가 투덜거렸다.

"오빠, 이번 휴일에 내가 만들어줄게."

"만들다니 뭘?"

"스시 말야."

"어떻게?" 하고 오빠가 물었다.

"단촛물 섞은 밥을 쥐어서 생선회를 올리면 끝."

전문대에 진학했을 때 미야기 현 게센누마 시와 시즈오카 시미즈 구의 항구 도시 출신인 동급생들이 있었는데, 그녀들이 둘 다 익숙한 손놀림으로 스시를 만들어 대접해준 적이 있다.

"하긴 듣고 보니까, 간단하네…… 그럼 나도 도울게."

"응, 같이 만들어."

오빠는 어릴 때부터 스시와 생선회를 무척 좋아했다.

"오빠, 스시 장인이 되면 좋을 텐데."

그렇게 말하자 오빠는 화들짝 놀란 표정이 되었다.

"생각해본 적도 없어. 그러니까…… 그럼 난 대학은 어떡해? 안 가도 되는 거야?"

"안 가도 상관없지 않아?"

"……그러게, 그런 인생도 있을 수 있겠네."

"무슨 얼토당토않은 소릴 하는 거냐? 입시에서 도망치고 싶은 거뿐이잖아. 게으름 그만 피우고 얼른 네 방으로 올라가 공부해!"

순간 오빠는 평소의 어두운 표정으로 돌아갔다.

엄마는 오빠를 위해 하는 말이지만, 허영심도 다분히 있지 않을까. 아버지 쪽 친척 중에는 명문대에 들어간 사촌들이 몇 명인가 있었다. 오빠가 현립 고등학교에 떨어졌을 때, 친척 가운데 누군가가 엄마 쪽 혈통 탓이라고 돌려 말한 적이 있다고, 돌아가시기 전 엄마가 병상에서 얘기해주었다.

좋아서 즐겁게 하는 일은 잘하게 되기 마련이라고, 그런 말을 예로부터 들어왔지만, 60대가 되어 되돌아보니 이 말의 진실성이 뼈저리게 느껴진다. 우주비행사가 되고 싶다거나 아이돌 가수가 되고 싶다는 것도 아닌데.

좋아하는 일만으로 먹고살 수 없다는 것도 잘 알고 있으며, 스시집을 연다고 해서 성공할지 아닐지는 알 수 없다. 하지만 직장인이 된 오빠는 할당받은 실적을 달성하지 못하고 오랜 시간 야근으로 몸과 마음이 피폐해지고 지쳐갔다. 갑질이니 블랙

기업이니 하는 말도 없었던 시절이었지만 급여도 형편없이 적
었다고 들었다.

4.

첫사랑에게 불려나가다

만다라차트를 들여다보는 사이에 타임슬립해서 중학교 2학년으로 돌아온 지 석 달이 지났다.

아무래도 꿈은 아닌 것 같다는 것을 알고 나서 나는, 학교에서도 동네에서도 남들 눈에 두드러져 보이지 않으려 조심하면서 지냈다. 그렇기는 하지만 내 말과 행동, 일거수일투족이 과연 중학생에 어울리는 건지 아닌지는 여전히 자신이 없었다.

옛날에 내가 정말 중학생이던 시절이 있었나 하는 생각마저 든다. 타고난 성격이나 근본적인 사고방식은 바뀌지 않았겠지만, 그 무렵의 느낌이나 감정이 떠오르지 않았다. 중학생인 내가 63세의 나와 동일인물인지 의심이 갈 정도다.

그날 오후는 국어 수업부터 시작되었다.

"숙제로 낸 독서감상문 제출하세요." 교단에 선 사쿠라다 국어 선생님이 말했다.

엄마보다도 연상으로, 당시는 상당히 나이가 많아 보였지만 아마 50세 정도일 것이다.

특별히 좋아했던 기억도 없지만 타임슬립하고 나서는 수업에서 볼 때마다 존경하는 마음이 점점 커졌다. 아이가 셋이나 있으니 바빠 정신이 없을 텐데도 대충 넘어가는 일 없이 꼼꼼하게 수업 준비를 해오신다.

"어라? 아마가세만 안 냈네. 감상문 어떻게 됐니?"

선생님 말에 모두 일제히 아마가세를 돌아보았다.

"네? 감상문이요?" 하고 아마가세는 놀란 표정으로 선생님을 보았다.

"네가 웬일이니? 깜빡하고 안 가져온 거야?"

선생님은 그렇게 말하면서도 화가 난 것 같지는 않았다. 아마가세가 학년에서 일등을 다툴 정도로 성적이 우수해서일 것이다. 게다가 밝고 성실한 학생이니 남녀 불문하고 모든 선생님들이 예뻐하는 건 당연했다.

"그게요, 그런 거 같아요…… 아마도." 하고 아마가세가 대답했다.

"아마도라니 무슨 말이 그래?" 하더니 사쿠라다 선생님은 재미있다는 듯이 웃었다.

역시 오늘 아마가세가 이상하다. 나는 아침 일찍부터 그 사실을 눈치챘다. 등교할 때 반 아이들이 스쳐 지나갈 때마다 "안녕!" 하고 활기차게 인사를 건네는데도 아마가세는 알아차리지 못했다. 교실에 들어와서도 여느 때의 구김살 없이 밝은 얼굴은 찾아볼 수 없었고 줄곧 심각한 표정이었다.

"어디 아프니?" 하고 선생님이 조금 전까지 보이던 웃음을 거둬들이고 걱정스러운 듯이 물었다.

"네, 뭐, 그런 거죠"라고 말하는 아마가세의 눈빛이 순간 흔들렸다.

"보건실로 갈래?"

"아뇨, 그 정도로 아프진 않아요."

"그럼 다음 수업 때 가져와라. 자, 지난번에 한 다음부터 시작하자. 35쪽을 펴도록!"

중학생이던 50년 전, 아마가세가 숙제를 안 해온 적이 한 번이라도 있었던가. 이 정도로 심각하게 고민하는 듯한 표정도 본 기억이 없다. 당시부터 그의 속마음을 알 도리는 없었지만, 적어도 학교에서는 늘 밝게 행동했다. 하지만 내가 뭐든지 기억하고 있을 리는 없을 테니 시무룩한 날도 있었을지 모른다.

하지만 다음 날도, 그다음 날도 아마가세의 태도는 왠지 이상했다. 여전히 웃지도 않았고 공부에도 집중하지 못하는 것 같았다.

토요일이 되었다. 이 시대는 회사도 학교도 아직 주5일제가 시행되기 전이어서, 토요일에는 오전 수업이 있었다.

방과 후 우리 여학생 네 명은 교실에 남아서 여느 때처럼 맨 앞줄에 앉은 게메코 자리로 의자를 끌고 와 라디오카세트를 가운데 놓고 모여 앉아 음악 방송을 들었다. 게메코만이 사회과목 숙제를 아직 제출하지 않았기 때문에 라디오카세트를 들으면서 혼자 프린트물을 붙잡고 씨름하고 있다.

빌리 반반[28]이 부르는 〈작별을 말하기 위해〉[29]가 흘러나오기 시작했을 때 게메코가 몸을 앞으로 내밀고 작은 목소리로 말을 꺼냈다.

"아마가세 얘기 들었어?"

"아마가세가 왜?" 하고 오쿠야마 유카가 몸을 앞으로 바짝 당겨 앉았다.

"아마가세가 육상부를 그만뒀대."

게메코는 마치 형사라도 된 듯이 심각한 표정으로 미간을 좁히며 말했다.

"어머, 진짜?" 하고 유카가 낮게 소리쳤다.

"허들 뛰어넘는 거 진짜 멋있었는데, 이제 못 보는 거야?" 하고 사와다 나오미가 말했다.

---

28 Billy BanBan. 형제로 구성된 일본의 포크 듀오

29 さよならをするために

나오미는 인기 가수 노구치 고로[30]의 열광적인 팬이다. 그를 만나기 위해 자신도 가수가 되기로 마음먹고 오디션 프로그램인 〈스타 탄생!〉에 이력서를 계속 보내고 있는데 한 번도 연락이 오지 않았다고 한다. 키가 크고 늘씬하지만 쌍꺼풀이 없다는 점이 치명적인 약점이라는 게 본인 분석이다.

"아마가세, 현에서 주최하는 대회에 나가는 거 아니었어?" 하고 물으며 유카가 게메코를 쳐다봤다.

"어때? 놀랄 만한 정보지?" 하고 게메코가 우쭐댔다.

"기타조노가 농구부를 그만뒀을 때도 놀랐지만 말야." 하고 나오미가 말했다.

"그러고 보니 기타조노, 동아리 왜 그만둔 거야?" 유카가 물었다.

"……그냥 좀 지쳐서." 하고 내가 대답했다.

동아리 같은 걸 하고 있을 때가 아니다. 나는 어떻게 살아가야 할까, 장래 목표는 무엇인가. 그런 것들을 빨리 정하지 않으면 이번에도 똑같이 평범한 주부 인생을 반복하게 된다.

"그렇구나. 아마가세도 동아리 그만뒀구나. 분위기가 전이랑 달라지긴 했어."

마음속으로 말하려 한 건데 나도 모르게 작은 소리로 중얼거렸다.

---

30 野口五郎. 일본의 가수이자 배우. 1956년생

"뭐야 너, 공부만 하고 남자한텐 흥미도 없는 줄 알았더니."

"어? 아니, 그게 아니라……."

매일같이 어느 사이엔가 그를 눈으로 좇곤 했지만, 아무도 눈치채지 못한 듯하다.

예순이 넘어서까지도 사춘기라는 말을 들으면 제일 먼저 아마가세 료이치가 떠오를 정도였지만 끝까지 아무에게도 들키지 않고 끝난 짝사랑이었다.

5년에 한 번꼴로 개최되는 동창회에서도…….

— 아마가세 왜 안 오지?

— 그 애 만나려고 멀리서 달려왔는데, 너무 아쉽다.

— 아마가세는 동창회에 한 번도 얼굴을 안 비치네.

— 이번에는 오려나 기대했건만. 아아, 보고 싶었는데.

여자 동창들은 하나같이 아쉬워했다. 하지만 그런 마음을 그대로 말로 낼 수 있는 건, 그 옛날 좋아하던 아이돌을 떠올리듯이 모든 기억이 소소한 추억으로 바뀌었기 때문이겠지.

만날 일이 없어진 후로도 그는 여자 동창생들 사이에서는 항상 화제의 중심에 있었다. 그 덕분에 그가 국립대학교를 졸업하고 대형 은행에 취직했다는 것도, 스물일곱에 결혼한 것도 다 들어 알고 있었다.

— 아마가세 아내는 지금도 예쁠까. 분명 그럴 거야.

— 나이 든 지금도 여배우 구로키 히토미처럼 날씬하고 세

련됐다고 들었어.

— 그럼 못 이기지. 워낙에 난 남편보다 몸무게도 더 나가는 걸.

환갑 기념 동창회에서 그런 대화가 오갔던 일이 생각났다.

그때 교실 뒤쪽 문으로 아마가세가 들어왔다.

"어머, 아마가세! 아직 안 갔어?" 하고 유카가 애교 섞인 목소리로 물었다.

"어? 아아, 응." 아마가세는 여학생들 쪽을 쳐다보지도 않은 채 무뚝뚝하게 대답했다.

맨 뒷줄 창가 자리에서 집에 돌아갈 채비를 하는 그의 옆얼굴은 마치 인생에 지친 중년 남성 같았다. 역시 이상해. 집에 무슨 일이 있는 걸까. 아마가세는 외아들로 아버지가 법무사 사무실을 차렸고 어머니는 집에서 피아노 교습을 하는데, 딱히 가정에 문제가 있었던 기억은 없다.

"기타조노, 브라질이 어디에 있더라?"

게메코는 사회 과목 프린트물을 가리키며 나를 보았다.

당시부터 게메코는 모르는 게 있으면 뭐든지 나한테 물어보곤 했다. 가끔은 네가 좀 찾아보지 그래? 하고 말하고 싶은 마음은 50년이 지난 지금도 똑같았다.

젊은 시절의 나는 친구들에게는 최대한 상냥하게 대하기로 마음먹었다. 그렇게 행동하는 게 옳다고 믿었기 때문이다. 하지만 지금은 다르다.

"그렇게 간단한 건, 스마트폰으로 검색하면 되잖아?"

"스마트? 지금 뭐라고 했어?"

"그러니까 스마트폰 말야, 스마트폰." 하고 약간 목소리가 커지고 말았다.

있잖아, 게메코. 인생은 생각처럼 만만치 않아. 남에게 의존하는 습관이 붙으면 어른이 되어서 고생한다고.

"기타조노, 그 스마트폰이란 게 뭔데?"

"아니 넌…… 엇?" 아차, 실수했다. "미안. 스맙[31]이라고 말한다는 게 잘못 헛나왔어." 하고 바로 얼버무렸다.

"스맙이라니, 그건 또 뭐야?"

"응? 아, 해산했지. 참."

"해산이라니 뭐가?"

얼렁뚱땅 얼버무리려 하면 할수록 최악의 상황으로 치닫게 된다.

"그러니까 한마디로, 네가 직접 검색(일본어 발음은 '겐사쿠'이다-역주)해보라는 말이야." 하고 화가 난 것처럼 말했다.

"겐사쿠라니, 연예인 출신 정치가 모리타 겐사쿠? 얼마 전까지만 해도 고 히로미가 좋다더니 벌써 바람피우니? 너 혹시

---

31 SMAP. 1991년도에 데뷔한 일본의 남성 아이돌 그룹으로, 오랜 세월 전 세대의 사랑을 받은 국민 아이돌이다. 2016년에 해산했다.

〈나는 남자다!〉**32** 재방송이라도 본 거야?"

"어?"

이 시대의 연예인을 떠올리려다 잠시 말을 멈추게 되었다.

그때 날카로운 시선이 느껴져 얼굴을 들자 아마가세 료이치가 눈을 동그랗게 뜨고서 나를 보고 있었다.

나를 보고 있는 거야? 왜? 하고 눈으로 물어보았지만 그는 미동도 하지 않았다.

다른 애들도 눈치챈 듯, 게메코가 소곤거렸다.

"아마가세가 기타조노를 뚫어져라 보고 있어. 왜 그러지?"

― 예쁘장한 유카라면 모를까, 하필이면 왜 기타조노 마사미를 보는 거지?

그렇게 묻고 싶은 게 분명하다.

"공부하다가 뭐 묻고 싶은 게 있는 거 아냐?" 하고 유카가 말했다.

외모는 별로 눈에 띄지 않지만 공부는 잘한다…… 그게 나에 대한 모두의 평가였다.

유카는 하얀 피부에 눈이 컸고 특히 갈색 눈동자를 자랑스럽게 여기고 있다. 항상 작은 거울을 주머니에 숨겨 다니면서 층계참이라든지 사람 눈이 없는 곳을 지날 때는 재빨리 거울을 꺼내 자신의 눈동자 색을 확인이라도 하듯이 들여다보곤 했다.

---

32 1971~72년에 방송된 만화 원작 드라마로, 모리타 겐사쿠가 주연으로 출연했다.

"아무리 기타조노가 공부를 잘한다고 해도 아마가세가 더 잘하지 않아? 모르는 문제가 있으면 기타조노가 아니라 선생님에게 물어보러 가지 않을까?" 하고 나오미가 의아하다는 표정을 지었다. 나도 나오미와 같은 생각이다.

그때였다. 아마가세가 나한테로 곧장 걸어왔다. 친구들 사이에 긴장감이 감도는 게 느껴졌다.

— 뭐지? 누구한테 용건이 있는 거야? 역시 유카겠지? 기타조노를 보고 있던 건, 페이크인 거지?

다들 그렇게 생각했겠지. 우리가 일제히 의자에서 일어나 유카에게서 물러나는 바람에 유카만 덩그러니 그 자리에 혼자 남겨졌다.

다음 순간, 아마가세는 몸을 돌려 교단 옆에 우두커니 서 있던 나를 보며 말했다.

"기타조노, 집에 갈 때 같이 가자."

"어? 나?"

눈앞에서 보는 아마가세는 아름다웠다. 피부가 맑고 투명해 보였다.

"건물 현관에서 기다릴게."

좋고 싫고를 말할 틈도 없이, 아마가세는 그렇게 말하고는 그대로 교실을 나갔다.

"뭐야 뭐야, 지금 이거." 하고 게메코가 흥분한 목소리를 높였다.

"기타조노에게 대체 무슨 애길 하려는 거지?" 하고 나오미
는 이해할 수 없다는 표정으로 말했다.

"무슨 이야기일지, 그건…… 상상이 안 돼." 하고 게메코가
말했다.

"분명 공부 관련해서 물어볼 게 있는 걸 거야."

유카는 어떻게 해서든 공부와 결부시키고 싶어 하는 것 같다.

"표정이 심각한 걸 보니까 공부하다가 막힌 걸지도." 하고
게메코가 말했다.

"공부하다가 막혔다고 해도, 왜 기타조노랑 같이 가냐고?"
나오미가 물었다.

"분명 슬럼프일 거야. 그래서 공부벌레인 기타조노한테 힌
트를 얻고 싶은 거겠지." 하고 유카가 단언했다.

"공부 잘하는 나카야마가 동아리 활동하느라 자리에 없어서
인 게 분명해. 아직 교실에 남아 있는 애들 중에서 공부벌레가
기타조노밖에 없었던 거지."

말에 가시가 있었다. 공부를 잘한다거나 성적이 우수하다고
하면 될 텐데 몇 번이고 '공부벌레'라고 강조하다니.

"아, 그래서 할 수 없이 기타조노를 불러낸 거구나." 하고 게
메코가 말하자 "그렇군, 그렇다면 이해가 되네." 하고 나오미가
고개를 크게 끄덕였다.

하지만 말과는 달리 세 사람 모두 속마음으로는 납득하지 못한 것 같았다. 처진 입꼬리에 불만과 질투, 그리고 의문이 남아 있었다.

— 아마가세한테 어울리는 여자는 누가 봐도 우리 학년에서 제일가는 미인인 유리코뿐이다. 유카는 미인이 아니라 귀여운 쪽이니까 기준에 간당간당 들 정도지만 기타조노 마사미는 아무래도 어울리지 않는다.

그게 모두의 공통적인 생각이겠지.

요즘 시대는 여자 초등학생들까지도 패션이며 화장, 머리에 눈을 떠 외모를 치장하는 데 돈이 든다. 하지만 이 70년대에 시골에서 자란 초등학생은 외모 같은 건 안중에도 없었다. 공부를 잘하는지, 달리기가 빠른지, 오직 이 두 가지가 평가 기준이었다. 외모가 이 두 가지보다 우선한다는 사실을 알게 되는 건 중학생이 되고서였다. 남자들도 예외는 아니었다. 외모가 얼마나 멋있는지가 중요한 평가 기준이 되었다. 하지만 여성에게는 그 기준이 평생 따라다니지만 남자는 다른 면에서 만회할 수 있는 기회가 많았고, 외모가 멋있어도 내면이 따라가지 못하거나 경박하면 실망감이 말도 못하게 크기 때문에 여자의 인생과는 다르다.

"좋겠다, 기타조노. 아무리 시시한 용건이라도 좋으니까 나도 아마가세랑 같이 하교하고 싶어."

게메코가 너스레를 떨었다.

— '시시한 용건'일 거라고 생각하고 싶어.

게메코가 다른 애들의 기분을 대변한 것이다. 게메코는 공부는 못했지만 그 자리 분위기를 재빨리 파악해 친구들 사이가 벌어지지 않도록 잘 이끄는 재능이 있다. 사람마다 다양한 능력이 있다는 당연한 사실도, 중학교 시절에는 깨닫지 못했다. 내가 공부를 잘하니까 인간으로서 우월하다고 자만했던 것이다.

63년간의 인생 중에서 중학교 시절이 나는 가장 못생겼었다. 고등학생이 되자 저절로 몸도 날씬해졌고 전문대에 들어가서는 옅게 화장을 하고 헤어스타일이나 패션에도 조금은 신경을 쓰게 되었다. 그 결과 예전보다 나아져서 서클 활동을 같이 하는 다른 대학교 남학생들이 만나자고 하는 일이 가끔 있었다.

"아마가세 집은 기타조노랑 반대 방향 아냐?" 하고 유카가 누군가에게랄 것 없이 물었다.

"응, 그렇지. 반대 방향이야." 나오미가 대답했다.

"그렇다면 거절하는 게 좋지 않아?" 유카가 말했다.

따가운 시선 속에서, 나는 아까부터 돌아갈 채비를 서둘렀다. 아마가세의 눈빛이 진지했기 때문이다. 무슨 용건인지 전혀 짐작이 가지 않았지만 중요한 일일 것만 같았다.

"어쨌든 나한테 용건이 있는 모양이니까, 나 먼저 가볼게."

나는 그렇게 말하고 교실 문 쪽을 향했다.

"기타조노, 나중에 얘기해줘!"

"자세히 얘기해주지 않으면 화낼 거야."

"하나도 빠뜨리지 말고 알려줘."

뒤로 쏟아지는 말들을 들으며 교실을 나왔다.

계단을 내려가 건물 현관으로 가자 아마가세 료이치가 신발장 옆 벽에 기대어 있는 것이 보였다. 나를 흘끗 보더니 아무 말 없이 신발을 갈아신기에 나도 얼른 신발을 갈아신었다.

"나, 자전거 가져올 테니까 교문에서 기다려."

아마가세는 그렇게 말하고는 자전거 보관대 쪽으로 뛰어갔다. 나 같은 애한테는 무관심한 줄 알았는데, 내가 걸어서 통학한다는 정도는 알고 있던 모양이다.

교문에 서 있으면 애들 눈에 잘 띌 것 같아서 나는 강을 따라 천천히 걷기 시작했다.

하교 중이던 여학생들이 놀란 듯이 멈춰 서는 모습이 시야 한쪽으로 들어왔다. 그래서 아마가세가 내 등 뒤로 다가오고 있다는 것을 알았다.

아마가세는 1학년 여학생들에게도 굉장히 인기가 많았다. 아마가세가 예쁘지도 않은 나랑 걷는 모습을 보면 어떻게들 생각할까.

— 아마가세 선배랑 무슨 관계일까. 설마 사귀는 건 아니겠지.

— 혹시 친척 아닐까?

그런 대화가 오가고 있으려나.

보나마나 10대 초반 때부터 이미 외모 지상주의에 얽매여 살아왔겠지. 그 시점에서 그런 사고방식이 뿌리내리는 걸까. 초등학생 때는 의식하지 않았으니 태어날 때부터 미의식이 자리잡고 있었을 리는 없다. 세상 풍조와 매스컴 영향인 걸까. 태곳적부터 여자는 외모가 가장 중요하게 여겨졌던 걸까.

인생을 되돌아보면 옷 고르기나 화장에 귀중한 시간을 할애했다.

그 시간이 얼마나 아까운지는, 돌이킬 수 없다는 말로는 부족하다. 이가 갈릴 정도다.

오타니 쇼헤이 선수처럼 한 가지 목표를 향해 외길 인생을 걸어가기 위해서는 옷차림이나 헤어스타일, 화장에 들이는 시간과 노력을 모두 배제할 걸 그랬다.

스티브 잡스도 항상 검은색 티셔츠와 청바지 차림이었다. 같은 옷을 여러 벌 갖고 있던 까닭은 아침에 일어나 뭘 입을지 고민하는 일 자체가 시간과 두뇌의 낭비여서라고 들었다.

신형 코로나바이러스 감염증이 유행해 마스크 생활을 하게 된 일을 계기로 대부분 화장을 하지 않게 되었다. 애초에 옷차림새란 청결감만 있으면 충분하다고 깨달았을 때는 이미 나이가 들어 있었다. 60대가 되면 여자도 남자도 살아가는 태도나 사고가 얼굴에 드러난다. 원래 얼굴 모습보다도 지성이나 관대함, 또는 깊은 배려심이 표정과 말에 고스란히 배어나기 마련이어서 감출 수가 없다.

그때 내 옆으로 자전거가 스르륵 미끄러지듯 다가왔다.

"기타조노!"

아마가세는 그렇게 나를 부르더니 자전거에서 내렸다. 아마가세와 나는 그대로 자전거를 사이에 두고 강을 따라 천천히 걸었다.

"있잖아……." 아마가세는 그렇게 운을 뗀 채로 아무 말이 없었다. 긴장하고 있는 듯했다.

"아마가세, 나한테 무슨 용건인데?"

좋아한다는 고백 같은 건 말도 안 되고, 그렇다고 공부나 진로 문제를 나한테 상담할 리도 없다. 대체 무슨 용건인 걸까. 도무지 짐작이 가지 않는다.

"있잖아, 그게 말야, 내가 잘못 들은 건 아닌 거 같은데 말이지."

응? 도쿄 말투다. 왜 아마가세가 도쿄 말투를 쓰고 있지?

"아까 말야, 스마트폰이라고 했지?"

"어?"

나도 모르게 걸음을 멈추고 아마가세를 올려다보자 그도 멈춰 섰다.

"분명히 말했잖아. 모르는 건 스마트폰으로 검색하라고, 게메코한테."

머릿속이 혼란스러웠다.

어떻게 된 거지?

아마가세는 이 시절부터 스마트폰이라는 말을 알고 있었던 건가?

아니, 그렇지 않아. 그럴 리 없어.

아니면 내가 미래에서 타임슬립해 온 게 들통난 걸까?

아니, 이것도 아냐. 누가 봐도 나는 중학생이다. 부모님과 오빠도 의심하지 않는걸.

무슨 상황인지 좀처럼 이해할 수 없었다. 하지만 이럴 때는 괜히 어설픈 말을 하지 않는 게 좋다.

"아마가세, 스마트폰이라니, 그게 뭔데?" 하고 되물으면서 시선을 똑바로 앞을 향했다. 눈이 마주치면 거짓말을 하고 있다는 걸 들킬 것만 같았다.

"스마트폰. 잘 알잖아?"

순간 숨을 죽였다.

아무 대답도 하지 못한 채 다시 걷기 시작하자 아마가세가 느닷없이 내 어깨를 붙잡았다.

"왜 시치미 떼고 그래?"

"아니, 시치미를 떼는 게 아니⋯⋯."

"스마트폰은 지금 시대에는 없잖아!"

그렇다면 아마가세는 미래에 그런 물건이 세상에 나올 거라는 걸 알고 있다는 말이 된다. 과학 잡지나 뭐 그런 데 쓰여 있던 걸까.

빌 게이츠는 지금 몇 살이지? 이미 프로그래밍을 시작했을까. 그리고 스티브 잡스는 몇 살이고 어디서 뭘 하고 있을까?

"무슨 말을 하는지 잘 모르겠는데."

그렇게 대답할 수밖에 없었다.

내가 미래에서 왔다는 사실을 아마가세가 꿰뚫어보고 있다고는 생각할 수 없다. 하지만 외계인이 공안경찰에게 붙잡혀 인체 실험을 당하고 구경거리가 된다는 줄거리의 영화를 본 적이 있다. 나도 그렇게 될지 모른다고 생각하자 무서워졌다.

"아까 분명 스맙이 해산했다는 말도 했잖아?"

"응?"

"기타조노, 넌 어느 시대에서 온 거야?"

돌직구로 날아온 질문에 놀라 다시 걸음을 멈추고 말았다.

그리고 쭈뼛쭈뼛 아마가세를 올려다보았다.

그도 걸음을 멈추고 숨을 죽인 채 나를 가만히 바라보았다. 멀리서 보면 조숙한 중학생 커플이 마주 바라보는 것처럼 보였을 것이다. 게메코나 유카가 나무 그늘에 몰래 숨어 쳐다보고 있는 것 같았다.

어떻게 대답해야 할지 망설이는데 아마가세가 말했다.

"나는 2023년도에서 왔어. 레이와[33] 5년."

순간 양팔에 소름이 돋았다.

레이와라는 연호까지 알고 있다. 이 연호는 어떤 과학 잡지에도, 혹은 미래 예측서에도 쓰여 있을 리가 없다. 아마가세도 타임슬립해 온 것이다. 그렇게밖에 생각할 수 없지 않은가. 그래서 체념하고 솔직히 대답했다.

"나도 2023년도에서 왔어."

"역시 그랬구나. 아아, 다행이다. 나, 계속 외로웠거든. 동시에 타임슬립한 건가? 예순세 살이었지?"

"응, 동급생이니까 나이가 같지."

"기타조노, 아까부터 도쿄 말 쓰던데, 도쿄에 살았어?"

"응. 맞아."

"도쿄로 대학 간 거야?"

나에 대해서 그런 것도 몰랐던 거야? 그럴 거라고 짐작은 했지만 얼굴을 맞대고 직접 들으니 마음이 서늘했다. 아마가세가 얼마나 나한테 관심이 없었는지를 알 수 있는 말이니까.

반면에 아마가세가 졸업 후 어떻게 되었는지는 여자애들 대

---

33 令和. 2019년 5월부터 사용하는 일본의 현재 연호

092

부분이 알고 있다. 아내 외모까지도.

"응. 전문대학이지만."

"도쿄에 살았다면 말도 잘 통하겠네. 기타조노가 타임슬립 했을 때 상황도 자세히 알고 싶고 예순세 살로 되돌아가려면 어떻게 해야 하는지, 지금 중학교 생활을 어떻게 해나가면 좋을지, 하고 싶은 말이며 묻고 싶은 말이 산더미 같아서 머리가 혼란스러워."

"응, 나도 묻고 싶은 게 많아."

"기타조노는 나와 달리 잘 적응하고 있는 것 같은데. 진짜 중학생이 되어서 학교생활도 척척 해내고 말이지. 난 여기 온 지 일주일밖에 안 돼서 당황스러운 일투성이거든."

"나는 3개월쯤 전에 왔는데, 그래도 아직 영문을 모르겠어서 지금도 당혹스러워."

"그럼 둘이 서로 협력하자."

"응, 그러자. 아마가세랑 함께라면 마음이 든든해."

"근데 어떻게 연락하지? 집으로 전화 걸면 부모님이 이상하게 생각하실까?"

"몇 분 정도라면 학교에서 연락 사항이 있는 걸로 아시겠지만, 오래 통화하거나 자주 걸려오면 이상하게 여기실 거야."

"역시 그렇겠지?"

"아마가세네 집은 어떤데? 여학생이 전화 걸어도 괜찮아?"

"절대 안 되지." 하고 아마가세는 강하게 부인하더니 말을 이었다.

"우리 집은 엄마가 그런 쪽으로 눈치가 빠르고 잔소리가 많으셔서."

"스마트폰도 컴퓨터도 없는 시대라서 집 전화밖에 연락 방법이 없으니……."

"이 시대에도 긴자[34]에는 이미 맥도널드가 있었어. 그다음에 요요기[35]에도 오픈했고. 하지만 2020년대가 돼도 이 동네는 맥도널드도 스타벅스도 들어오지 않았거든."

아마가세는 그렇게 말하더니 씁쓸하다는 듯이 옅은 웃음을 지었다.

그 웃음 띤 얼굴을 본 순간, 그때까지 계속되던 긴장이 탁 풀어져 내 입에서도 후훗 하고 웃음소리가 새어나왔다.

"만약 여기가 도쿄였다면 사람들 눈에도 띄지 않을 거고, 교복을 입은 채로 맥도널드에 들어가 주스 한 잔 마시면서 몇 시간이고 눌러앉아 얘기할 수 있을 텐데."

"그러게 말이야."

"수업 끝나면 매일 함께 돌아갈래?" 하고 내가 제안했다.

"그건 어려워."

---

34 銀座. 도쿄도 주오구에 있는 지역명. 일본을 대표하는 번화가로 고급 브랜드 매장이 많이 들어서 있는 상업지다.

35 代々木. 도쿄도 시부야구에 있는 지역명

아마가세가 주위를 둘러보고 나서, 좀 보라는 신호로 턱을 들어 보였다.

그 말을 듣지 않아도 아까부터 눈치채고 있었다. 멀리서 후배 여학생들이 아마가세를 가만히 바라보고 있다. 그 무리가 점점 더 커져 마치 도넛 모양 층이 생길 지경이다.

찬찬히 둘러보니 나와 같은 학년인 여학생들도 꽤 있었다.

나는 당황해서 학생 가방을 자전거 짐칸에 올려놓고 수학 교과서를 꺼냈다. 그리고 적당한 페이지를 펼쳐 들여다보는 척했다.

"나한테 공부 관련해서 뭔가 물어보고 싶은 게 있었던 척해."

"그렇게까지?"

"그렇잖아, 미인인 유리코나 귀여운 유카라면 모를까, 나한테 말을 걸었으니 다들 이상하게 생각한다고. 분명 공부하다가 모르는 게 있어서 나를 불러낸 걸 거라고, 아까 게메코랑 애들이 그랬거든."

그렇게 말하자 아마가세는 말똥말똥 나를 바라보았다.

"쓸데없는 소리! 외모가 뭐라고."

"어머 뜻밖이네, 그런 말을 다 하고. 그럼 어디 물어보자, 너는 예쁜 애랑 못생긴 애 중에서 누가 좋으니?"

무심코 아마가세를 너라고 불렀다는 걸 깨달았다. 어딜 보나 중학생이니까.

"기타조노, 그러지 않았음 좋겠어. 어른이 아이를 타이르는 것 같은 그런 말투. 너도 지금은 중학생이야."

"아마가세 아내가 절세미인이라는 소문을 들었거든?"

"어? 아니, 절세라고 할 정도는 아니고……."

"미스 도카여대로 선발된 적이 있다던데 진짜야?"

"네네, 맞습니다요." 하고 대답하고 나서, 아마가세는 한숨을 몰아쉬었다.

"알고 있겠지만, 아마가세는 여학생들 사이에서 엄청나게 인기가 많아. 아까 교실에서 나한테 말 걸었을 때만 해도 여자애들 질투가 무서울 정도였다니까."

아마가세는 그 말에는 대답하지 않고 앞을 보면서 다시 발걸음을 떼더니 입을 열었다.

"중학생 때 러브레터 많이 받았어. 특히 중3이 되고 나서가 굉장했지." 하고 멋쩍어하지도 않으며 말했다.

"인기가 말도 못했잖아. 분명 기분 엄청 좋았을 거 아냐!"

"무슨! 난감했어. 모르는 여자애가 다짜고짜 좋아한다고 하면 무섭지."

"……그랬구나."

"그보다 말야, 교환 일기 쓸까? 옆 반에서도 조숙한 애들이 많이 하잖아."

"그치만, 그러다간 우리도 사귀는 줄 알 텐데."

"기타조노가 싫다면……."

"난 괜찮아. 아마가세가 싫지 않을까 해서."

"나는 그런 거 신경 안 써."

"그래? 그럼 교환 일기 쓰자. 그거밖에 방법이 없는 것 같아."

"그러자. 딱 중2병의 사랑, 그런 느낌으로 하면 되겠군."

"중국에서도 '중2병'이라는 말을 쓰게 됐다던데?"

"알아. 유튜브에서 봤어." 아마가세가 미소를 지었다.

컴퓨터나 스마트폰뿐만 아니라 SNS와 유튜브를 알고 있는 사람이 나 말고도 또 있다. 그렇게 생각하자 기뻐서 견딜 수가 없었다.

"노트를 어떻게 전해주지? 상대방 책상 안이나 신발장? 장소를 정해두는 게 좋을 것 같은데." 하고 내가 말했다.

"그런 덴 안 돼."

"왜?"

"누가 훔쳐볼 게 뻔하잖아."

"설마 그렇겠어? 남의 교환 일기인데."

아마가세가 대답을 하지 않았다. 못 들었나?

"아마가세, 남의 책상 안을 뒤져서까지 교환 일기를 읽는 사람이 이 세상에 있다고 생각하는 거야?"

그렇게 말하자 아마가세는 왠지 한숨을 쉬었다.

"기타조노는 예순세 살이 되어서도 세상 물정을 모르는구나."

"뭐라고?"

"너, 너무 순진해. 여자면서 여자가 얼마나 무서운지를 모르다니!"

"뭐야 그게. 넌 다 안다는 것처럼 말하네. 나도 고생 많이 했거든. 여자라는 이유 하나만으로 깔보는 세상과 맞서 매일 싸워왔다고. 하지만 아마가세는 남자인 데다 엘리트지, 잘생겼지, 날 때부터 밝은 성격이잖아. 내가 얼마나 힘들었는지는 절대 이해 못 할 거야."

깨닫고 보니 속사포로 한참을 떠들어대고 있었다. 쌓이고 쌓인 불만을 아마가세에게 늘어놓다니 잘못돼도 한참 잘못되었거늘, 말을 멈출 수가 없었다.

"알았어. 미안. 내 표현이 좀 안 좋았어. 사과할게."

"그래? 그렇다면…… 지금 건, 나도 말이 지나쳤어. 약간 정서불안인가봐."

"정서불안이 되는 게 당연해. 느닷없이 타임슬립하면 누구나 혼란스러울 수밖에 없지. 어쨌든 교환 일기는 직접 전해주기로 해. 받은 사람은 집에 돌아갈 때까지 줄곧 손에서 놓지 않을 것. 눈을 떼는 것도 절대 금지야!"

"알았어."

"자, 우리 집은 이쪽이니까, 그럼 다음 주에 봐."

아마가세는 내 눈을 보며 그렇게 말하고는 자전거에 올라타 멀어져갔다.

그때 뒤에서 토도도독 달려오는 발소리가 났다. 그 특징 있는 잔달음질은 틀림없이 게메코다. 분명 게메코는 물어보겠지. 대체 아마가세랑 무슨 얘길 했느냐고.

적당히 둘러대려고 하면 할수록 자꾸 내 무덤을 파게 되리란 건 불 보듯 뻔했다. 만약 유카도 함께 있다면 더욱더 꼬치꼬치 캐물을 게 분명하다. 게메코한테는 대충 얼버무릴 수 있어도 남녀관계에 예리한 촉을 갖고 있는 유카는 속일 수 없다. 게다가 거짓말을 꼬리 물 듯이 계속하는 건 여간 성가신 일이 아니다. 금방 앞뒤가 맞지 않아 들키고 말 것이다.

모처럼 얻은 두 번째 인생이다. 하찮은 일로 시간을 낭비하고 싶지 않다.

그렇게 생각한 순간, 나는 뒤도 돌아보지 않고 냅다 앞으로 달려나갔다.

집에 돌아와서는 책상 앞에 앉아 책꽂이에서 새 노트를 꺼내 책상 위에 올려놓았다.

새하얀 페이지를 바라보면서 아까 있었던 일을 떠올렸다.

아마가세가 같은 시대에서 타임슬립해 왔다는 것을 알았을 때, 정말 말할 수 없을 정도로 기뻐서 울컥했다. 지금까지 3개월 동안 줄곧 고독 속에 있었다. 그런데 이제 이야기가 통하는 사람이 나타났다. 숨김없이 다 말할 수 있는 상대가 생긴 것이다. 미래에서 왔다는 사실을 더 이상 숨기지 않아도 되는 상대가 있다.

노트에 쓰고 싶은 말이 끊임없이 가슴에 차올랐다. 아마가세에게 물어보고 싶은 얘기며 하고 싶은 말이 너무도 많다. 어떤 말부터 써야 할까.

불현듯 라디오카세트 스위치를 누르자 가요가 흘러나왔다.

— 제발 나를 버리지 말아요. 매달리며 울었지.

"뭐어?" 하고 무심코 소리를 내질렀다.

대체 누가 이런 가사를 쓴 거지? 보나마나 남자겠지. 왜 이런 가사를 여가수에게 부르게 하느냐고.

그런 내 분노에 아랑곳없이 노래가 이어졌다.

— 당신 마음에 드는 여자가 되고 싶어.

"장난해? 여자의 주체성은 어디로 간 거냐고."

이 노래는 크게 히트를 쳤기 때문에 중학생 때부터 알고 있었다. 하지만 중학생 때는 아무 생각 없이 들었다. 아마 엔카[36]의 케케묵은 세계와 밝은 미래가 열려 있는 중학생인 자신과는 관계없다고 생각했겠지. 적어도 내 주변에는 엔카를 좋아하는 동급생은 없었다. 이렇게 진부한 남녀관계를 상상하고 만족해

---

36 演歌. 1960년대 중반부터 유행한 일본 대중가요의 한 장르

하는 사람은 중장년층이 대부분이었을 것이다.

짜증이 나 있는 동안 엔카가 끝나고 다음 노래에 대한 소개가 시작됐다.

이제 같은 또래인 여자 아이돌 가수의 등장이다. 뛰어난 가창력을 지니고 있어 중학교 때는 왕팬이었다.

— 가을바람이 불어오면 당신을 생각해.

아, 진짜 추억 돋네.

— 밤하늘의 별을 헤아렸어 하나, 둘…….

성량이 풍부해서인지 노랫소리가 시원하게 뻗어나갔다. 눈을 감고 푹 빠져서 들었다.

— 당신, 내가 잘못하면 때려도 좋아.

"뭐라고? 뭔 소리야?"

나도 모르는 사이에 라디오카세트를 째려보았다.

엔카라면 또 모를까, 10대 아이돌 가수한테 왜 그런 가사를 노래하게 하는 건지 모르겠다.

하지만…… 이 노래도 중학생 때부터 알고 있었고 수없이 흥얼거렸다.

어째서 이 가사를 아무 생각 없이 듣고 넘길 수 있었을까.

아무것도 몰랐던 것이다. 세상사도, 여성의 지위에 관한 것도. 중학생은 어른이 생각하는 만큼 아이가 아닐지도 모르지만, 자신이 생각하는 만큼 어른도 아니다.

어이없게 이 곡도 크게 히트했다. 인기 아이돌이 부른 데다 후렴구 멜로디가 입에 착 붙어서 따라부르기 좋았다.

이런 노래가 히트치는 건, 좀 아니지 않나? '내가 잘못하면 때려도 좋아', 이런 가사를 반복해 부르고 듣는 동안에 그 광경이 머릿속에 새겨지고 만다.

마음에 들지 않는 여자는 때려도 되는 거라고, 남자에게는 그렇게 제재할 권리가 있는 거라고 단순히 믿어버리는 남자가 한 사람도 없다고는 단언할 수 없다. 아주 쉽게 쓰레기 같은 남자가 탄생하는 것이다.

책장에 있던 연예 잡지 〈묘조(THE MYOJO)〉[37]를 꺼내 들었다. 이 시대는 프라이버시 보호에 대한 의식이 없던 때라 잡지 말미에 연예인의 집 주소가 실려 있을 터였다. 샅샅이 찾아보니 작사가 사무소 주소도 실려 있었다. 오랜 세월을 거쳐오며 몇천 곡이나 쓴 중진 작가다. 그 작사가는 그러한 공적을 인정받아 89세가 되는 해에, 정부가 학문·예술 등에 공적이 있는 사람에게 주는 자줏빛 리본이 달린 포장(褒章)을 받게 된다는 사실을 나는 알고 있다.

책상 서랍을 뒤져보니 마침 스누피가 그려진 편지지 세트가 있었다.

머리에 피가 확 솟구친 상태에서 써서 그런지 펜이 멈춰지

37 슈에이샤(集英社)가 발행하는 오랜 전통의 연예 잡지

질 않았다.

　— 갑작스럽게 편지를 보내오나 부디 양해해주십시오.

　작사가님이 가사를 쓰신 〈가을바람 부는 길모퉁이(秋風の吹く
街角)〉에 관해 드리고 싶은 말씀이 있습니다.

　가사에 나오는 '내가 잘못하면 때려도 좋아'라는 부분 말입
니다만, 이 가사는 남존여비 사고가 너무 심해서 청소년들에게
나쁜 영향을 미칩니다. 이런 불평을 하면 분명 융통성 없고 세
상 물정을 모른다고 하시겠지요. 어린애 주제에 미묘한 남녀의
감정을 뭘 아느냐고 가소롭기 짝이 없다고 생각하실지 모르겠
습니다. 하지만 저는 단호하게 항의합니다. 이 가사는 미래를
위해 매일 공부와 동아리 활동을 하면서 열심히 노력하고 성장
해가는 여학생들의 곧은 의지를 꺾어버릴 수 있습니다. 아무리
노력해도 남성의 노예와 같은 입장에서 놓여날 수 없다고 말하
는 것이나 다름없습니다. 당신은 그 사실을 알고 계신가요? 당
신과 같이 유명하고 훌륭한 어른이 작사했다고 하면 그 한 마
디 한 마디를 옳은 말이라고 믿게 됩니다. 순수하고 단순한 남
자 중학생들은 자신의 마음에 들지 않는 여자는 때려도 된다고
착각할 수 있습니다. 어른이 되어서, 난폭한 남자에게는 행복
이 찾아오지 않는다는 걸 깨달았을 때는 이미 늦습니다.

　당신은 당신이 상상하는 것보다 훨씬 더 영향력이 크다는

사실을 명심해주세요.

당신은 잘못하고 있는 겁니다. ―

편지를 다 쓰고 나서 책상 안을 들여다보니 20엔짜리 우표가 몇 장 있었다. 이 시대는 20엔으로 편지를 보낼 수 있었나 보다.

월요일 아침, 등교하는 길에 우편함에 넣어야지.

5

교환 일기

월요일, 학교에 가자 예상대로 게메코와 친구들에게 둘러싸였다.

"봤어, 봤어. 토요일날 집에 돌아가는 길에 아마가세랑 다퉜지?"

"다퉜다고? 아닌데?"

"네 어깨를 붙잡던데 뭘. 얼마나 세게 잡힌 거야?" 하고 유카가 화난 것처럼 물었다. 그 눈빛은 아마가세의 손가락 힘에 비례해 질투가 깊어진다는 것을 의미했다.

"붙잡혔다고? 그랬었나?" 하고 시미치를 뗄 수밖에 없었다.

"수학 교과서를 펼치는 것 같았는데." 나오미가 침착한 목소리로 말했다.

먼 데 숨어서 엿보고 있던 걸까. 아무리 그래도 그렇지, 쌍안경을 갖고 있던 것도 아닐 텐데 무슨 과목인지까지 알고 있다.

"그래서, 무슨 얘기 했어?" 게메코도 내 대답을 재촉했다.

"응용문제 풀이식에 다른 의견을 갖고 있었나봐……." 하고 어젯밤에 준비해둔 대로 대답했다.

"그래? 그래서 심하게 다툰 거구나." 하며 나오미는 금방 납득했다.

마침 다행히도 게메코랑 이 애들은 모두 수학을 못했다. 어떤 문제의, 어떤 풀이식에 차이가 있었는지 파고들지 않아서 한시름 놓았다.

"아아, 나도 수학을 잘하면 좋았을 텐데." 게메코가 아쉽다는 듯이 한탄했다.

"나도 그런 세계에는 못 들어갔어. 주산 2급이라 암산은 빠른데 초등학교 5학년쯤부터 응용문제는 못 따라가겠더라고."

나오미도 분한 표정을 지었다.

"걱정 마. 어차피 남자는 수학 잘하는 여자 안 좋아하거든."

유카는 그것이 상식이라는 듯이 단호히 말했다.

"그건 맞아." 하고 나오미가 동의하자 다들 안도하는 분위기였다.

"기말고사 다가오면 아마가세한테 수학 좀 가르쳐달라고 해야지." 게메코가 말했다.

"몰래 먼저 그러기 없기다!" 하고 나오미가 쐐기를 박았다.

"알아. 꼭 나오미랑 유카도 부를 테니까 안심해."

게메코 말에 유카가 바로 받아쳤다.

"난 사양할게. 머리 나쁜 여자라고 싫어할 거 아냐."

수학 잘하는 여자는 남자들이 안 좋아한다더니 머리 나쁜 여자도 싫어하는 모양이다.

"어머, 행차하신다." 하고 유카가 목소리를 낮췄다.

아마가세가 뒤쪽 문으로 들어오는 것이 보였다.

틈을 봐서 아마가세에게 노트를 건네줘야 할 텐데, 대체 어느 타이밍에 줘야 할까. 내 바로 옆에 있는 게메코, 유카, 나오미는 물론이고 다른 여자애들 대부분이 아마가세를 슬며시 시야 한쪽에 넣고 살피고 있다. 눈치 빠른 여자애들이 내가 노트를 건네는 순간을 놓칠 리가 없다.

어른들에게는 훈훈하고 흐뭇한 풋사랑으로 보이겠지. 하지만 어른인 여자와는 달리 남자의 경제력이나 장래성 같은 건 전혀 안중에 없고, 그저 오로지 순수한 감정뿐이다. 그렇기에 더더욱 강렬하다고도 할 수 있다. 내가 그랬듯이.

아마가세의 신호는 절묘했다. 나만이 아마가세를 쳐다본 그 한순간의 일이었다.

고개를 쓰윽 치켜올린 것은 '얼른 노트 줘!' 하는 신호일 터였다.

하지만 화장실에 가는 척 나와서 복도에서 건네주면, 빈손으로 복도에 나온 아마가세가 교실에 들어갈 때는 노트를 들고 가게 되니 바로 들키게 된다. 수학 문제가 어쩌고 하면서 넘어가기는 어렵다. 공부에 관한 노트라면 모두가 있는 앞에서 떳떳이 건네주지 않는 게 이상하다고, 유카라면 바로 알아챌 것이다.

그 후에도 계속 노트를 건넬 기회를 엿봤지만 교실 이동 수업이 있을 때도 점심시간에도, 애들 눈에 띄지 않고 전해줄 순간은 좀처럼 찾아오지 않았다.

마침내 수업이 끝나고 홈룸 시간이 되었다.

"오늘 자리 바꾸는 날이지? 커뮤니케이션을 원활하게 해서 인간관계를 넓히는 일이다."

담임 선생님이 말했다.

아무도 놀라지 않는 걸 보니 학기 초부터 자리바꿈이 예정되어 있던 듯하다.

"지금부터 제비뽑기를 하겠습니다." 하고 남학생 학급위원이 말했다.

한 사람씩 앞으로 나가 네모난 상자에 손을 집어넣고는 작은 종이를 한 장씩 뽑았다.

나는 복도 쪽 맨 뒷자리가 되었다.

"그러면 이제 일제히 새 자리로 이동해주세요." 하고 학급위원이 지시를 내렸다.

내가 가방을 싸서 자리를 옮겨가자 두꺼운 안경을 쓴 남자애가 옆자리로 다가왔다. 문예부에 소속된 조용한 애로 모두가 마지메[38] 군이라고 불렀다.

여기저기서 환호성을 지르는 소리며 아쉽다고 너스레를 떠는 탄식도 들려왔다. 그렇게 소란스러운 가운데, 아마가세가 내 쪽을 향해 똑바로 걸어왔다. 눈이 마주치자 재빨리 윙크를 보내왔다.

심장이 쿵쿵 뛰었다.

남자 중학생을 상대로 가슴이 두근거리다니, 나 어떻게 된 거 아냐? 원래 그는 예순세 살이다. 열네 살 때의 그는 여학생에게 가볍게 윙크하는 일은 절대 없었을 것이다. 한마디로, 내면은 중년 아저씨인 것이다. 그러니까 마사미, 너 좀 진정해.

아마가세는 마지메 군 옆으로 오더니 그의 어깨에 손을 얹었다.

"내가 자리 바꿔줄게. 맨 뒷자리에서는 칠판이 잘 안 보이잖아."

"고마워. 실은 난처했어. 네 자리는 어딘데?" 하고 마지메 군이 물었다.

"앞에서 두 번째 줄."

"두 번째 줄이구나. 맨 앞자리면 좋았을 텐데."

---

38 일본어로 '성실하다'는 뜻. 때로는 고지식하고 융통성이 없다는 뉘앙스로 쓸 때도 있다.

"옆자리가 오쿠야마 유카야."

"뭐, 진짜? 오쿠야마 옆자리라고?"

마지메 군 얼굴이 새빨개졌다.

"아마가세, 이 은혜 진짜 안 잊을게. 안경 쓰고 칠판을 봐도 작은 글씨는 잘 안 보여서."

마지메 군은 막 가져왔던 짐을 들고 재빨리 앞쪽 자리로 옮겨갔다.

"어, 말도 안 돼! 왜 네가 내 옆으로 와?"

앞쪽 자리에서 유카 목소리가 크게 들려왔다. 그런 식으로 말하면 귀여운 이미지가 망가질 텐데, 그런 것쯤은 상관없을 정도로 단단히 화가 났나 보다.

"아니 그게, 아마가세가 바꿔달래서."

"뭐라고? 왜 시키지도 않은 짓을 하고 그래?"

화를 주체하지 못하는 유카 목소리가 교실 안에 울렸다. 아마가세도 들었을 텐데 전혀 아랑곳하지 않고 교과서와 학생 가방을 내 옆자리에 차례로 옮겨왔다.

맨 뒷자리는 교실 전체를 둘러볼 수 있어서 아주 좋았다. 중학생이란 어떤 습성을 지니고 살아가는 생물체인지를 관찰할 수 있다. 조금씩 따라 하면 된다. 타임슬립해서 이 시대로 온 지 3개월이 지난 지금도 내가 중학생으로서 이상한, 즉 아줌마 같은 행동을 하고 있는 건 아닌지 불안할 때가 있다.

110

"이제 다 제자리에 앉았나요?"

교단에 선 학급위원이 그렇게 묻자 모두 앞쪽으로 시선을 돌렸다.

지금이다. 노트를 건네줄 기회다. 지금이라면 아무도 뒤를 돌아보지 않는다.

재빨리 가방에서 노트를 꺼내 들었을 때, 아마가세가 책상 아래에서 손바닥을 위로 하고는 빨리 달라는 시늉을 하며 나를 보았다. 잽싸게 노트를 내밀자 아마가세가 손을 쑥 내밀어 받아들었다.

다음 순간, 유카가 뒤를 돌아 아마가세를 바라보는 바람에 가슴이 철렁했다.

하마터면 큰일 날 뻔했다. 맨 뒷자리라고 해서 방심하면 안 되겠다.

아마가세는 책상 밑에서 노트를 팔랑팔랑 넘겼다. 그리고 글씨가 쓰여 있는 것을 확인했는지, 자기 가방 안에 쑥 집어넣었다.

표지에는 '수학'이라고 써두었다. 설사 누가 보게 되더라도 교환 일기라고 의심받지 않는 편이 좋다. 행여 아마가세와 사귄다는 소문이 돌면 여자 친구들을 한꺼번에 잃을 게 분명하다. 중학생 친구들을 원하는 건 아니지만, 학교 행사나 진로에 관한 정보까지 차단되면 곤란하다.

만약 아마가세와 사귀는 걸로 위장할 경우, 그래도 게메코가 내 곁에 꼭 붙어다닌다면 그와의 일을 시시콜콜 알고 싶어 할 것이다. 내게 물어볼 때마다 진짜 연애하고 있는 것처럼 가장하고 거짓말을 거듭해야 한다는 건 상상만 해도 귀찮기 짝이 없다.

"자리 이동이 끝난 사람은 집에 가도 됩니다."

학급위원이 그렇게 말하자, 아마가세가 바로 일어났다. 그리고 내 뒤로 돌아갈 때 살짝 몸을 굽히고는 귓가에 속삭이듯이 "그럼 내일 봐." 하고 내 어깨에 살짝 손을 댔다가 교실을 나갔다.

아아, 또 가슴이 설레고 말았어.

마사미, 진정하라고.

생각해봐. 그가 중학생이었을 때 여학생 어깨에 살짝 손을 얹고 그랬을 것 같아? 그러니까 몇 번이고 말하지만, 그는 중년 아저씨인 거다.

그렇게 자신에게 일러봤지만 마음이 들뜨는 걸 좀처럼 가라앉힐 수가 없었다.

그는 집에 돌아가서 바로 노트를 읽겠지. 첫 페이지이기도 해서, 고민한 끝에 타임슬립했을 때의 상황을 담담히 썼을 뿐이다.

어느 날, 카페에서 모닝 세트를 먹고 있다가 문득 생각나 오타니 쇼헤이 선수를 흉내 내서 만다라차트를 적어보았던 일. 그 종이를 들여다보는데, 한가운데 쓴 목표 칸이 태풍의 눈처럼 변하더니 주위 칸들이 빙글빙글 돌기 시작했고, 앗! 하고 놀랐을 때는 그 한가운데 칸으로 빨려들어갔던 일. 그리고 깨닫고 보니 중학생으로 되돌아와 있던 일을.

아마가세는 내 글을 읽고 무슨 생각을 할까. 그가 타임슬립해 왔을 때의 상황도 알고 싶었다.

그다음 날, 수업이 끝난 후 홈룸 시간에 아마가세에게 노트를 건네받았다.

집에 돌아가 2층 내 방으로 들어가자마자 가방에서 노트를 꺼내 펼쳐들었다. 옷을 갈아입는 시간도 아까웠다.

빽빽하게 쓰인 정갈한 글자가 시야로 튀어 들어왔다.

— 기타조노 씨, 앞으로 신세지게 되었군요. 잘 부탁합니다. 같은 시대에서 타임슬립해 온 사람이 저 말고 또 있다는 사실을 알았을 때는 정말 기뻤습니다. 기타조노 씨는 이 세상에서 유일하게 나를 이해하는 사람이에요. 서로 도와서 앞으로의 인생을 잘 살아낼 수 있으면 좋겠습니다.

비즈니스 레터냐! 평소에는 자신을 '나'라고 하더니만 글에서는 꼬박 '저'라고 쓰고 있다. 겉보기에는 중학생이어도 글은 오랜 세월 직장생활을 해온 예순세 살 아저씨인 거라고, 새삼 깨달았다.

— 이 노트는 아침 일찍 제게 건네주세요. 제가 기타조노 씨에게 돌려주는 건 수업 후 홈룸 시간으로 하겠습니다. 즉, 기타조노 씨 가방 안에 노트가 들어 있는 시간을 최소한으로 하려고요. 내 가방을 마음대로 열어 노트를 볼 놈은 없을 테지만, 기타조노 씨 가방이라면 게메코나 오쿠야마 유카가 제멋대로 열 가능성이 없다고는 할 수 없으니까요.

한마디로 '나와 달리 넌 애들이 우습게 보고 있는 거야' 하는 말처럼 들렸지만, 너무 지나친 생각일까.

— 오타니 선수의 활약상은 굉장하네요. 그가 그렸다는 만다라차트는 저도 주간지나 인터넷에서 몇 번인가 본 적이 있어요. 전 그걸 기타조노 씨가 흉내 내서 써봤다는 데 놀랐습니다. 아니, 이미 예순세 살인데 장래 목표를 써봤다는 거잖아요? 그 활동력이 대단합니다.

아마가세는 착각하고 있다. 나는 과거로 돌아간다면 인생을 다시 시작하고 싶다는 생각을 한 거지, 설마 예순세 살 시점에서 장래 목표라니, 그런 걸 쓸 리가 없잖은가. 노력이 결실을 맺을 만하면 그땐 80대라는 소리다. 그때까지 살 수 있을지 어떨지, 정신이 말짱할지 아닐지도 알 수 없거늘.

— 제가 타임슬립한 건, 집 거실 소파에 앉아 생각에 빠져 있을 때였어요. 기타조노 씨처럼 뭔가에 빨려들어가는 듯한 감각은 없었고, 퍼뜩 정신을 차려보니 중학생으로 되돌아와 있었어요. 지금 제 기분은, 컴퓨터와 스마트폰이 있는 시대로 돌아가고 싶어 미치겠는 한편으로, 모처럼 주어진 2회차 인생이니까 이참에 완전히 다른 삶을 살아보고 싶기도 합니다. 그럼, 오늘은 이쯤 할게요.

뭐야, 겨우 이게 다야? 뭔가 부족한 느낌이다.

조금 더 마음속을 보여주길 바랐다. 그러는 나 역시도 타임슬립했을 때의 상황만 썼을 뿐인 데다, 오타니 쇼헤이 선수와 나 자신의 인생을 비교하고 우울해했다는 말은 쓰지 않았으며, 만다라차트에 어떤 목표를 적었는지까지는 말할 생각이 없다.

— 아주 걸작인걸? 오타니 선수와 자신을 비교하는 주부라니 말이야.

남편과 마찬가지로, 남자들은 모두 그렇게 말하며 비웃을 게 뻔하다. 애초에 속을 털어놓을 정도로 아마가세와 친한 것도 아니다. 중학교 때는 거의 이야기를 나눠본 적도 없었으니까.

나는 무척 신중해졌다. 아니 신중해야 한다고 스스로 경계하고 있었다. 조심성 없는 글이 발단이 되어 아마가세와 껄끄러운 사이가 되기라도 하면 유일한 이해자가 이 세상에서 사라지고 만다.

아마가세는 다른 인생에 도전해보고 싶다고 했다. '이참에'라는 가벼운 말투로 봐서는 호기심인 걸까. 나처럼 후회투성이인 인생과는 다르다.

그야 당연하지. 대형 은행에서 정년까지 일해온 사람이다. 엘리트 코스를 달려왔다. 미인을 아내로 맞았고 아이들은 둘다 우수하다는 얘기를 동창회에서 소문으로 들었다. 남들이 부러워할 정도로 순풍에 돛 단 듯 순조로운 삶을 살아온 것이다.

그날 밤에도 또 라디오를 들었다.

— 사랑해. 당신의 다정한 눈빛, 당신을 따라가고 싶어.

"뭐? 따라가고 싶어?"

아- 지긋지긋하다.

아무도 없는 방에서 보란 듯이 한숨을 쉬어보았다.

어지간히 좀 하세요. 자기 인생이잖아요. 그런데 어째서 남자를 따라가야 하나요?

노래하는 가수는 열일곱 살 여자아이다. 이 노래를 들은 같은 세대 젊은이들에게 얼마나 나쁜 영향을 미칠 것인가. 정말로 죄가 무거운 가사다.

"자, 다음 신청곡은……."

이제 남자 아이돌 가수 차례가 되었다. 이 시대 남성 아이돌은 "날 따라와." 하고 말하는 듯한, 소위 '남자다움'을 강조하는 남성 우위 노래는 부르지 않았던 걸로 기억한다. 외모만 해도 근육질 몸매가 아니었고 모두 장발에 귀엽고 아름다웠다.

— 네 생각만 하고 있어. 그 손을 잡아보고 싶어.

좋아, 그렇게 가야지.

— 네가 언제나 웃었으면 좋겠어.

"그만둬!"

또다시 라디오카세트에 대고 소리를 질렀다.

여자에게 항상 웃고 있기를 바라는 건 정말이지 그만뒀으면 좋겠다. 여자는 애교, 남자는 배짱이라는 케케묵은 말이 여전히 존재하고 있다. 항상 웃고 있는 게 얼마나 힘든 일인가, 5분이라도 좋으니까, 아니 1분이어도 좋으니 직접 해보라고 남자 작사가에게 말해주고 싶다.

분노를 가라앉히려고 심호흡을 하고는 서랍에서 스누피 편지지를 꺼냈다. 가사를 시정하라고 촉구해야 한다. 번거롭지만, 할 수 있는 일부터 할 수밖에 없다. 융통성 없다고 조롱을 받든, 인생이 뭔지도 모르는 중학생 따위가 건방지다는 말을 듣든, 여기서 기가 꺾일 순 없다.

― 비약이 너무 심해.

― 요즘 유행하는 페미니스트, 그런 건가요?

― 남편도 힘드시겠어요.

지금까지 수도 없이 들었던 말들이 뇌리를 스쳤다. 직장에도 아파트 이사회에도 꼭 그런 식으로 비꼬는 남자들이 많다.

하지만 굽히지 않을 거야. 포기하면 끝이니까.

일요일에는 본가 옆 마을회관에서 결혼식이 있었다.

이 시대의 야마다마치(山田町)에는 사설 결혼식장이 없었기에 대개 자기 집이나 마을회관에서 결혼식을 올렸다.

"마사미, 신부 과자 받아와."

"신부 과자라니? 아아, 그거?"

맞아, 생각났다.

떡을 던지는 게 아니라, 과자를 던져 나눠주는 풍습이 있었던 것이다. 작은 종이봉투에 다양한 과자가 들어 있다.

"그 과자, 난 싫더라. 생강 센베이랑 칼슘 센베이, 다 노인들이 좋아하는 것만 있어."

옛날 기억을 떠올리면서 말해보았다. 진짜 중학생이었을 당시에도 같은 말을 한 기억이 있다.

"엄만 생강 센베이 진짜 좋아하는데." 하고 엄마가 삐친 듯이 말했다.

"알았어, 알았다고. 받아다 줄게."

집을 나서서 바로 옆에 있는 마을회관으로 갔더니 마침 신부가 문을 빠져나오는 참이었다. 키가 큰 미인으로, 하얀 일본 전통 예복이 무척 잘 어울렸다. 마치 눈의 요정 같다. 신부가 스스로 과자 봉지를 건네주면서 다정한 미소를 지어 보였다. 나도 모르게 넋 놓고 바라보는데 등 뒤에서 "기타조노!" 하고 부르는 소리가 들렸다.

뒤를 돌아보니 아마가세가 있었다.

"친척 결혼식이었어."

"그랬구나. 그래서 일요일인데도 교복을 입고 있구나."

대화가 끊어졌다. 바로 옆에서 과자 쟁탈전이 시작되어 소란스러운 틈을 타서 잠시 마주보았다. 만약 중학생이 아니었다면, 혹은 이곳이 도시였다면 카페에 마주 앉아 이야기를 나누고 싶었다. 아마가세도 같은 생각이었는지 "모처럼 학교 밖에서 만났는데, 아쉽지만……." 하더니, 주변을 살펴보며 말을 이었다.

"안 되겠네. '대나무 헬리콥터'³⁹나 '어디로든 문'⁴⁰만 있으면, 긴자 맥도널드로 갈 수 있을 텐데."

그때 문득 어떤 방이 떠올랐다. "나, 좋은 데 알고 있어."

---

39 만화 <도라에몽>에 나오는 비밀도구 중 하나. 하늘을 날 수 있게 해주는 소형 프로펠러
40 만화 <도라에몽>에 나오는 비밀도구 중 하나. 분홍빛 문을 통하면 가고 싶은 곳 어디든지 갈 수 있다.

마을회관 안에 식모가 쓰던 방이 있다는 것을 생각해낸 것
이다. 내가 어렸을 때는 이곳이 마을회관이 아니라 민가였다.
자주 놀러왔기 때문에 천 평이 넘는 넓은 부지 내 구석구석까
지 잘 알고 있었다.

고치나 솜으로 실을 만드는 제사업(製絲業)으로 부를 이룬 사
람 집이었는데 가업을 이을 후계자가 없어 마을에 기부해 마을
회관이 되었다고 한다.

"아마가세, 이쪽이야."

과자 쟁탈전으로 어수선한 자리를 빠져나와 부엌 출입문을
통해 부지 안으로 들어갔다.

"앗, 이런 데 비밀 계단이 있었다니!"

아마가세가 놀라면서 내 뒤를 따라 좁고 가파른 계단을 올
라왔다.

한 평 반 정도밖에 안 되는 약간 어둑한 방이었다. 작고 네모
난 창 하나가 있어 그곳에서 빛이 비쳐들었다. 어릴 때는 식모
가 살았었기 때문에 살림 도구가 빼곡히 차 있었지만 지금은
아무것도 없다. 그래서인지 오히려 더 좁아 보였다.

나는 방 끝으로 가서 바닥에 앉아 무릎을 세우고 양팔로 감
싸안았다. 아마가세는 입구 가까이에 앉아 벽에 등을 기대더니
다리를 쭉 뻗었다.

"이런 방이 있었구나."

아마가세가 신기하다는 듯이 좁은 방 안을 둘러보았다.

"나, 매일 스트레스 쌓여 죽겠어. 아마가세도 그렇지?"

"나는 그렇지도 않아. 목표를 세우고 노력하는 중이거든."

"목표라니, 어떤 거?"

"아직 비밀이야."

나만 매일 허송세월하는 것 같아 약이 올랐다.

"나도 일단 목표는 있어. 야마쿠라 타로한테도 편지 써서 보냈고."

"야마쿠라 타로? 그 작사가?"

"응, 그 사람."

"가수가 아니라 작사가한테 팬레터를 보내는 사람이 있을 줄이야."

"팬레터 아니거든. 항의문이야."

"항의라니, 뭘 항의했는데?"

"가사 내용을 참을 수가 없었어."

"어떤 내용?"

"이를테면." 하고 나는 지금까지 보낸 항의문에 관해서 설명했다.

"기타조노, 거기에 뭔가 의미가 있어? 그저 기분풀이?"

"아니야. 현재 시대의 젠더 갭을 개선하려면 이 시대부터 바로잡아야지."

"우아, 뜻이 거창하네."

"왜 어이가 없어?"

"그럴 리가! 일본의 남녀관이 이상한 건 맞아."

"의외인걸. 아마가세가 그런 생각을 할 줄이야."

아마가세 부부는 전형적이고 보수적인 형태의 부부라고 생각했는데 오해였던 걸까. 아마가세는 엘리트 직장인이고 아내는 전업주부였다고 했다. 어쩌면 아마가세 아내는 일을 계속하고 싶었지만 가사와 육아에 전념하느라 일을 그만둘 수밖에 없었을지도 모른다.

미스 도카여대라고 들었을 뿐인데, 미모를 무기로 남자를 잘 끌어들이는 타입의 여자라고 내멋대로 단정지은 건 어째서였을까? 동창회에서 게메코가 말하는 뉘앙스를 듣고 적어도 호의적이지는 않았다. 지금 생각하면 질투에서 비롯된 근거 없는 편견이었다. 나 자신도 드라마나 소설이 주는 고정관념에 세뇌되어 있었나 보다. 역시 매스컴의 죄가 크다.

"기타조노는 고등학교 어디로 갈 생각이야?"

이전 인생에서는 난 현립 고등학교로 갔고 아마가세는 명문 사립 남고로 진학했다.

"나는 전이랑 똑같은 현립고야. 우리는 오빠한테만 교육비를 쏟아붓는 집이라 나한테까지 돌아올 여유가 없거든."

"그렇구나. 현립 고교는 다녀보니까 어땠어?"

"자유로운 분위기였어. 중학교랑은 달리 학생들 복장이나 머리를 혈안이 되어 감시하는 편집광 같은 교사가 한 명도 없었고."

"공부는? 많이 시켰어?"

"그렇지도 않아. 좋은 대학에 가고 싶어 하는 애들은 알아서 열심히 하라는 식이었어."

"그래? 그렇다면 나도 그리로 가야겠다."

"뭐라고? 왜?"

"내가 다닌 사립 남고는 입시에 엄청 진심인 학교라서 삭막하고 싫었거든. 게다가 나, 기타조노랑 같은 학교에 다니고 싶어. 기타조노랑 얘기하면 마음이 편해져. 어쨌든 이 세상에서 서로 이해할 수 있는 유일한 사람이니까."

"……응, 나도 그래."

오해하지 마, 마사미. 고백받은 거 아니거든. 아마가세가 말한 건, 같은 시대에서 타임슬립해 와서 애쓰고 있는 동지라는 의미다.

그걸 잘 알면서도 두근거리는 가슴이 진정되질 않는다.

"이제 가자. 늦어지면 의심받을 테니까." 하고 아마가세가 말했다.

벌써 돌아가자고? 이렇게 어슴푸레하고 좁은 공간에 있으니 키스 정도 해도 될 것 같은 기분이었는데…….

어이, 마사미. 너 제정신이야?

이 시대에 시골 중학생이 키스 같은 걸 할 리가 없잖아.

이래서 예순세 살 아줌마는 안 된다니까.

내 참, 몸도 마음도 때가 타서는.

"기타조노랑 얘기하길 잘했어. 설마하니 오늘 이런 우연이 찾아올 줄은 생각도 못했거든. 정말 기뻐."

감정을 솔직히 말할 수 있다는 자체가 나를 여자로 보고 있지 않다는 증거다. 동지에 지나지 않는다. 하지만 동지는 이 세상에 나 하나뿐이니까 나는 소중한 존재인 거다. 그렇게 마음속으로 되뇌며 스스로 위로했다.

집에 돌아가자 엄마가 말했다.

"꽤 늦었네."

"서점에 들렀다 오느라."

거짓말을 하고 나서 덧붙였다.

"자, 이거. 신부의 과자."

"고마워. 오늘 신부, 안 예뻤지?"

"왜 그렇게 물어? 이목구비가 또렷한 미인이었어."

"그치만 벌써 스물아홉 살이라네." 하고 엄마가 얼굴을 찌푸렸다.

"벌써 스물아홉 살? 그게 무슨 뜻이야?"

"스물아홉이면 이제 한물간 거지."

"엄마! 그만 좀 해. 그런 사고방식 이제 지긋지긋해."

무심코 또 큰소리를 내고 말았다.

이 시대로 돌아와서 이런저런 위화감을 느꼈다. 특히 여성을 옭아매는 구속이, 마치 법률이라도 되는 것처럼 모든 곳에 정해져 있다. 그러한 불평불만을 어제까지는 마음속에서 저주하듯이 반복해 뇌일 뿐이었지만, 사실은 소리 내어 말해야만 했다. 그 행동이 설사 불화를 초래하든, 남들이 싫어하든 그랬어야만 한다. 말로 내지 않으면 세상은 바뀌지 않는다. 이 시대의 어른이 목청 높여 항의하지 않았기에 더더욱 현시대가 되어도 여전히 개선되지 않고 있는 거다.

내가 젊었을 때는, 여자는 크리스마스 케이크라는 말까지 버젓이 돌았다. 크리스마스이브인 12월 24일을 비유해, 24세까지는 잘 팔리지만 25세가 지나면 팔리지 못하고 남은 케이크나 마찬가지라고 말이다. 결코 농담이 아니었다. 여자들은 그런 말들이 부추기는 바람에 진짜 초조해졌던 것이다.

차분히 교제하면서 상대를 알아볼 여유가 없었다. 내 동급생 중에도 나이 때문에 초조한 나머지 불량 물건을 덥석 잡은 여자가 적잖이 있다. 스무 살이나 연상인데도 의지가 되기는커녕 제대로 된 직업도 없는 남자와 서둘러 결혼한 여자도 있고, 결혼하기 전부터 도박을 좋아하는 남자가 아닐까 하고 어렴풋이 낌새채고 있던 여자나, "여자가 왜 이리 건방져!" 하고 남자가 손을 치켜든 여자도 있었다. 그런데도 독신인 채 나이 들어가는 공포심을 견디지 못하고 성급히 결혼했던 것이다.

그녀들이 예순 살 넘은 지금 어디서 어떻게 살고 있는지 전혀 모른다. 소문도 들리지 않기 때문이다. 동창회에 오지 않는 건 물론이고 동급생과의 관계도 완전히 끊겼다.

그렇게 사람들 대부분이 결혼하던 시대는 노동시장에서 여자를 배제하고 경제력을 빼앗음으로써 가족이 형성되었다. 그렇게 해서 원래 같았으면 결혼에 맞지 않는 남자들까지도 다 결혼할 수 있었다.

엄마가 또 말을 계속했다.

"가타야마 와사이(片山和裁)⁴¹ 재봉교실을 운영하는 가타야마 씨를 보라고. 나이 먹을 만큼 먹고는 독신이랍시고 기만 세져서 결혼 앞둔 젊은 학생들을 질투하고 심술 맞게 굴지를 않나, 히스테리를 부린다더라."

"엄마가 실제로 봤어?"

"볼 리가 있니? 재봉 배우러 다닌 것도 아닌데."

"근데 엄마가 어떻게 알아?"

"동네에서 유명했으니까."

"그런 소문을 퍼뜨리는 아줌마들이 더 심술궂은 거야. 전통

---

41 일본 전통 의복을 만드는 재봉. 와후쿠(和服) 재봉(裁縫)의 약어

의복을 만드는 데 평생을 바치는 건 훌륭한 일 아냐?"

"그야…… 그렇다고도 볼 수 있지."

"게다가 스물아홉 신부가 예쁘지 않다니, 완전히 변태 아저씨 시선이잖아. 젊으면 젊을수록 예쁘다니 소름 돋아. 한물갔다는 말은 너무 심하잖아. 최소한 같은 여자가 할 말은 아니지."

"마사미 너 뭔가, 요즘 좀 달라졌어."

"엄마도 좀 달라져봐. 여자도 사람이야. 아저씨들이 갖고 노는 장난감이 아니라고."

"장난감이라고 생각 안 하거든."

"그럼 왜 그런 심한 말을 하는 건데?"

이때 오빠가 2층에서 경쾌한 발소리를 내면서 내려왔다.

"엄마, 오늘 저녁 뭐야?"

"있는 재료로 야채 튀김이라도 만들까 하는데." 하고 엄마가 대답했다.

"튀김 만드는 거 어려워?"

"간단해. 오빠도 도전해볼래?"

"무슨 소릴 하는 거니? 케이스케는 공부해야지."

"나, 만들어보고 싶어. 어떻게 튀기는 건지 가르쳐줘."

"그런 거 남자가 알아서 뭐하게! 아무 쓸모 없어. 저녁 준비 다 되면 부를 테니까 네 방에서 공부나 하고 있어."

오빠는 순간 표정이 어두워지더니 고개를 숙인 채 내 앞을 가로질러 2층으로 돌아가려고 했다. 그때 내가 오빠의 팔을 붙잡았다.

"오빠, 엄마가 하라는 대로 하지 않아도 돼. 대체 엄마, 왜 그러는 거야? 오빠가 모처럼 요리를 하겠다는데."

"어지간히 좀 해라. 요즘 너 왜 이렇게 성가시게 굴어? 오빠는 남자잖아."

"남자고 여자고 관계없다니까."

"어떻게 관계가 없어? 영문 모를 소리만 하고 말이지."

낡은 가치관에 젖어 있는 엄마를 설득하기는 그리 쉽지 않을 듯하다. 그래서 나는 혹시나 하고 달리 바꿔 말해보았다.

"엄마, 30분 정도 더 공부한다고 해서 큰 차이는 없어. 오히려 요리하면 기분전환이 되어서 집중력이 좋아질 거야."

"기분전환? 어쩌면 그럴지도……. 그러면 채소 자르는 것부터 케이스케한테 부탁해볼까?"

오빠는 엄마가 말한 대로 양파, 피망, 당근을 차례로 채 썰었다. 익숙하지 않아서 시간이 걸렸고 너비도 제각각이었다.

"오빠, 꽤 잘하는데?" 하고 내가 칭찬하자 오빠는 "그래?" 하고는 기쁜 듯이 웃었다.

오빠는 아직 어린애다. 실패하든 서툴든 장래를 생각해 의욕을 꺾지 않으려고 칭찬을 퍼부었다. 하지만 남편은 어른이다. 나는 남편한테는 칭찬을 해주지 않았다. 남편에게 가사를 맡기려면 과하게 칭찬해줘야 한다느니 남편을 치켜세우면서 요령껏 조종해야 한다고 말하는 사람들이 있지만, 나는 그런 현명한 아내를 연기할 그릇이 되지 못했다. 상대를 조종한다고 생각한 시점에서 부부 사이 인간관계는 파탄난 게 아닐까. 그런 사실을 깨달은 것도 예순 살이 넘어서였고 그때는 이미 늦었다.

"자, 이제 튀김옷을 만들 거야." 엄마가 말하며 오빠에게 긴 요리용 젓가락을 건넸다.

밀가루와 물을 섞기 시작한 오빠를 보고, "스톱! 더 이상 섞으면 안 돼." 하고 엄마가 제지했다.

"어? 아직 다 안 섞였는데."

"그 정도가 딱 좋아. 반죽하면 튀김옷이 두꺼워지거든."

"진짜? 몰랐네. 하나 배웠다." 오빠는 즐거워 보였다.

"배웠다고? 이런 게 무슨 도움이 된다고. 남자가……." 엄마는 여전히 불만인 듯 투덜거렸다.

"저기……. 나는? 뭔가 할 일 없나?" 하고 등 뒤에서 아버지 목소리가 들렸다.

일제히 아버지를 돌아보았다. 이 무렵 시골의 월급쟁이는 야근도 없었기에 늦어도 저녁 6시면 귀가했다.

"당신은 저쪽에서 테레비라도……." 하고 말을 꺼낸 엄마를, 내가 막아섰다.

"아빠는 젓가락 좀 놔주셔. 그리고 차 좀 준비해줘."

"좋았어, 맡기라고. 여기 있는 현미차면 되지?"

아빠는 달라졌다. 심지어 놀랄 정도로 쉽게 달라졌다.

식탁 준비가 다 되어 가족 모두 둘러앉아 따끈따끈한 튀김을 먹었다.

"어때? 내가 만든 야채 튀김, 맛있어?" 하고 오빠가 물었다.

"응. 엄청 맛있어." 내가 대답했다.

"잘 튀겼어." 하고 엄마도 한마디 거들었다.

"아버지는요?" 하고 평소에는 별로 대화가 없던 아버지에게 오빠가 물었다.

"응, 맛있구나." 하고 아버지가 바로 대답하자 오빠는 안심한 듯한 표정을 지었다.

자신이 만든 음식을 가족이 맛있어하는지 아닌지 신경이 쓰이는 법이다. 맛이 없는데도 억지로 먹는 건 아닌지 여간 신경 쓰이지 않는다. 음식을 만드는 입장이 되어봐야 알 수 있는 일이다.

이러한 경험을 계속했더라면 혹시 오빠의 결혼 생활도 원만했을지 모른다.

그때 티브이에서 갑자기 큰소리가 흘러나왔다.

— 자기야, 일이랑 나랑 뭐가 더 중요해?

고개를 돌려보니 다이아몬드 주얼리 광고였다.

"이런 어리석은 여자 같으니라고, 현실에 있을 리가 없잖아. 일이랑 자기랑 뭐가 더 중요하다니, 보통은 그런 거 안 묻는다고."

나는 화를 참을 수 없어 거칠게 내뱉고 말았다.

"있지 않을까? 그런 여자가 많으니까 광고로도 나오는 거지." 오빠가 말했다.

"꽤나 어리석은 여자로군." 하고 아버지가 말했다.

"그러게 말야. 남자든 여자든 먹고살려면 일하지 않으면 안 되는데."

"그걸 모르는 여자는 적어도 시골에는 없어." 아버지가 단언했다.

"그런 말 하는 건 도시 여자들뿐이라니까. 돈 버는 게 무엇보다 중요하다는 건 여자도 뼈저리게 알지. '회식이랑 나랑 뭐가 더 중요해?'라고 묻는다면 또 몰라도."

엄마도 동조하며 말했다.

"엄마, 가끔은 멋있는 말도 하네?" 하고 내가 말하자 엄마는 웬일인지 기쁜 표정으로 웃었다.

"오랜만에 칭찬받았네. 요즘 마사미한테 혼나기만 해서."

"그랬나? 아, 미안."

딸에게 매일 비난받으면서 스트레스가 쌓인 걸까.

"잘 먹었어. 오빠가 만든 튀김 진짜 맛있다."

"내가 만들었을 때는 아무 말 안 하더니." 엄마가 느닷없이 불만 가득한 표정을 보였다.

"엄마가 만든 튀김이 더 맛있어. 더 연습해서 엄마처럼 만들고 싶어." 하고 오빠가 말했다.

"그래?" 하고 엄마는 입꼬리를 올리며 웃으려다 말고 바로 웃음을 거뒀다. 그럴 여유가 있으면 공부해, 남자니까. 사실은 그렇게 말하고 싶은 거겠지.

그날 밤에도 나는 스누피 편지지를 꺼내들었다.

— 다이아몬드 주얼리 광고에 관해 항의하고자 합니다. 그것은 단순히 남자의 로망에 불과합니다. 좋아하는 여자에게 '일이랑 나랑 뭐가 더 중요해?' 하는 말을 들어보고 싶은 거겠지요. '당신도 소중하지만 내게는 일도 중요해' 하며 고뇌하는 모습을 보여주고 여자를 기다리게 하는 남자를 멋있다고 착각하는 겁니다. 그리고 '여자는 언제까지고 나를 기다려준다'고 우쭐해하는 거지요. 너무도 어리석어서 보는 사람이 다 부끄럽습니다.

남자한테는 일이 있다. 하지만 여자는 그걸 이해하지 못한다. 결국 그렇게 말하고 싶으신 거겠지만, 그건 마치 여자에게는 지성이 없다고 하는 것이나 다름없습니다.

이 광고를 본 다른 사람들은 어떤 느낌을 받을까요?

분명 이렇게 생각하겠지요. 남자는 모두 열심히 일하지만 여자는 모두 시간이 남아돌아, 남자의 바쁜 상황도 입장도 이해하지 못하고 자꾸 징징거리기만 하지. 역시 여자는 전부 멍청해. 그런 인상이 마음속 깊이 새겨질 게 틀림없습니다.

뭘 그리 유난스럽게 생각하느냐고 화를 내실 건가요?

과연 여자는 한가하고 편안하기만 한 하루하루를 보내고 있을까요?

영향력이 얼마나 큰지를 잘 생각해서 신중하게 말을 고르는 게, 광고 작가의 책임이라고 생각하는데, 어떠신가요? —

6

고교 입학, 1975년

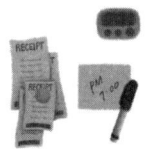

아마가세와 나는 현립 미도리야마 고교에 입학했다.

두 사람 다 전철을 타고 통학하게 되어 등하굣길에 전철 안에서 대화를 나눌 수 있었다. 그렇기도 해서 이제 교환 일기는 필요 없다고 생각하기 시작할 즈음, 아마가세는 수업 후 홈룸 시간이 끝나면 노트를 가지고 우리 반까지 왔다.

우린 교환 일기를 주고받는 사이야, 라고 과시라도 하듯이 아마가세는 당당하게 굴었다. 그건 입학 초기부터 여학생들 주목을 끌게 되어 팬클럽이 결성되었다는 소문마저 귀에 들어왔기 때문이라며, 여학생들에게 둘러싸이는 성가신 사태에 빠지기 전에 이미 자기한테는 여자친구가 있다고 미리 선수를 친 거라고 했다.

나는 그 말을 듣고 마구 화를 냈다.

"내 입장도 생각해야지. 여자애들한테 나만 미움 사게 됐잖아. 졸업할 때까지 쭉 외톨이로 지내게 되면 어떡할 건데?"

그러자 아마가세는 바로 반론했다.

"기타조노는 고교생들하고 친구가 되고 싶은 거야? 그럴 필요가 있어?"

예순세 살까지의 인생을 경험한 내가, 10대 여학생들과 친구가 되고 싶을 리 없다.

그래도 역시 아마가세와의 일로 공공연히 질투하는 시선을 받거나 계속 투명 인간 취급을 당하는 건, 아무리 60대 아줌마라고는 해도 정신적으로 힘들지 않을까 두려웠다.

"나는 남들 눈에 두드러져 보이고 싶지 않아. 조용히 지내고 싶어. 그런 사소한 소망을 아마가세가 마음대로 뭉개버린 거야."

"아, 그랬구나. 몰랐어. 미안, 미안."

말투가 너무 가볍다.

그때 문득 기시감이 덮쳐왔다. 바로 납득한 척하며 쉽게 사과하는 남자들. 표정은 아무렇지도 않고 어디에도 미안해하는 감정은 찾아볼 수 없다. 그러한 위화감을 지금까지 수없이 겪었다.

아마가세도 다른 남자들과 마찬가지로 자신의 외길 인생 외에는 안중에도 없는 걸까. 여자를 들러리 정도로밖에 보지 않으니까 여자 입장이나 상황은 아무래도 상관없는 게 아닐까. 필시 자각하지 못하고 있을 테니까 악의가 없다고도 할 수 있지만, 그런 만큼 더 죄가 깊고 질이 나쁘다.

하지만 작사가에게 항의하는 편지를 보냈다고 식모 방에서 이야기한 그날⋯⋯.

— 일본의 남녀관이 이상한 건 맞아.

아마가세는 그렇게 말하지 않았던가. 그래서 나는 아마가세를, 드물게 제대로 된 남자라고 인정했는데 섣부른 판단이었던 걸까.

그런 일이 있고 나서 점심시간이 되면 다른 반 학생들이 내 얼굴을 보려고 일부러 찾아오곤 했다.

"말도 안 돼, 쟤가 아마가세 여친이야? 뭐야, 의외인걸."

작은 목소리로 말하려던 걸지는 몰라도 내 귀에 또렷하게 들어왔다.

'의외'라는 말이 '저런 얼굴로 용케 여친이 됐네'라는 의미인 건 분명했다. 그런 날이 계속되어 진저리가 났지만 얼마 못 가서 이제 다 알려졌는지, 더 이상 보러 오는 학생이 없어지자 겨우 평온한 마음을 되찾았다.

게메코와 오쿠야마 유카, 그리고 사와다 나오미도 이웃 시에 있는 다른 고등학교로 진학해 그때까지 친하게 지내던 친구들은 곁에 없었다. 하지만 외롭기는커녕 사생활을 꼬치꼬치 물어보는 사람이 주위에서 사라져 안도가 되었다. 이렇게 되고 보니 아마가세와의 교제가 알려진 것은 오히려 잘된 일인지도 모른다. 아무도 내게 다가오지 않게 되어 오롯이 나 자신에게 집중할 수 있었다.

귀중한 2회차 인생이다. 타인 시선을 신경 쓸 시간도 기력도 아깝다. 이제 주위에서 어떻게 생각하든 상관없지 않은가.

— 눈에 띄고 싶지 않아, 중학생 생활에 녹아들어야 해.

지금까지 그렇게 생각해 필사적이었던 까닭은 미래에서 타임슬립해 왔다는 사실이 탄로나는 게 두려워서였다. 하지만 '너는 사실 60대잖아!' 하고 대체 누가 의심할까? '50년 후의 세계에서 타임슬립해 온 거 아냐?' 하고 대체 누가 생각한단 말인가. 어떻게 봐도 나는 중고생으로밖에 보이지 않는다.

원래 성격으로는 친구들과 어울려 몰려다니는 게 싫었다. 중학교 때는 혼자 행동하느라 괜히 눈에 띄면 생활기록부에 '협조성 없음'이라고 적히는 게 아닐까 두려웠고, 고교 입시에 대한 정보를 얻으려면 친구가 필요했다. 하지만 고교 입시가 끝나면 더 이상 필요하지 않다.

50대도 중반을 지날 무렵부터였을까, 협조성은커녕 친구도 필요 없다고 생각하게 되었다. 모르는 게 있을 때는 스마트폰으로 검색하면 충분한 시대다. 인터넷을 검색하면 거기에는 실용적인 정보뿐만 아니라 같은 고민을 안고 있는 사람들의 상담

문의와 답변이 수없이 올라와 있다. 그 글들을 읽으면 정신적인 낙담이나 우울감에서 빠져나올 수 있었다. 가까운 주변 사람에게 상담하는 것과 달리 익명의 세계이므로 다른 사람에게 이야기가 새어나갈 염려도 없다. 게다가 생각지도 못한 그런 말들은 친구나 지인 등 비슷한 사람들끼리의 좁은 세계에서는 결코 얻을 수 없는, 다양하고도 귀중한 조언이었다.

그렇기에 60대가 되었을 무렵에는 당당히 친구나 지인과의 교류를 최소한으로 줄였다. 세상에서도 '단샤리(斷捨離)'[42]가 인간관계에까지 이르는 풍조가 널리 퍼졌다.

이때까지도 이웃 주부들과 잠깐 서서 이야기하다 보면, 나도 모르는 사이에 그만 쓸데없는 얘기까지 하고는 후회하는 일이 많았다. 별 생각 없이 한 말을 두고 자랑이라는 뒷말을 듣는 경우도 종종 있었다. 별달리 내세울 것도 없는 나 같은 파트타임 주부의 어떤 점에 질투를 느끼는 건지 오히려 의아할 정도였다. 반대로, 오십보백보의 빈부 차로 무시당하는 일도 잦았다. 그럴 때마다 기분이 언짢았다.

나쓰메 소세키의 소설 《풀베개》[43] 첫머리에 나오는 '아무튼 인간 세상은 살기 어렵다'라는 말을 매일 실감하며 살았다. 인간이라는 존재는 타인과 사소한 차이를 발견하면 우월감에 빠

---

42 斷捨離. 불필요한 것을 끊고(斷), 버리고(捨), 집착에서 벗어나는(離) 삶을 지향하는 가치관
43 원제 <草枕>

지거나 열등감에 휩쓸리는 모양이다. 그렇게 우울한 세계에서 벗어나고 싶어서 카페에 들어가 혼자 커피를 마시며 책을 읽기도 하고 비 오는 날에는 수를 놓기도 했다. 또한 집에서 영화를 보거나 당일치기로 혼자 여행을 하는 등 혼자 즐기는 일이 많아졌다.

그런 오랜 세월의 경험이 있기에 고교생의 고립된 생활 같은 건, 대수롭지 않다.

오타니 쇼헤이 선수의 만다라차트를 떠올려보라. 그는 열 시간 이상의 수면을 확보하기 위해 식사나 술자리에 불려도 거절했다고 한다. 인생을 야구에 바치기 때문이다. 나도 오타니 선수처럼 외길 인생을 걸고 싶다. 쓸데없는 일에 심신을 소모할 여유가 없다.

장래에는 건축 분야에서 일하고 싶다는 생각을 하기 시작했다. 불편하기 짝이 없는 부엌이며 청소하기 힘든 욕실, 단열재를 넣지 않아 여름엔 덥고 겨울은 추운 건물 등, 생활자 시선을 무시한 내장 설계와 건축 방식을 바꾸고 싶었다.

그리고 무엇보다도 여자가 안심하고 혼자 살 수 있는 집의 필요성을 절감했다. 앞으로 저출산, 고령화가 더욱 심해질수록 단독 주택에 사는 독거노인이 늘어날 것이다. 아파트를 택한다 해도 1층은 위험하다. 뜰이 있는 집은 대부분 1층이라는 것을 생각하면 뜰 가꾸기를 좋아한들 단념할 수밖에 없다.

그러한 여러 가지 상황을 하나씩 해결해나가는 데 나의 인생을 바치고 사회에 공헌하고 싶다. 그 첫 번째 관문으로서 대학교 건축학과에 들어가고 싶었다.

이전 인생에서는 부모가 내게 전문대 외에는 안 된다고 했지만, 이번 인생에서는 4년제 대학교에 보내줄 것이 틀림없다. 그건 세 살 위인 오빠가 요리 전문학교에 진학하여 학비가 덜 들었기 때문이다.

오빠가 대학교에 가지 않겠다고 했을 때 엄마는 완강하게 반대했고 울면서까지 설득하려 했다. 하지만 오빠의 결심이 여간 굳건한 게 아니어서 부모님은 마침내 포기하고 오빠가 원하는 대로 해주었다.

오빠는 도쿄로 떠나기 전날 밤, 부모님에게 말했다.

— 내 학비에서 남은 금액은 마사미에게 써주시면 좋겠어요. 마사미가 나보다 훨씬 공부 잘하니까.

그때 엄마는 나를 흘끔 쳐다보았을 뿐, 바로 오빠에게로 몸을 돌려 "그보다도 케이스케, 몸조심하고 잘 지내야 한다." 하고 말했다. 내 장래가 걸려 있는데 '그보다도'라고 말하다니, 그건 심했다. 그래서 도움을 청하려고 아버지를 바라보았지만 아버지는 슬쩍 시선을 피했다.

하지만 이것도 내 평소의 나쁜 버릇인지 모른다. 어쩌면 내가 예민한 거겠지. 장남이 처음 부모 곁을 떠나 멀리 가는 상황이었으니까. 소중한 아들이 앞으로 어찌 지낼지 걱정되어서 그 외의 일은 생각할 수도 없었을 것이다.

그런데 진짜 고교생이었을 때보다 몇 배나 더 공부가 잘된 것은 기쁜 오산이었다. 60여 년간의 인생 경험으로 일의 순서나 계획성이 몸에 배어 있었고, 지금 여기서 게으름을 피우다가는 장래에 아무것도 이루지 못한다는 것을 뼈저리게 알고 있었다. 그래서 스스로 안이함이나 나태한 마음을 허용하지 않았다. 그런 엄격한 자기관리와, 지식을 쑥쑥 흡수할 수 있는 10대의 두뇌, 이 조합은 최강이었다.

원래는 역사 과목을 잘하지 못했지만, 나이가 들면서 역사상 인물의 인생을 떠올려가며 즐겁게 외울 수 있었다. 또한 그렇게나 머리에 들어오지 않던 화학 기호가 머릿속에 쏙쏙 들어오는 까닭은 장래 목표가 확실해서일 것이다.

그럴 때 모의고사가 실시되었고 나는 교내 400명 중에서 18등을 차지했다.

미도리야마 고교에서는 상위 30명의 이름과 점수를 복도에 써 붙이고 있어 성적이 우수한 학생들은 전교생에게 알려진다. 그때 비로소 '아마가세의 여자친구'가 아니라 '기타조노 마사미'라는 이름을 알게 된 동급생도 있었던 모양이다.

나는 저녁 식사 자리에서 "대학교 건축학과에 진학하고 싶은데……." 하고 말을 꺼내면서 모의고사 성적표를 부모에게 내밀었다.

오빠가 대학에 가지 않았다고 해서 크게 가계 부담이 줄어든 건 아니라는 사실은 매일매일의 생활을 보며 알고 있었다. 오빠가 다니는 전문학교 학비도 결코 저렴하지만은 않았으며 생활비도 보내야 했다. 게다가 부모님의 앞으로의 생활과 노후도 대비해야 했다.

시골에서 태어나면 정말 불리하다. 이 지역에는 집에서 다닐 수 있는 거리 범위에는 대학이 한 군데도 없다.

"건축학과라니, 마사미는 목수가 되고 싶은 거냐? 여자 목수라니 듣도 보도 못했는걸. 여자가 그런 과에 가서 뭐하게? 어차피 시집갈 텐데 돈이 아까워." 하고 아버지는 따끈하게 데운 사케를 마시며 말했다.

"전문대학에 가서 유치원 교사가 되려무나. 아이를 좋아하는 자상한 여자라는 이미지에 남자들이 호감을 갖거든. 분명 맞선도 많이 들어올 거야." 하고 엄마가 명령조로 말했다.

"나는 남자한테 호감을 얻으려고 살아가는 게 아냐. 내 인생은 내 거니까. 시집가려고 태어난 게 아니라고. 내 가능성을 짓밟지 마."

화를 억누르지 못해 큰소리를 내고 말았다.

부모는 똑같이 입을 딱 벌린 채 나를 보았다.

"요즘 쟤가 어쩌 점점 이상해지네."

엄마는 마치 꺼림칙한 것이라도 보듯이 나를 쳐다봤다.

아버지는 이미 얘기는 다 끝났다는 듯이 티브이 쪽으로 돌아앉았다.

"이 모의고사 등수를 보고도 그런 말이 나와요? 우리 학교는 남녀공학이니까 나보다 점수가 낮은 남자가 200명도 넘는 거라고."

"그야 여자라도 도쿄대에 갈 정도로 우수하다면 얘기가 다르겠지만." 하고 아버지는 시선을 티브이로 고정한 채 말했다.

"뭐, 도쿄대? 그건, 아무리 그래도……."

오빠한테는 설득까지 해가면서 하위 대학이라도 보내려고 기를 썼으면서 여자인 나는 도쿄대가 아니면 보내줄 생각이 없는 건가.

"진짜로 목수가 되려는 건 아니지? 만약 학교 선생이 되고 싶다면 생각해볼 수도 있지만."

아버지 말에 엄마가 반대하고 나섰다.

"당신, 무슨 말이에요? 학교 선생은 절대 안 돼. 기가 센 여자로 보이면 데려갈 사람이 어딨다고."

"엄마, 생각이 너무 진부해. 엄마도 여자면서 왜 여자 발목을 잡는 거야? 아, 진짜!"

하지만 더 이상은 강하게 나가지 못했다. 어차피 부모는 부자가 아니다.

하지만…… 오빠한테 주려던 학비가 남은 건 사실이다. 남매인데 오빠한테는 돈을 들일 수 있지만 내게는 들일 수 없는 걸까. 그렇다면 사고가 낡아서일 뿐만 아니라 애정에도 차이가 있는 게 아닐까 하고 생각하니 서글펐다.

그때 티브이에서 불쾌한 말이 들렸다.

— 진짜 못생겼네.

— 네가 무슨 상관이야.

티브이에서 두 만담가가 만담을 주고받고 있었다.

— 너, 그렇게 얼굴이 못생겨서 여지껏 시집을 못 가는 거야.

— 너 같은 대머리한테 듣고 싶지 않아.

아버지가 "별 시답잖은 방송이군." 하고 내뱉고는 바로 채널을 돌렸다.

부모님이 외모를 헐뜯는 만담을 재밌어하는 사람이 아니어서 다행이라고 안도했지만, 이러한 만담이 앞으로 40년 이상이나 계속된다는 것을 나는 알고 있다.

그날 밤, 스누피 편지지를 꺼냈다.

— 미인이 아닌 여성이나 머리가 벗겨진 남성을 조롱하는 건 제발 그만둬주세요. 애초에 어린아이들도 생각할 수 있는 수준의 소재가 부끄럽지 않으신가요?

프로 의식을 가지셨으면 합니다. 달걀을 던져서 웃음을 유발하는 것과 같이 낮은 수준이라고 생각합니다만, 어떠신지요?

저를 꽉 막힌 사람이라고 생각하실지도 모르겠습니다. 하지만 현실 문제로서 외모에 열등감을 가진 사람들이 얼마나 불쾌할지를 지금 한 번 곰곰이 생각해보시겠어요?

티브이가 미치는 영향력은 더할 나위 없이 큽니다. 아이들까지도 못생긴 여자는 여자로서 가치가 없고 머리가 벗겨진 남자는 꼴불견이라고 여기게 되니까요. 그로 인해 사람을 차별하거나 자신을 비하하는 어른으로 자라납니다. 인간의 가치는 외모로 결정되는 게 아니라고 가르치는 것이 어른의 올바른 역할 아닐까요? ―

2학기가 될 무렵에는 친구라고 부를 수 있는 여학생이 몇 명 생겼다. 친구는 필요 없다고 생각했지만 점심시간에 도시락을 함께 먹을 수 있는 친구가 생긴 건 역시 기뻤다.

내가 아마가세와 교제한다는 이유로 모든 여학생을 적으로 돌린 건 아닌 것 같다. 하긴 아무리 아마가세가 여학생들한테 인기가 많다 해도 여학생 모두가 아마가세를 좋아할 리는 없다. 잘 살펴보니 연애 자체에 별로 관심이 없는 여학생이 생각보다 많았다.

게다가 게메코가 전화를 걸어와 이렇게 말했던 것이다.

― 여보세요? 기타조노? 들었어. 성적이 무척 좋다면서? 아

마가세는 여자를 외모가 아니라 내면으로 판단한다고, 그런 면
도 멋지다고들 해. 하지만 사실은 아마가세랑은 그냥 친구인
거지?

미도리야마 고교에 다니는 게메코의 사촌이 여러 소식을 알
려주었다고 한다.

— 맞아. 단지 공부 친구일 뿐인데 모두 오해해서 아주 난감
해.

그렇게 말하자 게메코는 만족한 듯이 말했다.

— 역시 생각한 대로네. 어떻게 봐도 두 사람은 안 어울리는
걸. 아마가세는 고교생이 되고 나서는 더 멋있어졌다고 들었거
든.

7.
첫사랑에게 실망한 날

방과 후, 여느 때처럼 아마가세와 함께 교문을 나섰다.

"커피 마시고 가자."

최근 아마가세는 매주 금요일이 되면 내게 찻집에 가자고 했다.

이 시대는 집에 인스턴트커피밖에 없었기 때문에 가끔은 원두를 갈아서 내린 커피를 마시고 싶은 마음이 들기는 나도 마찬가지였다.

학교에서 가장 가까운 역 앞에는 시골에서 자주 볼 수 있는 아케이드 상점가가 있었는데, 그 안에 찻집이 몇 군데 있다. 그렇지만 부모에게 받는 용돈이 적어서 커피값을 마련하기 위해 저금통에 모아둔 세뱃돈을 조금씩 꺼내 썼다.

그래도 격세지감을 느끼지 않을 수 없다. 내가 아이를 키우던 시절에는 휴대전화와 컴퓨터를 사줘야만 했고 매월 휴대전화 요금에 학원비, 그리고 취미 학습 등으로 자녀 양육에 놀랄 정도로 많은 돈이 들었다. 하지만 이 시대의 시골 고교생들은 저녁밥은 집에 돌아가 먹는 것 외에 선택지가 없었고, 학교에서 돌아오는 길에 들를 곳이라고는 기껏해야 정육점, 그곳에서 튀겨 파는 고로케를 사서 그 앞에 서서 먹는 정도였다. 또한 학원 같은 곳도 한 군데도 없었다.

이 당시 시골에서는 고등학생 신분으로 찻집에 드나드는 일 자체를 생각지도 못했을 것이다. 교칙에 금지 조항으로 정해져 있지도 않았다. 간혹 파마를 하거나 맥주로 머리를 감아 탈색하는 학생이 있긴 했지만, 그런 일들도 금지 조항에 해당하지 않아서였는지 교사들은 주의조차 주지 않았다.

"아마가세한테 전부터 물어보고 싶은 게 있었는데."

나는 방금 내온 뜨거운 커피를 한 모금 마시고 나서 말을 꺼냈다.

"일본의 남녀관은 이상하다고 말했잖아?"

"응, 그런 말 한 거 같아."

"그거 무슨 의미였어?"

"타임슬립하기 얼마 전에 노르웨이에 출장을 다녀왔거든."

"아, 알았다. 노르웨이는 세계에서 가장 남녀평등에 가까운 나라라고 하잖아. 그에 비해 일본은 뒤처졌다는 거구나?"

"응, 맞아. 미팅이 끝나고 나서 이런저런 얘길 나누게 되었는데 노르웨이 여성 임원이 젠더 갭 지수[44] 이야기를 꺼내더라고."

분명 2022년에 일본은 세계 146개 국가 중에서 116위였던 걸로 기억한다.

"그때 우리 일본인 남자들끼리 무심코 눈을 마주쳤거든. 불편한 화제가 나왔구나 싶어서. 협상이 틀어질지도 모른다는 생각에 긴장했지."

야마가세는 그렇게 말하고는 웃었다. "분명 일본 남성인 우리가 표적이 되어 비난받을 거라고 각오했었는데, 그렇지는 않았어."

"그렇겠지. 야마가세랑 회사 사람들이 개인적으로 공격을 당해도 난처한 일이지. 일본의 조직이나 법률 문제도 크니까."

"아니, 그게 아니고 일본 여성들은 왜 그렇게 한심하냐고 묻더라고."

"뭐? 일본 여성들이 한심하다고? 뭐야 그게! 말이 심하네. 뜻밖이야. 그 여성 임원은 어떤 의미로 말한 거야?"

"일본은 남녀 간 임금 격차도 크고 의원 쿼터제도 도입하고 있지 않잖아. 그런데 여자들은 왜 싸우지 않느냐는 거였어."

"아, 그렇게 물어보면……."

44 세계경제포럼(WEF)이 발표하는 양성평등 실현도

"그 임원은 일본에 여행 왔을 때 교토에서 얼굴을 하얗게 화장한 마이코(舞妓)[45]를 보고 충격을 받았다더군."

"왜?"

"마이코랑 게이샤(芸者),[46] 그리고 매춘부 이미지가 마구 뒤섞여 있는 것 같았어."

"그건 단지 오해잖아."

"하지만 어떻게 생각해도 남자의 노리갯감으로밖에 보이지 않았다더군. 몇 겹이나 겹쳐 입은 기모노며 높은 통굽으로 된 나막신을 보고, 남자가 덮쳐도 뛰어 도망칠 수 없는 복장을 하고 있다면서."

"그렇게 자기 멋대로 상상해서 말하면 어떡해."

"게다가 진한 화장이 어쩐지 좀 추하게 느껴졌대."

"그건 분명히 실례지. 외국인이 어떻게 느끼든 알 바 아니야. 남의 나라 문화에 대해 예의가 없어도 너무 없네."

"그렇긴 하지만 그 사람이 그렇게 느꼈다니까 뭐라 할 수는 없어."

"하지만 아무리 그래도 그렇지……."

"마이코 모습이 일본 여성 이미지와 겹쳐 보이는 모양이야. 몇백 년 지나도 일본 여성은 바뀌지 않을 거라고. 언제 어디서

---

45 게이샤가 되기 위해 노래와 춤, 다도 등을 익히고 훈련 중인 여성
46 일본 전통 음악과 무용 등으로 잔치나 술자리에서 흥을 돋우는 일을 직업으로 하는 여성

든 쓸데없이 샐쭉샐쭉 웃고 있다면서."

"정말 그렇게 말했어? 샐쭉샐쭉 쓸데없이? 아, 열받아. 실례도 정도가 있지."

"하지만 말이야, 중국인이나 한국인과 비교하면 확실히 더 사근사근하긴 하잖아."

그러고 보니…… 전쟁에 패하고 만주에서 퇴각할 때 중국인인 척해서 화를 면하려고 해도 애교 있는 웃음 때문에 일본 여자란 게 들통났다는 얘길 들은 적이 있다.

"하지만 말야. 웃음은 세계 공통 인사라고 생각해." 하고 내가 대답했다.

"그래도 너무 지나치면 인간성을 의심받을 거야. 일본 여성은 모두 얌전히 남자를 따르고 알아서 서비스를 한다. 남자를 기쁘게 하는 게 일이고, 요컨대 노리갯감이라는 지위에서 벗어나지 못하고 있지 않냐고 하더군."

"진짜 충격이네."

남자가 잘못하는 거라고 줄곧 생각했다. 국회의원 자리도 가장의 자리도, 절대로 여자에게 넘겨주지 않으려 하기 때문이라고.

"노르웨이에서는 우먼 리브(woman liberation)[47] 데모를 했다는 이유만으로 감옥에 갇히던 시대가 있었다고 해. 그래서 여자들

---

47 1960년대 후반에 미국을 비롯한 자본주의 선진국에서 일어난 여성 해방 운동

은 모두 유도를 배우러 다녔다더라."

"유도? 완력으로라도 남자를 이기려고 한 건가?"

"그런 모양이야. 나도 놀랐지만."

"……그랬구나. 나, 좀 더 생각해볼게."

"생각하다니 뭘?"

"내 생각이 너무 안이했던 걸지도 모르겠어. 더 자립적으로 노력하는 방법이 있었을지도 모르겠다는 생각이 들어."

노르웨이 여성들이 무도를 몸에 익히려고까지 했다는 사실은 충격이었다. 완력으로라도 남자를 이기려는 그 강렬한 바람이 있었다는 건, 그때까지 학대받던 억울한 날들이 일본 여성과는 비교할 수 없을 정도로 더 심했기 때문이 아닐까.

일본은 아무리 뭐가 어쩌니 해도, 아내가 집안 살림을 도맡아 하고 경제권을 쥐고 있는 가정이 많다. 하지만 서구에서는 남편이 아내에게 일주일에 한 번, 생활비를 주는 게 보통이다. 게다가 백인은 남녀의 체격 차가 커서 남자의 심기를 거스르는 일에 대한 공포심은 일본 여자로서는 상상도 할 수 없는 수준일지도 모른다.

"맞아. 여자도 바뀌어야 해. 일본 여자들은 생각이 무른 데가 있다고 전부터 생각했거든."

그렇게 말하는 아마가세 표정이 우쭐해 보여서 기분이 안 좋았다.

마치, 나는 여자의 문제쯤은 다 알고 있다고! 어쩌면 너보다 더 잘 알고 있지, 라고 말하고 싶어 하는 듯이 보였다.

그다음 날, 나는 소림사권법부에 입부 신청서를 냈다.

미도리야마고교에는 유도부가 없었다. 무도라고 하면 소림사권법부와 검도부밖에 없었기에 어느 부로 들어갈지 고민했다. 폭한이나 치한으로부터 나를 지켜야 하는 상황을 생각하니, 검도를 배워봐야 죽도가 없으면 싸울 수 없다. 항상 갖고 다닐 수는 없는 노릇이라 선택의 여지가 없었다.

호신술을 익히고 나면 바로 탈퇴할 생각이었다. 인생은 짧으니까 우물쭈물하고 있을 때가 아니다. 그러한 뜻을 솔직히 말하자, 고문인 초로의 남자 선생님은 의외로 두말없이 받아주었다. 일주일에 한 번은 연습이 끝난 후에 여자 부원들을 모아 호신술을 가르쳐주기로 했다. 부원이 아니어도 누구나 참가할 수 있었으면 좋겠다고 했더니 "좋은 생각이군." 하고 흔쾌히 승낙했다.

뭐든 말해볼 일이다. 아버지만 해도 저녁 준비를 도와주게 되었으니 말이다.

첫날에는 부원 이외에도 여학생이 여러 명 모였다. 그중에는 뜻밖에도 미인인 유리코가 있었다. 항상 남들이 챙겨주고 받들어주는 미인이 왜 호신술을 배우려는 건지, 이런 사실이 알려지면 인기가 떨어지지 않을까 싶어, 남의 일이지만 걱정이 됐다.

하지만 생각해보니 유리코와는 중학교 때부터 한 번도 같은 반이 된 적이 없어서 그 애가 어떤 성격이고 어떤 사고를 지녔는지 전혀 알지 못했다. 우리 학년에서 가장 미인이라는 인식 밖에 없었다.

"첫날인 오늘은 길 가다가 폭한이 등 뒤에서 끌어안을 경우, 어떻게 대처해야 하는지를 알려주마."

고문 선생님은 그렇게 말하고는 체격 좋은 여자 차장에게 폭한 역을 시켰다. 그리고 체격이 작은 여자 부원의 등 뒤에서 덮쳐 끌어안도록 지시했다.

"너라면 어떻게 빠져나갈래?" 하고 고문 선생님이 체격 작은 학생에게 묻자 그 여학생은 차장의 팔을 뿌리치고 도망치려 했지만, 오히려 등 뒤에서 강한 힘이 끌어당겨 역부족이었다. 차장은 폭한 역을 자주 해서 익숙한 듯했다.

"앞쪽으로 도망치면 폭한이 노린 대로 되는 거야. 힘으로 다시 끌려갈 뿐만 아니라 폭한을 더 흥분시키게 되거든. 그럴 때는 재빨리 그 자리에 웅크리고 앉아야 해."

체격 작은 여학생이 바로 웅크려 앉았다.

"그렇지, 잘했어. 웅크리고 앉은 사람을 그리 쉽게 움직일 수는 없거든. 그리고 큰소리로 외치는 거야. 폭한은 허를 찔리는 거지. 그리고 위험하다고 판단해 도망칠 가능성이 높아. 한 번 해보자."

다들 두 명씩 조를 짜 연습했다.

나는 유리코와 짝이 되었다. 유리코는 진지하기가 이를 데 없었고 조금도 웃지 않았다.

"실제로 '도와주세요!' 하고 크게 소리 질러봐."

나는 있는 힘껏 큰소리로 외쳤다. 집에서 큰소리를 질렀다가는 무슨 일인가 하고 이웃들이 다 놀랄 것이다.

그렇게 생각하자 큰소리를 내는 것만도 연습 장소가 한정된다는 것을 깨달았다.

놀랍게도 유리코는 목소리가 누구보다도 컸다.

더 놀란 것은 큰소리를 내지 못하는 애가 몇 명이나 있었다는 사실이다. 큰소리쯤이야 누구라도 언제든지 낼 수 있다고 생각했지만 그렇지 않은 모양이다.

"어떤 소리든지 괜찮아. 꼭 '사람 살려!'라고 하지 않아도 돼. 꺄아악!도 좋고 아악!이든 으악!이든 상관없어. 어쨌든 큰소리를 내야 돼." 하고 차장이 지도했다.

여러 번 연습하는 동안에 거의 모두가 큰소리를 낼 수 있게 되었다.

그때 문득 생각났다.

― NO!라고 말하자.

초중학생을 대상으로 한 계몽 활동 일환으로 집단 따돌림이나 성범죄를 당하지 않게 하기 위한 표어다. 실제로 일본 어린이들이 'NO!'라고 말할까? 그런 건 당연히 비유가 아니겠냐고 이 표어를 고안한 어른은 분명 비웃겠지. 하지만 비유로 해서는 아무 쓸모가 없다. 약자에게 건네는 조언에 구체성이 결여된 건, 진정성이 부족하고 고안자가 강자이기 때문이다.

아아, 진짜 이 세상은 잘못된 일투성이다.

"웅크리고 앉아서 큰소리를 질렀는데도 폭한이 도망가지 않을 때는 어떻게 해야 할까. 그건 또 다음 주에 가르쳐주마. 오늘은 여기까지."

그날 밤, 스누피 편지지를 꺼냈다.

— 문부성 장관님.

초중고 여학생들에게 호신술을 가르쳐주세요.

체육이나 가정과 시간을 활용하면 좋을 것 같습니다.

약한 자 입장에 선 교육을 실시해주시길 간절하게 부탁드립니다.

그리고 서기 2000년이 되면 집단 따돌림이나 성범죄가 닥칠 것 같을 때 "NO!라고 말하자" 하고 초중학생들에게 가르치는 사람이 나올 겁니다. 그 말을 "'그만해!'라고 외치자"로 변경해주십시오.

'그러지 마!'로는 안 됩니다. 그 말에는 간청의 의미가 내포되었기 때문에, 치한이라면 더 흥분할 것이고 남을 괴롭히는 사람이라면 한층 더 깔보게 됩니다.

여성이라도 위압감 있는 저음으로 "그만해!" 하고 외치는 연습을 하도록 철저히 지도해주십시오. ―

8.

첫사랑에게 프러포즈받다

그날은 진로 지도를 위한 개별 면담이 있었다.

아직 1학년이어서인지 지망 학교를 조사할 뿐이었지만 반에서 나만 조사서를 내지 못했다. 부모를 설득하는 데 시간이 걸렸기 때문이다.

담임 선생님이 체육 교사였기에 운동장에 세워진 조립식 체육교사실로 갔다. 체육교사들의 책상이 쭉 놓여 있고 창이 크게 나 있는 밝은 방이었다. 교사실 구석에서 다른 체육 교사가 등사기[48]를 사용하는 모습이 시야에 들어왔다.

"건축학과? 여자가?" 하고 담임교사가 놀라 물었다. 나는 이 선생님에게 호감이 있었다. 시원시원하고 자상한 분이었기 때문이다.

---

48 철필로 긁어 쓴 원지를 붙인 망판 위에 잉크 묻은 롤러를 굴려 인쇄하는 인쇄기

"메이카이대학교와 기요야마대학교를 지원하려는데요." 하고 나는 사립대학 이름을 댔다.

그로부터 나는 매일 밤 부모님을 설득했다.

— 그렇게까지 말하니 어쩔 수 없지.

휴일에 집에 온 오빠가 가세해준 덕분인지, 그렇게 말하며 먼저 꺾인 사람은 아버지였다. 엄마는 끝까지 전문대 유아교육과를 고집했지만 결국은 아버지 의견에 따랐다.

"기타조노라면 충분히 합격권 내에 들 거야. 노력하기에 따라서는 더 좋은 대학을 목표로 삼아도 되지 않을까? 이를테면 레이잔대학교라든지."

담임이 그렇게 말했을 때였다.

"여자가 이과대학 가봐야 별 볼 일 없어."

안쪽에 있던 체육 교사가 중얼거렸다.

혼잣말처럼 하면서 사실은 우리한테 들리도록 말했다는 걸 대번에 알 수 있었다. 그 말에 얼어붙은 건 나뿐만이 아니었다. 담임교사도 눈을 동그랗게 뜨고 무척 당황했다.

"아아, 그래서 말이지." 하고 담임은 말하더니 무리해서 큰 헛기침을 했다.

"네가 지망하고자 하는 학교는 잘 알았다. 이렇게 계속 열심히 해."

아마도 안쪽에 있던 교사가 선배인 듯했다. 담임은 그 말에 반론을 하지도, 나를 감싸는 발언을 하지도 않았다. 한시라도 빨리 면담을 끝내고 이 방에서 나를 내보내는 게 최대한의 배려였으리라.

안쪽에 있던 체육 교사는 다른 학년을 맡고 있었기에 이야기를 나눠본 적도 없었다. 그런데 증오라고도 느껴지는 강렬한 감정을 내보였다는 사실이 그저 충격적이고 두려웠다.

아무래도 이과 여성을 혐오하는 것 같다.

왠지 모르지만 용서할 수 없는 모양이다.

여자인 주제에 잘난 줄 착각하지 말라고 말하고 싶어 견딜 수 없는 듯하다.

아마도 그 선생은 이렇게 생각하는 게 아닐까.

— 남자인 나도 이과 과목을 못하는데 여자 주제에 건방진 녀석 같으니라고!

옛날부터 여자는 이과나 수학 과목 못한다고 근거 없이 단정하는 경향이 있었다. 뒤집어 말해서, 남자가 이과 과목이나 수학을 못하면 쪽팔리는 일이라고 각인되어 있는 건 아닐까.

그렇게 생각하면 그 교사도 '남자다움'이라는 주술에 갇힌 희생자일지도 모른다.

그런 분위기 속에서 나는 오랜 세월을 살아온 거라고 생각하니, 당시의 내가 불쌍하기 짝이 없었다.

이 폐소공포와도 같은 감각은 수없이 경험했다. 60대가 되고 나서도 젊은 날에 이유 없이 무시당하던 상황을 떠올릴 때마다 큰소리로 외치고 싶어졌다. 완전히 트라우마가 되었다. 아마도 죽을 때까지 사라지지 않겠지.

2018년에 의대 입시에서 여성을 차별한 사실이 판명되어 큰 소동이 일어난 적이 있다. 그 해에 우연히 발각되었을 뿐이지 사실은 이미 몇십 년 동안 점수를 조작해왔던 것이다. 하지만 세상에서 비난받은 일을 계기로 그 후에는 점수순으로 위에서부터 합격하는 방식으로 바뀌었다. 그러자 일본 전국의 의대 합격자 비율에서 여성이 남성을 앞질렀다.

이런 사실을 알려주고 싶은 충동에 사로잡혔지만, 그런 미래 이야기를 누가 믿겠는가. 머리가 이상해졌다고 여길 게 뻔하다. 나는 마음을 가라앉히려고 심호흡을 반복하면서 체육교사실을 나왔다.

방과 후가 되어 집으로 돌아갈 준비를 하고 있는데 아마가세가 교실까지 마중을 왔다. 여느 때처럼 "같이 가자." 하고는 윙크를 날렸다.

그의 윙크는 매번 당황스럽다. 하지만 아마가세도 다른 남자와 마찬가지로 여자를 가볍게 보고 있는 게 아닐까 하고 의심하기 시작하면서 이제 그에 대한 동경과도 비슷한 감정이 예전 같지는 않았다. 하지만 그래도 여학생들에게 인기 넘버원인 남자를 독점하고 있다는 우월감만은 마음속에 계속 자리잡고 있었다. 이 저속한 품성에 나 자신도 정이 떨어진다.

"어라? 기타조노, 무슨 일 있어? 표정이 어둡네."

"아무 일도 없어. 아까 개인 진로 상담 마치고는 이런저런 생각 좀 하느라고."

역 앞까지 걸어오자 "오늘은 금요일이니까." 하고 당연하다는 듯이 아마가세가 찻집으로 들어갔다.

가게 안은 단골손님으로 보이는 중장년 남성들뿐이었다. 고교생은 물론이고, 여자 손님도 본 적이 없다. 처음에는 우리 고교생 커플을 의아한 시선으로 보는 사람들이 많았다. 머리끝에서부터 발끝까지 거리낌 없이 빤히 쳐다보는 게 싫어서 견딜 수 없었지만, 한 달도 채 못 가서 더 이상 그런 시선으로 보는 사람은 없어졌다.

소곤소곤 작은 소리로 이야기하는 두 사람 사이에 연애 무드가 전혀 묻어나지 않아서겠지. 찻집 주인도 우리가 커플이 아니라 친구나 같은 동아리 부원, 아니면 친척 관계나 남매, 그중 하나일 거라고 여기게 된 것 같다.

늘 앉는 창가 자리로 가서 앉았다.

"아마가세는 진로 정했어?"

"나는 아키타대학교로 가고 싶어."

"왜 도호쿠 지방으로?"

"국립 의과대 중에서는 아키타대학교가 그나마 들어가기 쉬워서, 어쩌면 붙을지도 모르니까."

"아마가세는 의사가 되고 싶었어?"

"아니, 딱히 그런 건 아닌데."

"그럼 왜?"

"자유롭게 살고 싶어. 의사 아르바이트는 시급이 굉장히 높거든."

"그야 물론 파트타임 주부가 받는 시급과는 단위가 다르겠지만."

"이를테면 말이지, 한 해는 돈을 벌고 다음 일 년 동안은 외국으로 여행을 다니는 그런 생활을 하고 싶어. 배낭 하나 메고 해외를 여행하는 젊은이들을 유튜브에서 볼 때마다 부럽기도 하고 너무나 분했거든. 내 인생은 뭐였을까 하고 말야."

"아마가세는 좋을지 몰라도 그런 생활, 아내가 이해하겠어?"

"결혼은 안 할 거야. 두 번 다시 안 해."

"뭐? 진짜? 예쁜 아내랑 우수한 아들들이 있고 이상적인 가정이라고 게메코한테 들었는데."

"진심으로 말하는 거야? 가족 구성만 듣고 행복하다고 단정 짓는 건, 말도 안 되지."

두 번 다시 결혼하지 않겠다고 단호히 말할 정도로 불행했다는 걸까? 혹시 이혼 직전이라든가 가정 내 별거 같은 거?

"나, 요즘 드는 생각인데, 결혼할 거면 기타조노 같은 여자가

163

좋았겠다 싶어.”

“뭐? 그게 무슨 소리야?”

고백이 아니라는 건 너무도 잘 알고 있다. 항상 같이 등하교하고 매주 금요일에는 찻집에 들른다. 서로의 사생활도 조금씩 이야기하게 되었고 성격과 사고방식도 차츰 알아가고 있었다. 아마가세는 나를 동지로 보는 거지 여자로는 보지 않는다.

“아마가세, 두 번 다시 결혼은 하지 않겠다고 방금 전에 말했잖아?”

“기타조노가 상대라면 결혼해도 좋아.”

“하고 싶은 게 아니라 해도 좋다니, 난 그런 표현 맘에 안 드는데.”

“아, 미안. 레이와시대까지 경험한 사람은 우리 두 사람밖에 없잖아. 만약 찾으면 어딘가에 또 있을지도 모르지만 실제로 찾아내기는 어려울 거야. 그렇다면 우리 둘이서 협력해서 살아가는 수밖에 없지 않을까 해서.”

“아, 그러네.”

그건 룸메이트라는 의미인 걸까.

분명 게메토라면 말하겠지. 첫사랑이랑 결혼하다니 진짜 부럽다고.

하지만 나는 알고 있다. 너무 많이 알아버렸다. 어떤 사랑이든 반드시 식게 되고 결혼하면 남녀관계는 크게 달라진다는 사실을. 엄마와 아들 같은 관계가 되는 사람이 많은데, 그렇게 아름다운 관계는 아니다. 대개 남자들은 어머니에게는 자상하지만 아내에게는 거들먹거린다. 마치 주인어른과 가정부 같은 상하 관계가 이루어진다.

이제 남자는 지긋지긋했다. 나는 내 인생을 살아가겠다고 결심했다. 그 길을 방해하는 것은 다른 누구도 아닌, 남편이 되는 사람이다.

그렇게 생각하면서도 중학교 시절에 줄곧 동경했던, 도저히 손에 닿을 수 없었던 아마가세에게 그런 말을 듣고 보니 결혼해도 좋을 것 같은 기분이 들었다.

아아, 이 우유부단한 성격이 나 자신도 너무 싫다.

"기타조노는 수수하니까 명품을 마구 사들이거나 아이 친구 엄마들한테 허세 부리며 사치하지 않을 거 아냐? 그래서 결혼 상대로 좋겠다는 생각이 들었어."

뭐야? 무슨 말이 이래?

그건 설마하니 아마가세 아내 얘기를 하는 거겠지. 아마가세 아내는 명품을 잔뜩 사들이는 화려한 여자이고 애들 친구 엄마들에게도 허영을 부리는 그런 부류였던가.

"게다가 무엇보다……."

아마가세는 말을 하려다 말고 허공을 노려보았다.

"무엇보다, 뭐?" 하고 내가 다음 말을 재촉했다.

"기타조노는 가정을 잘 지키고 남자한테 내조도 잘할 것 같아서."

말문이 턱 막혔다.

나는 이 세상에서 '남자한테 내조를 잘한다'라는 말을 제일 싫어한다.

아마가세에 대한 사랑 비스름한 감정이 한순간에 사라졌다. 이제 더 이상 교환 일기를 지속하고 싶지 않았고 찻집에 오는 일도, 교제 자체도 끝내고 싶다. 이런 부류의 남자가 나는 제일 싫다.

그때 문득 자조적인 웃음이 치밀어올랐다.

그렇지 뭐, 내 이상형에 맞는 남자가 이 세상에 있을 리가 없지. 지금까지 한 번이라도 본 적이 있어? 없었잖아? 그런 거 처음부터 잘 알고 있던 거 아냐?

'여비(女卑)'가 아닌 것만 해도 다행이지만 '남존(男尊)'인 건 분명하니까. 젊을 때의 연애를 되돌아봐도 '남존' 사고가 보인 순간 남자를 찬 적이 몇 번인가 있었다. 회사에 다닐 때도 그런 사고가 엿보이면, 남자 상사에 대한 존경심이 한순간에 사그라졌다.

하지만 레이와시대에서 타임슬립해 온 사람은 아마가세와 나, 두 사람밖에 없다. 아마가세와 손절하면 난 외톨이가 되고 만다. 동급생은 모두 애들이고 우리 부모만 해도 내가 보기엔 아이 같은 데다 생각이 너무 고루해서 말이 잘 통하질 않는다.

새카만 암흑 속에 혼자 갇힌 것 같은 심정이었다.

이렇게 되고 보니 어떻게 해서라도 내가 살던 레이와시대로 돌아가고 싶어졌다.

아아, 지금 당장 되돌아가고 싶어.

"기타조노, 지금 무슨 생각해?"

퍼뜩 정신을 차려보니 아마가세가 진지한 눈빛으로 내 얼굴을 바라보고 있었다.

"뭐 그냥…… 딱히 아무 생각도 안 하는데."

"거짓말하지 마. 화난 거지? 나, 뭔가 잘못 말했나? 뭘 잘못했는지 말해줘."

그건 말 못하지. 결정적인 균열이 생기기라도 하면 어쩌려고.

"기타조노, 우리 사이가 나빠질까봐 두려운 거지? 나 말고는 말 통하는 사람이 이 세상에 없으니까."

아니, 이 남자 의외로 예리하네.

"사이가 나빠지면 어때? 바로 또 화해하면 되는데."

또다시 경박한 남자라는 인상이 확 풍겼다.

"아마가세, 그렇게 간단한 게 아니야. 인간관계란 건 일단 금이 한 번 가면……."

"그럼 금 간 데를 메우면 되지. 이제 무슨 일이 있든 한배를 탄 운명이야."

"어떻게 되든?"

아마가세 말이 맞을지도 모른다. 관계를 끊는다고 해도 서로 도움을 청하고 싶은 상황은 수없이 생기지 않을까. 사이가 좋든 나쁘든 공동 운명체인 건 틀림없다.

설령 아마가세의 남녀관이 진부하다고 해도 양식 있는 선량한 사람이라는 것만으로도 행운이라고 말할 수 있지 않을까. 레이와시대에서 타임슬립한 동지가 말도 못할 악인이었다면 어땠을까.

"기타조노, 휴대폰 번호 알려줄래? 두 사람 사이에 깊은 골이 생기기 전에."

"휴대폰 번호? 폴더폰이 나오는 건 몇십 년도 더 있어야 돼."

"알아. 하지만 어느 날 갑자기 타임슬립해서 원래 세계로 돌아가게 될지도 모르잖아. 그러면 기타조노한테 연락하기가 어려워지니까."

그런 것까지 생각하고 있을 줄 몰랐다. 용의주도한 면도 있는 것 같다.

"타임슬립한 동지는 기타조노뿐이야. 원래 세계로 되돌아간다고 해도 나는 분명 연락하고 싶을 거야."

그때 문득 2023년 도쿄 어딘가에 있는 카페에서 마주 앉아 있는 정경이 머리에 떠올랐다.

가능하다면 리쿠기엔[49]이나 고이시카와고라쿠엔[50] 부근을 함께 산책하고 싶다. 예순세 살 초로의 남녀 모습으로.

아, 안 되지! 서로의 배우자에게 들키는 날엔 불륜을 의심받을 테니 골치 아파진다. 이미 한참도 더 전에 애정이 식었거늘, 몇 살이 되어도 외도는 용서받지 못한다. 그게 결혼이라는 제도다.

"근데 무슨 일이야? 방금 기타조노는 왜 화가 난 거야?"

생각한 일은 바로 말하는 게 좋다. 말하지 않으면 상대는 알 수 없다.

아니, 진짜 그럴까?

많은 아내가 불만을 입 밖에 내지 않고 참으며 살고 있다. 쉰 살이 넘어갈 무렵부터 그 고뇌가 얼굴에 나타나기 시작하는 사람을 몇 명이나 봤다. 신체에 이상이 생긴 아내도 적지 않다. 아내들은 젊을 때 수차례 입 밖으로 내어 말했을 것이다. 하지만 말해봐야 소용없었다. 아내의 심정을 헤아려 이해하려고 하는 남편은 거의 없다. 그러면 아내는 두 번 다시 말하지 않겠다고 맹세한다. 자신의 정신이 피폐해지지 않기 위해서.

하지만 포기하면 끝이다. 포기하면 아무것도 해결되지 않는다. 부부관계도, 세상의 젠더 갭도. 무시당하고 비웃음을 당해

---

49 六義園. 도쿄도 분쿄구(文京区)에 있는 도립 정원
50 小石川後楽園. 도쿄도 분쿄구(文京区)에 있는 회유식(回遊式) 정원

도 계속 말해야 한다. 다음 세대의 약자를 위해서도.

"자, 그럼 말할게."

그렇게 운을 떼자 아마가세는 자세를 바로잡고 나를 보았다.

그 모습이 기뻤다. 진지하게 듣겠다는 자세가 아닌가. 이 한 가지만 봐도 남편보다 훨씬 낫다.

"아까 아마가세가 그랬잖아. 내가 가정을 잘 지키고 남자한테 내조 잘할 여자로 보인다고. 그 말에 엄청 화가 났어. 왜 내가 너한테 잘해야 되지? 나한테도 한 번밖에 없는 인생이야. 나한테도 날 위해서 살아갈 권리가 있다고. 아마가세를 내조하는 데 갖다바치는 인생이라니 절대 사절이야."

그렇게 말하자 아마가세는 아무 말 없이 식은 커피를 홀짝 마셨다.

"미안. 듣고 보니 그러네."

이 남자, 정말 쉽게 사과하는구나.

날 때부터 가벼운 건지, 아니면 여자를 우습게 보는 건지.

"하지만 말야, 남자라고 해서 자기 인생을 살 수 있는 건 아냐."

"뭐? 무슨 말도 안 되는 소릴! 난 가사 노동이랑 육아에 인생 자체를 착취당한 거야. 노예나 다름없었다고."

"나도 가족을 위해서 일만 하는 노예 인생이었어. 30대 무렵에 꼭 이직하고 싶었지만 아내가 죽어라 반대하는 바람에 실현하지 못했지. 한 푼이라도 급여가 줄어들면 안 된다고 펄쩍 뛰더라고. 나, 회사 일이 너무 재미없고 분위기도 안 맞아서 정말 힘들었거든. 좀 더 보람 있는 일을 하고 싶었어. 하지만 그 사람은 내 마음 따위는 아무래도 상관없는 모양이더군."

"그건 좀 안됐네."

"급여가 줄어드는 만큼은 투잡이라도 해서 어떻게든 채우겠다고 말했지. 그랬더니……."

"그랬더니?"

"그랬더니 이번에는 장인, 장모님이 날 설득하러 일부러 집까지 찾아오셨어."

"그건 진짜 싫다. 딸 부부의 생활에 참견하는 분들이셨구나."

"거미줄에 걸려 갇혀 있는 기분이었어. 세상사가 다 싫어져서 우울증 걸릴 뻔했는데, 어찌어찌해서 정년퇴직까지 버텼어."

"대단해. 인내심이 강하네."

"대단하긴 뭐가 대단해. 남자는 다 그렇게 참으면서 일하는 걸. 문제는 그때부터야."

"정년퇴직한 다음에 무슨 일이 있었어?"

"예순에 정년퇴직하고 겨우 자유로워졌다고 생각했는데, 아내가 그러더라고. 일흔 살까지 일할 수 없겠냐고. 예금이 하나도 없다면서."

"뭐어? 하나도 없다고?"

"가계를 전부 맡긴 게 잘못이었어. 난 저축을 어느 정도 했을 줄 알았거든."

"그러게. 아마가세는 고소득자라고 들었는데."

"고소득자는 아니야. 겨우 연봉 천삼백만 엔인데 아파트 대출금 내고 애들 사립학교 보내고 어느 정도 할 건 하면서 살았더니 적자만 겨우 면할 정도라고 집사람이 그러더군. 그래서 촉탁직으로 회사에 남아 일을 더 할 수밖에 없었지."

"부인은 가계에 보태려고 파트 근무든 뭐든 하지 않았어?"

"안 했어. 체면만 신경 쓰는 자존심 강한 여자거든."

"그래? 난 몇십 년이나 파트타임으로 일했는데."

"역시 기타조노는 대단해."

"평범한 거지. 내 주위 여자들도 다 그렇게 사는걸."

"난 말야, 더 자유롭게 살고 싶었어."

"그럼 이번에는 평생 독신으로 살면 돼. 번 돈도 시간도 전부 자유롭게 쓸 수 있잖아."

"나도 아까는 그렇게 말했지만, 아무래도 그건 너무 외로워. 역시 파트너가 필요한 것 같아. 자유롭게 살기 위해서는 날 내조해줄 여자가 곁에 있으면 좋겠어."

"아 그래? 하지만 난 그 역할 못해."

"왜?"

"아, 진짜! 나한테 내조해주길 바라다니, 어떻게 그런 말을 하지? 이해가 안 가. 애초에 아마가세는 날 깔보고 있잖아."

"내가 무슨! 그렇지 않아. 절대로, 아니야."

"그럼 왜 나한테 내조해주길 바란다느니 그러는 건데? 우열을 따지고 있다는 증거잖아."

"그렇지 않다니까. 우열 같은 거 안 따져. 단지 우리 집사람하고 달리 기타조노는 견실하고 총명하니까."

"그게 칭찬이라고 생각하는 거야? 치켜세워주면 춤이라도 출 줄 알았어? 나를 속이다니 어림도 없지."

"잠깐만. 속이려고 한 적 없다니까."

이야기를 하는 동안에 아마가세라는 남자가 진심으로 싫어졌다. 남편보다는 조금 더 나을까 싶었지만 이건 뭐 오십보백보다.

나는 이런 남자를 중학교 때부터 동경해왔던 건가.

허상에 지나지 않았던 것 같다. 흔히 중고등학생이 그렇듯, 나도 영락없이 얼굴만 보고 남자를 좋아하는 그런 소녀였을 뿐이다.

그다음 날은 동아리에서 호신술을 가르쳐주는 날이었다.

남자 부원도 몇 명 참가했다. 폭한 역을 맡아주기 위해 나왔다고 했다.

"남자는 관절이 딱딱해서 관절기에 약하단다. 어디, 내 손목 좀 잡아봐."

고문 선생님은 자신의 손목을, 부장을 맡고 있는 남자 부원에게 내밀었다.

"이렇게요?"

그렇게 말하며 남자 부원이 손목을 잡는 순간, 고문 선생님은 자신의 팔을 휙 비틀었다.

"아얏! 선생님, 살살해주세요."

"거봐, 아프지? 하지만 여자는 관절이 유연해서 별로 아프지 않거든."

유리코와 한 팀이 되어 서로 시험해봤지만 남자처럼 비명을 지를 정도는 아니었다.

그러고 나서 팔꿈치를 반대쪽으로 꺾는 관절기를 배웠다.

"이번에는 손등으로 눈 찌르는 기술을 가르쳐주마."

이렇게 말하고 고문은 시범을 보여주었다.

손등 쪽을 상대 얼굴에 대듯이 하고 손목 스냅을 이용해 치는 기술이라고 한다.

"3초 동안은 확실히 눈이 안 보이게 되니까 그 틈에 재빨리 도망치는 거야."

실제로 상대 얼굴을 치는 연습은 할 수 없었지만, 얼굴에 닿기 직전에 멈추는 방식으로 수차례 연습했더니 요령이 생겼다.

이런 기술을 왜 학교에서는 가르쳐주지 않는 걸까. 학교 교육에서는 사람이 살아가는 데 정말로 중요한 것은 가르쳐주지 않는 게 아닐까.

그날 저녁때였다.

말린 가자미를 먹으면서 아무 생각 없이 티브이를 보고 있었다.

— 나는 만드는 사람, 나는 먹는 사람. 하우스 샨멘 간장맛.[51]

아, 이 광고 기억난다.

이 인스턴트 라면 광고는 여성 차별이라는 이유로 큰 문제가 되었었다. 당시 아직 젊었던 여성 탤런트 유키 안나[52]와 한 소녀가 "나는 만드는 사람"이라고 말하고 10대였던 배우 사토 유스케[53]가 "나는 먹는 사람"이라고 말하는 장면에, 여성단체가 '남녀의 역할 분담을 고정화시키고 있다'며 항의했다.

그 당시 나는 이렇게 생각했다. 항의할 정도의 일은 아니잖아. 아무리 그래도 비약이 심해. 너무 유난스럽네. 이래서 우먼 리브는 히스테리컬하다는 말을 듣는 거야.

그리고…….

— 항의한 사람은 분명 못생긴 아줌마 집단이겠지.

막연하게 그런 식으로 느끼지 않았을까.

---

51 하우스 식품공업에서 출시한 인스턴트 라면의 상품명

52 結城アンナ. 10대부터 모델로 활약한 여성 탤런트. 1955년생

53 佐藤佑介. 배우. 1959년생

매스컴의 영향과 세상 풍조에 휘둘려 여고생이었던 나 자신마저 남성의 시선이 되었던 것이다. 그리고 수십 년 후에 나도 예순세 살의 '못생긴 아줌마'가 되었다.

이 식품 회사는 광고를 중지했지만 이 여성단체에 대한 세상의 비난은 말도 못하게 심했다. 비난한 측에는 여성도 많았고, 다양한 주간지에서의 저차원 공격도 셀 수 없을 정도였다.

항의 계기가 된 사건을 알게 된 것은 나중 일이었다. 이 여성단체 회원의 초등학생 딸이 "이 광고 때문에 남자애들이 급식 당번을 하지 않게 되었다"고 이야기함으로써, 광고의 막대한 영향력을 실감한 여성들이 들고 일어나게 된 거였다고 했다.

역시 매스컴의 죄는 무겁다.

항의한 여성들이 세상으로부터 못생겼느니 아줌마라느니 굴욕적인 언사를 들은 건 쉽게 상상할 수 있다. 하지만 그래도 계속 목소리를 내지 않으면 세상은 바뀌지 않는다. 그리고 적어도 그녀들의 항의는 세상에 강한 인상을 남겼다. 마음속 깊이 감명을 받은 사람도 적지 않았을 거라고 믿고 싶다.

그래서 나는 포기하지 않는다.

9.

대학 입학, 1978년

죽어라 공부한 보람이 있어 레이잔대학교 건축학과에 합격했다. 아마가세도 희망한 대로 아키타대학교 의학부에 붙었다.

이 시대 여자의 4년제 대학 진학률은 10퍼센트 정도였는데, 그 대부분이 문학부로 진학했다. 레이와시대까지 경험한 사람으로서 보자면 왜 모두 한결같이 문학부 외의 선택지를 생각하지 않았는지 안타깝기 짝이 없다.

하지만 당시의 여고생들은 장래가 보이지 않았던 것이다. 먼 앞날을 생각하려고 해도 구체적인 이미지를 떠올릴 수 없었다. 특히 시골 마을에서는 일반 회사에 근무하며 활약하는 여성들조차 찾아볼 수 없었다. 여성을 정직원으로 채용하는 곳은 신용금고나 농협 등 손에 꼽을 정도였으며, 그나마 결혼하면 퇴직하는 것이 관례였기 때문에 직업인으로서 본보기로 삼을 여자 어른이 주위에 없던 시대였다. 그 결과, 고교 동급생 중에서 대졸 자격을 직업으로 살린 여성은 교사나 약사가 된 몇 명뿐이었다. 바꿔 말해 교사나 약사라면, 여자의 처지라도 계속 일해도 좋다고 세상이 허가를 내준 시대라고도 할 수 있다.

그런 시대적 배경도 있어서 건축학과에 들어가보니 나를 포함해서 여자는 단 두 명밖에 없었다. 친구를 고를 여지가 없었기에 원래 같았으면 당장이라도 친해지고 싶었을 테지만, 또 한 명의 여학생은 멀리서 봐도 단정하지 않은 모습이어서 별로 가까이하지 않는 편이 좋을 것 같았다.

마른 체형에 새우등인 이 여학생은, 입학식인데도 보풀이 잔뜩 일어난 카디건에 청바지 차림이었다. 코트 대신으로 보이는 큼지막한 카디건이 어깨에서 흘러내릴 것 같은데도 전혀 개의치 않는 모습이었고, 학장이 축사를 하는 동안에도 쉴 새 없이 앞머리를 쓸어넘겼다.

그런데 입학식이 끝나자 그녀가 생글생글 웃으며 말을 걸어왔다.

"여자가 둘밖에 없다니 깜짝 놀랐어. 난 아카다 요시코야. 다들 나를 아케타라고 부르니까, 너도 그렇게 부르든가."

겉보기와 똑같이 품위 없는 말투였다.

나도 간단히 내 소개를 했다.

"아아, 화장실 가고 싶어. 그 입학식장 너무 넓어서 춥지 않니? 몸이 엄청 차가워졌지 뭐야." 하고 아케타가 말했다.

"나도 마침 가고 싶었어." 나는 그렇게 대답하고 아케타와 같이 화장실을 찾았다. 화장실은 여기저기에 있었지만 전부 남자 화장실이고 여자 화장실은 좀처럼 눈에 띄지 않았다.

"저기, 저기 있다. 간신히 찾았네."

아케타가 기뻐하며 외치고는 잔달음질을 쳐서 화장실로 향했다.

그리고…….

각각 화장실 칸에서 나왔을 때 우리 두 사람은 무심코 얼굴을 마주보았다.

"저 벨, 뭘까. 무서워." 아케타가 눈을 동그랗게 뜨며 말했다.

화장실 칸칸마다 큼지막하고 단단한 방범 벨이 설치되어 있었던 것이다.

두 사람이 나란히 서서 손을 씻으려 할 때도 세면대 하나하나에까지 방범 벨이 붙어 있는 걸 보고는 놀라서 거울 속으로 아케타와 서로를 쳐다봤다.

"과거에 여기서 무슨 일이 있었던 걸까, 설마." 하고 내가 중얼거렸다.

"분명 뭔가 있었을 거야." 하고 아케타가 단정하는 말을 듣고 소름이 끼쳤다.

"그치만 여기는 엄연히 대학교라고." 하고 나는 반론을 시도 해보았다.

"그렇잖아, 아무 사건도 없었는데 이런 걸 붙여놓겠어? 화장실 전체에 한 개라면 또 몰라도."

"음……그러네."

이 순간, 마음을 정했다. 앞으로는 절대로 혼자 화장실에 오지 않겠다고. 즉, 아케타가 없을 때는 화장실을 참아야 한다.

아니, 설마, 설마. 그런 불편한 일상을 앞으로 4년 동안 어떻게 계속해? 이 시대에는 방범용 호루라기나 버저도 팔지 않을 테니 뭔가 대신할 수 있는 물건을 찾아야 한다.

"있잖아, 집에 가는 길에 찻집에 들르지 않을래?" 하고 나는 아케타에게 제안했다.

방금 전까지만 해도 아케타를 친구로 지내고 싶지 않은 부류라고 선을 그으려 했지만 방범 벨을 보고서 생각이 달라졌다. 품위가 없든 어떻든지 간에 한시라도 빨리 여자 친구를 만들어야 한다.

"찻집? 응, 좋아. 마침 진한 커피가 마시고 싶었는데. 밤낮이 바뀐 생활을 해서 말이지, 벌써 졸려 죽겠어."

아케타는 그렇게 말하고는 쾌활하게 웃었다.

우리는 같이 대학 근처에 있는 찻집으로 들어가 메뉴판을 보고는 놀랐다. 이렇게 비싼 줄 알았다면 대학생협에서 운영하는 카페테리아로 갈 걸 그랬다. 이 당시는 값이 싼 커피숍 체인

점이 없었다. 게다가 편의점도 100엔 숍도 유니클로도 시마무라[54]도 니토리[55]도 없었기 때문에, 모든 게 비쌌다. 부모가 보내주는 생활비가 적다 보니 계획을 잘 세워 효율적으로 돈을 써야겠다고 다시금 다짐했다.

할 수 없이 커피를 주문한 후에도 생협 찻집이라면 분명 이 시대는 80엔 정도에 마실 수 있었을 텐데, 하고 내심 마음에 걸렸다. 얼마 안 있어 두 사람 앞에 커피가 나오자 향긋한 커피 향이 코를 찔렀다.

"기타조노, 넌 현역 합격이야? 그럼 내가 두 살 위네. 왜냐하면……" 하고 아케타는 커피를 홀짝홀짝 마시며 자기 이야기를 하기 시작했다.

아케타는 관동지방 북쪽에 있는 고등학교를 졸업하자마자 도쿄로 올라와 학비를 벌기 위해 긴자와 신바시에 있는 변두리 가게에서 호스티스로 2년간 열심히 일했다고 한다. 지금은 주3일로 줄였다고는 하는데, 생활비를 벌려면 계속할 수밖에 없다고 한다.

아아, 그렇구나. 설마하니 그런 경력이 아케타의 행동과 태도에서 고스란히 드러났던 모양이다. 예전 인생에서, 막 시골에서 올라온 세상 물정 모르는 나였다면 아케타를 다른 세계에

---

54 교외를 중심으로 패스트패션 브랜드를 전국에 판매하는 일본의 의류 체인 스토어
55 홋카이도 삿포로시에 본사를 둔, 가구 및 인테리어용품 체인점

사는 여자로 보고 거리를 두었겠지. 하지만 63년이라는 긴 인생을 살아오는 동안에 물장사하는 여자에 대한 편견은 완전히 사라지고 없다. 애초에 아케타는 내가 보면 진짜 어린애다. 그런데도 금전적인 어려움을 극복하고 자립한 데다 입시까지 치렀다고 생각하면 의지가 강한 여자인 건 틀림없다.

첫 수업은 체육이었다.

건축학과는 여자가 두 명밖에 없기 때문에 문학부 여학생들과 함께 수업을 들었다.

체육과 같은 필수 과목이 1교시부터 있는 게 괴로웠다. 출근 시간 러시아워와 겹치는 시간대에 등교해야 하는데, 이때는 승차율이 200퍼센트를 넘는다. 그 초만원 전철을 타면 100퍼센트 확률로 치한을 만나곤 했다. 엉덩이를 만지거나 등 뒤에서 하반신을 끈질기게 밀어붙일 때마다 구토가 쏠릴 정도로 소름이 끼쳤지만 무서워서 큰소리를 낼 수 없었다.

이 시대는 여성 전용칸도 없었을뿐더러 역무원이나 경찰에게 말하러 가봐야 "엉덩이 좀 만진 거 가지고. 미인도 아니면서." 하며 상대도 해주지 않는다는 걸 알고 있었다. 그리고 고소했다가 되레 치한에게 원한을 산 사건을 뉴스에서 보았기 때문에 더더욱 무서웠다.

대체 언제까지 이런 치한 행위에서 여자들은 벗어나지 못하는 걸까.

어쩌면 앞으로도 영원한 걸까.

체육 담당은 쉰 살 전후로 보이는 단발머리 여자 교수로, 보이시한 단계를 넘어서 7 대 3 가르마를 한 남자 은행원 같은 헤어스타일을 하고 있었다.

체육복은 움직이기 쉬운 옷이면 아무거나 괜찮다고 해서, 각자 알아서 복장을 갖춰 입은 여학생들이 체육관에 모였다. 나는 고등학교 때 입던 추리닝 바지에 아케타가 선물해준 티셔츠를 입었다. 가슴께에 'JUN'이라고 쓰인 검은 티셔츠인데 지금 유행하는 거라고 아케타가 우쭐거렸다.

"단 1분이라도 지각할 경우에는 결석 처리하겠습니다."

교수가 그렇게 말하자 어디에선가 "네에?" 하고 놀라는 목소리가 들렸다.

교수는 소리가 난 쪽을 흘낏 보더니 말을 계속했다.

"수업이 시작되기 전에 옷 갈아입고 줄 서 있도록! 그때까지 맞추지 못하는 사람도 결석으로 간주합니다."

그때, 등 뒤에 있던 아케타가 내 티셔츠 자락을 잡아당겼다. 밤낮이 뒤바뀐 생활을 하다 보니 그건 너무 빡세다고 호소하는 건가?

"결석할 때는 반드시 결석신청서를 제출하세요. 병이라든가 어쩔 수 없는 사정이 있을 때는 고려하겠습니다. 임신해서 수업을 받을 수 없을 때도 무조건 신청서를 내세요."

이 시대에도 원치 않는 임신을 하는 여대생이 있었겠지. 교수는 말로는 엄격한 소리를 하면서도 그런 일까지 배려해주는 것 같다. 모두 나와 같은 생각을 하고 감동했는지 장내가 조용해졌다.

"물론 내가 젊었을 때는 그런 몸가짐 헤픈 행동은 생각할 수도 없었지만."

교수가 내뱉듯이 말했을 때 무심코 뒤를 돌아 아케타와 눈을 마주쳤다.

— 그런 식으로 말하면 오히려 더 못 내지.

아케타의 찌푸린 얼굴이 그렇게 말하는 듯이 보였다.

임신하는 건 몸가짐이 헤픈 일인가 보다. 어느 시대이든 임신시킨 남성은 비난받지 않지만 여자는 비난의 표적이 된다.

문득 미국 전 대통령이 생각났다. 그는 성폭력으로 인한 임신이라도 중절을 전면적으로 금지하고 싶어 하는 듯했다. 2024년 대통령 선거에 재출마하겠다고 했는데, 타임슬립하기 전의 세계는 지금쯤 어떻게 되었을까. 그는 당선되었을까. 그렇다면 점점 두려운 세상이 되지는 않았을까. 언제나 희생되는 건 약자 입장에 놓인 사람들이다.

5월에 들어서 대학 생활도 어느 정도 적응되어 역 앞에 있는 케이크 가게에서 점원으로 아르바이트를 시작했다. 시급 500엔이라는 낮은 금액에 한숨이 나왔지만 이 시대의 시세이므로 어쩔 수 없었다. 빠듯한 절약 생활에서 벗어나고 싶었다. 이대로는 좋아하는 책도 살 수 없고 영화도 보러 가지 못한다.

이 무렵부터 이미 도쿄의 월 임차료는 비쌌다. 역에서 가까운 다가구주택은 엄두도 내지 못하고, 역에서 걸어 15분이나 걸리는 목조주택 2층 방을 빌렸다. 지름길도 있기는 했지만 어두워서 위험했기에 약간 멀기는 하지만 큰길을 따라 걸었더니 시간이 더 걸렸다.

지방 출신자들 대부분이 욕조가 없는 집에서 살았다. 욕조가 있는 집이 드물던 시대였다. 주택가에 있는 대중목욕탕에 가려면 어둡고 좁을 길을 지나야 해서 만약 어둠 속에서 폭한이 튀어나오기라도 하면 피할 수가 없다. 아케타에게 그 얘기를 했더니 중고 자전거를 사서 목욕탕을 오갈 때는 전속력으로 달리면 된다고 조언해주었다.

그날 집 우편함을 열어보니 편지가 한 통 와 있었다. 아마가세의 필적이었다.

1970년대는 휴대전화가 존재하지 않았을뿐더러 학생은 대부분 집에 전화도 놓기 어려웠다. 전화를 놓으려면 일본 전신 전화 공사의 채권을 구입해야 하는데 학생에게는 너무 비싼 금액이라 엄두도 낼 수 없었다.

하지만 아마가세는 아키타대학에 입학했을 때 부모가 집에 전화를 설치해주었다고 한다. 외아들이기도 하고 시골에서는 유복한 집안이었다.

기타조노, 건강하게 잘 지내고 있겠지요.

나는 그럭저럭 잘 살고 있습니다.

도호쿠 지방에서의 생활에 조금씩 적응하고 있어요.

여름방학 때 도쿄에 가려고 계획하고 있습니다.

조후(調布)에 사는 큰어머니댁에서 지내면서 아르바이트를 할 생각이에요.

이쪽은 시급이 낮아서 도쿄 쪽이 나을 것 같네요.

그때 기타조노와 만나고 싶어요.

아니면 기타조노는 그때 고향에 내려가는 걸까?

날짜가 정해지면 다시 연락할게요.

답장 기다리겠습니다.

아마가세 료이치

별 내용 없는 편지였다.

딱히 재미있는 일도 없고 고뇌할 일도 없는 걸까.

— 실제로는 어때?

그렇게 물어보고 싶은 충동에 사로잡혔다. 하지만 나 역시도 그저 무난한 내용만 편지에 썼다. 이메일이나 SNS 메시지 앱도 존재하지 않는 세상에서는 멀리 사는 상대에게 걱정을 끼칠 만한 이야기를 내비치는 건 역시 주저하게 된다. 편지가 도착하는 데만도 며칠은 걸린다. 아마가세는 여름방학이 되면 도쿄로 온다고 했고 그때 만나 밀린 이야기를 하면 된다. 그렇게 생각하니 답장을 쓸 마음이 들지 않았다.

티브이를 켜고는 바닥에 방석을 나란히 깔고 누웠다. 이 시대에는 리모컨이라는 것도 없어서 티브이를 켜고 끄는 것조차 번거롭게 느껴졌다.

이 시대의 학생이 갖고 있는 티브이라고 하면, 모두 14인치였다. 레이와시대 50인치 화면에 익숙해져 있다 보니, 이건 놀랄 정도로 작아서 그만 화면 가까이까지 바짝 다가가게 된다.

여배우의 결혼 기자회견이 시작되었다. 굉장히 인기가 많은 배우로, 상대는 그다지 잘 알려지지 않은 뮤지션이었다. 여배우는 스물여덟 살이고 뮤지션은 서른일곱 살이라고 한다.

"잘하는 요리는 뭐인가요?" 하고 리포터가 여배우에게 질문했다.

"앞으로 배우려고 합니다." 하고 여배우는 미안하다는 듯이 대답했다.

"네? 지금부터, 말인가요? 하지만 카레라이스 정도는 만들 수 있죠?"

"아, 자신 없어요."

"네에? 정말이요? 남편분은 그런 아내라도 괜찮으신가요?"

"본인이 배우겠다니 괜찮은 거 아닌가요? 전 기대하고 있어요."

"오오, 남편분이 관대하시네요."

"그런가요?" 하고 남편은 칭찬받았다고 생각했는지 기쁜 표정으로 웃고 있다.

"그러다, 요리도 못하는 아내라니 역시 못 견디겠다고 불만이 쌓여서, 만약 남편분이 외도라도 하면 어떡하실 건가요?"

"어머, 안 돼요. 어떡하면 좋을까요?"

뭐야, 이 질문은.

여배우는 돈을 무척 많이 벌고 있는 반면에 뮤지션인 남편은 전혀 인기가 없다. 누가 봐도 여배우가 이 집안의 기둥이다. 하지만 여배우는 여성스러움을 어필해야 하는 직업이므로 이 자리에서 남녀평등을 주장하지는 않을 것이다. 그랬다가는 남성 팬들을 단번에 잃고 만다.

"결혼 후에도 은퇴하지 않으실 거라고 들었는데, 사실인가요?"

"네, 당분간은 배우 활동을 계속할 생각이에요."

"남편분이 허락하실 건가요?"

"네, 저는 본인이 하고 싶으면 해도 좋다고 했어요."

"정말 이해심이 많은 남편이시군요."

그게 아니잖아. 여배우를 그만두면 일가가 먹고살 수 없기 때문이지.

속이 빤히 다 들여다보이지 않는가.

이 남자, 그냥 여자한테 빌붙어 사는 인간이잖아!

남자 주부(主夫)라는 말도 있긴 한 모양이지만, 실제로 실천하는 부부는 거의 없다는 것을 나는 예전 인생에서 알고 있다. 아내 수입에 의존해 생활하는 남편의 대부분은 가사와 육아를 명색뿐일 정도로밖에 돕지 않는다. 그런 남자와 결혼해서 불만이 커져가는 아내가 내 직장 동료와 친구들 중에도 여러 명 있었다.

"남편분 부모님과는 화목하게 잘 지내실 것 같은가요?"

"글쎄요, 시부모님 마음에 들 수 있도록 노력할 생각이긴 합니다만."

인기 있는 여배우가 굳이 결혼 같은 거 하지 않아도 좋을 텐데, 하고 생각한 건 내가 레이와까지 경험한 60대 여자이기 때문일까. 뭐가 좋다고 이렇게 꿈만 좇으면서 돈도 못 버는 남자의 뒷바라지를 하려는 걸까.

그러는 나도 젊었을 때는 연애 감정이 가장 중요하다고 진심으로 믿었고, 남녀 간에 이해득실을 따지는 건 당치도 않다고 생각하던 시기가 오랫동안 있었다.

이 기자회견을 지켜본 사람들은 분명 영향을 받을 것이다. 남녀의 역할 분담이나 아내 입장을 당연하게 받아들이게 된다. 인기 많은 여배우 아내는 분 단위로 일해 몇억 엔이나 벌고 남편은 대낮부터 파친코에 드나든다 해도, 여자는 카레라이스를 만들 수 있는 정도로는 인정받지 못한다고.

역시 인터뷰한 리포터에게 충고해줘야 한다.

스누피 편지지를 본가에 두고 왔으니 내일은 학교에서 돌아오는 길에 문구점에 들러야지.

그 김에 아마가세에게도 답장을 쓰자. 아케타에 관한 거며 화장실 방범 벨 이야기 등, 쓰려고 생각하면 사실 화젯거리는 끝도 없이 많다.

10.

대학교 1학년, 여름방학

여름방학이 되었다.

고향에 내려가봐야 그런 시골에서는 할 일이 아무것도 없는데다, 낡은 사고를 지닌 부모님에게 이런저런 잔소리를 듣는 것도 지겨워서 도쿄에 남아 아르바이트를 하기로 했다.

케이크 가게에서 하던 알바는 그만둔 터라 다른 아르바이트를 찾아야 한다. 가게 주인의 성추행을 참기 어려워서였다.

쇼케이스 앞에 서서 손님을 응대하고 있으면 50대 주인이 꼭 내 등 뒤를 지나간다. 그 순간의 틈을 타 내 엉덩이를 슬쩍 만지고 가곤 했다.

젊었을 때의 나는 50대나 60대가 된 남성이 젊은 여성을 성적 시선으로 보고 있는 줄은 꿈에도 생각하지 못했다. 정말 세상 물정을 너무도 몰랐다. 하지만 세월이 지나 현시대에도 노령 남성의 성추행 뉴스가 잇달아 보도되면서 비로소 그 실태를 알게 되었다.

어느 날, 더 이상 참지 못하고 "그만 좀 하세요!" 하고 큰소리로 말하자 가게 주인이 깜짝 놀란 얼굴로 쳐다보기에 오히려 내가 더 놀랐다.

"서비스한 거라고. 너 같은 여자애, 어차피 남자한테 인기도 없을 것 같아서."

그 표정을 보니 어처구니없게도 농담이 아닌 것 같아서 또 한 번 놀랐다. 사실 나는 남학생이 먼저 말을 걸어오는 일이 적지 않았기 때문이다. 여자가 별로 없는 환경에서 지내는 게 가장 큰 이유이긴 하지만, 60년 이상이나 살아왔으니 내게 어울리는 화장이나 옷차림 선택이 능숙해진 것도 관계가 있을 것이다.

다음 날 아케타에게 상의하자 당장이라도 아르바이트를 그만두는 게 좋겠다고 했다. 호스티스라면 몰라도 케이크 가게에서 공짜로 만지게 돼서는 안 된다면서. 아케타의 사고가 나와는 좀 빗나가 있는 것 같았지만 두 번 다시 가고 싶지 않았기에 아케타의 조언에 따르기로 했다.

가게로 가자 주인은 경마장에 가고 안주인밖에 없었다.

"미안했어."

안주인은 그렇게 말하고 나서 그 자리에서 그동안 일한 비

용을 정산해주었다. 안주인이 자신의 자존심을 지키기 위해서
"보나마나 네가 먼저 우리 남편한테 꼬리를 쳤겠지." 하고 트집
을 잡지는 않을까 걱정했지만, 그건 너무나도 실례되는 생각이
었다.

나이든 여성은 시야가 좁아 객관적으로 사물을 판단할 수
없다고, 내 눈에 편견이라는 두터운 막이 덮여 있던 것 같다.

"학생들을 계속 고용해도 우리집 양반 때문에 다들 그만두
네."

"네? 저한테만 그런 게 아니었어요? 그렇다면 사모님은……."

나는 안주인 얼굴을 뚫어져라 쳐다보았다.

— 그런 남자랑 용케도 오래 사시네요.

나도 모르게 그런 말이 툭 튀어나올 것 같아 당황스러워 얼
른 눈을 피했다.

존경할 수 없는 남편을 둔 괴로움을 나는 잘 안다. 더구나 그
런 남자이더라도 이혼하면 당장 먹고살 수 없게 될 자신의 처
지가 얼마나 분하고 한심한지도.

"어휴, 남자란 구제 불능인 동물이야. 하지만 방법이 없어. 어
느 집 남편이나 다 똑같은걸. 너도 어른이 되면 알게 될 거야."

안주인은 그렇게 말하고는 씁쓸하게 웃었다. 그렇게 자신의
마음이 무너지지 않도록 다잡고 있는 걸까.

— 남자가 모두 다 그럴 리가 없잖아요. 성실한 남자들한테

실례라고요.

자칫하면 그렇게 말할 뻔했지만, 손님이 가게로 들어온 바람에 말할 기회를 놓쳤다.

다음 아르바이트는 바로 정해졌다. 같은 과 우에다 마사키 집이 기타센주[56]에서 작은 건축사무소를 하고 있는데 사무 겸 잡무 아르바이트를 찾고 있다고 했다. 기왕 일하는 거라면 건축 관련 일을 하고 싶었는데 마침 잘됐다.

아마가세와 만나기로 한 찻집에 도착하자 구석 자리에서 손을 흔드는 아마가세가 보였다.

"기타조노, 부탁이니까 집에 전화 좀 놓지 그래?"

인사도 없이 느닷없는 말이었다.

"나 말야, 일일이 편지를 쓸 수도 없고 당장 얘기하고 싶을 때도 있거든."

"그럴 돈 없다니까."

전신전화공사 가입권만 해도 8만 엔이나 하던 시절이었다. 아르바이트로 버는 돈은 대부분 책값에 쓰고 있어서 저축은 조금밖에 하지 못했다.

"부족한 금액은 내가 낼 테니까."

"말도 안 돼. 그렇게는 못해."

---

56 北千住. 도쿄도 내 북동쪽에 위치한 지역

"나중에 돈 벌면 갚아도 되니까. 응? 제발 좀."

아마가세는 가정교사 아르바이트를 해서 꽤 많이 버는 모양이었다. 아키타현 내에서 아키타대학 의학부라고 하면 최고 학력이므로 시급이 고액이라고 한다. 그런 데다 담당하는 부잣집 아들의 성적이 크게 올라서 부모가 보너스까지 두둑이 주었다고 했다.

"그렇게까지 말한다면 전화 놓을게. 하지만 돈은 꼭 갚을 거야."

그러자 아마가세는 안심한 표정을 지으면서 "기타조노는 좋겠다." 하고 부럽다는 듯이 말했다.

"좋다니, 뭐가?"

"도쿄에서 학생 시절을 보낼 수 있어서."

의사가 되는 길이 열린 데는 만족하는 것 같았지만 대도시 도쿄에 대한 미련이 남아 있는가 보았다.

"그렇긴 하지만 도시에서 사는 여자는 여러 가지로 힘들어."

"편지에 썼던 화장실 방범 벨 그런 거?"

"그 외에도 아주 많아."

나는 전철에서 활개 치는 치한 얘기며 케이크 가게 주인의 성추행까지 다 얘기했다.

"뭐야, 그런 일이 있었어?"

"나, 예전보다도 더 남자가 싫어질 것 같아."

"하지만 말야, 이미 케이크 가게도 그만뒀고 목욕탕에 갈 때 탈 자전거도 샀다며? 그럼 이제 만원 전철만 피하면 되잖아."

"어떻게?"

"1교시부터 수업이 있을 때는 첫차를 타면 되지. 첫차는 비어 있을 거 아냐?"

나는 자신의 아이디어를 의기양양하게 말하는 아마가세에게서 눈을 피하며 말했다.

"그렇네. 아마가세가 말한 대로야. 새벽 4시대에 전철을 타면 되는 얘기네. 학교에 도착해서 1교시가 시작될 때까지 두 시간 반 정도 기다리기만 하면 되니까 아주 간단한 얘기지."

그렇게 말하고 나서 하아, 하고 깊이 한숨을 쉬었다.

"어? 아, 미안. 아까 내 말, 잊어줘. 그래도……." 하고 아마가세는 허공을 노려보며 말했다.

"여자들이 그렇게까지 경계하면서 지내야 하는 줄은, 나 지금까지 전혀 생각하지 못했어."

"아 그래? 예순세 살까지 인생 경험이 있는 것치고는 참 편하게 살았네. 결혼도 했으니까 아내 생활도 가까이서 봤을 거 아냐."

"듣고 보니 그렇긴 하지만, 아무리 그래도 거기까지는."

"레이와시대에는 SNS가 활발해서 비열한 남자들의 추태가 다 드러났잖아?"

"그랬나? 예를 들면 어떤?"

"이를테면 대학교 수험일에 여자 수험생에게 치한 짓을 한다거나. 절대로 지각하면 안 되는 날이니까 참을 수밖에 없다는 점을 노린 거지. 게다가 휠체어 탄 여성이 혼자서는 도망칠 수 없다는 약점을 이용해 전철 안에서 표적을 정하고는 집까지 미행해서 비열한 행동을 한 거라든가, 또……."

"잠깐만. 그런 사건이 있었다는 건 알지만 남자가 다 비열한 건 아니야. 적어도 난 달라. 절대로 아니라고."

아마가세는 화가 난 듯 말했다.

아아, 이 광경이다.

같은 표정을 한 남자를 지금까지 얼마나 많이 봐왔던가. 남자들은 모두 "나는 달라." 하고 똑같은 소리를 한다. 개중에는 모욕을 당했다고 착각하고는 여자를 적대시하는 남자도 있다.

"있잖아, 아마가세가 그런 남자가 아니라는 건 잘 알아. 어느 시대건 일정 수의 쓰레기 같은 남자가 존재한다는 거지. 그 쓰레기 집단 중에 아마가세는 들어 있지 않아."

그렇게 말하자 아마가세는 약간 안심한 얼굴로 돌아왔다.

유유상종이라는 말처럼 아마가세와 친한 친구들이나 친척 남자들 중에도 그런 비열한 쓰레기남이 한 명도 없을 확률은 높다. 즉, 아마가세와 같은 선량한 남자들은 비열한 남자들과 접점이 없는 채 인생을 마치는 것이다. 하지만 여자는 다르다.

여자들은 대부분 비열한 남자들과 접점을 갖지 않고 살아가기가 불가능하다. 그도 그럴 것이 도쿄의 만원 전철에서 치한을 만난 적이 없는 여자가 과연 있기나 할까.

그러한 현실을 아마가세에게 차근히 설명해보기로 했다. 이전 인생에서는 납득할 때까지 남편과 이야기하려는 자세가 부족했기 때문이다. 그게 이전 인생에서 가장 후회하는 점이다.

"……그렇군. 여자들은 상상 이상으로 힘들게 살고 있네."

"그렇게 비열한 녀석들은 여자의 항의에 귀를 기울이지 않아. 완전히 여자를 우습게 보는 거지. 하지만 남자가 하는 말이라면 듣는 경우도 있을 거야. 그러니까 적어도 치한을 목격했을 때는 여자를 도와줬으면 해."

"그건 좀……."

"엇!"

나는 언제든 약자를 도와줄 거야, 그런 말이 나올 줄 알았다가 뜻밖의 반응에 놀라서 아마가세를 쳐다보았다.

"그렇잖아, 세상에는 말도 못할 정도로 난폭한 남자들이 있어. 그러다 찔리기라도 하면 나만 손해지."

"관계없는 일에 말려들어서 피해 보는 건 딱 질색이라는 뜻이야?"

"뭘 또 그렇게까지 말하고 그래? 마치 내가 비겁한 거 같잖아."

"비겁해."

"왜 얘기가 그렇게 되는데? 난 아무것도 잘못한 거 없잖아. 그런데 찔려서 죽으라고 하니까."

"아마가세…… 싫어질 거 같아."

"그건 심하다. 나한테 정의의 아군 스파이더맨이 되라는 거야? 몸을 바쳐서까지?"

이런 남자가 일반적이겠지.

아마가세에게 타인의 희생이 되라고까지는 말할 수 없다.

그렇다면 여자는 어디에 구원을 청해야 할까?

"내가 말이 지나친 거 같아. 미안."

"아니, 뭐 사과할 거까지야……." 하고 아마가세는 말을 얼버무렸다.

"고등학생 때 호신술을 배워두길 잘했어. 역시 믿을 수 있는 건 나 자신뿐이야. 아무리 여자가 힘이 없다고 해도, 그래도 생판 남인 남자한테 기대하는 건 아니지."

그렇게 말하자 아마가세는 아무 말 없이 나를 바라보았다.

방범 벨을 팔고 있는 가게는 찾아내지 못했지만 체육 교사가 갖고 있는 것 같은 호루라기는 손에 넣었다. 날카로운 소리가 울리는 타입으로 사서 언제나 주머니에 넣어 다니기로 했다고 아케타에게 말했더니 "나도 갖고 싶어"라고 하면서 똑같은 것을 샀다.

시골에서 사는 부모는 만원 전철을 타본 적도 없고 밤늦게 목욕탕에 갈 일도 없다. 자신들의 딸이 24시간 신경을 바짝 곤두세운 채 살고 있다는 사실을 생각해본 적도 없을 것이다.

11.

대학교 4학년, 취업에 고전하다

취업이 되지 않고 있다.

같은 과 남학생들은 여러 군데 회사에서 합격 통지를 받았는데 나와 아케타는 면접조차 볼 기회가 없었다. 취업과에 붙어 있는 모든 구인 공고에 '여자는 본가에서 출퇴근하는 자에 한한다'라고 빨간 글씨로 덧붙여져 있었기 때문이다. 믿을 수가 없어서 그 수백 장이나 되는 구인 공고를 몇 번이나 샅샅이 살펴봤지만, 정말로 한 장도 예외 없이 그런 취지의 조항이 쓰여 있었다.

이건 대체 어떻게 된 거지?

시골 출신 여자는 채용하지 않는다는 건가?

왜?

궁금해서 남학생용 게시판도 보러 가봤지만 그런 단서는 어디에서도 찾아볼 수 없었다. 아마 남학생은 어느 지방 출신이든, 어떤 시골구석에서 왔든 상관없는 듯했다.

그러고 보니 예전 인생에서도 이런 이야기를 들은 적이 있었다. 하지만 나는 전문대 영문과를 나온 후 취업 준비는 하지 않고 친척이 경영하는 직원 십여 명 규모의 작은 무역회사에서 일했기 때문에 대기업의 취업 상황은 전혀 몰랐다. 그뿐 아니라 취직하기 전부터 나는 분명 몇 년만 다니고 그 후에 결혼 퇴직을 하게 될 거라고 막연히 생각했다. 마치 남의 일처럼 살아온 인생이었다. 하지만 변명하자면, 그런 사람은 나뿐만이 아니었다. 전문대 시절의 친구들 대부분이 그러했다.

그렇다고 해도 건축 관련 일이라면 여자도 남자도 관계없지 않나? 현장에서 힘쓰는 일을 하는 것도 아닌데. 지반 조사와 구조 계산, 그리고 집을 설계하고 내장을 연구하는 직업이다.

하지만 아무래도 세상이 보는 시각은 다른 것 같다. 업무 내용과 능력이 어떤가 하는 문제가 아니라 여자, 게다가 지방 출신자, 게다가 4년제 대학 졸업자라는 조건이 취직 시장에서는 최악의 핸디캡이 되는 모양이다. 자신의 사고와 능력을 발휘하고 싶어도 무대에 나갈 기회조차 주어지지 않는다.

아케타도 마찬가지로 이러한 불합리한 처우에 큰 충격을 받았다.

"나는 시골에서 올라와서 부모님한테 지원받지 않고 열심히 살아왔어. 그런데 내가 가에루코보다 열등하다니 말이 안 돼.”

가에루코[57]란 아케타가 몰래 붙인 별명이다. 본명은 가오루코라고 했다. 아케타의 고향 친구이면서 숙적이기도 한 그녀는 얼핏 보기에 어른 같지만 어릴 때부터 아케타에게만 심술궂었다고 한다. 교사들 사이에서나 동네에서 가오루코의 평판은 좋았다. 이목구비가 또렷하고 검은 눈망울이 총명해 보였다. 아케타의 엄마도 무슨 일만 있으면 “가오루코 좀 본받아라.” 하고 말했다고 한다. 가오루코는 고향에 있는 전문대학을 나와 그 지역 시중 은행 지점에 취직했다. 그리고 2년 후에는 도쿄 본점에서 발령받아 온 은행원과 결혼하면서 퇴직했다. 만난 적은 없어도 아케타의 추억담에 빈번히 등장하는 인물이어서 나도 잘 아는 사람 같은 기분이었다.

“난 가오루코의 열 배, 아니 백 배는 더 노력했어.”

아케타는 아무것도 모르던 대도시로 혼자 독립해 나왔다. 그때까지 찻집조차 들어가본 적이 없던 시골 여자애가 변두리 바에서 호스티스로 일하는 데 얼마나 큰 용기가 필요했는지, 아케타는 절절히 이야기하곤 했다.

“내가 지금까지 한 노력은 다 헛수고였나.”

항상 밝고 털털하던 아케타가 나약한 소리를 하기는 처음이었다.

---

57 ‘가에루(蛙)’는 개구리를 뜻한다.

"마사미, 이 사회는 얼마나 여자를 무시해야 만족하는 걸까?"

"진짜 허무해. 인생에 절망할 것 같아."

그렇게 대답했을 때 문득 아이디어가 떠올랐다.

그렇다면 본가에서 다니는 것처럼 위장하면 되는 거 아닌가. 부모의 주민등록을 도쿄로 옮기자. 전입신고서를 내고 주민등록표를 복사한 뒤에 바로 시골로 되돌려놓으면 문제없다.

이 아이디어를 이야기하자 아케타도 찬성했다.

거짓말을 하는 데 죄책감은 있었지만 '여자는 본가에서 출퇴근하는 자에 한한다'라는 이해할 수 없는 조건을 내세우는 쪽이 훨씬 더 죄가 크다. 그런 차별적인 기업에 대항하기 위해서라면 주민등록을 옮기는 정도의 편법을 썼다 해도 죄는 되지 않을 것이다.

이미 대학교 4학년 가을이었다.

절망감에 빠져 있을 시간이 없다. 더욱 뻔뻔하게 전략적으로 나서지 않으면 인생을 내 의지대로 살아갈 수 없다. 모처럼 두 번째 인생이 주어졌지 않는가.

이 시대의 취업 규정으로는 대학교 4학년 10월부터 일제히 회사 방문이 가능해지고 몇 개월 내에 취업이 결정되는 게 보통이었다. 애초에 졸업까지 시간이 얼마 없었다.

이미 11월에 접어들어 아케타와 나는 초조하기 이를 데 없었지만, 같은 과 남학생들은 대부분 이미 합격 통보를 받고 환한 표정으로 오가고 있었다.

가을이라고 하면 학교 축제다. 캠퍼스 안의 들뜬 분위기가 아케타와 나의 마음을 한층 더 어둡게 했다. 남자들은 얼마 남지 않은 학생 생활을 마음껏 즐기는 것처럼 보였다.

근처의 여자대학 축제를 잇달아 보러 다니려고 계획을 짜는 신난 목소리가 강의실 내 여기저기서 들려왔다.

"취업 아직 안 되었다며?"

그렇게 물은 사람은 같은 과 우에다 마사키였다.

작은 목소리로 물은 건 나를 배려해서겠지. 우에다의 본가는 기타센주에 있는 건축사무소로, 그전부터 쭉 사무 겸 잡무 아르바이트생으로 나를 고용해주고 있다.

지난달 즈음부터 아케타와 나에게 말을 거는 남학생은 우에다뿐이었다. 다른 남학생들은 멀리서 흘끔흘끔 쳐다볼 뿐이었다. 취업이 결정되지 않은 사람이 과에서 우리 두 사람과 몇몇 남학생뿐이기 때문일 것이다.

"우리 아버지가 그러시는데, 만약 이대로 취업이 그러면, 말이지."

그러면, 이라니 무슨 말이지? 절망을 의미하는 걸까.

"그러면 말이지, 이대로 우리 건축사무소에서 근무해도 좋다고 하시던데."

"우에다 건축사무소에? 아르바이트가 아니라 정직원으로

채용해주신다는 뜻이야?"

"응, 그렇게 말씀하셨어. 기타조노는 일머리가 좋아서 도움이 된다고 엄마도 칭찬하셨고."

우에다 건축사무소는 우에다의 부모와 직원이 두 사람뿐인 아주 작은 사무소다. 대기업의 3차 하청 일이나 근처의 단독 주택 수리 의뢰가 많았다. 아무 데도 취업하지 못한 내게는 감사한 제안이 틀림없다. 하지만 우에다 건축사무소에서 수주하는 안건은 자잘하고 보람이 없는 일뿐이어서 바로 그러겠다고 대답할 수가 없었다.

"우에다는 나중에 가업을 잇는 거야?" 하고 아케타가 물었다.

"아마 아버지는 그걸 원하실 거야. 하지만 난 세계를 돌아다니는 일을 하고 싶어."

우에다는 티브이 광고에서 자주 볼 수 있는 대규모 종합 건설회사에 합격해 취업이 결정되어 있었다.

"세계를 돌아다니는 일이라니, 구체적으로 어떤 건데?" 아케타가 또 물었다.

"이를테면 개발도상국의 가난한 마을에 다리나 공공주택을 짓는다거나."

"그럼 ODA,[58] 그러니까 정부개발원조 관련 일 말하는 건

---

58 Official Development Assistance: 발전도상국의 경제발전이나 복지 향상을 위해 선진공업국의 정부 및 관련 기관이 행하는 원조나 출자를 가리킴

가?" 하고 내가 물어보았다.

"뭐, 그런 거지."

"좋겠다, 꿈이 커서." 아케타가 한숨을 섞어 말했다.

바로 그때, "여자는 어쩔 수 없다니까." 하는 목소리가 등 뒤에서 들려왔다.

뒤를 돌아보니 이와테 사투리가 여전히 남아 있는 솟타라가 서 있었다. 평소에는 도시 청년인 척하더니, 어느 날 그만 당황해서는 "솟타라고토잇닷테!"('그란 말이 어딨노!'라는 뜻-역주) 하고 완전 사투리가 튀어나오고 말았다. 그때 과 아이들 전체가 폭소를 터트린 일을 계기로 이후 솟타라[59]라는 별명으로 불렸다.

"잠깐만! 여자는 어쩔 수가 없다니, 무슨 의미야?"

그렇게 물은 아케타는 화가 난 표정을 감추지 않았다. 그도 그럴 것이, 솟타라는 우리 과에서 가장 성적이 나빴기 때문이다. 애초에 어떻게 이 대학 입시를 뚫었는지 의아할 정도로 독해력도 계산력도 형편없었으며 영어도 중학교 2학년 수준이었다. 사실인지 아닌지, 친척 중에 유명한 평론가가 있어서 그 알선으로 부정 입학을 한 게 아닐까 하는 소문도 있었다.

"그렇게 무서운 얼굴 하지 마. 여자는 결국 시집가니까 취직해봐야 어차피 2년 정도 임시로 일하는 거잖아. 신입사원 때는

---

59 そったら. 이와테 현 사투리로 '그런'이라는 뜻이다.

바로 도움도 안 되고. 최소한 처음 1, 2년은 업무를 배우면서 월급도 받는 셈이라고. 그러고 나서 겨우 회사에 도움이 될까 싶으면 결혼해서 그만두니까 기업 측도 열받는 거지. 확실히 말해서 여자는 민폐거든."

우에다 외에 다른 남학생들이 나와 아케타에게 말을 걸지 않게 된 까닭을, 우리 두 사람보다 훨씬 성적이 낮은데도 몇 군데 회사에서 합격 통보를 받은 사실이 미안해서라고 생각하던 나는 참으로 어리숙하고 속 편한 사람이었던 모양이다.

나는 벌떡 일어나 강의실 문을 향해 뛰어갔다. 솟타라의 말을 더 이상 듣고 싶지 않았다. 머리 나쁜 남자애에게 굴욕적인 말을 들으면 며칠 동안 불쾌한 기분에서 벗어나지 못한다는 것을 경험으로 알고 있었다. 어디 그뿐인가, 치한에게 성추행당했을 때와 마찬가지로 평생 동안 무슨 일이 있을 때마다 그 생각이 떠올라 견딜 수 없을 정도로 마음이 한없이 가라앉는다. 그런 분하고 억울한 마음은 결코 내일을 향해 가는 원동력이 되지 않는다. 그나마 얼마 되지도 않는 자존감을 한층 더 떨어뜨릴 뿐이다.

복도로 나왔을 때 등 뒤로 아케타가 외치는 소리가 들렸다.

"솟타라같이 덜떨어진 인간한테 그런 말 듣고 싶지 않다고!"

솟타라는 남학생들에게 별명으로 불리는 건 그나마 참을 수 있어도 아케타나 나에게 그렇게 불리는 건 용서할 수 없었을 것이다. 그런 그의 심정을 진작에 헤아렸기에 나는 솟타라에게 말을 걸 때(말을 거는 일도 거의 없었지만) 본명인 '사사키'라고 부르려고 마음을 써왔다. 그건 아케타도 마찬가지일 터였다.

"내가 솟타라, 너한테 구조 계산 가르쳐준 거, 벌써 잊었냐? 몇 번이나 다시 설명해도 이해하지 못해서 결국 내 과제를 몽땅 베껴낸 주제에."

"뭐야, 여자 주제에."

솟타라의 말이 들려오자마자 나는 복도 중간에서 얼어붙은 듯이 멈춰 섰다.

맞다, 이런 시대였다. 머리 나쁜 남자가 우수한 여자에게 "여자 주제에!"라고 아무렇지도 않게 내뱉던 시대였다.

"너, 여자 주제에 잘난 척하고 말이야."

"잘난 척한다고? 내가? 네가 할 소린 아니지."

"너, 싸우자는 거야? 어디 한번 붙어볼래?"

놀라서 몸이 굳어졌다.

"솟타라, 그만해. 여자한테 손을 올리면 어떡해!"

우에다의 큰 목소리가 복도까지 울렸다.

여자한테 말싸움에서 밀리면 폭력을 휘두른다. 그런 남자를 용인하던 그 시대의 풍조를 오랫동안 잊고 있었다.

그날, 집으로 돌아가서도 솟타라의 말이 끊임없이 머릿속을 떠다녔다.

　벽에 기대어 다리를 쭉 뻗고 앉아 정면에 있는 책장을 멍하니 바라보았다.

　분해서 견딜 수 없었던 건, 솟타라가 말한 '취직해봐야 어차피 2년 정도 임시로 일하는 것'이라는 견해는, 이 시대의 풍조를 생각하면 틀린 말이 아니었기 때문이다.

　― 여자는 크리스마스 케이크.

　그런 소리를 일삼던 시대는 오래도록 계속되었다.

　4년제 대학에 진학하면 졸업할 때 만 스물두 살이 된다. 크리스마스 케이크 이론에 따른다면 2년 후인 스물네 살에 결혼 퇴직하는 게 여자들의 통례였다. 아케타 같은 경우는 학비를 모으기 위해 입학 전에 2년간 일했으니까 이미 크리스마스 케이크가 썩기 시작한다. 하지만 예순세 살까지 살아온 경험이 있는 나는 안다. 20대란 일에 진지하게 마주하는 소중한 계절이었다는 걸. 그리고 결코 그 시기를 놓쳐서는 안 된다는 걸.

　대학에 입학하면 골인, 결혼하면 골인, 이런 식으로 생각하던 나야말로 진짜 어리석었다.

　인생에 골인 같은 건 없다. 있다면 죽을 때다.

　그때 책장에 꽂혀 있던 에세이집 책등이 눈에 들어왔다. 내가 동경하는 건축가가 쓴 책이다. 그는 대학교 졸업 후 건축사무소에서 한동안 일하면서 돈을 모아 전 세계 건축물을 보러 돌아다녔다. 20대의 감성과 체력이 있었기에 다양한 지식과 교양을 흡수할 수 있었으리라.

이렇듯 감수성이 풍부한 시기에 여자는 결혼 퇴직을 하고 가사와 육아에 전념하라고?

미친 거 아냐?

이 시대에는 결혼과 출산이야말로 여자의 행복이라는 사고가 깊게 뿌리 박혀 있었다. 남자는 아내를 얻어 일가를 부양해야 한 사람 몫을 해내는 거라 인정받았다. 그런 세상의 고정관념에 얽매여 답답해하면서 살아가는 남녀가 많았다. 하지만 몇십 년의 세월을 거치면서 다양성의 시대가 도래한다는 것을 나는 알고 있다.

그 시절에는 결혼하지 않는 인생이란 생각할 수도 없었다. 보람을 느낄 수 있고 가치 있는 일에 종사한다면 다를지도 모르지만, 적은 급여를 받는 사무직이었던 나는 장래가 불안해서 견딜 수 없었다.

결혼하지 못한 채 20대 후반이 되면 어떡하지?

30대에 들어서면?

그 앞에 무엇이 기다리고 있을지 구체적으로 상상할 수가 없어 크나큰 불안감이 덮쳐왔다.

주변 친구들은 결혼, 출산, 자녀의 입학과 졸업, 자택 구입…… 등 몇 년마다 여러 가지 큰일이나 경사가 끊이지 않고 이어지는데, 나한테는 아무것도 없다면?

　만약 그 무렵 독신으로 생기 있게 일하는 여성이 주위에 있었다면 어땠을까. 가령 몇몇 이모, 고모나 사촌 언니들이 착착 경력을 쌓고 있었다면? 언제 만나도 밝고 환한 웃음으로 내게 일의 재미를 알려주었더라면?

　분명 나는 그녀들에게 영향을 받아 앞으로의 긴 인생을 어떻게 살아갈지 진지하게 생각했을 것이다. 아니면 그녀들이 아무리 자유롭고 즐거워 보여도 결혼하지 않았으니 여자로서 행복하지 않을 거라고 생각했을까.

　그렇게 생각했을지도…… 모른다.

　아니, 필시 그렇게 생각했을 것이다. 당시 풍조가 만들어낸 편견에 뼛속까지 침식당해 있었으니까.

　어느 시대나 소수파는 주눅이 들기 마련이다. 사람들은 독신을 보면 '결혼하지 않은' 게 아니라 '결혼하지 못한' 거라고 단정지었다.

　하지만 이 시대에도 앞날을 내다보고 결혼하지 않는 총명한 여자가 분명 있었을 것이다. 결혼 후의 생활을 상상하면 자신답게 살아갈 수 없다는 것을 알고서, "결혼 안 하냐?" 같은 세상의 집요한 질문도 가볍게 넘기고 독신의 행복한 생활을 만끽하지 않았을까.

　결혼하면 노후도 안심이라고들 말하곤 했다. 하지만 레이와시대에는 독거노인이 7백만 명 가까이나 되고, 자녀가 부모를 보살피기는커녕 고령인 부모의 연금으로 생활하는 중년 자녀가 생겨난다. 이혼율이 높아지고 출산율은 놀랄 정도로 떨어진다. 당시에는 그런 일을 상상조차 하지 못했다.

― 내가 하고 싶은 대로 살아갈 거야.

사람은 누구나 자유로이 살아갈 권리가 있다.

정부는 여자가 자유를 추구하며 살아가게 될 거라고는 생각도 하지 못했을 것이다. 국회의원은 2세, 3세, 대를 잇는 사람들이 늘어나고 그 아내들은 대부분 일하지 않는다. 부유한 전업주부 가정에서는 서민의 사고방식이나 생활 변화를 전혀 상상할 수 없을 게 분명하다. 그들의 친척이나 친구, 지인들 중에는 가난한 사람이 한 명도 없을 테니까.

서민 생활은 크게 달라졌다. 놀랍게도 레이와시대에는 전업주부가 사회보험 제도의 짐으로 취급받는 풍조가 생겨나게 된다. 불과 얼마 전까지도 현명한 어머니와 좋은 아내가 소중히 대우받았는데, 레이와시대에는 돈을 벌 수 있는 여성을 아내로서 더 선호하게 된다. 그리고 자신의 인생을 잘 살아가는 데 필요한 무기, 즉 자신의 감정에 솔직하게 살아가는 강인함과 경제적 능력, 지성을 갖춘 여성들이 날로 늘어나고 있다.

하지만 국회의원 대부분은 고루한 사고를 지닌 노령 남성으로, 시대가 이렇게 바뀌었는데도 여전히 아무런 변화도 없다.

그날 밤, 엄마에게 전화가 걸려왔다.

— 마사미, 취업은 어떻게 돼가고 있어?

"으응…… 그게, 아직 안 됐어."

— 아주 느긋하네. 티브이에서는 취업됐다고 환호하는 학생들이 나오던데.

"그건 남학생들이잖아."

— 응? 어어, 남학생들이었던 거 같아. 근데 너희 대학교 취업 잘된다고 마을 사람들이 그러던데.

"그러니까, 그건 남자애들 얘기라고요. 여자는 달라. 특히 나같이 지방 출신에다 4년제 대학까지 나오면."

그만 솔직히 현실을 털어놓고 말았다.

— 그게 무슨 말이야? 지방 출신에 4년제 대학 나온 여자가 왜 취업이 안 돼?

"응, 그게…… 도쿄 회사들은 말이지." 하고 상황을 설명했다.

분명 엄마는 그러겠지. '거 봐라 내가 뭐랬니, 그러게 누누이 말했지? 엄마가 하란 대로 순순히 전문대 유아교육과 갔으면 좀 좋아!'라고.

엄마에게 한소리 들을 각오를 했을 때였다.

— 도쿄에서 태어난 게 뭐 그리 대수라고!

수화기 너머로 느닷없이 아버지의 고함소리가 들려왔다.

— 도시 사람들은 비좁은 집에 사는 주제에 멋있는 척 허세

만 부리고, 자랑할 것도 없으면서 말이지. 그에 비하면 시골은 집도 넓지, 밭도 있지, 갓 따온 채소는 또 얼마나 맛있는데 무시나 하고 말이야. 내 원, 어처구니가 없다니까.

아버지 의견은 주제에서 상당히 벗어나 있었지만 나를 위해 분개해주는 말에 그때까지의 절망감이 조금 사그라들었다.

"근데 부탁이 하나 있어요."

이때다 싶어서 부모님에게 주민등록표를 도쿄로 옮기겠다고 부탁해보았다. 내 주민등록도 시골에 그대로 두었던 터였다. 당시는 지방에서 올라온 학생들 대부분이 그러했다.

그러자 화가 가라앉지 않았던 아버지는 "그게 뭐 어렵냐. 시골 출신이라고 무시당하고 가만히 있을 순 없지." 하고 흔쾌히 승낙해주었다. 그래서 부모님과 나, 세 사람의 주소지를 도쿄로 옮겼다.

아아, 이제 취업할 수 있다.

주민등록표 사본이라는 종이쪽지 한 장으로 건설회사든 설계사무소든 유명한 아틀리에 사무소든, 적어도 문전박대를 당하는 일은 없어지게 되었다.

며칠이나 계속되던 우울한 기분이 구름과 안개가 싹 걷히듯 사라져 오랜만에 식욕이 살아났다.

면접일 아침에는 일찍 일어났다.

이 시대의 취업 활동은 모두 감색이나 회색 정장이 대부분이었고 머리를 쇼트커트로 하는 게 암묵적인 규정이었다. 남학생도 마찬가지였다. 그때까지는 장발에 파마를 한 학생들도 많았지만 취업할 때는 짧게 자르고 7대 3 가르마를 했다.

오테마치(大手町)[60]에 있는 거대한 본사 빌딩을 올려다보았다. 나도 이렇게 번듯한 회사의 일원이 될 수 있다고 생각하니 마음속 깊은 곳에서 기쁨과 긴장감이 북받쳐올랐다.

천장이 막힘 없이 훤히 트이고 대리석으로 꾸며진 로비로 한 발짝 들여놓자 접수처 여직원들이 상냥한 웃음을 지으며 맞아주었다.

세 명 모두 미인으로 의자에 앉아 있는데도 멋진 몸매라는 걸 바로 알 수 있었다.

안내를 받아 회의실로 들어가니 40대로 보이는 남성 면접관이 기다란 책상을 앞에 두고 혼자 앉아 있었다.

"안녕하십니까?"

고개 숙여 인사를 하고 나서 대학명과 이름을 댔다.

"앉으시지요."

역시 대기업은 다르다. 고급 정장을 입은 면접관은 말투도 세련되고, 언뜻 보기에도 좋은 환경에서 살아온 신사 느낌이 났다.

<hr />

60 도쿄도 지요다구에 위치한 지역명

"우리 회사에 입사 지원한 이유를 말씀해주세요."

나는 미리 조사해둔 회사의 업적과 새로 개발된 건축자재를 칭송하고 꼭 이 회사에서 일하고 싶다고 대답했다.

"아, 감사합니다. 그 건축자재는 획기적이어서 저도 자랑스럽게 생각하고 있습니다."

면접관은 그렇게 말하며 웃어 보였다.

오오, 느낌 좋은데. 이대로 가면 합격할지도 모르겠는걸.

도쿄증권거래소 1부 시장에 상장된 이런 유명한 회사에 취직하면 얼마나 좋을까. 급여도 높고 보너스도 6개월치가 나온다고 한다. 자취하는 사람은 본가에서 출퇴근하는 사람들과 달리 생활비가 많이 들어서, 급여의 많고 적음은 사활이 걸린 문제였다. 레이잔대학 수준으로 봐서는 이 회사 연구실에 발령받는 건 어렵겠지만 설계팀에 들어간다면 보람 있을 것이다. 그러면 열심히 일할 생각이다. 같은 과 와다와 다카기는 이 회사에서 이미 합격 통보를 받았다고 들었다. 속속들이 잘 아는 그들과 같은 팀에 들어간다면 더 기쁠 것 같다.

그런 망상에 잠겨 있을 때였다.

"어? 이 주민등록표는⋯⋯."

면접관은 이력서에 첨부한 주민등록표 사본을 뚫어져라 들여다보았다.

"부모님은 바로 지난주에 지방에서 올라오셨다는 건가요?"

주민등록표에는 전 주소도 기재되어 있다. 하지만 그런 자잘한 사항까지 살펴볼 거라고는 생각하지 못했다.

"……네, 그렇습니다."

"아버님은 어디서 근무하시나요?"

순간적으로 거짓말이 떠오르지 않았다. 그런 것까지 물어볼 줄은 몰랐기 때문이다. 하지만 면접에서 가족 상황을 시시콜콜 물어보는 행위는 취업차별에 해당하므로 후생노동성에서 금지 조치를 내렸는데도, 레이와시대가 되고 나서도 계속되고 있다는 사실을 나는 알고 있다.

카페에서 모닝 세트를 먹고 있었을 때, 옆자리에서 입사 면접을 보는 장면을 몇 차례 구경한 적이 있다.

그래도 너무 부주의했다. 부모님이 도쿄로 온 이유를 거짓으로라도 그럴듯하게 꾸며 미리 준비해뒀어야 했다.

"그러니까…… 아버지는 무역회사에 근무하십니다."

"어느 회사이지요?"

"하세가와 상사입니다."

"어디에 있습니까?"

내가 바로 대답하지 못하자 "여기에 기재되어 있는 전 주소 근처인가요?"

"……네."

"아, 그렇군요. 그런 거로군."

면접관은 그렇게 말하더니 천장을 올려다보며 후우 하고 한숨을 뱉었다.

"그런 여학생이 가끔 있어요. 우리 회사는 본가에서 출퇴근하는 아가씨밖에 채용하지 않습니다. 그러니 이만 돌아가주시겠어요?"

면접관 눈에는 확실히 동정하는 빛이 역력했다.

"못 본 걸로 해둘 테니까요." 하고 말하더니 나직하게 말을 이었다.

"이런 허위 행위는 그만두는 게 좋아요. 금세 탄로나거든요."

최대한의 배려이겠지. "넌 비열해, 사기야!" 하고 힐문하는 면접관도 있을 테니까.

굉장히 위축되었다. 몸이 조그맣게 쪼그라든 것만 같았다.

보기에도 도회적이고 좋은 가문 태생으로 살아온 듯한 면접관 앞에 있으려니, 나는 시골 출신에 촌스럽고 부모에게 제대로 가정교육도 받지 못한 여자라고 질책받는 것만 같았다.

조금 전 접수처에서 본, 귀하게 자란 티가 나는 세 명의 여성을 떠올리자 쥐구멍이라도 있으면 숨고 싶어졌다.

아니…… 아니지.

그건 아니야.

그게 아니라니까.

여기서 질 수는 없잖아, 마사미!

나는 구부정한 자세를 곧추세우고 얼굴을 바짝 들고는 똑바로 면접관을 쳐다보았다.

"제 성적을 봐주십시오. 올에이를 받은 사람은 과에서 두 명뿐입니다."

"성적, 말인가요? 네, 전부 A로군요. 하지만 여성은 본가 출퇴근자에 한한다는 조항은 우리 회사 방침이고 애초에 여성의 경우, 대부분이 전문대 졸업이에요. 4년제 대졸 여성은 매년 겨우 몇 명 채용할까 말까 한 정도죠."

이 시대는 여성 종합직[61]이 아직 없었다.

"그 말씀은, 4년제 대졸 여성의 경우 거래처 임원의 따님이나 국회의원 인맥 정도가 아니면 어렵다는 건가요?"

순수한 질문이었다. 그런 소문을 들은 적이 있어서 사실인지 아닌지 확인해보고 싶었을 뿐, 면접관을 공격할 의도는 전혀 없었다. 하지만 면접관의 표정이 싹 바뀌었다. 그리고 날카로운 눈초리로 나를 한 번 쳐다보더니 말했다.

"다음 면접이 있으니 이만 돌아가주시겠습니까?"

원래의 나라면 '죄송합니다'를 연발하면서 종종걸음으로 문쪽을 향했을 것이다. 그리고 나서 며칠간 비참한 기분으로 지내겠지. 벽에 대고 "죽어버리고 싶어." 하고 중얼거리면서.

---

[61] 장래의 간부 후보로서 기획 입안, 마케팅 등 기업 활동의 축이 되는 업무를 폭넓게 담당하는 직무층을 일컫는다.

하지만 이때는 평소와 달리 자포자기 심정이었다.

이제 아무래도 상관없다.

내 인생, 이제 더 이상 출구가 없으니까.

"그럼 한마디 더 여쭙겠습니다. 오늘은 왜 저같이 아무런 연줄도 없는 4년제 여자를 면접에 오게 하신 겁니까?"

그렇게 묻자 면접관은 크게 고개를 끄덕였다.

"나도 아까부터 의아했어요. 아마도 사무직 여자애가 실수했겠죠."

사무직 여자애…… 여성 사원을 '여자애'라고 부르는 시대였다. 아니, 이런 일은 레이와시대에도 계속되고 있다.

"한 가지만 더 알려주세요. 왜 전문대 졸업생만 채용하시는 건가요?"

"그만 돌아가달라고 했죠? 진짜 끈질기네."

"4년제 대졸보다 전문대졸을 채용하는 이유를 솔직히 말씀해주시기 전에는 돌아가지 않겠습니다."

"그런 걸 꼭 말해야 압니까? 전문대졸이 두 살이나 어리고, 게다가 당신같이 건방진 여자는 없으니까요."

"건방지다니……."

"우리 회사는 사내 연애로 결혼하는 직원이 상당히 많습니다. 그러니까 여직원을 채용할 때는 우리 회사 남자 직원들의 결혼 상대로 적합한지 아닌지를 보게 되어 있다고요."

"신붓감 후보를 찾고 있다는 말씀인가요?"

"뭐야, 잘 알고 있으면서. 당신 같은 우수한 여성은 우리 회사에는 필요 없습니다. 일하는 건 남자들 역할이니까요. 자, 이제 돌아가주시죠."

"한 가지만 더 여쭤볼게요."

"진짜 끈질기군. 나도 바쁘다고요."

"본가에서 출퇴근하는 사람으로 제한하는 이유는 뭔가요? 남자는 어느 지역 출신이든 관계없잖습니까?"

"신붓감 후보라고 했잖아요! 부모가 단속할 수 있는 때묻지 않은 아가씨가 아니면 안 된다니까요."

"무슨 말이 그렇습니까? 설마하니 독립해서 혼자 사는 여자는 밤마다 남자를 바꿔가며 집으로 불러들이기라도 한다고 망상하고 계신 건가요?"

"그런 말 안 했어요. 그렇지만 뭐 그럴 가능성이 전혀 없는 것도 아니고, 이건 남자 직원들의 취향을 고려한 거지 내가 맘대로 정한 게 아니니까 나한테 뭐라 하시면 곤란하죠."

면접관이 점점 편한 말투로 설명했다.

"백 보 양보해서 혼자 사는 여자가 모두 남자한테 헤프다고 치죠. 하지만 그런 사적인 상황은 일을 잘하고 못하고랑 아무 관계도 없잖습니까?"

"일을 잘하고 못하고? 여자한테 일 같은 거 기대 안 해요."

"네에?"

"차 심부름이나 복사 업무를 하고 급여를 받을 수 있으니 감지덕지 아닌가요? 우리 남자들이 보면 아주 부러울 정도죠."

"설마 4년제 대졸도 차 심부름이랑 복사 업무밖에 시키지 않는단 말씀인가요?"

"물론입니다."

분해서 견딜 수가 없었다. 2년과 4년이라는 햇수 차이뿐만이 아니다. 입시 공부에 쏟아부은 노력도 하늘과 땅 차이다. 청춘을 희생하고서 얻는 대학 합격이다.

"무엇보다도 본가에서 출퇴근하는 여성이라면 집세와 광열비, 식비를 부모가 부담하니까 그만큼 급여가 적어도 됩니다. 그뿐이 아니죠. 남자 직원들도 도쿄에서 곱게 자란 아가씨를 원하거든요. 품위 있는 여자들이 많고, 아무래도 결혼 후에도 육아를 본가에 부탁할 수 있어서 편하니까요. 남자들은 밤늦게까지 야근도 하고 때로는 밤샘도 해야 하니까 가사와 육아는 아내 몫이잖아요? 아내 혼자는 힘들 테니까 친정어머니가 곁에 있어야 하는 거죠."

이 말이 8년 후에, 그 유명한 광고[62]가 되어 티브이에서 흘러나오게 된다.

---

62 리게인(リゲイン)이라는 영양 드링크제 광고로 직장인들을 응원하는 내용이다. 제품 라벨과 광고 문구는 모두 노란색 바탕에 검은색 글씨로 쓰여 있다.

— 노랑과 검정은 용기의 증거, 24시간 싸울 수 있습니까.

한숨이 흘러나왔다. 누가 생각해본들, 어차피 같은 업무를 시킬 거라면 급여가 적은 쪽을 고용하는 게 더 효율적일뿐더러, 24시간 싸우는 남자 직원을 보조하기만 하는 역할이라면 나 같은 여자는 채용 대상에 넣을 필요도 없는 것이다.

"애초에 전문대졸과 4년제졸, 어느 쪽이 남자한테 더 인기가 있을 것 같아요?"

놀라서 면접관을 보았다. 이런 속된 얘기를 할 사람으로 보이지 않았다. 내가 '도쿄 출신의 아가씨'가 아니라 '혼자 자취하는 때묻은 여자'로 보여서 편하게 느껴진 걸까.

"어느 쪽이 더 인기 있느냐니…… 혹시 전문대졸인가요?"

"당연하죠. 젊은 쪽이 더 산뜻하니까. 4년제 대졸은 소위 노처녀예요. 게다가 남자하고 똑같은 일을 달라고 말도 안 되는 요구까지 하니 어찌나 성가신지. 빨리 결혼해서 그만두면 좋으련만 이런 여자일수록 남자한테 인기가 없으니까 서른이 넘어서까지 눌러앉아 있고 말이죠. 거참, 눈치가 너무 없어서 골치라니까."

면접관은 점점 더 말이 많아졌다.

"다 학생을 위해서 하는 말이에요. 이 회사는 그만두는 게 좋아요. 학생이랑 같은 대학교 남학생을 이번에도 몇 명 채용했거든."

"그 말씀은?"

"맞아요, 같은 대학인데 남자는 보람 있는 업무를 맡아 하고 점차 승진하겠죠. 반면에 학생은 차 심부름이나 하고, 게다가 노처녀라서 남자 직원들한테 인기도 없어요. 그러면 쭉 올드미스의 길을 걷게 될 거고. 앞날이 훤히 보이죠?"

면접관은 그렇게 말하고 나서 벌떡 일어나더니 문 쪽으로 걸어갔다.

"하나만 더 여쭤볼게요. 건축물은 그게 공공시설이든 일반 주택이든 여자도 사용하잖아요? 인류의 절반이 여성이니까요."

면접관은 문 앞에서 몸을 돌리더니 "그래서, 뭐요?" 하고 심드렁한 표정으로 나를 쳐다보았다.

"여자들도 사용하니까 여자의 의견도 중요하지 않은가요? 여자가 편리하게 느끼는지 아닌지 그런 의견도 고려해야 합니다. 그러니까 설계직에 여자가 필요하다고⋯⋯"라고 말하고 있는데 면접관이 "필요 없습니다." 하고 말을 잘랐다.

"왜 여자의 의견과 감성이 필요 없다는 겁니까?"

"남자가 설계한 것에 여자가 맞추면 그만이니까요."

그렇게 말하더니 문을 벌컥 열어젖히고는 "다음 분, 들어오세요." 하고 외치며 턱을 들어올리며 내게 나가라고 재촉했다.

"제 심정을 상상해보시겠어요?" 하고 나는 단념하지 못하고 한층 더 열을 올렸다.

면접관은 들은 척도 하지 않았지만 나는 아랑곳없이 말을 계속했다.

"성적은 올에이인데 어디에서도 채용해주지 않으니까 저의 어떤 점이 문제인지 모르겠어요. 면접에서 떨어질 때마다 인격을 부정당하는 것 같아서 너무 괴롭습니다. 성적 나쁜 같은 과 남학생들이 잇따라 이름 있는 기업에서 합격 통보를 받고 있어요. 제가 불합격하는 이유는 여자이기 때문입니다. 남자인 면접관님은 이 절망감을 아시겠어요?"

조금은 뭔가를 느끼지 않을까 기대했지만 면접관은 아무렇지도 않은 표정으로 말했다.

"계속 이러면 경비원을 부르겠습니다."

나는 본사 빌딩을 나와 바로 공중전화로 아케타에게 전화를 걸었다.

"지금 너네 집으로 가도 돼?"

— 응 괜찮아. 근데 무슨 일이야? 목소리가 비장한데. 어쨌든 마침 잘됐어. 스키야키 남은 게 있으니까 같이 먹자.

"스키야키[63]가 있어? 웬일로?"

들어보니 어젯밤 아케타의 남동생이 놀러왔다고 한다. 어릴 때부터 수재였던 남동생은 지금 가나가와현에 있는 국립대학교 2학년이다.

---

63 고기와 버섯, 채소 등을 철판에 넣고 육수를 부어 자작하게 끓여 먹는 일본 요리

역 앞에서 조각 케이크를 네 개나 샀다. 긴장과 분노 때문인지 지금까지 경험해보지 못했을 정도로 입 안이 썼기 때문이다.

케이크 상자를 손에 들고 아케타가 사는 모르타르[64] 목조 2층 건물의 바깥 계단을 올라갔다. 철제로 된 계단은 군데군데 녹이 슬어 있었다. 내가 사는 집도 비슷해서, 낡은 데다 위아래층에서 나는 소리가 다 들릴 정도로 날림으로 지은 건물이었다.

그런 생활도 4년만 참으면 끝날 거라 믿었다. 졸업 후에는 이름 있는 기업에 정직원으로 입사해 욕조 딸린 아파트로 이사할 작정이었다.

하지만, 아마도…… 이 녹슨 철제 계단과는 헤어질 수 없을 듯하다.

그건 당분간일까.

아니…… 어쩌면 평생일지도 모른다.

"어서 와. 무슨 일이야 마사미, 표정이 안 좋네."

아케타의 방 문이 안쪽에서 열린 순간, 갓 지은 밥 냄새가 솔솔 났다.

"스키야키 덮밥, 먹을 거지?"

아케타는 그렇게 물으면서 우묵한 그릇에 달걀 세 개를 깨 넣었다.

식사 준비가 다 되면 천천히 말하려고 했지만 당장 이야기하고 싶어서 참을 수가 없었다. 프라이팬을 달구는 아케타 옆에 붙어 서서 오늘 면접 때 있었던 일을 따발총처럼 쏟아냈다.

"넌 대단해. 물고 늘어진 덕분에 기업의 속셈을 알게 됐잖아. 역시 마사미는 보통 여자들하고 달라. 자, 다 됐다."

안쪽의 세 평쯤 되는 다다미방으로 옮겨서 작은 접이식 탁자 앞에 마주 앉았다.

"맛있어."

우리는 따끈따끈한 스키야키 덮밥을 후후 불어가며 먹었다.

"식욕을 잃으면 끝이야. 마사미, 그런 아재들한테 지지 말고 힘내자고!"

"……응."

하지만 대체 뭘 어떻게 더 힘내야 하는 걸까?

나는 이제 더 이상…… 힘낼 수가 없다.

밥을 다 먹고 나서 내가 가져온 케이크와 아케타가 내온 홍차를 탁자 위에 올려놓았다.

"실은 나 말야……." 하고 아케타가 말을 꺼내다 말고는 얼른 창밖을 바라보았다.

안 좋은 예감이 들었다. 취업을 포기하고 시골로 돌아간다는 건 아닐까. 아케타는 도쿄로 올라온 후 쉬지 않고 일하면서 힘들게 대학을 다녔다. 그 고생이 조금도 보상받지 못한단 말인가.

"아케타, 뭔데 그래? 뜸 들이지 말고 말해봐."

"······응, 나 말이지, 어패럴 회사에 면접 볼까 해."

"어패럴이라니, 설마 그 어패럴? 패션 관련 말이야?"

"어, 맞아." 하고 아케타가 쓸쓸하게 웃었다.

— 우리는 건축학과야. 그런데 어패럴 회사엘 간다고?

사실은 그렇게 말하고 싶었지만 도저히 입 밖으로 낼 수가 없었다.

남녀를 불문하고 아무 데서도 합격 통보를 받지 못한 학생들에게는, 업종을 고른다는 건 사치일 수도 있다. 일본 회사들은 종신고용제를 채택하고 있어서 졸업하기 전에 입사가 결정되지 않으면 취업 길 자체가 막히고 만다. 이 시대에는 파견직을 알선해주는 회사도 없었다.

"어디라도 좋으니 취업하고 싶어."

뱃속에서 쥐어 짜내는 듯한 아케타의 목소리를 듣자 나는 눈물이 배어나오려 했지만 눈에 힘을 꽉 주고 참았다.

"그래서 어패럴 회사, 어디에 지원하려고?"

"스즈쿠라 상사."

"아, 거기 알아. 신주쿠 매장에서 카디건 산 적 있어."

"어패럴 회사는 본가 출퇴근이나 전문대졸 같은, 이해하기 힘든 조건은 없는 것 같더라고."

"으응. 그렇구나."

"마사미, 지금 나 경멸했지? 안이한 길로 휩쓸려 간다고."

"말도 안 돼. 경멸하기는커녕 나도 어패럴 회사에 지원해볼
까 생각했는걸."

그렇게 대답하자 아케타가 웃었다.

"그런데 아케타, 어패럴 회사에 들어가면 어떤 일 하는 거야?"

"말하자면 의류 매장 점원이야." 하고 아케타는 자조하듯 대
답했다.

"대졸인데 점원? 처음 1년 정도는 어쩔 수 없다고 쳐도 그다
음엔 본사로 발령받아서 기획이나 홍보 같은 업무를 할 수 있
는 거지?"

"본사 근무는 남자들만 뽑아."

"그런 얘길…… 부모님한테 어떻게 해? 지금까지 비싼 학비
를 내주셨는데 점원이 된다고. 더구나 아르바이트 고등학생하
고 똑같은 일을 하는 거 아냐?"

"그런 거 도쿄에서는 흔한 일이야. 대졸 여성 점원은 수없이
많아. 운이 좋으면 점장이 될 수도 있는 것 같고 매입 결정권을
갖게 될지도 몰라. 급여는 낮아도 말이지."

"그래? 역시 급여는 낮구나. 그럼 아케타는 지금까지처럼 호
스티스 알바를 하는 게 더 나은 거 아냐?"

"벌이만 생각하면야 당연히 호스티스가 더 낫지만, 그래도 난 이제 그런 일은 그만하기로 마음먹었어."

"왜?"

"아양 떨고 마음에도 없는 말로 추어올리면서 남자를 기분 좋게 해주는 건 죄라는 생각이 들었거든. 여자들이 더 당당해지지 않으면 세상은 바뀌지 않을 거야."

"하지만 그러면 호스티스 일은 어떻게 되고?"

"그런 가게는 전부 없어져도 돼. 남존여비 사고를 가진 남자들밖에 오지 않으니까. 남자랑 대등한 호스티스라면 마음 편하게 있을 수 없을 거 아냐? 한마디로 남자보다 열등한 여자라는 생물이 있으니까 기분이 좋아지는 거라고. 인기 없는 남자들은 그런 가게가 아니면 여자들이 상냥하게 대해주질 않을 거 아냐? 그래서 불쌍한 사람들이라고 동정했는데, 이제 그런 온정 따위는 버릴 거야. 남자한테 아양 떠는 여자가 이 세상에서 없어지지 않는 한, 대등한 사회는 찾아오지 않을 테니까. 그러니까 말야 마사미, 너 언젠가 결혼할 땐 카바레나 바에 드나드는 남자는 고르지 마."

"응, 알았어. 명심할게."

12.

어디까지 타협해야 할까

스즈쿠라 상사 면접일이 되었다.

스즈쿠라 상사는 아담한 4층 건물이었다.

통유리로 멋지게 지어놓은 건설회사와는 달리 외벽이 약간 더러웠으며, 놀랍게도 엘리베이터도 없었기에 면접장이 있는 4층까지 계단으로 올라가야 했다. 가뜩이나 좁은 계단에는 옷감 샘플과 종이박스 등이 벽 쪽으로 놓여 있는 탓에 걷기가 힘들어 몇 번이나 넘어질 뻔했다.

대규모 건설회사와의 건물 차이가 급여 외의 대우 격차로 여실히 드러나 있었다.

— 너한테는 이 정도가 잘 어울려.

— 너는 이 정도 가치밖에 없는 거야.

그런 소리가 들려오는 듯했다.

면접장으로 쓰는 방에도 빼곡히 상품이 쌓여 있었다. 접의식 의자에 앉아 이름이 불리기를 기다리는데 아케타가 문으로 들어오는 게 보였다.

눈이 마주치자 아케타가 살짝 고개를 끄덕였다. 아는 척하지 말자고 미리 약속했다. 혼자서는 불안해서 친구와 같이 오지 않으면 면접도 못 보는 어린애 같은 여대생이라고 오해받으면 곤란하기 때문이다.

"모두 이쪽으로 들어오세요."

집단 면접인 모양이다.

기다란 탁자에 나란히 앉으니 맞은편에는 남성 면접관이 다섯 명이나 대기하고 있었다.

여대생들은 모두 감색 아니면 회색 정장을 입었고 머리 모양도 하나같이 쇼트커트다. 이 비슷비슷한 지원자들 중에서 무얼 기준으로 가려 뽑으려나. 어차피 여자의 능력 따위는 기대하지 않겠지. 그렇다면 판단 기준은 예쁘냐 못생겼느냐인 걸까.

"그러면 오른쪽 끝 지원자부터 순서대로 자기소개를 해주시기 바랍니다."

서른 살쯤으로 보이는 가장 젊은 남자가 말했다.

"저는 야마기와 전문대 가정학과 2학년 오야마 사토미라고 합니다. 잘 부탁드립니다."

"저는 와가쓰마 전문대 영문과 2학년 야마시타 사토코라고 합니다. 잘 부탁드려요."

여기서는 튀지 않는 게 상책일지도 모른다. 순간적으로 그렇게 판단한 나는 쓸데없는 말은 하지 않고 남들과 똑같이 인사했다.

그다음에 전문대생 두 명이 자신들을 소개했고, 그다음은 아케타 차례였다.

"레이잔대학교 공학부 건축학과 4학년 아카다 요시코입니다. 잘 부탁드립니다."

그때까지 웃는 표정이었던 쉰 살 안팎의 면접관이 불현듯 얼굴을 찌푸리는 것처럼 보였다.

아케타의 어디가 그렇게 마음에 안 드는 건지 모르겠지만, 짧은 자기소개를 했을 뿐인데도 이미 승패가 결정났다는 것을 직감했다.

아케타는 취업 활동을 위해서 다른 사람인가 싶을 정도로 외모를 바꿨다. 머리를 짧게 자르고 립스틱을 새빨간 색에서 옅은 핑크로 바꿨다. 평소에는 새우등처럼 구부정하게 다녔지만 오늘은 등을 쭉 폈다.

큰 키에 호리호리해서 감색 정장이 아주 잘 어울렸다. 대체 얼마나 야무진지, 아케타는 말투까지 성실한 여대생으로 바꾼 데다 목소리 톤도 조금 높였다.

여대생 여섯 명 가운데 4년제 대학은 아케타와 나뿐이었다.

"여러분, 자기소개 잘 들었습니다. 이번에는 질문을 드릴 텐데요, 우선 야마기와 전문대의 오야마 사토미 씨, 이 회사를 선택한 이유는 뭔가요?"

"저는 고등학생 때부터 귀사에서 만든 옷을 무척 좋아해서 반드시 이 회사에서 일하고 싶다고 쭉 동경해왔습니다."

"기쁜 말이군요."

쉰 살 언저리로 보이는 면접관이 그때까지와는 달리 얼굴 가득 웃음을 보여서인지 방 안의 분위기가 조금 편안하게 누그러진 느낌이 들었다.

"우리 회사 옷이 마음에 드셨군요. 고마워요."

또 한 사람 연배 있어 보이는 남성이 그렇게 말하자, 다른 남성들 얼굴에도 웃음이 떠올랐다. 자사 상품을 칭찬받아 기쁘다기보다는 젊은 미인을 보고 좋아서 싱글거리는 것으로밖에 보이지 않았는데, 지나친 생각일까. 아니 분명 지나친 생각은 아닐 것이다. 예순 먹은 여자의 직감은 예리하다.

"나도 질문 하나 해도 될까?" 하고 싱글거리는 표정 그대로 연배 있는 남자가 말했다.

"네, 부장님. 부탁드립니다."

"이 중에서 남자친구가 있는 사람, 손들어보세요."

성희롱이라는 말이 없던 시대였다. 분노로 몸이 떨려왔다.

흘낏 보니 여학생들은 모두 애매하게 미소를 짓고 있었고 아케타는 입술을 일자로 꾹 다물었다.

당연히 아무도 손을 들지 않았다. 그건 약속이었다. 만약 남자친구가 있다고 대답하면 그다음에는 "결혼 예정은?"이라는 질문이 이어질 것이다. 그런 것쯤은 여대생이라면 모두 알고 있었다. 애초에 인사 담당 아저씨들은 남자친구가 있을 것 같은 '때묻은 여자'는 좋아하지 않는다. 젊은 여자라면 누구나 그런 사실을 감지하면서 살아왔다.

이 무렵 여성 사원은 '임시'라고 야유받는 일이 많았지만, 그것은 회사 측이 바라는 일이기도 했다. 매년 4월[65]이 되면 새롭고 젊은 여성 사원들이 입사한다. 이 시기에는 미혼이든 기혼이든 관계없이 남자 직원들이 들뜬 분위기가 되는 것을, 나는 파트 근무처 등에서 매년 봐왔다. 회사 측으로서는 여성 사원들 입퇴사가 빈번한 편이 더 고마운 것이다. 어차피 복사나 차 심부름밖에 시키지 않을 거니까 젊고 예쁘면서 자기주장이 없는 여자를 선호하기 마련이다.

분해서 미칠 지경이었다.

이 시대 여자들은 언제 어디서나 끊임없이 이러한 모욕을 받아온 것이다.

이 시대에 SNS가 있으면 폭로할 수도 있을 테지만 인터넷

---

65 일본은 회계 연도는 물론, 회사 입사와 학교의 새 학년도 4월에 시작된다.

자체가 존재하지 않는 시대였다.

"솔직히 말해봐요. 정말로 모두 남자친구가 없는 건가?" 하고 부장이 집요하게 물었다.

이런 회사에서는 절대로 일하고 싶지 않다.

정말로 그런 생각이 들었다. 이곳은 성희롱의 소굴임이 틀림없다. 독선적인 상사의 사고와 분위기가 부하직원들은 물론 회사 전체에 전염되고 만다.

"그러면 다음 질문으로 넘어가겠습니다만, 부장님, 괜찮으실까요?"

"어, 미안. 진행하게나."

"아카다 씨, 대학 입학까지 2년간 공백이 있네요. 유학이라도 다녀오셨나요?"

"아닙니다, 학비를 모으려고 일했습니다."

"호오, 여성이 고학생이라니 대단하군요."

부장은 그렇게 말하고 나서 조롱하듯이 웃었다. 내가 착각한 건 아닐 테지.

아케타, 지면 안 돼. 나는 아케타가 훌륭하다고 생각해. 두뇌 회전이 빠르고 센스도 좋고, 나한테는 든든한 언니야.

"아카다 씨는 도치키현 출신이로군." 하고 부장이 이력서를 들여다보며 말을 계속했다.

"우쓰노미야 시내인가?"

"아니오, 가와시모 군입니다."

"가와시모 군? 들은 적 있네. 아, 그런 시골 출신이구먼."

믿을 수 없게도 부장이 이번에는 대놓고 깔보는 듯이 웃었다.

놀라서 아케타의 옆얼굴을 흘낏 쳐다보니 굴욕을 견디기 힘들어하는 표정으로 아래를 내려다보고 있었다. 지금 얼굴을 들면 "당신 대체 뭔데?" 하는 말 정도는 튀어나올지도 모른다.

아케타, 이럴 줄 알았다면 모처럼 큰맘 먹고 산 리(Lee) 청 점퍼를 입고 올 걸 그랬어. 어쨌든 여기는 어패럴 회사니까 개성적인 옷차림이 원래는 더 높은 평가를 받아야 하는 거잖아.

"어? 두 사람 다 레이잔대학교잖아? 혹시 아는 사이인가? 좋은 대학이고 게다가 건축학과. 왜 우리 회사에 지원했지? 아, 혹시 건축 관련 회사는 전멸이라 어쩔 수 없이 온 건가?"

부장이 물었다.

그러자 아케타가 얼굴을 휙 들고는 말했다.

"어릴 때부터 옷에 관심이 있었습니다. 건축학과에서 배운 디자인이나 내장도 패션과 통한다고 생각합니다."

"아, 그래?" 하고 부장은 관심 없다는 듯이 건성으로 답하고 나서 손목시계를 들여다보았다.

"이제 슬슬 마쳐도 좋지 않을까?"

나는 한 번도 질문을 받지 못했는데 벌써 면접이 끝나는 거야?

대체 이 면접에서 뭘 확인한 걸까. 학력과 나이는 이력서를 보면 다 나와 있다. 첨부한 얼굴 사진만으로는 알아보기 어려워서 얼굴이 예쁜지 아닌지, 그리고 몸매를 실제로 보고 확인하고 싶었던 걸까.

그리고 얌전한 여자인지, 아니면 기가 세 보이는 여자인지를 보고 싶었을까.

"시간이 다 됐군요. 자, 여러분 고생 많으셨습니다. 결과는 추후 서면으로 통지하겠습니다."

면접 진행을 맡은 남자가 후련한 표정으로 말했다.

못다한 질문 같은 건 하나도 없다고 말하기라도 하듯이.

그 며칠 후, 어패럴 회사인 스즈쿠라 상사에서 우편물이 도착했다.

아케타도 나도 불합격이었다.

이럴 거였다면 "시골 출신자가 뭐 어때서요?" 하고 아케타가 화를 냈더라면 좋았을걸.

"그러는 당신은 대체 어디 출신인데요?" 하고 따져물을 걸 그랬다.

이제 지긋지긋하다.

도대체 어느 회사라면 붙을 수 있을까?

방 한쪽 구석에 세워져 있는 제도 도구를 바라보았다. 평행자가 갖춰진 제도판 하나만 해도 3만 엔이나 한다. 도면 케이스와 제도 펜, 그리고 제도용 샤프펜슬조차도 학생 신분에는 고액이었다. 이 도구들은 전부 헛된 지출이었던 걸까.

수업료와 4년간 지불한 월 임차료, 전기료, 가스요금, 수도료…… 다 합치면 얼마나 되려나.

내가 대학에 진학하지 않았다면 지금쯤 부모님은 오키나와나 홋카이도 여행, 아니 어쩌면 하와이까지 갈 수 있었을지도 모른다.

기분전환을 하지 않으면 머리가 돌아버릴 것만 같았다.

그렇게 우울한 기분이 드는 저녁, 재미있어 보이는 두 시간짜리 드라마가 방영된다는 것을 티브이에서 드라마 홍보를 보고 알았다. 탐정이 등장하는 미스터리라니까 이 불쾌한 일을 잊기에는 딱이다.

방영 시각이 되어 센베이랑 뜨거운 호지차를 준비하고 14인치 티브이 앞에 자리를 잡았다.

"아앗, 젊을 때 이렇게 멋있었어?"

드라마가 시작되자마자 아무도 없는 방에서 무심코 경탄의 소리를 질렀다.

"이 여배우가 이렇게 아름답고 가련했을 줄은."

이미 세상을 떠난 배우도 많았다. 반면에 노인 역으로 레이와시대까지 계속 활약하는 배우도 여러 명 보였다.

모두 평등하게 나이를 먹는다. 그런 당연한 사실이 새삼 절절히 느껴졌다.

젊을 때는 사람의 일생이 길게 느껴졌지만 60대가 되어 되돌아보면 그 짧은 세월에 놀라고 후회의 감정이 한없이 부풀어 오른다.

드디어 범인을 몰아붙이는 장면이 되었다. 수풀이 우거진 산길에서 탐정들이 수풀 속에 몸을 감추고 숨죽이면서 범인의 움직임을 관찰하고 있다.

어라? 이 장면, 알아.

이때 비로소 과거에 본 적이 있는 드라마였다는 걸 깨달았다. 그리고 별안간 다음에 펼쳐질 장면이 떠올라 가슴 깊은 곳에서 거무칙칙한 감정이 솟구쳐올랐다.

범인이 알아차리지 못하게, 절대로 소리를 내서는 안 되는 장면인데 탐정의 조수인 젊은 여자가 차 문을 탁 소리 나게 닫았던 것이다.

— 역시 여자는 멍청하다니까.

당시 사귀던 남자가 그렇게 내뱉은 일을 계기로, 이 3분 후에는 남자를 집에서 내쫓고 평생 두 번 다시 만나지 않았다. 이런 내용을 60대가 되어서도 어제 일처럼 또렷하게 기억하고 있었다. 벌써 40년도 더 지난 일인데.

여자가 소리를 내는 바람에 범인은 자신이 추적당하고 있다는 사실을 알아차리고는 재빨리 오토바이에 올라타고 쏜살같이 사라졌다.

　— 너 뭐하는 거야!

　탐정 조수인 젊은 여자는 동료에게 심하게 비난을 받고 울음을 터트린다.

　울고 있을 때가 아니다. 빨리 범인을 쫓아가야 하는데 여자가 우물쭈물한 탓에 범인을 놓치고 만다.

　이 당시 드라마나 영화에서 멍청한 실수를 하는 건 언제나 여자였다. 그리고 사건이나 사고 장면에서는 패닉에 빠져 울고불고하는 여자가 반드시 나온다.

　하지만 현실은 다르다. 막상 어떤 일이 닥쳤을 때, 놀라울 정도로 냉정하게 행동하는 여자가 많다는 사실을 세상은 모른다.

　나는 바로 채널을 돌리고 선반에 놓아두었던 스누피 편지지로 손을 뻗었다.

13.

아마가세 아내를 만나다

울적한 기분으로 대학교에 갔다.

학교에 나가기는 나흘 만이다. 3학년까지 학점 단위를 거의 다 따놓았기 때문에 4학년이 되고 나서는 일주일에 두 번밖에 나가지 않았다. 그 외 시간은 아르바이트와 취업 활동에 전념했다.

이렇게 어두운 얼굴로 제미[66] 수업에 나가면 남자애들은 내가 아직 취업하지 못했다는 것을 바로 알아차리겠지. 동정하는 시선을 받는 것도 우울하지만 '여자니까 어쩔 수 없지' 하며 아무렇지도 않아 하는 표정을 보기도 싫었다.

최근에는 숏타라가 히죽히죽 웃는 모습이 느닷없이 머릿속

---

66 독일어 Seminar(제미나)에서 파생된 용어로, 교수의 지도 아래 특정한 주제에 대하여 학생이 모여서 연구 발표나 토론을 통해서 공동으로 연구하는 형태의 대학 수업

에 떠오르는 횟수가 늘었다. 머리를 양옆으로 흔들어 떨쳐내려고 했지만 끈질기게 뇌리에 들러붙어 사라지지 않았다.

제미 수업이 시작될 때까지 아직 시간이 남아 있어서 커피라도 마시고 기분을 바꿔보려고 가슴을 쫙 펴고 심호흡을 하면서 캠퍼스를 대각선으로 가로질러, 대학생협에서 운영하는 카페테리아로 향했다.

약간 지저분한 유리문을 밀고 안으로 들어갔다. 멀리 있는 자리가 흐릿하게 보일 정도로 넓고 휑한 내부에는 학생들이 드문드문 앉아 있었다. 이곳에 올 때마다 자재보관실 같다는 생각이 든다. 삭막해서 따뜻함이라고는 전혀 느껴지지 않는다. 시멘트로 바른 바닥에 접이식 회의 책상같이 덜컹거리는 커다란 탁자에, 접이식 의자보다 못한 싸구려 의자가 무질서하게 흐트러져 놓여 있다. 여대나 크리스천계 대학은 식당도 찻집도 서구풍으로 예쁘게 꾸며놓았다고 들었다. 이 대학 카페테리아도 좀 어떻게 못 바꾸나, 하고 올 때마다 생각한다. 건축학과 학생에게 수업의 일환으로 리모델링을 하게 해도 좋을 텐데, 하고 입학 당시부터 줄곧 했던 생각을 오늘도 또 떠올렸다.

하지만 이런 낡아빠진 카페테리아에서도 유선 방송만은 흘러나왔고, 남성 듀오 가무(雅夢)[67]가 부르는 〈사랑은 아지랑이(愛はかげろう)〉의 후렴 부분이 갑자기 가슴을 파고들었다. 20대

[67] 1980년대 초반에 활동한 남성 포크 듀오

에 들을 때보다 60대까지 경험한 지금이 더 가슴에 절절하게 와 닿아 울컥했다.

문득 카페테리아에 있는 학생들을 향해 큰소리로 외치고 싶어졌다.

— 얘들아, 사랑은 아지랑이 같은 거야. 특히 남녀의 사랑이란 건 착각에 불과한 거니까 연애 따위로 자신을 잃지 않도록 조심해. 사랑의 유통 기한은 짧지만 인생은 길거든.

커피잔이 놓인 쟁반을 들고 어디에 앉을까 하고 둘러보는데 창가 자리에서 손을 휘휘 흔들어 보이는 여자가 있었다. 자세히 보니 아케타였다.

맞은편 자리에 앉자마자 "있잖아, 마사미. 〈피아〉에 실렸는데." 하고 아케타가 갑자기 활기찬 목소리로 말을 꺼냈다. 이런 상황에서도 천진하게 웃어 보일 수 있는 게 놀랍다. 대단하다는 생각을 하면서 아케타를 바라보았다.

"요스이가 말이야, 근처 대학에서 콘서트를 한대. 너도 같이 가자. 응?"

중학생 때부터 싱어송라이터 이노우에 요스이[68]의 왕팬이라는 아케타가 흥분한 말투로 졸랐다.

"그렇구나. 〈피아〉……."

잡지 〈피아〉는 주오(中央)대학교 학생이 창간한, 소책자라

---

68 1948년생 가수. 대표곡으로 1990년에 발표한 <소년시대(少年時代)>가 있다.

고 해도 좋을 정도로 얇은 월간지였다. 영화나 콘서트 등의 정보가 실려 있는데, 그때까지는 그러한 정보지가 없었기 때문에 젊은이들에게는 획기적이고 귀중한 잡지였다. 이 〈피아〉가 나중에 전국으로 확장되어 티켓도 판매하는 유명기업으로 성장한다는 사실을 나는 알고 있다. 하지만 이때는 과연 누가 그런 일을 상상이나 했을까.

취업하지 못한다면 〈피아〉같이 창업하는 방법도 있다. 오빠는 조리사 전문학교를 나와 교토의 고급 요리점과 오사카 식당에서 수업을 한 뒤, 본가 근처에 있는 빈 점포를 싸게 사 인테리어를 새로 하고 식당을 개업했다. 그때까지만 해도 시골에는 멋진 음식점이 한 군데도 없었기도 해서 순조롭게 매출을 늘려 가고 있다.

그리고 작년 봄, 오빠는 교토에서 수업하던 시절에 만난 여성과 결혼했다. 오픈한 지 얼마 안 된 결혼식장은 백아의 전당이라고 불리는 서양의 성 같은 건물이었다. 모두 멋지다고 하나같이 입을 모았지만 내가 보기에는 겉만 번지르르하지 싼 티가 느껴졌다. 하지만 피로연 자체는 내가 본 중에서 가장 호화로웠다. 신부는 세 번이나 드레스를 갈아입었고 초대받아 온 하객도 많았다.

지금까지 시골에서는 대개 마을회관이나 자택에서 피로연을 열었지만, 도시에는 이미 대규모 결혼식장이 보급되어 있었다. 드디어 이제 시골에도 이런 결혼식장이 생긴 것이다. 연예인도 아닌데 일반인이 피로연에 수백만 엔이나 비용을 들이는 일도 드물지 않았다.

신랑인 오빠는 심약했던 어릴 때와 달리 자신감에 넘친 표정이었다. 하고 싶은 일을 하며 경제적으로도 여유가 있는 환경이 이렇게도 사람을 달라지게 하는구나 싶어 만감이 교차하면서, 나비넥타이를 맨 오빠를 바라보았다. 이 결혼식은 작년의 일로, 내가 취업에 고전하리라고는 꿈에도 생각하지 못하던 시기였기에 나도 오빠에게 지지 않도록 열심히 하자고 마음속으로 결심을 다졌다.

신혼여행은 당시 많이들 가던 하와이가 아니라, 신부가 원하는 대로 영국으로 갔다. 신혼 커플만을 모집한 호화 여행으로 오성급 호텔에 식사도 최고급이라고 오빠가 말해줬다.

행복해하는 오빠를 보면서 나는 가슴을 쓸어내렸다.

— 오빠, 스시 장인이 되면 좋을 텐데.

— 그럼 난 대학은 어떡해? 안 가도 되는 거야?

— 안 가도 상관없지 않아?

어슴푸레한 기억이지만 그런 대화를 나눈 적이 있었다. 내가 괜한 소리를 해서 오빠가 불행해지면 어쩌나 하고 생각하면 마음이 편하질 않았다. 하지만 이 정도까지 좋은 방향으로 인생이 바뀐 것이다.

나는 40대가 되었을 무렵, 내 결혼식을 가끔 떠올리게 되었다. 아이들 학비와 주택 구입 대출금에 쫓겨 주말에도 파트 근무를 짜 넣어가며 몸도 마음도 힘들게 절약 생활을 하던 때다. 언제나 떠오르는 것은 결혼식을 올린 채플의 버진로드를 따라 양옆을 쭉 장식해놓은 작은 꽃다발 비용이었다.

— 이 부케 한 개가 2만 엔이고 한 줄에 6개씩 양옆으로 장식하게 되니 전부 12개입니다. 그러면 합계 24만 엔이 되는 거죠.

결혼식 상담에서 담당 여성이 그렇게 설명했다.

그 밖에도 초대장이 한 장에 8백 엔이라느니 하객 답례품용 종이봉투 대금만 해도 한 장에 300엔이라느니, 온갖 사소한 것까지 대금이 청구되어, 총 견적 금액을 봤을 때는 너무 놀랐다. 꽃 같은 건 어차피 다시 또 쓸 거잖아요? 하고 뱉어주고는 자리를 박차고 돌아가고 싶었던 기억이 바로 엊그제 일처럼 또렷하다.

애초에 버진로드가 뭐냐고! '처녀의 길'이라니, 들을 때마다 소름이 돋고 토가 쏠린다. 하지만 외국 관습이니까 어쩔 수 없다고, 지금까지 그렇게 생각했다. 그런데 어느 날, 일본에서 만든 영어라는 걸 알고 소스라치게 놀랐다. 영어로는 웨딩 아일(Wedding Aisle)이라고 하며, 번역하면 단순히 '결혼식용 통로'이다.

사실은 결혼식도 피로연도 하고 싶지 않았다. 돈도 아까웠고 신부를 품평하려는 남편 쪽 친척과 친구, 지인들 시선도 견디기 어려웠다. 하지만 식장 예약을 위한 상담 때마저도, 남편의 부모님은 부탁도 하지 않았는데 마음대로 따라와서 세세한 부분까지 참견하는 바람에 정작 하고 싶은 말은 한마디도 하지 못했다.

아아, 남편의 부모는…… 돈은 내주지 않으면서 거침없이 참견하는 타입이었다. 그리고 그 후로도 그러한 일이 몇십 년이나 계속되어 나를 힘들게 했다.

그때 작은 결혼식으로 했다면…….

그때 남편이 매일 밤 술을 먹고 다니지 않았다면…….

그때 남편이 중고차를 샀더라면…….

아아, 후회가 끝도 없이 밀려왔다. 그때 내가 내 의견을 관철시켰더라면 경제적으로 더 여유 있는 인생을 보냈을 텐데.

허세를 부리면 부릴수록 나중에 더 고생하게 된다. 앞으로 일절 쓸데없는 곳에 돈을 쓰고 싶지 않았다. 내키지 않는 일에는 한 푼도 내고 싶지 않다. 돈을 유용하게 쓰고 싶다.

부자가 아니니까.

오빠는 신혼여행에서 돌아와 선물이라며 고급 찻잔 세트를 도쿄에 있는 내 앞으로 보내왔다. 나는 그때 처음으로 민튼(Minton)이라는 브랜드를 알았고 그 가격을 지인에게 듣고서 깜짝 놀랐다. 잘못해서 깨뜨리기라도 하면 어쩌나 하고 겁이

나서 사용하지도 못하고 지금도 벽장 속에 깊숙이 넣어둔 채로 있다.

오빠는 지나치게 사치하는 게 아닐까.

얼마 후에 불경기가 닥쳐온다는 것을 나는 알고 있다.

그래서 오빠가 내게 전화를 걸어서 용건—도쿄에서 팔고 있는 영국제 고급 냅킨을 대량으로 사서 보내줘. 시골에서는 안 팔아서 그러니 부탁 좀 할게. 대금은 나중에 입금해줄 테니까—을 말했을 때, 나는 마침 생각났다는 듯이 돌려서 충고했다.

"오빠, 돈을 잘 벌 때일수록 허리띠를 졸라매고 착실히 모으는 게 좋아."

— 왜? 자영업은 정년이 없어서 계속 일할 수 있는걸.

"그 지역은 이제 과소화될 거야."

— 과소화라니?

"점점 인구가 줄어서 고령자가 50퍼센트를 넘어선다고."

— 아, 그거? 그러고 보니 내년부터 초등학교 학급이 하나 줄어든다고 하더라.

"거봐. 이미 저출산 시대가 시작된 거야."

이 시대에는 저출산이란 말이 없었나? 아니면 오빠는 여전히 예능 방송만 보고 뉴스는 전혀 안 보는 걸까.

오빠, 나중엔 신형 코로나바이러스 감염증이 유행할 거야.

그러면 영업도 할 수 없게 돼.

그렇게 말하고 싶었지만 그만뒀다. 말한들 누가 믿겠는가. 페스트처럼 많은 사람이 죽게 된다고 말하면 과소화니 저출산이라는 말까지도 점쟁이나 뭐 그런 사람들이 하는 이상한 예언으로 들릴 것이다.

이대로 취업을 못한다면 나도 오빠처럼 창업을 하고 싶다.

하지만 자본금이 없다. 아르바이트로 버는 돈은 생활비로 다 없어지고 은행 잔고는 10만 엔도 안 된다.

〈피아〉와 같은 소책자와는 달리, 건축 관련 일은 무엇을 하든 간에 꽤 많은 자본금이 필요하다. 오빠는 농가에 있는 저렴한 음식점을 기존 시설까지 한꺼번에 사들여 담보로 잡히고 대출을 받았지만 나한테는 담보가 될 만한 재산이 하나도 없다. 그 이전에, 우에다 건축사무소에서 아르바이트한 경험만으로는 무슨 일을 벌이기는 불가능하다.

몰입해가며 적었던 그 만다라차트는 뭐였던 걸까?

여자가 살기 편한 집을 짓고 싶다는 소망은 이대로 꿈처럼 사라지는 걸까.

— 거봐, 내가 뭐랬어!

바로 귓가에서 심술궂은 얼굴을 한 남편이 속닥거리는 것만 같았다.

그러고 보니 그날……

— 진심으로 하는 소리야? 자신을 오타니 선수랑 비교하다니 당신, 그 자신감은 대체 어디서 나오는 거지? 믿을 수가 없네.

— 어디 가서 절대 그런 말 하지 마라. 머리가 어떻게 된 줄 알 거야. 오타니 선수랑 자신을 비교하고 울적해하는 주부라니 너무 웃기잖아. 나까지 망신이라고."

남편은 그렇게 말했더랬다.

아아, 약올라.

한 군데도 합격하지 못한 현실은 처참했다. 설마 영세 기업인 어패럴 회사에서도 불합격 통보를 받을 거라고는 상상도 하지 못했다. 그날 스즈쿠라 상사에서의 집단 면접 도중부터 나는 결심했다. 이런 회사는 합격 통보를 받더라도 내가 거절하겠노라고. 이런 차별적인 남자들이 좌지우지하는 하찮은 회사는 내 쪽에서 사양하겠다고.

그 집단 면접을 함께 봤던 여학생들과 비교하면 아케타와 나만이 두드러지게 좋은 대학이어서 당연히 채용될 거라고 생각했다.

그런데…….

아, 적어도 1급 건축사 자격증만 있으면 채용해줄 회사가 있을지 모르는데, 지원 자격에는 실무 경험이 2년 이상 필요했다. 믿기 어렵지만, 여대 건축학과 졸업이라면 3년 이상이라고 정해져 있었다. 그런 법률이 개정되어 대학을 졸업하고 바로 입사 시험을 칠 수 있게 되는 건 레이와시대가 되고 나서다.

"마사미, 멍하니 왜 그래? 가자니까, 콘서트."

"그럴 기분이 나니? 한 군데도 합격 못하고서."

"그러니까 가자는 거야. 답답한 마음을 확 풀어주고 심기일전하는 거지."

만약 돌파구가 있다면 뭐든 좋으니까 매달리고 싶은 심정이었다.

아케타와 그런 대화를 나눈 그날 밤, 아마가세에게 전화가왔다.

"기타조노, 취직 어디로 결정됐어?"

아마가세에게 악의가 없다는 건 잘 알고 있었다. 그저 인사대신이겠지. 그는 의대생이고 의대는 6년제니까 취업은 한참 먼 얘기고 내 사정을 알 리가 없다.

그래서 화제를 돌렸다.

"그러고 보니 아마가세는 고등학교 때부터 이노우에 요스이 팬이라고 했나?"

"지금도 열렬한 팬이야."

"대학 축제에서 콘서트를 한다고 해서 친구랑 가기로 했어. 부럽지?"

― 진짜? 나도 가고 싶다. 내 티켓도 구해줘.

"아마가세는 아키타에 있잖아."

"콘서트에 갈 수 있다면 1박하고 돌아오지 뭐."

"그렇다면 한번 부탁해볼게. 티켓을 구할 수 있을지 없을지 모르지만."

그렇게 말하고 전화를 끊었다.

아케타가 정한 대로 국철 옆 앞에 있는 분수광장에서 만나기로 했다. 나는 아케타와 먼저 만나서 아마가세를 기다렸다. 콘서트장은 여기서 걸어 5분 거리라고 한다. 아직 해가 높이 떠 있었다. 콘서트는 저녁때였지만 일찌감치 가서 학교 축제에서 여는 음식점 매대에서 배를 채우자고 아케타가 제안했기 때문이다.

"자, 이거. 마사미와 마사미 친구 티켓."

"고마워. 어? 설마, 이 콘서트장이…….'

아케타가 건네준 티켓을 무심코 바라보았다.

"콘서트장이 도카여대 강당이었어?"

아마가세 아내가 미스 도카여대였잖아?

"맞아. 도카여자대학, 너 알아? 현모양처를 목표로 한다는데 자기 이름을 한자로 쓸 수 있는 정도면 입학 가능한 하위 대학이야."

이 당시는 'F랭킹 대학'이라고 부르는 게 일반적이었다.

아케타가 그런 차별적인 발언을 서슴지 않은 이유를 바로 알았다.

"이 도카여대 애들은 본가에서 살면 대기업에 취직할 수 있대. 특히 전문대 과정은 졸업하면 끌어가는 회사가 많다더라고. 이 나라는 참 이상해. 그렇게 죽어라 입시 공부해서 마침내 이름 있는 대학에 들어가 기뻐했던 과거의 내가 측은해 죽겠어."

나도 아케타도 세상 물정을 모르는 시골 출신이었던 것이다. 그 사실을 도쿄로 와서 바로가 아니라 대학 4학년, 그것도 끝나갈 무렵에서야 알게 되었다.

고교생 때의 지망대학 선택은 월간 잡지 〈형설시대(螢雪時代)〉[69]나 두터운 〈대학수험안내(大学受驗案内)〉를 참고할 수밖에 없었다. 인터넷이 없는 시대의 지표라고 하면 편차치[70]뿐이었고 시골에서는 그 외 정보를 전혀 얻을 수 없었다. 시골에는 입시 전문 학원은커녕 보통 학습 학원조차 없었다. 더구나 레이잔대학교는 여학생이 극히 적은 대학이어서—그 사실도 입학식에서 처음 알았지만—여자 선배와 친해져 취업 정보를 얻을 기회도 없었다. 따라서 설마 F랭킹의 여대가 '부잣집 아가씨들이 다니는 대학'으로서 도쿄에서는 가치가 있을 거라고는 생각

---

69 오분샤(旺文社)가 1932년에 창간하여 현재까지 발행하는, 대학 수험생을 대상으로 한 월간 잡지

70 데이터 수치 50을 기준으로 평균과 얼마나 차이가 나는지를 나타낸 수치로, 일본 입시나 모의고사 등에서 학생 실력을 가늠하는 지표로 사용한다. 숫자가 클수록 높은 실력이다.

하지 못했다. 그리고 취업 시장에서 여자에게 기대하는 건 기능이나 능력이 아니라 미모와 '때묻지 않은' 젊음이었다니.

"마사미, 저쪽 좀 봐. 엄청 멋진 사람이 있어."

아케타는 그렇게 말하며 팔꿈치로 나를 쿡쿡 찔러댔다. 아케타가 가리키는 쪽을 바라보니 젊은이처럼 청바지에 티셔츠를 입은 아마가세가 개찰구를 나오고 있었다.

"저 애가 아마가세야."

"뭐어, 정말? 너랑 어떤 사이야? 설마 남자친구?"

"아니야. 그냥 동창이라고 말했잖아."

"그랬지 참, 근데 너무 멋있다."

"네네, 나랑은 안 어울립니다요."

아마가세가 나를 알아보고 단박에 웃음을 지었다. 여자들 마음을 사로잡는 다정다감한 미소는 여전히 건재했다. 코카콜라 광고에 발탁되어도 손색없을 정도로 상큼하고 청량감이 넘쳐흘렀다.

"어떡해! 나, 반해버릴 것 같아." 하고 아케타가 호들갑을 떨었다.

연애에서 누구나 자기가 좋아하는 외모를 추구하는 건 남녀를 불문하고 인간의 본능일지도 모른다. 하지만 외모를 입사 채용 기준으로 한다면, 마치 외모가 인격 자체인 것 같은 착각이 세상에 퍼져나가, 서서히 사람들이 사물을 보는 시각을 왜 곡시키지 않을까. 앞으로 시대가 바뀌면서 손쉽게 미용 성형 수술을 하는 풍조가 널리 퍼지고 얼굴뿐만이 아니라 지방 흡입이나 가슴 성형 수술에도 사람들은 놀라지 않게 된다. 남자도 피부에 신경을 쓰게 되어 남성용 화장품이 발매되고 모발 이식을 하거나 프로테인을 먹고 근육질 체격을 만들려고 애쓴다. 그런 세상이 되어간다는 것을 나는 알고 있다.

"기타조노, 오랜만이야."

아마가세는 내게 인사하고 나서 바로 아케타를 보며 정중히 고개를 숙였다.

"내 티켓까지 부탁해서 미안해요. 고맙습니다."

"아마가세, 이거, 티켓."

나는 티켓을 건네며 아마가세 표정을 살폈다.

"아, 이 대학 강당이구나. 그렇군…… 도카여대에서 하는 거네."

아내의 출신 대학이라는 것을 알아차린 듯했지만 딱히 표정에 변화는 없었다.

큰길을 내려가자 얼마 지나지 않아 벽돌로 지은 학교 건물이 보였다. 유럽 동화에 나옴직한 외관이었다. 교문을 들어서자 각종 음식을 판매하는 매대가 쭉 늘어서 있는 것이 보였다.

"뭐 좀 먹자. 다코야키나 야키소바, 그리고 소프트 아이스크림도 먹고 싶어."

드물게도 아케타가 어린아이처럼 들떠 있는 건 아마가세처럼 멋진 남자가 바로 옆에 있어서일까.

음식점 매대에서 음식을 판매하는 학생뿐만 아니라 캠퍼스를 다니는 여대생 모두 당시 유행하던 하마트라 패션이었다.

하마트라는 요코하마 트래디셔널의 약자로, 후쿠조(FUKU-ZO)의 맨투맨 셔츠, 미하마(MIHAMA)의 구두, 기타무라(KITA-MURA)의 백이 여대생의 3종 아이템으로 불렸다. 주위를 둘러보니 청바지 차림은 아케타와 나뿐이었다.

얼마 있자 어디선가 마이크를 통해 남성의 목소리가 울려나왔다.

"지금부터 미스 콘테스트가 시작되니 모두 무대 쪽으로 모여주십시오."

이곳은 여자대학인데도 남자가 진행하는 모양이었다.

"미스 도카 선발대회 하려나 보다. 가보자."

막 사온 다코야키와 미타라시 당고[71]를 양손에 든 아케타가 쑥쑥 앞으로 걸어갔다. 주위를 둘러보니 캠퍼스 한가운데쯤 무대가 설치되어 있고 수영복 차림을 한 젊은 여성들이 쭉 늘어서 있었다. 심사위원석에 앉은 남학생들은 이보다 더 행복할 수는 없다는 듯이 싱글싱글 웃고 있다.

가슴에 명찰이 붙어 있었다. 혹시 아마가세 아내가 이 중에

---

[71] 동그란 떡을 꼬치에 끼우고, 갈분에 설탕과 간장을 풀어 만든 소스를 발라 만든 음식

있는 게 아닐까. 아니, 설마하니 그런 우연은 없겠지. 그렇게 생각하면서 맨 끝에서부터 순서대로 명찰을 살펴보았다.

그때 '이토 리나(20)'라고 쓰인 명찰이 눈에 들어왔다.

리나…… 어디선가 들은 적이 있다.

불현듯 게메코가 한 말이 뇌리를 스쳤다.

— 아마가세와 결혼한 사람은 리나라는 여자래. 세련된 신식 이름이네. 그런 이름, 시골에선 볼 수 없잖아. 얼굴만이 아니라 이름까지 우리는 완전히 졌어.

20대 후반 때 동창회에서 게메코가 그렇게 말하자 다들 한숨을 쉬었다.

지금 눈앞에 있는 이토 리나라는 여자가 아마가세의 아내가 된 사람일까. 여대생들 사이에서 인기 있는 패션 잡지 〈제이제이 JJ〉의 표지를 장식해도 좋을 만큼 늘씬한 미인이었다.

보기에도 도시에서 자란 사람에게서 풍기는 고급스러운 분위기가 있다. 웃는 표정도 꾸며낸 게 아니라 자연스러운 미소였고 정말로 즐거워 보였다. 그 화사하고 밝은 모습은 처음부터 갖고 태어났을 테지. 이 여자는 내게 없는 것들을 많이 갖고 태어난 것 같다.

등 뒤를 돌아보자 거기 있던 아마가세는, 내가 아무 말도 하지 않았는데 "응, 맞아. 저 사람이야." 하고 말하더니 날카로운 시선을 무대로 돌렸다.

후보자들의 자기소개와 간단한 인터뷰가 끝나고 심사 발표가 있었다.

"그러면 발표하겠습니다. 올해 미스 도카여대는 두구두구두구두구."

드럼 소리를 입으로 흉내 내는 모양이다.

"두구두구두구두구, 이토 리나 씨입니다."

다시 뒤에 있는 아마가세를 돌아보자 입을 일자로 꾹 다문 채 냉정한 표정으로 무대를 바라보고 있었다.

"이제 콘서트장으로 가자. 공연 30분 전이야."

아케타 목소리에 퍼뜩 꿈에서 깨어나듯이 아마가세는 시선을 아케타에게로 옮기고 "그래, 이제 가자." 하고는 걷기 시작했다.

대리석으로 만들어진 멋진 강당으로 들어가 공연장 한가운데 열에 아마가세, 나, 아케타 순으로 셋이 나란히 앉았다.

젊었을 때의 아내를 보고 아마가세는 기분이 어땠을까. 물어보고 싶기도 했지만 아마가세가 계속 굳은 표정으로 있었기에 차마 묻지 못했다.

공연이 시작되기 몇 분 전에 앞문이 열리더니 다섯 명 정도가 황급히 뛰어들어왔다. 남학생들에게 둘러싸인 리나였다. 옆자리에 앉아 있는 아마가세를 보니 그는 이미 리나를 시야에 포착한 모양이었다.

콘서트가 진행되는 동안, 가끔씩 눈을 돌려 맨 앞줄에 앉아 있는 리나와 그 일행을 보았다. 뒤통수에서 어깨까지밖에 보이지 않았지만 그녀가 박수를 치거나 몸을 좌우로 흔드는 모습이 왠지 하나하나 내 신경을 거슬리게 했다.

싫은 걸까.

그런가, 아무래도 나는 리나가 무척 싫은 것 같다.

60대나 되어서 스무 살 남짓한 여대생을 눈엣가시로 여기고 있다. 나이를 먹을 만큼 먹고서 참 추하다고 생각하면서도 내 가슴은 패배감으로 가득 차 있었고, 그런 열등감을 가라앉히려면 자신을 어떤 말로 달래야 할지 알 수 없었다.

콘서트가 끝나고 줄지어 밖으로 나왔다.

저녁 8시가 지나 있었고 밖은 어두컴컴했다.

"오랜만에 만났는데 한잔 하러 가자." 아마가세가 제안했다.

"그럼 난 여기서 이만." 하고 아케타가 일부러 마음을 써주려는 듯 먼저 돌아가려고 했다.

"아카다 씨도 함께 가시죠. 티켓을 구해주셨으니 답례로 제가 사겠습니다."

아마가세가 그렇게 권하자 아케타는 나를 보았다. 그 눈이 '나도 같이 가도 돼? 방해하는 거 아냐?'라고 묻고 있었다.

"아케타도 가자. 같이 가는 게 더 즐겁잖아."

내가 아케타의 팔을 잡아끌며 교문을 나서려고 할 때였다.

교문 근처에 리나를 둘러싼 무리가 서 있는 것이 보였다. 옆으로 지나가려고 할 때, 그 무리에서 여학생이 한 명 튀어나오더니 "요시코 언니!" 하고 아케타를 향해 작은 소리로 외쳤다.

"아, 준코! 요스이 콘서트 티켓, 고마워. 진짜 좋은 자리였어."

아케타는 그 여학생에게 말하고는 나와 아마가세를 돌아보았다.

"이 애는 내 사촌 준코라고 해. 도카여대 영문과 2학년이야. 티켓 구해주느라 애썼지."

"기타조노 마사미예요. 아케타와 같은 대학이고요. 티켓 고마웠어요."

"아녜요, 별말씀을. 전 아카다 준코라고 합니다."

"준코도 우리랑 같이 한잔 하러 가지 않을래? 큰아버지 장례식 때 보고 처음이니까 할 얘기도 많고."

"가고 싶은 마음은 굴뚝 같지만……."

준코가 그렇게 말하면서 뒤를 돌아보았다. 등 뒤에는 리나와 남학생들이 있었다. 그들도 어딘가로 가려고 하던 참인 듯, 준코와 우리 이야기가 끝나기를 기다렸던 모양이다.

그때였다. 리나가 냉큼 무리에서 빠져나와 준코 옆에 서더니 말했다.

"준코, 나한테도 소개해줘."

리나의 시선은 분명히 아마가세를 향해 있었다. 나중에 결혼했을 정도니까 역시 이상형이겠지. 아마가세도 리나를 보고 있었다. 젊은 날의 아내 모습을 가까이서 보면서 무슨 생각을 하고 있을까.

"내 사촌 언니랑 언니 친구야."

준코의 소개가 짤막한 건, 여기서 굳이 리나에게 자세히 말해줄 필요는 없다고 생각해서일 것이다. 리나도 "안녕." 하고 가볍게 고개 숙였을 뿐, 다시 아마가세를 똑바로 쳐다보았다. 준코의 사촌 언니나 그 여자 친구는 아무래도 상관없으니 빨리 아마가세를 소개하라고 채근하는 듯했다.

그래서 나는 친절하게도 알려주었다. "이쪽은 의대생 아마가세."

"어머, 의사가 되시는 거예요?"

그렇게 말한 리나의 눈은 더 반짝이는 것 같았다.

"미안하지만 리나, 사촌 언니랑 오랜만에 만나는 거라서 난 이쪽으로 가도 될까?" 하고 준코가 양해를 구했다.

"그래도 좋지만……." 하고 리나는 허공을 바라보면서 뭔가 생각하는 듯했다.

"그쪽은 리나만 있으면 되니까 난 가도 상관없잖아."

무심코 속마음이 새어나온 듯했다. 어쩌면 자신이 리나의 들러리만 서고 있다는 사실에, 준코는 이제 진저리가 난 게 아닐까.

"원래 나는 대학 축제 실행위원 중 한 사람일 뿐인데 왜 내가 미스 콘테스트 담당이 된 건지도 모르겠어. 게다가……" 하고 불만을 늘어놓는 준코의 말을 듣는 둥 마는 둥, 리나는 재빨리 뒤를 돌아보더니 남학생들에게 말했다.

"미안, 뒤풀이는 다음에 하자."

같이 따라다니던 남학생들은 일제히 "어엇?" 하며 아쉬워했지만 리나는 조금도 아랑곳하지 않고 우리에게 "좋은 가게를 알고 있어." 하더니 앞장서서 걸어나갔다.

그 신속한 판단력과 행동력에 혀를 내둘렀다. 그 남학생 무리가 실망하는 데도 전혀 배려하지 않는 마음 씀씀이가 훤히 들여다보였다.

이 시대는 아니, 레이와시대조차도 장래 유망한 고소득자 남성이나, 아니면 본가가 자산가인 남자를 붙잡아 결혼하는 것이야말로 여자가 편안한 일생을 보낼 수 있는, 몇 안 되는 길의 하나였을지도 모른다. 그 증거로 같은 과 남학생들은 티브이에서 자주 보는 유명 기업에서 합격 통보를 받고, 아케타와 나는 중소 영세기업에서도 차였다. 그렇다면 나 역시 취업하는 것보다 같은 과 남학생을 한 사람 붙잡아 결혼하는 편이 안전하고 편안한 인생을 손에 넣는 가장 손쉬운 길이 아닐까.

리나처럼 주위 시선을 개의치 않고 유망주인 남자를 필사적으로 물색하는 것은 좋고 나쁨을 떠나 사활이 걸린 문제였던 것이다.

다시 말해…… 이 여자는 젊은데도 무척 현명하다.

그에 비하면 아케타나 나는 순진하고 고지식한 '애'였다. 대체 이 차이는 어디서 생겨난 걸까. 그 답을 찾아내기 위해서라도 리나라는 여자를 차분히 관찰해보고 싶어졌다.

이자카야로 가려니 했는데, 리나가 문을 밀고 들어간 곳은 세련되게 꾸며놓은 이탈리안 레스토랑이었다. 학생 신분에 평소에도 이런 고급스러운 레스토랑에 다니는 걸까. 맥도널드조차도 좀처럼 들어가지 못하는 나와는 하늘과 땅 차이였다.

예전 인생에서는 60여 년이나 살아왔기에 사람들과 어울리다 보니 그런 고급 음식점에 들어간 일도 여러 번 있었다. 하지만 나온 요리가 그 가격에 적당하다고 생각한 적은 한 번도 없다. 도심의 비싼 지역에 있다면 장소 값이니 어쩔 수 없다고 생각하고, 고층 빌딩 안에 있는 가게라면 전망 값이라고 포기했다. 그렇게 사는 동안에 고급 레스토랑에 대한 갈망은 완전히 사라졌다.

그래서 이렇게 비싸 보이는 가게에는 들어가고 싶지 않았다. 아르바이트해서 며칠 동안 번 돈이 단번에 날아가고 만다. 이야기만 할 수 있으면 되니까 어딘가 찻집에서 나폴리탄 스파게티나 달걀 샌드위치 같은 가벼운 식사를 하는 정도로 나는 충분히 만족스럽다. 그마저도 학생인 내게는 사치스러운 일이다.

리나가 점장으로 짐작되는 남자와 친근하게 이야기하는 모습이 투명한 유리문 안으로 들여다보였다.

분명 리나는 자신의 지갑을 연 적이 없겠지. 남자들이 다 사줄 게 틀림없다. 이것도 다 리나가 미인이라서 많은 남자가 관심을 보이는 걸 거야. 그렇다면 젊은 나이에도 나보다 많은 경험을 쌓고 있는 게 아닐까. 분명 교우 관계도 넓고 다양한 장소에서 여러 사람과 대화할 기회가 많을 것이다. 그렇게 생각하니 한층 더 심한 열등감이 몰려와서 짓눌려버릴 것만 같았다.

얼마 안 있어 리나가 가게 밖으로 나오더니 화사한 웃음을 띠며 말했다.

"오늘 저녁엔 예약이 꽉 차 있지만 내 부탁이니까 특별히 자리를 마련해주겠대."

맨 앞에 서 있던 아마가세가 움직이려 하지 않아서 그 뒤에 서 있던 나와 준코, 그리고 아케타도 가게로 들어갈 수가 없었다.

"왜 그래? 어서 들어가."

"저기, 그러니까 리나 씨, 라고 하셨던가?" 하고 아마가세는 시치미를 떼고 아내인 리나에게 말을 걸었다.

"미안하지만, 나는 이런 고급 음식점은 별로 안 좋아해서요. 이자카야 같은 데서 닭꼬치라도 먹으면서 한잔 마시려고 했던 것뿐이라."

아마가세가 그렇게 말하고는 몸을 휙 돌리는 바람에 바로 뒤에 서 있던 나와 부딪힐 뻔했다. 내가 순간 피하려고 하자 아마가세는 내 어깨를 감싸안고 막무가내로 끌어당기더니 "가자." 하고 말했다.

"아, 그래도……."

당황할 틈도 없이 아마가세는 내 어깨를 붙잡은 채로 걸어갔고 나는 끌려가듯이 그 자리를 떠났다.

"점장님, 정말 죄송해요. 나중에 다시 올게요."

뒤를 돌아보니 리나가 두 손을 맞대고 사과하는 모습이 보였다.

나는 어깨 위에 올려진 아마가세의 손을 힘껏 떨쳐내고 아마가세에게만 들리는 조그만 목소리로 "날 이용하지 말라니까!" 하고 외쳤다.

"미안."

연인 사이는 아니라고 아케타에게 말했거늘, 짜증난다. 오로지 자신한테는 이미 여자친구가 있다는 것을 보여주기 위한 연기에는 고등학교 시절부터 휘둘려왔다. 고등학생 때는 그 상황에 우월감을 느끼기도 했던 내 속물근성도 자랑할 건 못 되지만, 지금처럼 리나에 대한 복수 냄새가 풀풀 나는 행동에는 말려들고 싶지 않았다.

나는 일부러 걸음을 늦춰 아마가세보다 몇 걸음 떨어져 아케타 옆에서 걸었다.

등 뒤에서 달려오는 발소리가 나더니 리나가 금세 우리를 쫓아왔다.

"사실은 나도 이자카야 가고 싶었어. 하지만 준코의 사촌 언니도 있고 해서 좀 번듯한 가게가 좋으려나 했던 거지. 내 나름대로는 최선을 다해 배려한 거였어." 하고 리나가 생색내듯이 말했다.

"응. 고마워." 하고 준코가 나지막하게 대답했다.

리나는 양쪽 발을 번갈아 깡총깡총 뛰어서 아마가세 옆으로 가더니 나란히 걷기 시작했다.

두 사람 뒷모습을 보고 있으려니 묘한 기분이 들었다. 옛날 젊었을 때 이 두 사람은 서로 사랑하는 사이였다. 미남 미녀가 서로 마음이 끌려 가정을 이루고 두 자녀를 얻었다. 그런데 아마가세는 리나를 미워하게 된다. 리나는 어떤 마음이었을까? 아마가세와 마찬가지로 사랑이 증오로 바뀌었을까.

인생 100세 시대라는 말이 생겨난 건 언제쯤부터였더라. 100세 쌍둥이인 킨 씨와 긴 씨[72] 자매가 세간의 화제가 되었던 적이 있다. 그 당시는 100세까지 사는 사람이 드물었다. 쌍둥이라는 진귀한 경우인 데다가 정신도 또렷하고 말도 또박또박

---

72 1892년에 태어난 일란성 쌍둥이 자매. 나리타 킨(2000년 작고)과 가니에 긴(2001년 작고)을 애칭으로 '킨상긴상'이라고 불렀다.

잘했으며 유머까지 있어서 폭발적인 인기를 얻어 마치 아이돌 같았다.

하지만 2023년 무렵에는 100세 이상인 사람이 9만 명을 넘어섰다. 수명이 길어지자 그에 비례해 부부로 사는 기간도 길어지면서 같은 상대와 계속 함께 사는 일 자체에 어려움이 생기기 시작했다. 오랜 세월을 함께하다 보면 그 삶에는 정이라는 이름을 지닌 사랑의 잔재가 틀림없이 있을 것이다. 하지만 아무리 금슬 좋은 부부라 해도 두 사람의 마음속 깊은 곳에는 오랜 세월 쌓인 미움 또한 적잖이 존재한다.

역 근처에 있는 이자카야는 매우 붐볐지만 구석에 테이블 자리가 하나 남아 있었다.

"먼저 앉으세요. 안쪽으로 들어가시죠."

아마가세가 그렇게 권하자 리나는 디귿(ㄷ)자 모양으로 된 자리의 맨 안쪽으로 들어갔다. 리나의 바로 옆에 아마가세가 앉으려나 했더니, 아마가세는 선 채로 아케타와 준코에게 "들어가, 들어가 앉아." 하고 차례로 권했다. 이어서 "기타조노는 이쪽으로 앉아." 하기에 나는 맞은편 자리로 들어가 앉았다.

언뜻 리나를 보니 기대를 배신당해서인지 멍하니 아마가세를 쳐다보고 있었다.

— 남자들은 다들 내 옆에 앉고 싶어 하는데.

얼굴에 그렇게 쓰여 있었다. 60여 년간의 인생 경험이 나를 독심술까지 갖춘 마녀로 바꿔놓은 모양이다.

마지막으로 아마가세가 내 옆자리에 앉았다. 리나는 결국 디근자 좌석의, 소위 생일 파티에서 생일인 사람이 앉는 상석에 앉은 셈이다. 주하이[73]와 맥주, 그리고 닭꼬치며 두부 튀김 등을 잇달아 주문하고 모두 건배를 마치자, 아마가세는 생맥주를 단숨에 반 잔 정도 들이켰다. 요스이 콘서트에 관한 화제가 한차례 끝났을 때 아마가세가 맥주잔을 테이블 위에 내려놓고 불현듯 물었다.

"리나 씨는 장래 꿈이 뭐예요?"

리나가 착각하기에 딱 좋은 질문이었다.

"기뻐요. 벌써 제 이름을 기억해주셨네요."

그렇게 말하더니 리나는 수줍은 듯 미소를 띠며 웃었다. 그러자 바로 준코가 시선을 돌리는 걸로 봐서 이 말은 리나가 으레 누구한테나 보이는 연기인 걸까.

"글쎄요, 제 장래 꿈은요, 좋은 아내, 좋은 엄마가 되는 거?"

그런 여자가 사랑받는 시대였다.

"리나 씨 자신의 꿈은? 이러이러한 직종에서 일하고 싶다거나." 하고 아마가세가 다시 물었다.

"전 남편을 그림자처럼 내조하는 숨은 공로자가 되고 싶지, 내 일 같은 건 중요하지 않아요."

---

73 酎ハイ. 증류주를 소프트드링크에 탄 저알코올 음료. 소주 하이볼의 약칭

이번에도 남자들이 좋아할 법한 대답을 내놓았다.

"그건 취직하지 않는다는 뜻?" 하고 아케타가 물었다.

"리나는 여러 대기업에서 합격 통보를 받았어. 어디로 결정할지 고민할 정도잖아?" 하고 준코가 말했다.

"응, 뭐 그렇지." 하고 리나가 웃으며 대답했다.

"어느 회사에서 합격 통보를 받았어?"

내 맞은편에 앉아 있던 아케타가 웃지도 않고 물었다.

"마루스미 상사랑 도토 은행, 다이세이 건설 같은 데, 그밖에도 여러 군데 있고."

무심코 아케타와 눈을 마주쳤다. 대규모 건설회사 이름이 있었기 때문이다. 게다가 은행도 상사도 모두 초일류기업이었다. 만약 내가 그런 유명한 회사에 취직이 되었더라면 시골에 계신 부모님은 이웃에 자랑하느라 바쁘셨을 테지. 그런 엄마의 모습을 상상하자 갑자기 슬퍼졌다.

"전부 대단한 회사들뿐이네." 하고 내가 말했다.

"그래요? 우리 전문대에서는 다들 비슷한데."

"그래서, 결국 어디로 입사할 건데?" 하고 아케타가 물었다.

"지금 생각으로는 도토 은행으로 갈까 싶어요."

타임슬립하기 전의 인생에서 아마가세는 도토 은행에서 정년까지 근무했다. 두 사람이 처음 만난 곳이 직장이었나 보다.

"은행 업무에 관심 있어요?" 하고 아마가세가 짐짓 모른 척하고 물었다. 이 질문은 비꼬는 걸까?

"설마. 관심 같은 거 없어요. 3년 정도 다니다가 결혼하면 그만둘 생각이거든요."

"어머, 그건 너무 아깝다." 하고 준코가 말했다.

"준코는 4년제 과정이니까 이제 2년 남았네. 어떤 회사에 취직하고 싶은데?" 하고 아케타가 물었다.

"난 고향으로 돌아가 관청에서 일하고 싶어. 채용 인원이 적다니까 힘들지도 모르지만."

"관청이라면 도치기현 가와시모 군에 있는 동사무소? 도쿄에서 취직 안 하고?"

"4년제 대졸 여자에 본가살이도 아니라서 아무 데도 취직 못할 거야. 게다가 나는 리나같이 미인도 아니니까 결혼도 못할지 모르고, 그래서 급여가 적더라도 안정된 공무원이 되어 정년까지 열심히 일하려고."

"준코는 아주 착실해. 어릴 때부터 그랬거든." 하고 아케타가 말했다.

"리나 씨는 직장에 임시로 거쳐 가는 거네?" 하고 아마가세가 화제를 돌렸다.

"맞아요. 임시예요." 하고 리나는 조금도 기죽지 않고 말을 이었다.

"3년쯤 일하면 사회를 배우기에는 충분해요. 장래에 결혼했을 때 남편이 밖에서 일하느라 얼마나 힘든지도 이해해줄 수 있고."

리나가 그렇게 대답했을 때 아마가세가 쓴웃음을 지으며 말했다.

"게다가 도토 은행에는 뉴욕 지점도 있고 말이지."

무슨 의미인지 알 수가 없었다.

뉴욕 지점이라니? 대체 무슨 얘기지?

"잘 아시네요? 맞아요." 하고 리나가 말을 계속했다. "사내 결혼해서 남편이 뉴욕 지점으로 발령 나면 따라가려고요. 무척 즐거울 거 같지 않아요? 맨해튼 5번가에서 쇼핑도 하고 센트럴 파크를 산책하고 말이죠. 게다가 아이도 영어를 익힐 수 있고. 하지만 오늘 아마가세 씨를 만나보니 의사 남편도 좋을 것 같은 생각이 들었지만요."

리나는 눈을 살짝 위로 치켜뜨면서 미소 지었는데 그 미소가 귀여울 거라고 다 계산하고 있었다.

"뉴욕 지점이 아니라 아오모리 지점으로 가게 되면 엄청 싫은 내색을 하면서 남편을 책망하겠네요."

다들 어리둥절한 얼굴로 아마가세를 쳐다보았다. 도대체 무슨 이야기를 하고 있는 건지 묻고 싶은 표정들이다.

하지만 나는 알아차렸다. 리나와의 결혼생활에서 실제로 그런 일이 있었던 거라는 걸.

"아마가세 씨는 아버지도 의사이신가요?" 하고 리나가 물었다.

"아니, 우리 아버진 사법서사[74]예요."

"그래요? 형제는요?"

"외아들이요."

"아아, 그러시구나. 어느 대학 의학부예요?"

"아키타대학인데요."

"어머! 아키타 출신이에요?"

"아니, 출신은 산인지방[75]인데."

마치 신원 조사를 하는 듯했다. 리나는 전문대 과정 2학년으로 아직 스무 살이다. 그런데도 똑 부러지게 장래를 내다보고 조건에 맞는 남자인지 아닌지를 확인하려 하고 있다.

"어머니는 전업주부신가요?"

"집에서 피아노 교실을 하고 계셔."

"어머, 멋지시다."

"리나, 잠깐만. 첫 대면인데 질문 공세, 실례야." 하고 준코가 나무랐다.

"아, 미안해요. 너무 멋진 분이라 이것저것 알고 싶어서 그만."

리나는 그렇게 말하고는 귀여운 핑크빛 혀를 날름 내밀더니

---

74 법무사의 전 용어
75 일본 혼슈(本州) 서부 중에서 동해에 면한 지방

장난기 가득하게 웃었다.

"아직 어린데 벌써 신랑감을 찾는 거야? 앞날이 염려스럽네."

아케타가 불쾌한 기분을 감추지 않는 표정으로 거리낌없이 말했다.

"그런 말은 너무 심한 거 아녜요? 전, 딱히 그런 생각이 아……."

울음을 터트릴 것 같은 표정을 짓는 것도 연기일까?

나한테는 이런 부류의 친구가 없어서 연기인지 아닌지 모르겠다.

아케타도 호스티스 알바를 할 때는 리나와 같은 여자로 돌변하는 걸까? 가끔 아르바이트할 때 있었던 에피소드를 얘기해주곤 하는데, "넌 성격 좋고 못생겨서 편안하게 얘기할 수 있어 좋아." 하고 손님에게 놀림을 당하는 일도 많다고 했으니, 똑같이 남자한테 어필하려는 목적이긴 해도 리나와는 다른 캐릭터를 연기하고 있을 것이다.

돌아오는 길에 다른 애들과 역에서 헤어져, 아마가세와 둘이 같은 방향으로 오는 전철을 탔다. 아마가세는 내가 사는 집에서 가장 가까운 역 앞에 호텔을 잡았기 때문이다.

역에 도착해 개찰구를 나오자 아마가세는 고교 시절에 금요일마다 그랬듯이 "커피 마시고 가자." 하더니 내 대답도 기다리지 않고 역 안에 있는 도넛 가게 체인점으로 들어갔다.

"어땠어? 젊은 날의 아내를 만나보니까."

자리에 앉자마자 내가 물었다.

"어쩌냐니……." 하고 마주 앉은 아마가세는 우물거리다가 커피를 후루룩 마셨다.

"옛날 생각 났어?"

지금의 나는 아까 신원 조사 같은 질문을 한 리나보다 더 무례한지도 모른다. 사람의 마음속 깊은 부분을 예의 없이 파고들려 하고 있다.

"모르는 사람을 보는 것 같았어."

"그래? 신기하네. 사랑에 빠져서 결혼까지 했으면서."

"그땐 나도 젊었으니까."

"젊었으니까 뭐가 어떤데?"

"기타조노, 왜 그래? 평소랑 다르네."

"미안."

"그러면 기타조노도 젊었을 때의 남편을 만나봐. 본가도 근무지도 알고 있을 테니 쉽게 찾을 수 있을 거 아냐?"

"만나고 싶지 않아."

"거봐, 자기는 그러면서."

"엇? 아마가세도 리나 씨를 만나고 싶지 않았던 거야?"

"당연하지. 만나고 싶을 리가 있겠어?"

"왜?"

"싫으니까."

"꽤 단호하게 말하네."

"하지만 만나서 잘됐어. 선택을 잘못했다는 게 확실해졌으니까."

"선택이라니?"

"2회차 인생은 더 냉정하게 결혼 상대를 골라야 한다는 걸 깨달았어."

"냉정해지면 결혼 같은 거 못할걸."

"그렇지. 그래서 난 아마도 두 번 다시 결혼하지 않을 거야. 기타조노는 어때? 왜 남편을 만나고 싶지 않은 건데?"

"너무나 싫으니까."

그렇게 대답한 순간, 아마가세가 케엑케엑 이상한 소리를 내며 웃었다.

"아이고야. 지금 커피가 기도로 넘어갈 뻔했어."

"선택을 잘못했다고 했는데, 그럼 어떤 여자가 좋았을 거 같아?"

"전에도 말했잖아. 기타조노 같은 여자가 좋다고."

기억하고 있다. 고등학교 때 아마가세가 그런 말을 했었다. 결혼은 두 번 다시 하고 싶지 않지만 기타조노라면 결혼해도 좋다고.

그 이유를 물었을 때 아마가세는 이렇게 대답했다.

— 기타조노는 수수하니까 명품을 마구 사들이거나 아이 친

구 엄마들한테 허세 부리며 사치하지 않을 거 아냐? 그래서 결혼 상대로 좋겠다는 생각이 들었어.

그때는 사고가 참 단순하다고 생각했고 사람을 뭘로 보는 건가 싶었지만, 아마가세가 말하고 싶었던 건 가치관 차이가 부부 사이에 균열을 일으키는 결정타가 된다는 뜻이었을지도 모른다.

"나, 촌놈이었던 거야."

"응? 촌놈? 갑자기 무슨 말이야?"

그때 가게 안에 흐르던 이가라시 히로아키[76]의 노래 〈페가수스의 아침〉이 끝나고 호리에 준[77]이 부르는 〈메모리 글라스〉가 들려오자 곡조의 영향을 받아서인지 기분이 가라앉았다.

"기타조노는 도쿄로 오기 전에 본가에서 살 때 어떤 옷을 입었어?"

"고등학교 교복이지."

"그거 말고 사복 말이야. 어떤 옷가게에서 어떤 옷을 샀냐고."

"상점가에 있는 후지야마 양품점에서 스웨터나 스커트 같은 걸 엄마가 사주셨는데? 아, 그리고 새로 생긴 쇼핑센터에서 사주신 적도 있어."

"그런 가게에서는 몇십만 엔이나 하는 명품 옷이나 가방은

---

76 일본의 싱어송라이터. 1957년생
77 일본의 싱어송라이터. 1960년생

안 팔았지?"

"물론 안 팔았지. 시골에서는 그런 거 사는 사람 없잖아."

"후지야마 양품점이나 역 앞 쇼핑센터는 도쿄로 말하면 마트 2층에 있는 의류매장 같은 데였잖아? 가격도 적당하고."

"아냐. 후지야마 양품점이 더 쌌어."

"어떻든지 간에 왜 도쿄 사람들은 다들 그렇게 비싼 걸 사서 폼 잡는 걸까?"

"도쿄 사람이라고 다 그런 건 아니지."

"하지만 인원수로 따지면 비율은 시골에 비해 훨씬 높을 거야."

"그야 경제적으로 여유가 있는 사람이 많아서 그런 거 아닐까? 게다가 시골의 작은 마을은 가족 구성이나 경제 상태가 다 드러나니까 허세 부려봐야 의미도 없고. 안 그래?"

내가 묻자 아마가세는 대답도 하지 않고 깊이 한숨을 내쉬면서 "내 인생 돌려줘." 하고 말하더니 느닷없이 테이블에 푹 엎드렸다.

"어? 왜 그래 갑자기? 이제 취기가 올라오는 거야?"

"그 정도 마셔서는 안 취해. 술고래라는 소릴 듣던 사람인데."

아마가세는 상체를 일으켜 다시 자세를 바로잡았다.

"그 사람, 프랑스인지 이탈리아인지 명품 가방이랑 구두, 옷을 계속 사더라고. 대체 누구한테 그렇게 잘 보이려고 신경 쓰는 건지 모르겠지만, 아무도 당신 안 쳐다봐! 하고 크게 소리쳐 주고 싶었어. 그런 가방, 기타조노도 갖고 있었어?"

"나는 없었지만 동창들 중에는 루이비통 지갑을 갖고 있는 애들이 몇 명 있었어. 아, 가방도 한 명 있었던 것 같아. 대학교 때 무척 유행했거든."

"정말 큰맘 먹고 꼭 갖고 싶은 걸 하나만 사서 소중하게 여긴다면 그나마 귀엽기나 하지, 부자도 아닌데 노후 생각도 안 하고 그런 명품만 자꾸 사들이다니 바보 아냐? 안 그래? 리나는 진짜 어리석다니까."

"글쎄……."

"리나의 허영심을 채우느라 내가 번 돈이 다 사라졌다고."

그러니까 결혼을 두 번 하는 건 싫다, 하지만 나하고라면 결혼해도 좋다. 그건 내가 수수하고 절약하며 사는 여자이기 때문이라는 거군.

"그 사람, 사내에서도 미인이라고 소문났었어. 결혼 초기에는 다들 부러워하니까 나도 덩달아 기분이 좋았지만, 지금 생각해보면 리나랑 결혼한 게 내가 출세하지 못한 원인 중 하나였을지도 모르겠어. 내 상사가 리나에게 홀딱 반했거든. 처자식이 있는 40대 주제에 날 보는 눈이 질투에 사로잡혀서 무서울 정도였으니까."

"그래서 뉴욕 지점이 아니라 아오모리 지점으로 발령이 난 거야?"

"확증은 없지만 아마도. 애초에 우리 은행에서 뉴욕 지점으로 갈 수 있는 사람은 도쿄대졸뿐이거든. 그래서 나는 뉴욕은 포기했지만 유럽 어딘가의 지점으로 가고 싶었어. 독일이나 이탈리아나 그런 데로. 그런데 아오모리로 가게 됐지."

"가족 전부 아오모리로 간 거야?"

"아니, 나 혼자 가서 근무했어. 아오모리는 사과가 맛있고 물가도 싸니까, 난 같이 가자고 여러 번 말했지만 애들 학교 때문에 안 된다고 하더라고."

"물가가 싸?"

그렇게 말하고 나는 웃음을 터뜨렸다.

"뭐가 우스워서 그래?"

"그렇잖아. 리나 씨는 채소나 고기, 생선 가격 같은 거 관심 없을 텐데."

그렇게 말하자 아마가세는 하하핫, 하고 메마른 웃음소리를 냈다.

"나도 젊었지. 그런 미녀가 적극적으로 다가오는데 남자라면 누구나 결혼하지 않겠어?"

"흐음, 그런 거였어?"

갑자기 불쾌해졌다. 하지만 그 감정은 아마도 질투에서 비롯된 건 아닐 것이다. 남자들이 추어올려주고 잘해주고 그런 특별 대우를 받는 행복한 인생이란 게 납득이 가지 않아 이런 감정을 어떻게 다스려야 할지 몰라서인 것 같다.

언젠가 TV 프로그램을 보다가 대기업에서 승승장구하는 '홍일점'으로 불리는 여성들에 관한 특집을 본 적이 있다. 그때 부자연스러울 정도로 미인이 많다는 것을 깨닫고 몹시 놀랐다.

"그 사람 마흔이 넘어가면서 노화됐어."

"뭐어? 노화?"

너무 놀라서 그만 큰소리를 내고 말았다.

이 아마가세라는 남자가 이렇게 심한 말을 하는 사람이었어?

"그런 말, 인간적으로 좀 아닌 것 같은데." 하고 내가 확실히 말했다.

"그럴지도 모르지." 하고 아마가세가 대답하더니 감정 없는 눈빛으로 나를 보았다.

"남자들은 안 늙어? 살찌고 머리도 벗겨지고 얼굴에는 온통 크고 짙은 기미가 자리잡잖아. 사람마다 차이는 있겠지만 여자보다 훨씬 노화가 심한 남자도 많아. 아니면 외모가 중시되는 건 여자뿐이고 남자는 내면으로 승부한다고 말할 셈이야?"

"그게 아니라 노화라는 심한 말을 쓰고 싶을 정도로, 나는 리나를 원망했던 것 같아."

"같다니, 남의 일처럼 말하네."

"응. 지금 처음 그걸 깨달았거든,"

나는 진작에 알아차렸어. 방금 전에 서로 배우자를 '싫다'고 말했다. 그렇게 애들 같고 단순한 표현이야말로 진짜 속마음을 나타낸다는 생각이 들었다.

"그 결혼생활은 인권 유린이었어. 생각해봐. 한 달 용돈이 딱 5만 엔이었다고. 내가 번 돈인데 말이지."

나는 남편에게 매월 3만 5천 엔밖에 주지 않았는데.

"용돈이 적다고 아내한테 항의 안 했어?"

"그런 말을 어떻게 해. 애들 학원이며 배우는 것들도 있고 사립중고에 드는 돈이 많다고 하지, 주택 구입할 때 대출도 있고, 그게 다 내가 돈을 많이 못 번 탓이니까."

"……그렇겠네."

"동료들한테 물어봐도 다들 3만 엔에서 5만 엔 사이였고 말이야. 그리고 너무 못나 보여서 이런 말, 큰소리로 하긴 좀 그렇지만……."

"뭔데, 말해봐."

"이 말 하면 기타조노한테도 미움받을 것 같아 겁나는데……."

"그니까 뭐냐고, 말해보라니까!"

진작에 네가 싫어져서 이제 무슨 말을 해도 상관없어. 여자한테 노화라는 말을 쓴 시점에서 아웃이거든.

"그러니까 말야, 오늘 저녁엔 죽을 정도로 고등어 된장조림이 먹고 싶은, 왜 그런 날 있잖아."

"고등어 된장조림? 아니, 난 없는데."

"응? 없어?"

"카레라든가 스테이크, 스시라면 또 몰라."

"알았어. 그럼 카레라고 하자. 오늘 저녁엔 무슨 일이 있어도 카레가 먹고 싶어서 군침이 도는 그런 날이 기타조노도 있는 거지?"

"물론 있지."

"그렇지? 근데 집에 들어가니까 그라탱이랑 샐러드가 준비되어 있는 거야. 그래도 참고 차려준 음식을 먹어야 하잖아."

"……그렇군. 그렇겠네."

"남자들은 말이지, 음식에 불평하지 말라고 어릴 때부터 부모님한테 듣고 자랐으니까, 요컨대 남자는 먹는 즐거움을 포기해야만 하는 거야. 게다가 원래부터…… 아, 이건 말이 지나친 건가."

"뭔데? 이참에 하고 싶은 말 전부 다 털어놔봐."

"리나는 요리를 잘 못했어. 자기도 그걸 알았던지 언제부턴가는 백화점에서 반찬을 사오더라고."

"아, 그럼 돈이 많이 들지. 하지만 사람마다 잘하고 못하는 게 있으니까. 차라리 자기가 먹을 건 직접 만들면 됐잖아?"

"정년퇴직하고 나서는 그렇게 했지. 촉탁직으로 근무하게 되면서 시간적으로 여유가 생겼으니까."

"진짜?"

"그렇다니까. 더 잘하고 싶어서 '남자 요리 교실'에도 다녔는
걸."

"아, 그랬구나."

회사는 몇 년 다니다 그만두고 결혼 후에는 남편을 내조하
겠다고 확실히 말할 정도니까 분명 요리를 잘하겠구나 싶었는
데 실제로는 그렇지도 않았던 모양이다.

"그리고 애들 입시에 관해서도 의견이 대립되었어. 지금 생
각해도 굳이 애들을 사립 중학교에 보낼 필요가 있었을까 싶
어. 집에서 2분만 걸어가면 공립중학교가 있었는데 전철로 한
시간이나 걸리는 학교에 다니게 하다니, 난 절대 반대였거든.
그보다 더 싫었던 건 초등학생이 밤늦게까지 학원에서 공부하
는 거였어."

"그 기분 알아. 우리 시골에는 학원도 사립중학교도 없었고
초등학생 때는 어두워질 때까지 피구를 하면서 놀았으니까."

"내 의견은 하나도 존중되지 않았어. 의견이 엇갈리면 그쪽
부모가 참견하고 나서기 일쑤였고 그러면 이도 저도 다 귀찮
아서 포기하곤 했지. 아무래도 일하느라 항상 피로가 쌓여 있
었고."

"너무 바쁘다 보면 대체 뭐가 가장 중요한 건지 알 수 없게

돼버려."

"맞아, 그렇다니까. 그래서 나, 결혼은 두 번 다시 하고 싶지 않지만, 만약 결혼하지 않는 사람은 모두 사형에 처한다는 법률이 생긴다면 나와 똑같이 시골 출신인 기타조노랑 결혼하고 싶어."

"아, 그래? 엄청 고맙네."

"왠지 가시가 있는 것 같은데?"

"아마가세, 내일 아침에 일찍 가야 한다며?"

"아, 이런! 벌써 시간이 이렇게 됐어?"

아마가세는 그렇게 말하고는 황급히 커피잔을 반환구로 가지고 갔다.

"그럼 또 연락할게. 잘 지내."

아마가세는 그렇게 인사하더니 윙크를 날렸다.

심쿵할 정도로 멋있다.

14.
레이잔대학교 취업과

"기타조노, 이대로 우리 회사에서 일하면 어떤가?"

우에다 건축사무소의 우에다 사장이 말했다.

"그렇게 해. 그럼 좋잖아." 하고 사장 부인인 전무까지도 거들었다.

우에다 부부는 다정한 미소를 지었다. 그만큼 내가 몹시도 지친 얼굴을 하고 있었나 보다. 아니면 피폐해질 대로 피폐한 마음속이 들여다보인 걸까.

"아르바이트에서 정직원이 되어도 기타조노 학력에 맞는 급여는 주지 못할 거야. 그 점은 미안하지만, 그래도 우리 사무소는 남녀 차별 없이 같은 임금을 주거든."

그렇게 말할 때 나를 가엾어하는 듯한 눈빛은 사장으로서가 아니라 아버지가 자식의 동급생을 바라보는 눈빛이었다.

이 시대는 남자와 똑같은 업무를 해도 남녀 간에 임금 격차가 있었다. 우에다 사장은 일부러 남녀 동일한 임금을 주는 회사라고 말했지만, 우에다 건축사무소에는 지금까지 한 번도 여성 정직원을 고용한 적이 없다고, 같은 과 친구인 우에다에게 들었다.

"……감사합니다. 조금 더 생각해볼게요."

한 군데서도 채용 통보를 받지 못한 주제에 무슨 말을 하는 거니. 생각할 여지가 있기나 하냐. 그렇게 스스로 비꼬고 싶었다.

하지만 의지할 구석이 딱 한 곳 남아 있었다. 대학교 취업과다. 그곳에 가서 상담하면 내게 맞는 기업을 소개받을 수 있지 않을까 하고, 얼마 전 아케타에게 들은 정보를 떠올렸다.

"아니면 요전에 말했던 어패럴 회사에 취직할 거야? 애써서 건축학과를 졸업했는데 아깝잖아." 하고 전무가 물었다.

"아뇨…… 실은 거기도 떨어졌어요."

"뭐어? 말도 안 돼!" 하고 전무가 낮게 소리쳤다.

"난 떨어질 줄 알았지." 하고 사장이 중얼거리듯 조그만 목소리로 말했다.

"당신, 무슨 말이 그래? 어째서 기타조노가 붙지 못한다는 거야? 이렇게 똑 부러진 아가씨가."

전무가 흥분한 어조로 물었다.

"나는 말이지, 고졸이니까 학력으로 사람을 판단하는 인간은 좋아하지 않지만."

그렇게 서두를 꺼낸 사장은 차를 한 모금 마시고 나서 말을 계속했다.

"그 어패럴 회사라는 데는 한마디로 웃기잖아? 중소 영세 업체인 의류 매장에서 일하는 남자들은 대부분이 고졸이나 전문학교 졸업이고 대학을 나왔다고 해도 기타조노같이 좋은 대학을 나온 사람이 드물 거야. 그러니까 기타조노처럼 우수한 여자가 부하가 돼도 제대로 활용할 자신이 없는 거지. 그 이전에 심한 열등감과 질투심이 있어. 같은 학과에, 아케타라고 했던가? 그 사람을 시골 출신이라고 말한 것도 그밖에 업신여길 만한 요소가 없었기 때문 아니겠어?"

사장은 공업고등학교를 나와 현장에서 경험을 쌓고 나서 1급 건축사 자격증을 취득했다고 들었다.

"아아, 왠지 싫다. 나, 싫어서 견딜 수가 없어." 하고 전무가 양손으로 얼굴을 감쌌다.

"요는 말이지, 수재인 여자는 어딜 가도 사람들이 거북해한다는 거야. 유명대 이과계 여자도 어떤 일부 남자들이 볼 때는 불쾌한 존재인 거고. 그러니 채용될 리가 없지."

"그런 기업이라면 채용되지 않아서 오히려 잘됐네. 이쪽에서 먼저 거절이지. 애초에 어패럴 업계에선 건축학과 학생은 필요 없다는 거네."

"그건 어떨지 모르겠지만. 나는 사원의 전문 분야나 사고방식, 게다가 출신지도 다양한 편이 기업에도 좋을 거라고 생각하거든. 오히려 그런 회사가 아니면 발전하지 못해. 뭐, 걱정하지 않아도 그런 의류 매장, 금세 망하고 말 거야."

나를 위로하려고 그런 건지 두 분 모두 스즈쿠라 상사에 분노를 터뜨렸다.

"최근에 단독주택 발주가 들어왔어. 옛날하고 달리 요즘 젊은 부부는 집에 대해서 원하는 게 뚜렷해. 전문가가 아니면서도 방 배치도를 그려와서는 창은 이런 느낌, 현관은 이런 식으로 해달라고 구체적으로 요구하더군. 잡지 사진을 오려서 같이 갖고 왔는데, 꿈을 그리면서 행복해하니까 나까지도 기쁘더라고. 그러니까 말이지, 우에다 건축사무소도 꽤 괜찮은 데야."

그렇게 말하고 사장은 꼭 여기서 일하라고 권해주었다.

대학교 취업과에 상담하러 가보기로 했다.

그런 부서가 있다는 건 전부터 알고는 있었지만 내 주변에는 실제로 상담하러 간 사람이 없었으며, 어디에 있는지조차 알지 못했다.

취업과는 본관 안쪽에 있었다. 문을 열자 해리 포터 세계로 빠져 들어왔나 싶을 정도로 중후감 있는 방이 나타났다. 한쪽 벽면이 목제 선반으로 되어 있었고 마호가니제의 기다란 카운터가 있다. 창립 이래 백 년 동안 줄곧 이 상태가 아니었을까 하는 생각이 들었다.

선반에는 졸업생의 취업처 등 자료가 파일로 정리되어 쭉 꽂혀 있었다. 자유롭게 열람할 수 있어서 몇몇 학생이 자료를 손에 들고 있었다. 카운터에는 직원 다섯 명이 나란히 앉아 있고 은행 창구처럼 한 칸씩 칸막이로 구분되어 있다. 그중에서 여성 직원은 한 사람뿐이었다.

50세 전후쯤 되었을까, 호리호리한 체격에 수수한 회색 재킷을 걸치고 짧게 올려친 머리에 검은 테 안경을 쓰고 있다. 이러한 타입은 분명 여학생의 아군임이 틀림없다. 화려하게 꾸미지도 않고 화장기도 없는 걸로 봐서 일에만 몰두하는 자세가 엿보였다.

그 여성 직원이 담당이 되기를 간절히 바라면서 소파에 앉아 순서를 기다렸다.

드디어 그 여성 직원이 내 이름을 불렀다.

"기타조노 씨? 앉으세요."

"잘 부탁드립니다."

나는 카운터를 사이에 두고 그녀의 맞은편에 앉았다.

"오늘은 어떤 상담을 하러 왔지요?"

"네, 사실은……."

나는 지금까지의 취업 활동 상황을 순서대로 이야기했다.

"네에, 그래요? 어딜 가도 잘 안 되었구나. 그랬군요……."

뭔가 이상했다. 그녀에게서 의욕이 전혀 느껴지지 않았다.

아마도 젊을 때였다면 알아차리지 못했을 것이다. 하지만 60대까지 경험한 나한테는 지금 눈앞에 있는 50세 전후의 여자가, 머릿속에서 완전히 다른 생각을 하고 있다는 걸 손바닥 들여다보듯이 알 수 있었다.

"대체 어떻게 해야 취업할 수 있을까요?"

물어봐야 변변한 대답을 들을 수 없을 거라고 생각하면서도 지푸라기라도 잡는 셈치고 물어보았다.

"인맥은 없어요? 지인 중에 국회의원이라든가."

"없습니다."

"그렇다면 뒤쪽 선반에 있는 파일을 보세요. 많이 꽂혀 있죠? 그중에서 마음에 드는 기업이 있으면 전화를 걸어서 선배 방문을 해보는 것도 좋아요."

그 선배라는 건 전부 남자가 아닐까. 지방 출신자에 인맥 없는 여자도 파일 안에 있을까?

분명…… 없다.

절대로…… 없다.

그때였다.

"아, 도쿠다 씨, 여기요 여기."

나와 이야기를 나누던 담당자가 갑자기 이렇게 외치면서 만

면에 웃음을 띠고 자리에서 일어났다. 무슨 일인가 뒤를 돌아보니 키 큰 여학생이 문으로 들어서고 있었다. 길에서 스쳐 지나갔다면 무심코 뒤돌아봤을 정도로 미인이었다. 그곳에 있던 학생뿐만 아니라 카운터 안쪽에 있는 직원들도 얼굴을 들어 그녀를 바라보았다. 그녀는 취업 활동 때 입는 정장이 아니라 자잘한 꽃무늬가 있는 세련된 감색 원피스를 입고 있었다.

"흠, 학생은 말이죠, 그 우에다 건축사무소라고 했던가? 그곳으로 정하는 게 어때요? 자기네 회사로 와달라고 했다면서. 안 그래요?"

담당자는 그렇게 툭 내뱉더니 카운터 자리에서 나와 미인 학생에게로 쫓아가 친근하게 이야기하기 시작했다.

어? 내 상담은 이걸로 끝이야?

더 이상 내게는 말을 걸어주지 않을 것 같은 분위기였다. 괜히 더 물고 늘어졌다가는 매몰찬 대우를 받고 더욱 비참한 기분이 들 게 뻔했다.

오늘 아침 집을 나설 때 기대로 가득 부풀어올랐던 마음이 단숨에 쪼그라붙었다. 이럴 줄 알았으면 아르바이트나 빠지지 말 걸 그랬다.

자리에서 일어나 의자를 원래 위치로 돌려놓았을 때 등 뒤에서 "괜찮아?" 하고 걱정스럽게 묻는 소리가 들렸다. 돌아보니 감색 정장을 입은 작은 체구의 수수한 여학생이 서 있었다.

"나도 똑같은 일을 당했어." 하고 그녀는 작은 목소리로 말을 이었다.

"도쿠다 씨가 상담하러 오는 날은 상대해주지 않더라고."

"그게 무슨 말이야? 자세히 좀 알려줄래?"

"그래. 여기서 나가자."

취업과 사무실을 나온 우리는 캠퍼스에 놓인 벤치에 나란히 앉았다.

"매년 3월쯤 되면 주간지 같은 데 고교 순위가 실리는 거, 알아?"

느닷없이 무슨 이야기일까?

"그건 알아. 어느 고등학교가 도쿄대나 와세다, 게이오 대학에 몇 명 합격자를 냈는가 하는 그거잖아?"

"맞아, 그거. 그거랑 마찬가지야, 어느 대학이 어느 유명 기업에 몇 명 입사시켰는지를 경쟁하는 거지. 그건 대학 평가로 직결되는 데다 대학에 지원하는 입시생 수를 좌우하니까. 우리 때도 수험료가 비쌌잖아?"

"응, 이해가 안 갈 정도로 비쌌어."

"그렇지? 대학들이 모두 돈을 왕창 벌고 싶은 거야. 그래서 지원자가 많으면 많을수록 좋은 거지."

"그렇군, 그래서?"

"유명 기업에 몇 명 입사시켰느냐 하는 건 대학의 평가뿐만 아니라 직원 개인에 대한 평가로도 이어진대.”

“그래? 그렇구나. 그래서?”

나는 둔감한 걸까. 그녀가 결국 뭘 말하고 싶은 건지 알 수가 없었다.

“아까 그 미인은 경영학부야. 나는 문학부 영문과이니까 그 애하고 접점은 없지만 취업과에 다니면서 그 애가 유명인이라는 걸 알게 됐어.”

이 대학은 경영학부만 유난히 편차치가 낮아서 얕보는 학생도 적지 않았다. 그리고 여학생들이 문학부만 지원해서인지 영문과가 가장 편차치가 높았다.

“그 애, 엄청 예쁘지? 미스 일본이라고 해도 의심하는 사람이 없을걸. 그래서 말이야, 아무래도 그 애는 어디든 취업처를 고를 수 있는 것 같아. 지금 도토 은행 비서실이랑 상사 비서실 중에서 고민하고 있대.”

“엇, 그 말은, 설마 미인이라서 그런 건 아니겠지?”

“미인이라서 그런 거지.”

말문이 탁 막혔다.

“한마디로, 우리같이 일류 기업에 입사하지 못할 것 같은 학생은 상대도 해주지 않는다는 거야. 직원들 승급에도 보너스에도 도움이 안 되니까.”

“뭐라고?”

나도 모르게 큰소리가 튀어나왔다.

"생각해봐, 중소 영세 기업이면 직원의 실적이 되질 않겠지? 너무 우울해하진 마."

그녀는 그렇게 말하고는 내 어깨를 토닥토닥 두드렸다.

"하지만 그 애는 본가에서 다닐 거 아냐?"

"지방에서 올라와서 혼자 자취했는데 취업 활동을 하게 되자 급히 친척 집에 하숙했다나봐. 그래서 본가 출퇴근으로 인정받았다고 소문으로 들었어."

"세상에."

"하지만 취업과는 좋은 점도 있어. 나같이 어쩌지도 못하고 아무 데도 합격하지 못한 학생한테는 취업처를 알선해주거든. 그래봐야 직원 열 명 정도 되는 영세기업뿐이긴 해도."

그렇게 말하고 그녀는 쓸쓸한 듯이 미소를 지으며 일어났다.

"그럼 이만 난 가볼게."

"여러 가지로 고마웠어."

"천만에. 또 만나면 아는 척하자고."

그녀는 그렇게 말하고는 건물 쪽으로 뛰어갔다.

나는 어쩜 이렇게까지 세상 물정을 모르는 걸까.

어제까지만 해도 난 이렇게 생각했다. 취업과라는 건 취업처를 찾지 못한 여학생들을 동정해주고 세상의 부조리에 맞서 한마음이 되어 분개해줄 거라고. 게다가 학생을 독려하고 위로 해주면서 '그렇다면 이런 멋진 기업이 있는데 어때?' 하고 성적에 걸맞은 우량 기업을 소개해주는 곳일 거라고.

마사미, 넌 너무 세상을 몰라.

미숙하기 짝이 없어.

누구나 자신밖에 생각하지 않아.

아무도 도와주지 않아.

세상의 냉정함이 뼛속까지 스며드는 날이었다.

그 며칠 후, 아케타에게 전화가 걸려왔다.

— 취업, 정했어.

"앗, 진짜? 어디?"

— 전에 말한 적 있지? 우메자토 설계사무소.

세타가야 지역 주택가에 있고 직원 수는 우에다 건축사무소보다 두 명 많다고 들었다.

도치기현에 사는 아케타의 어머니가 걱정이 되어서 친척들에게 수소문했던 것이다. 그 결과, 먼 친척의 지인이 경영하는 우메자토 설계사무소에 이르렀다고 한다.

"그래, 아케타. 취업됐구나. 그럼 나도 우에다 건축사무소로 갈까봐."

더 이상 선택의 여지가 없는 건 알고 있었다. 우에다 사장님의 호의가 감지덕지한 일이라는 것도.

아무튼 실무 경험을 쌓지 않으면 아무것도 할 수 없다. 경력 없이는 독립할 수도, 1급 건축사 시험을 치를 수도 없으니까.

— 난 찬성이야. 우에다 건축사무소.

아케타가 용기를 주었다.

— 그런데 말야, 우에다 사무소는 기타센주에 있잖아? 그 근처는 서민 동네라 집세도 싸고 슈퍼마켓이나 야채 가게도 물가가 싸니까 마사미 넌, 우에다 사무소 가까이로 이사하면 돼. 그러면 대기업보다 급여가 적어도 물가 차액을 고려하면 조금은 만회가 될 거야.

"그러네, 그런 사고방식 참 좋은데. 대기업은 전부 번화가 오테마치에 있으니까."

오테마치 근처에는 월 임차료가 싼 방이 없다. 그렇다면 한 시간도 넘게 전철을 타고 다녀야 한다. 그러면 급여뿐만 아니라 체력적으로도 힘들다. 게다가 만원 전철을 타면 반드시라고 해도 좋을 정도로 치한을 만나게 되니 아침부터 신경을 곤두세우느라 기력이 다 빠져나가고 폭발 직전까지 스트레스가 쌓여 회사에 도착했을 때는 이미 녹초가 될 테지.

우에다 사장은 성실하고 온화한 인물이고 전무인 사모님은 영업부터 설계, 그리고 미장[78]까지 다 하는 에너지 넘치는 분이다. 직원과 아르바이트생의 점심도 만들어주니까 점심값을 절

---

[78] 건축 공사에서 벽이나 천장, 바닥에 흙, 회, 시멘트 따위를 바르는 일

약할 수 있다는 점도 큰 장점이다.

"아케타, 나 마음 정했어. 우에다 건축사무소에서 일할래."

그렇게 말로 낸 순간, 마음이 아주 가벼워졌다.

15.
궁극의 선택

어제는 분명 마음을 정했다.

아케타가 우메자토 설계사무소에서 일하기로 했다는 말을 듣고는 나도 덩달아 우에다 건축사무소로 마음먹었다고 말해 버렸다. 하지만 지금까지 계속 아르바이트를 해왔던 터라 우에다 건축사무소에서 하게 될 업무 내용은 잘 알고 있다. 그 생각을 하면, 장래성도 없는 데다 희망이 보이지 않았다.

사장은 젊은 부부에게서 단독주택 발주가 들어왔다고 했지만 그런 의뢰는 드문 일이고, 그런 일다운 일은 사장과 선배 직원들이 맡아 할 게 분명하니 내 차례로 돌아오지 않는다. 가끔 내게 의견을 묻기도 할 테고 나는 사장의 어깨너머로 일을 배울 수 있을지도 모르지만 정작 내가 책임지고 할 일은 없을 것이다.

그리고 급여가 정확히 얼마인지를 말해주지 않는 것도 내 마음이 개운치 않은 이유였다.

— 학력에 맞는 급여는 주지 못할 거야.

— 그래도 우리 사무소는 남녀 차별 없이 같은 임금을 주거든.

그렇다면 초봉이 얼마인 걸까. 확실한 금액을 알고 싶었다.

이런 것도 일본인의 나쁜 습관이다. 가장 중요한 건 급여 액수인데 좀처럼 말하지 않는다.

내 쪽에서 물어보면 된다는 것도 알고는 있지만 물어보기 어려운 분위기가 있다.

남자 선배 직원 두 사람은 30대인데 휴일에 어떻게 지내는지를 들어본 바로는 급여가 넉넉하지 않은 느낌이었다. 전무인 사모님 복장을 봐도 절약하며 살고 있다는 걸 알 수 있다. 필시 돈을 잘 벌지 못하는 거다. 어쩌면 슈퍼마켓 캐셔나 부티크 점원 같은 아르바이트가 돈을 더 많이 벌 수 있는 게 아닐까 하는 생각까지 든다.

그래서 아직, 우에다 건축사무소에 입사하겠습니다, 하고 사장에게 말하지 못했다.

사실은 선택의 여지가 없는데도 도저히 입이 떨어지질 않았다. 마음속 깊은 데서 또 한 사람의 내가 '정말 싫어!' 하고 비명을 지르기 때문이다.

그런 마음으로 오늘도 아르바이트를 하러 갔다.

우에다 건축사무소에서는 점심시간 30분 전이 되면 전무가 벌떡 일어나 한쪽 끝에 있는 부엌으로 들어간다. 전원이 먹을 점심을 만들기 위해서다.

"저도 도울게요." 하며 전무의 뒤를 따라갔다.

"도와줄래? 고마워."

"기타조노한테 그런 일을 부탁하면 쓰나." 사장이 말했다.

"그런가? 역시 안 되겠지?" 하고 전무는 내 표정을 살피듯이 들여다보았다.

"괜찮아요. 저도 돕고 싶어요."

우에다 사무소에서 여자는 전무와 나뿐이었다. 아마 가족이 경영하는 회사라면 어디나 다 비슷하겠지만, 사장은 점심시간이 한 시간이니까 느긋하게 책을 읽거나 티브이를 볼 수 있다. 가끔 근방에 사는 할아버지들하고 바둑을 두기도 한다. 하지만 사모님은 어떤가. 점심을 만들어내고 모두 먹고 난 뒤에는 설거지를 하느라 자리에 앉을 틈도 없다. 저녁이 되어 업무가 끝난 후에도 저녁식사를 준비해야 하고 빨래 등 집안일이 산더미로 쌓여 있어 휴식을 취할 시간이 없다는 것쯤은 실제로 보지 않아도 알 수 있다. 예전 인생에서 진저리가 날 정도로 경험했기 때문이다.

그런데도 늘 표정이 밝은 전무를 보면 복잡한 기분이 든다.

젊었을 때는 전무님 같은 연배의 여성을 볼 때마다 대단하다고 감탄했다. 하지만 60대를 경험한 지금은 다르다. 마음껏 폭발해버려, 하고 부추기고 싶다.

실은 이들 부부관계를 옆에서 보고 있기만 해도 내가 다 스트레스가 쌓였다. 사모님이 언뜻 지친 옆얼굴을 보일 때면, 나는 그만 오지랖 넓게도 참견하고 싶어진다.

— 사장님도 소파에 떡하니 앉아 있지만 말고 좀 도우시는 게 어때요? 불공평하잖아요? 자신의 아내가 지쳐 있는 걸 모르시나요? 황혼이혼이 기다리고 있어도 전 모릅니다.

그렇게 말하고 싶어 견딜 수가 없다.

이크, 안 되지 하고 입을 꾹 다문다. 내가 60대에서 타임슬립해 왔다는 사실을 사모님은 알 리가 없으니, 젊은 여자가 부부관계에 조언이랍시고 참견했다가는 십중팔구 미움받게 되겠지.

휴일이 되면 가끔씩 우에다 마사키가 집으로 전화를 걸어왔다. 그는 일찌감치 대기업 건설회사에 취업이 결정되었고 대학교 학점 단위도 거의 다 이수했기에 지금은 오키나와 이시가키섬에 있는 민박집에서 아르바이트를 하며 서핑을 즐기고 있다고 한다.

— 여보세요, 기타조노? 우리 부모님 엄청 귀찮게 하시지? 괜찮아?

"귀찮게 하시긴커녕 너무 잘해주시는걸."

— 아 진짜? 그럼 다행이지만, 혹시라도 불편한 일 있으면 참지 말고 나한테 말해.

"그런데 말야, 우에다 넌 입사하면 어떤 업무를 맡게 되는 거야?"

— 그건 아직 몰라. 연수 기간도 길고. 하지만 뉴타운 개발팀이 생겨서 아마 그쪽으로 발령받지 않을까 하는 말은 면접 때 들었어. 기타조노는 지금 우리 아버지 회사에서 어떤 일 하고 있어?

"동네에 마쓰노유[79]라는 대중목욕탕 있잖아. 거기 타일이 떨어져서 보수 공사 견적서를 내가 작성하고 있어."

— 기타조노, 미안.

"왜 사과를 해?"

— 그렇잖아, 기타조노가 나보다 성적이 훨씬 더 좋았는데 구멍가게 같은 우리 아버지 사무소에서 일하게 하다니 너무 미안해서.

"아직 우에다 사무소에 입사하기로 결정한 건 아니야."

— 응, 그건 들었어. 하지만 만약 정식으로 일한다고 해도 지금 하고 있는 마쓰노유 목욕탕 타일 보수 작업 같은 일만 하게 될 테니 왠지 미안해서 말이지.

---

79 松の湯. 솔잎을 넣은 온천물이라는 뜻

"난 너한테 감사하고 있어. 만약 우에다 건축사무소에서 입사를 제안해주시지 않았더라면 길가에 나앉게 될지도 모르니 말야. 그리고 전무님이랑 같이 점심 준비하는 일도 즐거워."

— 뭐? 설마 너한테 점심밥을 만들게 하신다고? 말도 안 돼. 믿을 수가 없어. 미안. 지금 당장 어머니한테 전화해서 그러지 마시라고 할게.

우에다가 그렇게 말하고는 전화를 끊으려고 하기에 나는 당황해서 아니라고 강조했다. 우에다 어머니와 함께 요리하는 게 정말 즐겁다고. 내가 스스로 나서서 한 일이라고.

— 그거 정말로 진심이야? 무리하는 거 아니고? 또 말하지만, 만약 부모님한테 말씀드리기 어려운 일이 있으면 내가 대신 말해줄 테니까 사양 말고 알려줘.

"고마워. 근데 정말로 괜찮아."

— 우리 어머니 맨날 똑같은 요리만 하시지? 탄수화물이 많고. 하지만 푸딩이나 우유 젤리만큼은 아주 잘 만드셔서 어릴 때부터 굉장히 좋아했어.

"아하, 그래? 나도 먹어보고 싶네."

— 기타조노, 이건 다른 얘긴데 아르바이트 또 한 명 있지?

"오쿠마 말이야?"

— 응, 그 녀석. 어때? 사이좋게 지내고 있어?

"응, 뭐 겉으로는."

그렇게 대답하자 우에다는 아하하 하고 크게 웃었다.

— 겉으로라고? 그럼 데이트 신청을 받거나 하지는 않은 거지?

"데이트? 그럴 일은 없어."

왜냐하면 오쿠마는 나를 얕보고 있다. 내가 여자라는 이유 말고는 달리 짐작이 가지 않는다.

그는 메이카이대학교 건축학과 3학년이다. 메이카이대학은 나도 합격했다. 입학금 납부 마감일이 빨라서 15만 엔이나 입금했지만 그 사흘 뒤에 레이잔대학교 합격 발표가 났다. 내가 레이잔대학교로 가고 싶다고 하자 엄마는 이미 15만 엔이나 냈으니 그냥 메이카이대학에 가라고 결사 반대했다. 여자가 건축학과에 가서 뭘 하겠냐는 생각에 엄마는 15만 엔이나 하는 돈을 그냥 날린다는 걸 용납할 수 없었던 것이다. 하지만 나는 레이잔대학교를 포기한다는 건 생각할 수도 없었다. 바닥에 넙죽 엎드려 머리를 조아리고 "취직하면 무슨 일이 있어도 15만 엔은 갚겠습니다." 하고 사정했던 것이다.

분명 오쿠마는 메이카이대학교를 졸업한 후에는 대형 건설 회사에 취업할 수 있을 거라고 생각하고 있겠지.

우에다 건축사무소에는 칸막이만 쳐서 분리해놓은 응접실이 있다. 그곳에서 사장님 부부와 내가 이야기를 나누는 목소리는 분명 사무소 안에 있는 사람에게 다 들린다. 오쿠마는 내가 어느 회사로부터도 합격 통보를 받지 못한 일이나 그런 상황을 동정한 사장님 부부가 이곳에서 일해도 좋다고 말해준 일도 다 알고 있을 터였다. 그 후로 오쿠마의 태도가 더욱 오만해졌다.

― 여보세요? 그런데 아카다는 어떻게 됐어?

"아케타는 지인 설계사무소로 결정했어."

― 그거 잘됐네. 나중에 독립하고 싶다고 했으니까.

"그게 무슨 소리야?"

― 설계만이라면 종합건설회사 같은 데보다 다양한 안건에 많이 관여할 수 있잖아? 그래서 빨리 많은 경험을 쌓을 수 있으니까 독립하기에는 유리하다고 생각하는 거지.

"아……."

설령 영세기업이라고 해도 설계사무소에 근무하는 편이 장래성이 있다는 뜻인가 보다. 우에다 건축사무소에는 오래 근무해도 독립할 수 있는 가능성이 적다.

그럼 우리 과에서 나 혼자만 남겨진 건가.

그러고 난 지 며칠 후, 점심 식사를 준비하다가 아무 생각 없이 전무에게 이야기했다. 우에다가 어릴 때부터 어머니가 만든 푸딩과 우유 젤리를 무척 좋아했다고 하더라고.

그 말을 들은 전무는 지금까지 본 적 없을 정도로 기뻐하며 얼굴 가득 웃음을 띠었다.

그리고 그다음 날 점심을 만들 때였다.

전무가 냉장고에서 커다란 밀폐 용기를 꺼냈다. 그 안에는 푸딩이 들어 있었다. 그 푸딩을 큰 주걱으로 떠서 작은 유리그릇에 나눠 담았다.

"기타조노, 거기 있는 바나나, 껍질 벗겨서 잘라줄래? 푸딩 옆에 곁들일 거야. 두 사람당 한 개로 하면 돼."

쟁반에 놓인 푸딩을 부엌에서 들고 나가자 우와아 하는 환호성이 터졌다.

"너무 좋아."

"와, 정말 맛있어 보이는데요." 하는 소리가 이어졌다.

"나도 푸딩 엄청 좋아하는데, 이 사람은 아들이 집에 있을 때밖에 만들지 않거든. 너무한 거 아냐? 내년 4월에 아들이 직원 기숙사에 들어가면 이제 두 번 다시 먹을 수 없다는 생각에 나, 매일 밤 잠자리에 들 때마다 울었다고." 하고 사장이 말했다.

"사장님, 과장이 너무 심하신데요."

"사장님, 그 농담 재미없어요."

"어머, 남자가 주책이야. 이런 건 여자애들이나 먹는 거지."

전무가 웃으며 핀잔을 주었다.

"그건 그럴지도 모르지만, 남자도 좋아한다고요."

"드러내놓고 말할 순 없지만, 저도 단것 좋아합니다."

"저도 그렇습니다."

레이와시대가 되면 남자가 혼자 디저트 카페나 파르페 전문점에 들어가는 일이 흔해진다. 이런 사소한 것에서까지 남자들은 '남자다움'을 강요받고 참았던 걸까.

— 저기요, 남자들! 더 자유롭게 살자고요. 그 대신에 여자에게 여자다움을 강요하지 말아요.

나는 마음속에서 그렇게 중얼거렸다.

16.

고층 건축물은 누구를 위해

그날 우에다 건축사무소 점심 메뉴는 가츠카레였다.

여느 때와 마찬가지로 사장과 전무, 남자 직원 두 사람과 나, 그리고 아르바이트생인 오쿠마, 이렇게 여섯 명이 큰 테이블을 둘러싸고 앉았다.

가츠카레가 나오는 날이면 남자들은 어김없이 환호했다. 이렇게까지 좋아하는 걸 보면 만든 사람도 기분이 좋아진다.

사장님 부부 외에는 모두 독신이다. 혼자 사는 사람에게는 여기서 먹는 점심이 하루의 주된 식사인 셈이다. 나 역시도 집에 돌아가면 너무 지친 나머지 혼자 먹을 음식을 만들기가 귀찮다 보니, 회사에서 먹는 점심에 대한 기대가 컸다.

언젠가 아마가세가 저녁 식사 때 고등어 된장조림이 먹고 싶은데 퇴근해 집에 가보니 그라탱이 준비되어 있으면 실망하게 된다고 말한 적이 있다. 그때는 남편의 시점을 비로소 알고는 동정하는 마음이 들었다.

일본은 전쟁 후 풍요로워졌다. 전쟁 전과 전쟁 중일 때처럼 뭐든 좋으니 배불리 먹을 수만 있으면 행복하다던 시대는 이미 오래전에 끝났다. 좋아하는 음식을 먹고 싶어 하는 게 당연하다. 그렇다면 더더욱 부엌도 남성이 사용하기 편하게 개량해야 좋지 않을까.

남편이 말한 적이 있다.

— 누가 봐도 싱크대 높이는 여성의 평균 키에 맞춰 만들어진 건데.

그런 당치 않은 평계를 대면서 남편은 설거지를 거부했다.

"잘 먹겠습니다."

신이 난 목소리가 연달아 다이닝룸에 울려퍼졌다.

식사하는 동안에는 언제나 대형 브라운관 티브이가 켜져 있다. 채널은 늘 NHK였고 오후 뉴스가 나오고 있었다.

— 이케부쿠로에 있는 선샤인 빌딩을 추월한다고 합니다!

아나운서의 흥분한 목소리가 들려왔다.

화면을 보니 드넓은 토지에 철제말뚝이 여러 개 박혀 있는 건설 현장이 비치고 있었다.

"선샤인 빌딩을 추월한다는 건 60층이 넘게 짓는다는 얘기로군." 사장이 말했다.

"엄청난 빌딩이 세워지는군요."

"몇 미터나 되려나?"

"이 빌딩도 선샤인처럼 수족관이라든지 재밌는 시설이 들어오면 좋겠다."

남자 직원 두 사람과 오쿠마가 한마디씩 떠들었다.

몇십 년 전부터 빌딩은 점점 더 크고 높아졌다. 1990년대가 되면서 상업 빌딩뿐만 아니라 거주용 아파트도 고층건물로 짓게 되고 우후죽순처럼 늘어난다는 것을 나는 알고 있다.

"난 싫은데." 하고 사장이 한숨을 섞어 말하고는 가츠 한 조각을 입에 쑥 집어넣었다.

"아아, 싫다 싫어." 하고 전무도 맞장구쳤다.

"뭐가 싫은 건데요?" 하고 오쿠마가 물었다.

"높은 건물이 들어서면 그늘지는 집이 생길 거 아냐." 하고 전무가 분통 터진다는 표정으로 대답했다.

"맞아. 높으면 높을수록, 크면 클수록 그늘지는 집이 많아지는 거지." 하고 사장도 동의했다.

그때 불현듯 씁쓸한 기억이 떠올랐다.

예전 인생에서 처음으로 산, 지은 지 30년 된 구축 아파트는 스기나미 구에 있는 6층짜리 건물 5층이었다. 절약에 절약을 거듭해 계약금을 마련하고 나머지는 30년 상환 조건으로 대출을 받았다. 고층 아파트는 아니었지만 주변보다 지대가 높은 곳에 있어서 날씨가 좋은 날은 창밖으로 후지산이 또렷이 보였다.

낡은 갈색 창틀이 액자 역할을 해주어 마치 한 폭의 그림을 보는 것만 같았다. 게다가 그림과는 달리 계절이 바뀔 때마다 다른 풍경을 보여주었다. 그 모습을 바라보면서 책을 읽거나 바흐의 곡을 들으면 얼마나 힐링이 될까. 부동산 업체의 안내로 집을 보러 왔을 때, 그런 몽상을 했던 기억이 지금도 생생하게 떠오른다.

몇 군데 아파트를 보러 다녔지만 그 창이, 이 집으로 마음을 굳히게 된 결정타였다. 계약을 마치자마자 창가에 놓을 커피 테이블과 의자 세트를 찾으러 여기저기 매장을 돌아다녔다.

재활용품 매장에서 한눈에 반한 건 영국제 앤티크였다. 우리 집에는 너무 사치스러운 가격이었지만, 시선이 한 번 꽂히자 그 자리에서 떠날 수가 없었다. 그런 내 모습을 본 남편은 어이없어하더니 "그렇게까지 마음에 들면 사면 되잖아." 하고 말했다.

남편이 자상했던 게 아니라 가계를 내게 전부 맡기고 있어서 언제나 물건 가격을 일일이 따지지는 않았다.

커피를 끓여 제철 과일과 함께 테이블에 올려놓고 팔걸이의자에 앉아 창으로 경치를 바라보았다. 그것만으로도 이루 말할 수 없는 행복감에 젖고는 했다. 파트타임으로 일하는 곳에서 머리 나쁜 상사에게 호통을 들었을 때는 이 경치를 바라보며 분해서 눈물을 흘렸다. 할머니가 돌아가셨을 때도 그 경치를 내다보면서 어릴 적 추억을 가만히 곱씹었다.

이 무렵이 남편과의 대화가 가장 즐겁게 오가던 시기였다. '후지산을 바라보며 차 마시는 모임'이라고 칭하며 휴일마다 창밖을 바라보았다. 어린 아들들을 두 사람 무릎에 한 명씩 앉혔던 기억이 아련하게 떠올랐다. 계절마다 달라지는 모습을 보여주는 그 창밖의 경치는 어떤 값비싼 그림보다도 가치가 있다고, 우리 부부는 수없이 이야기했다.

하지만 그런 행복이 계속된 것도 아파트를 구입한 처음 3년 동안뿐이었다. 아파트 바로 옆에 있던, 보기에도 유서 깊은 오래된 대저택이 헐리고 그 자리에 고급감이 넘치는 15층 높이의 아파트가 들어서면서 우리 집 창밖이 완전히 막혀버렸기 때문이다.

— 댁은 참 안되셨네요. 저희 집에서는 지금도 후지산이 보이거든요.

자랑스레 말한 사람은 같은 아파트 6층의 맨 끝집에 사는 초로의 여성이었다.

하지만 그로부터 3년 후에는 그 여성의 집 앞에도 고층 아파트가 세워져 50세대가 있는 우리 아파트의 어느 집에서도 후지산을 볼 수 없게 되었다.

부부의 대화가 줄어든 것은 그 무렵부터였던 것 같다. '후지산을 바라보며 차 마시는 모임'이 없어졌기 때문이다. 옆 아파트를 보면서 차를 마신들 무슨 감흥이 있겠는가.

그 아파트는 15층이므로 분명 경치가 좋을 거라고 생각하자 우리가 무시당하는 기분이 들었다. 그들 베란다에서 팔랑이는 세탁물이 모두 고급품 같은 착각에 빠졌다. 말할 수 없는 패배감이 치밀어올라 옆 아파트 주민들 모두 싫어졌다.

하지만 30년 대출이 끝나려면 아직도 멀었다.

좋은 전망이라는 게 이 정도로 중요한 줄을 도쿄에 나올 때까지 알지 못했다. 본가에서 살던 때는 전망이라는 단어를 들어본 적조차 없었다. 시골에는 높은 건물이 하나도 없었다. 때때로 단층 건물이 눈에 띄었지만 그 외에는 전부 2층 구조로 된 단독주택이었다. 그런 상황은 레이와시대가 되고서도 달라지지 않았다.

본가가 있는 마을에서는 어느 집이나 창밖으로 산이 보였다. 지붕 옆으로 설치된 빨래 건조대에서는 더 넓은 풍경이 보였다. 밤이 되어도 도쿄와 같은 야경이 없을뿐더러 도쿄타워도 없기 때문에 집을 지을 때 그다지 전망을 중요시할 필요가 없었다.

우리 가족이 그나마 나은 편이라는 사실을 알게 된 것은 훨씬 뒤의 일이었다. 미나토구의 해안가에 있는 아파트를 산 지인은 더욱 비참했다. 베란다에서는 스미다 강과 도쿄타워, 레인보 브릿지[80]가 보이고 반대쪽 공용 통로에서는 태평양이 보인다는 점이 매력인 아파트였다.

처음에는 부동산 회사에서 말한 대로 근사한 경치를 감상하는 날들이었지만 몇 년이 지나자 베란다 쪽에서 보이는 것은 옆 아파트의 벽뿐이었다. 심지어 거기서 그치지 않았다. 고층 아파트의 신축 붐이 일면서 그녀가 사는 아파트의 동서남북 모든 방향이 막히고 만 것이다.

— 태평양이 다 뭐야. 지금은 하늘도 조금밖에 보이지 않는다고. 그것도 아주 길쭉하게 말이야. 이사를 하고 싶은데 주택 대출이 아직 30년 가까이나 남아 있어. 이런 뷰로는 팔아봐야 헐값에 넘겨야 할 테고.

지인이 그렇게 탄식한 적이 있다.

스미다 강의 양옆으로 고층 건물이 빽빽하게 들어서서 얼마 전까지만 해도 어촌이었던 면모는 흔적도 없이 사라졌다. 그 탓에 바람이 잘 통하지 않아 여름이 한층 더 더워졌다. 반면에 빌딩 바람은 지나다니는 사람을 휘청거리게 할 정도로 강렬해졌다.

"도쿄도 뉴욕처럼 될까요?"

남자 직원 목소리에 나는 현실로 끌려들어왔다.

---

[80] 도쿄만을 가로질러 도쿄 도내와 오다이바를 잇는 다리. 정식 명칭은 도쿄항 연락교

"그럴지도 모르지. 전쟁이 끝나고 일본은 악착스럽게 노력해왔어. 하루 빨리 미국 같은 근대적인 도시를 만들어야 한다고 말이지. 뒤처진 만큼 따라잡으려고 필사적이었어." 하고 사장이 말했다.

"전쟁 후에 눈부실 정도로 재건을 일궈냈다고, 할아버지가 자랑스럽게 얘기하시곤 했어요."

"노력한 건 인정하지만 그다지 신념이 없었던 것 같아. 도시계획이라는 개념 자체가 없었던 게 아닐까."

"도쿄올림픽이 그런 현상을 더욱 심화시켰지." 하고 전무가 거들었다.

"맞아, 맞아. 그래서 한순간에 온통 콘크리트가 되어버렸어. 1964년 올림픽에 맞추려고 전후 재건이 마지막 스퍼트를 올린 거지."

"아, 그때였어. 도쿄와 오사카 사이에 신칸센을 달리게 한 게."

"맞아. 외국인이 온다고 아주 다급하게 공사를 강행했다고."

"그 무렵에는 고층 빌딩이 세워질 때마다 보러 가곤 했어." 하고 사장이 그때를 회상하는 듯한 눈으로 말했다.

"그 당시, 일본에서 가장 높았던 빌딩이 뭐였더라."

"가스미가세키 빌딩 아니었나? 그 뒤에 세계무역센터 빌딩이 생겼고. 그러고 나서 니시신주쿠 빌딩들, 그다음에 선샤인 60가 세워졌지." 하고 사장이 설명했다.

고도 성장기에 추구하던 것이 높이와 크기였다. 그 근간에는 '남자다움의 증명'과 같은 무언가가 있었던 게 아닐까. 왜냐하면 그런 데 매력을 느끼는 여자는 그리 많지 않을 것 같으니까.

간토[81] 지방에는 후지미(富士見)라는 이름이 붙어 있는 지명이 많다. 후지산이 보인다는 뜻의 이름이 붙었을 정도로 옛날에는 여기저기서 후지산이 보였던 것이다. 여자들은 그 경치를 집 창문을 통해 감상할 수 있는 여유로운 생활을 원했던 게 아닐까. 커다란 빌딩은 과연 사람을 행복하게 한 걸까. 그 시대부터 여자의 시점이 들어갔다면 얼마나 좋을까 싶어서 안타깝기 짝이 없다.

전쟁 후의 부흥기뿐만이 아니다. 그 뒤로도 잇달아 높은 빌딩이 세워졌다. 그러한 경향이 현재까지도 계속된다는 사실은, 이 중에서 나만 알고 있다. 그리고 젊은이들은 이케부쿠로에 있는 선샤인60 빌딩이 가장 높았던 시대가 있었다니 믿을 수 없어, 하고 말하게 된다.

"역 앞 레스토랑 말이에요, 벽면에 콘크리트를 발라서 만든 그 건물 근사하던데요."

호리한 체격의 선배 직원이 문득 생각났다는 듯이 말을 꺼냈다.

"그런 멋진 가게에 여자친구 데리고 가면 좋겠다."

---

81 관동(関東)지방. 도쿄를 중심으로 6개 현을 아우르는 지역

이번에는 하얀 피부에 약간 통통한 선배 직원이 말했다.

"넌 여자친구부터 만들고 말해." 하고 호리한 선배가 놀렸다.

당시는 콘크리트를 벽면에 발라 꾸며놓은 부티크나 레스토랑이 유행이었다. 하지만 영원히 멋지고 세련된 모습을 유지하기는 어렵다.

오늘 '멋진' 것이 내일은 '촌스러워'진다. 콘크리트를 벽면에 발라 꾸민 아파트를 보면 궁상맞게 느껴지는 날이 오는 것이다. 나보다 나중 세대들은, 예산이 부족해서 콘크리트를 바른 상태로 그냥 둔 거라고 생각하는 사람도 있을 정도다.

그다음에는 천장 없이 터놓은 복층 구조나 넓은 거실이 유행하게 된다. 하지만 언제부터인가 이런 집은 냉난방비가 굉장히 많이 나온다는 사실을 알아차리기 시작한다. 대지진이나 러시아의 우크라이나 침공 등으로 전기료가 폭등하자 광열비를 무시할 수 없게 되었고, 2.2평 정도의 좁은 방이라면 냉난방기 효율이 높아 전기료가 절약된다는 사실이 알려진다.

"나도 저런 콘크리트 건물을 설계하고 싶어." 하고 선배 직원 한 사람이 말했다.

"그건 그렇고 너희들 건축사 시험은 언제 합격할 거냐?"

사장 말에 나는 놀라서 고개를 들었다. 오쿠마도 동시에 얼굴을 들었다.

"앗, 그럼…… 두 분은 건축사 자격증을 갖고 있지 않다는 건가요?"

오쿠마가 쭈뼛거리면서 묻자 두 사람 모두 불끈한 표정으로 얼굴을 돌렸다.

기분 나빴던 건, 내가 말한 게 아닌데도 호리한 선배가 나를 노려보았다는 사실이다.

"아, 죄송합니다. 쓸데없는 질문을 해서." 하고 오쿠마가 사과했다.

"괜찮아. 오쿠마도 좀 독려해줘. 두 사람 다 작년에 서른 살이 되었으니까 자격증 정도는 따야지. 어영부영하다가는 기타조노랑 오쿠마에게 추월당하고 말 거야." 하고 사장이 말했다.

"오쿠마랑 기타조노는 대졸이라서 좋겠다. 우리와는 격이 달라."

지금껏 사무소가 이 정도로 어색한 분위기에 싸이긴 처음이었다.

그러고 보니 사장은 이렇게 말하지 않았던가.

─ 중소 영세업체인 의류 매장에서 일하는 남자들은 대부분이 고졸이나 전문학교 졸업이고, 대학을 나왔다고 해도 기타조노같이 좋은 대학을 나온 사람이 드물 거야. 그러니까 기타조노처럼 우수한 여자가 부하가 돼도 제대로 활용할 자신이 없는 거지. 그 이전에 심한 열등감과 질투심이 있어.

이 말을 한 것도 칸막이 응접실에서였다. 아무래도 말소리가 다 들렸을 게 분명하다. 사장은 좋은 사람이지만 너무 단순 명쾌해서 주변 사람들에 대한 배려가 부족하다.

두 사람 다 괜찮은 선배라고 생각해왔기에 충격이었다. 이렇게 주눅 들어 있는 선배들 속에서 과연 나는 앞으로 여기서 일할 수 있을까. 직원 수가 많다면 상관없겠지만 단 두 사람뿐이다.

역시…… 여기서 일하긴 싫다.

하지만 이곳 외에 선택의 여지는 없었다.

"사장님은 고층 빌딩 건축에 반대하시는 건가요?" 하고 오쿠마가 물었다.

"반대지. 지금까지 있던 유서 깊은 건물을 부수고 빈터를 만들어 새로 세우는 거잖아."

"사장님, 그건 어쩔 수 없어요. 도쿄에는 남아 있는 토지가 없으니까요."

"어쩔 수 없다는 소릴 하면, 이제 끝이야. 역사가 깃든 건물이나 저택이 줄줄이 해체되고 있으니."

"그렇지. 정말 안타까워."

"하지만 문화재보호법이 있으니까……." 하고 오쿠마가 말을 꺼내려는데 전무가 막아섰다.

"일반인이 사는 집 얘기야. 이 근방에도 멋스러운 담장으로 둘러싸인 양옥집이 여러 채 있었고 다실 풍으로 지은 훌륭한 집도 있었거든. 그런 집들이 하나씩 계속 헐리더니 대규모 부동산 개발업자들이 무미건조한 회색 빌딩으로 바꿔버린 거지. 비통한 일이야."

이 몇 년 후, 레이잔대학교의 100년 역사를 지닌 대학 도서관이 헐리고 건조로운 사각 빌딩으로 바뀐다는 것을 나는 알고 있다. 구관 건물은 기둥 하나하나에 조각이 새겨져 있고 창은 스테인드글라스로 장식되어 있었다. 보수 공사와 내진 공사를 해서 계속 사용할 수 있었을 텐데 왜 그렇게 하지 않았을까. 근대적인 고층 빌딩이 더 멋있다는 높은 양반들 판단이었을까.

유럽의 아름다운 거리는 몇백 년 전이나 지금이나 변함이 없는데.

17.

우에다 건축사무소

　우에다 건축사무소에 취업할지 말지를 확실히 정하지 않은 채 12월도 중순으로 접어들었다.

　오늘 점심 메뉴는 당면 수프와 팔보채였다. 여느 때처럼 다이닝룸에 모여서 함께 먹었다. 아르바이트인 오쿠마는 쉬는 날이고 사장은 조합 업무로 외출했기 때문에 직원 두 사람과 전무와 나, 이렇게 네 명뿐이었다.

　"기타조노, 연말연시는 어떻게 할 거야? 고향에 내려가니?" 하고 전무가 물었다.

　"아직 모르겠어요."

　시골에는 첫눈이 내렸다고 한다. 연말연시에는 눈이 제법 쌓일 것 같다고 했다.

　아마 지구온난화는 이미 옛날에 시작되었겠지만 이 무렵에는 아직 매스컴에서도 거의 보도되지 않았다. 한여름에도 기온이 40도를 넘는 지역은 없었을뿐더러 시베리아 빙하가 녹기 시작했다는 말도 듣지 못했다.

이 시절에는 본가가 있는 야마다마치 주변에도 겨울이 되면 매년 모란꽃잎 같은 눈이 가만히 내려 쌓였다. 눈이 잘 내리지 않는 도쿄에 살다 보면 까닭 없이 눈이 그리워질 때가 있었다.

하지만 아직 취직하지 못한 처지로 부모님과 고향 친구들을 만나기에는 마음이 편치 않았다. 만약 우에다 건축사무소에 들어가기로 정했다 하더라도 직원 세 명인 회사라고 하면 부모님은 낙담할 것이다.

"기타조노, 괜찮으면 올해 섣달그믐날[82]부터 우리 집에서 묵지 않을래?" 하고 전무가 말했다.

"네? 그믐날에요? 게다가 자고 가라는 말씀이세요?"

선배 두 명도 놀랐는지 접시에서 얼굴을 들었다.

"같이 새해 음식도 만들고 홍백가합전[83]도 보면 좋을 것 같아서."

전무가 왜 그런 제안을 하는 건지 모르겠다. 나를 조카나 친척 아이처럼 여기는 걸까. 나는 그렇게까지 친근감을 느끼고

---

82 일본은 양력 설을 쇠므로 섣달그믐은 양력으로 한 해의 마지막 날(12월 31일)을 가리킨다. 일본어로는 '오미소카(大晦日)'라고 한다.

83 매년 12월 31일 밤에 방송되는 일본 NHK의 가요 프로그램. 남녀 대항전으로 약 4시간 넘게 진행되어 밤 11시 45분쯤 끝난다.

있지는 않았다. 점심 만드는 일을 돕고는 있지만 어디까지나 고용주와 아르바이트 학생이라는 관계를 잘 이해하고 선을 지켜 행동했다.

전무는 우리 엄마와 같은 세대 여성이지만 전혀 다른 유형이다. 전무는 소탈하고 시원한 성격이지만 고향에 있는 엄마는 사람들 시선과 체면만 신경 쓰고 소문을 화제로 수다 떨기를 좋아하는 영락없는 시골 아줌마다. 두 사람이 조금도 비슷한 구석이 없어서인지 전무를 '어머니' 같다고 느낀 적은 한 번도 없었다.

"기타조노 혼자 살잖아? 새해에 혼자 있으려면 쓸쓸할 거 아냐. 마사키도 연말연시는 집에 와서 지낸다고 하니까."

"아아, 그렇지만……."

우에다 건축사무소는 도로에 면한 1층 부분인 40평 정도를 사무실로 쓰고 있으며 그 안쪽과 2층은 살림집이다. 자재와 차량은 도로 건너편에 있는 넓은 창고에 놓아둔다. 주거 공간은 다이닝룸과 부엌밖에 들어가본 적이 없지만, 아마 안쪽에 방이 하나 있고 2층에는 방이 네 개쯤은 있을 것 같다.

하지만 방이 많다고 해도 묵을 생각은 전혀 없었다. 연말연시 정도는 느긋하게 편히 쉬고 싶다. 사장님 부부와 우에다 마사키가 있는 집에서라면 조심스러워 신경이 쓰일 것이다. 설마 그럴 리는 없겠지만 나한테 가정부같이 일해주기를 기대하는 걸까.

"사양하지 않아도 돼. 우리는 딸이 없어서, 같이 새해 음식을 만들고 싶어. 우에다 집안의 맛을 기타조노에게 전수해주려고 생각하고 있고."

"전수요? 우에다가의 맛을, 말인가요? 저한테요? 왜요?"

"그게, 그렇게 될지도 모르잖니?"

"그렇게 되다니요?"

"그러니까, 장래에, 그치?" 하고 전무가 윙크를 했다.

아마가세의 윙크와 달리, 전무의 눈짓은 의미심장해서 등골이 서늘했다.

"아, 그런 거였어요? 기타조노가 우에다 사무소의 젊은 사모님이 될 줄이야."

호리한 체격의 선배 직원이 말했다.

"아하, 그렇군요. 전혀 눈치채지 못했어요. 이렇게 둔하다니!"

약간 통통한 선배 직원이 그렇게 맞장구를 치더니, 두 사람은 서로 마주보면서 싱글싱글 웃었다.

"어엇! 뭐예요, 그게? 무슨 말씀이세요?"

나는 일부러 큰소리로 물었다.

왜냐하면, 저는 지금까지 전혀 알아차리지 못했어요, 제가 모르는 데서 이야기가 되고 있었군요, 그러니 저한테는 책임이 없어요, 어쨌든 관계없는 일이에요, 라는 걸 이 자리에서 확실히 말해두고 싶었기 때문이다.

우에다 마사키의 시선이 항상 나를 좇고 있다는 것을 눈치챈 건 대학교 1학년 때였다. 하지만 우리 과에 여자가 두 명밖에 없다 보니 그런 시선은 자주 겪는 일이었기에, 크게 마음에 두지 않았다.

그랬는데 우에다가 나한테 여러 가지로 친절하게 해준 건, 그런 마음이 있어서였을까. 나는 그를 단순히 성격 좋은 친구로 생각했다. 이 또한 내가 실은 60대여서 과 남학생들을 남자로 의식하지 않았기 때문일지도 모른다.

"마사키는 남고를 나왔잖니. 그런데 대학에 입학했더니 같은 과에 여학생이 두 명밖에 없다고 해서 깜짝 놀랐어. 그러면 테니스 동아리라도 들어가라고 했는데, 바둑 동아리라니 어쩔 도리가 없잖아. 거긴 여학생이 한 명도 없다고 하더라고."

온몸에 소름이 돋는 듯한 느낌이었다.

"그래서 말이야, 기타조노는 성실한 데다 차분하고 똑똑해서 우에다가의 가풍에 잘 맞을 거 같거든. 며느릿감으로 딱이라고나 할까."

"아, 그러네요." 하고 호리한 쪽이 끼어들었다.

이런 사적인 얘기를 전무님은 왜 다른 직원들이 있는 자리에서 하는 걸까. 그들과는 가족이나 다름없다고 생각하는 건가?

"얘기가 나온 김에 솔직히 말할게. 난 날티가 나는 요즘 여대생들이 너무 싫더라. 그런 면에서 보면 기타조노는 착실하잖아? 게다가 머리가 좋으니까 분명 똑똑한 애가 태어날 거야."

이때 약간 통통한 쪽이 풋 하고 웃음소리를 뿜었다.

"전무님, 아무리 그래도 너무 성급하시네요. 벌써 손주 볼 생각을 하시는 겁니까?"

"당연히 지금 당장 결혼하라는 건 아니야. 아직 학생인걸. 내년 3월에 졸업하고 마사키도 처음 사회에 나가는 거니까 그렇게까지 조급해하지는 않을 거고."

"그 말씀은, 전무님이 조급하시다는 건가요?" 하고 호리한 쪽이 말하더니 뭐가 우스운지 갑자기 푸하하하, 하고 큰소리로 웃었다.

"눈치챘어? 아니 그게, 친척 중에 나이가 차고도 아직 결혼 안 한 남자가 셋이나 있거든. 그중 한 명이 내 동생이야. 다음 달에 쉰 살이 되는데 여자친구가 있었던 게 고등학교 때뿐이라니까. 남동생도 지금에서야 그때 여자친구랑 헤어지지 말 걸 그랬다면서 후회하더라고. 그러니까 기회는 놓치면 안 돼."

"좋겠다, 나도 결혼하고 싶어." 하고 통통한 쪽이 말했다.

"불가능하지, 지금의 급……." 하고 호리한 쪽이 말하려다 말고는 "이 팔보채, 전무님이 간 맞추셨어요? 아니면 기타조노가? 엄청 맛있어요." 하고 속사포처럼 빠르게 화제를 돌렸다.

지금 무슨 말을 하려고 한 거지?

지금의 급…… 즉, 지금의 급여로는 결혼이 불가능하다는 거겠지.

두 사람 다 이 사무소에 근무한 지 13년째라고 들었다. 그런데 결혼도 못할 정도로 급여가 적다는 건가?

아아, 한시라도 빨리 여기서 벗어나고 싶다.

그리고 두 번 다시 이곳에 돌아오고 싶지 않다.

내가 아무 말 없이 고개를 숙이고 있자, 부끄러워서 그러는 줄 착각했는지 전무가 다정한 미소를 띠고 내 등에 손바닥을 얹었다.

등에 체온이 느껴졌다. 있는 힘껏 뿌리치고 싶은 마음을 가까스로 눌러 참았다.

"사실은 말야, 마사키가 부탁하더라." 하고 전무는 목소리를 낮췄다.

새삼스레 목소리를 낮춰봤자 테이블에 바로 마주 앉아 있는 직원 두 사람에게는 어차피 다 들린다.

"나중에 기타조노랑 결혼하고 싶으니까 잘 대해주라고."

멍청했다. 내가 취업에 애를 먹고 있을 때부터 사장 부부가 나를 대하는 태도가 달라졌다고 느꼈다. 사장님은 묘하게 자비로운 눈으로 나를 보기 시작했고, 전무님은 내게 거리감을 좁히며 다가왔다. 마음의 거리뿐만이 아니라 실제로도 바싹 다가와 손을 잡거나 등을 쓰다듬어주곤 했다.

지금 당장 우에다가와 관계를 끊고 싶다. 그런 충동에 사로잡혔다.

아르바이트도 오늘을 마지막으로 하고 싶었다.

그러려면 어떻게 해야 할까. 전무에게 어떻게 말하면 좋을까.

"차 더 마실 사람 있어?" 하고 전무가 물었다.

"전무님, 제가 내올게요."

"아냐, 괜찮아. 넌 앉아 있어."

"전무님이 시어머니라면 며느리는 복 받은 거네요. 전혀 시집살이 시킬 것 같지 않으니 말이죠."

"그렇지? 실은 내가 생각해도 그럴 것 같다니까."

그렇게 말하면서 전무는 일어나 부엌으로 들어갔다.

"좋겠어, 기타조노는."

호리한 선배가 부엌 쪽을 흘깃 보더니 목소리를 낮춰 말을 이었다.

"이리로 시집온다는 건 이 집이랑 땅도 손에 들어온다는 거잖아."

"진짜 부러워. 역시 여자들은 좋겠어."

"그렇게 안 보였는데, 기타조노가 책략가였던 거야."

"책략가가 뭔데?"

"넌 맨날 그렇게 모르는 게 많냐?"

"하지만 기껏 공부해서 대학까지 나왔는데 아까운 것 같긴 해."

"야마구치 모모에[84]를 봐. 그렇게 돈을 많이 버는데도 은퇴 했잖아."

"그것도 그래. 마지막 콘서트에서 마이크를 바닥에 내려놓는 장면에 나 감동했어."

"역시 여자의 행복은 결혼에 있다는 거지. 학력 따위 여자한 테는 아무런 쓸모도 없는 거야."

"여자는 모름지기 이래야 한다고, 여자의 이상적인 삶은 이런 거라고 모모에가 몸소 증명해 보인 거야."

"맞아. 모모에 탓에 시대가 역행했다고 화난 여자가 티브이에 나왔는데, 웃기는 소리지. 일본의 남녀관계가 잘못된 방향으로 가기 시작한 걸 모모에가 바로잡아준 거라고."

그때 전무가 찻주전자를 들고 부엌에서 나왔다.

나는 일어나서 다 먹은 식기를 들고 부엌으로 갔다. 그리고 전무와 스쳐 지나가며 말했다.

"전무님, 여러모로 마음 써주셔서 감사합니다. 근데 역시 고향에 다녀와야겠어요. 새해에는 친척들도 모이고 엄마가 내려오라고 전화까지 하셔서요."

---

84 1959년생. 1970년대에 인기 절정을 이룬 가수 겸 배우. 1980년에 동료 배우와 결혼하며 은퇴를 선언하고 마지막 콘서트를 부도칸에서 성대하게 치렀다.

완전 거짓말은 아니었다.

— 여보세요, 마사미? 너, 혹시 집에 올 거면 선물은 아사쿠사에 있는 후미와 화과자점에서 앙코다마[85]를 사오렴. 아버지도 오빠도 그거 좋아하니까. 고구마 양갱은 안 사도 돼. 모처럼 도쿄에서 사오는 건데 고구마 양갱 같은 건 촌스럽지. 여러 가지 맛으로 모아놓은 거, 그 앙코다마만 있으면 돼. 그리고 언제 올 건지 날짜 정해지면 빨리 알려줘, 아버지가 역까지 마중 나가신다니까. 너 좋아하는 방어조림도 만들어놓을게.

엄마 목소리를 떠올리자 고향 생각이 간절해졌다.

"그래? 아쉽네. 마사키도 분명 실망할 텐데. 우리도 정초에는 친척들이 모여. 그때 기타조노를 소개하려고 했지."

전무는 나를 원망하는 눈초리로 쳐다보았다. 그런 표정을 보기는 처음이었다.

우에다가의 존속을 위해서 타인의 감정과 기분은 조금도 배려하지 않고 자기 좋은 대로 끌고가려고 한다. 취업도 하지 못하는 여자를 며느리로 삼아준다고 은혜라도 베푸는 듯한 말투와 오만한 태도를 전무 자신은 깨닫지 못하고 있다. 그러면서 좋은 시어머니가 될 수 있다고 자신하고 있다.

선배 직원 두 사람을, 더 성실하고 인품 있는 사람들이라고 생각했던 건 어째서였을까. 지금까지 거의 대화를 해본 적이

---

85 흰 떡소를 팥, 말차, 귤 등의 가루와 섞어 동그랗게 만든 후, 가루 한천을 끓인 물을 끼얹어 만든 화과자

없어서일지도 모른다.

3년이나 이곳에서 아르바이트를 했는데, 오늘에서야 비로소 전무도, 선배 직원들도 내가 생각했던 것과 다른 사람들이라는 사실을 깨달았다.

나라는 인간은 60대가 된 지금도 사람 보는 눈이 통 없는 것 같다. 나이 들면서 다른 사람이 생각하는 것쯤은 직감적으로 알게 되었다고 자부했던 건, 그저 자만이었을까.

어떻든지 간에 두 번 다시 이곳에는 오고 싶지 않다.

18.
아마가세의 조언

그날 밤, 아마가세에게 전화를 걸었다.

누군가와 이야기를 하고 싶었다.

아케타에게 전화할까도 생각했지만 그녀는 설계사무소에 취업이 결정되었다. 비록 작은 회사라 할지라도 설계 경험을 쌓을 수 있어 나중에 독립하는 데도 도움이 된다. 게다가 디자인 능력이나 설계 능력을 강점으로 계약을 따내게 되면 인센티브를 받을 수 있어 수입도 많아진다고 한다. 그 사실을 우에다 마사키에게 전해 들어 비로소 알게 되자 우리 과에서 장래에 대한 희망이 없는 사람은 나뿐이라는 현실에 큰 충격을 받았다. 그래서 오늘만큼은 아케타의 목소리를 듣고 싶지 않았다.

"여보세요, 아마가세? 지금 통화 괜찮아?"

— 괜찮아. 기타조노가 먼저 전화를 다 걸다니 웬일이야? 아

마 처음이지? 지금 내가 다시 걸게.

"다시 건다고? 왜?"

— 이 시대에는 장거리 전화비가 무지하게 비싸거든.

"아, 맞아, 그랬지. 지금까지 아마가세가 다 냈겠네. 미안해. 미처 생각 못했어. 그 이전에, 이 전화를 놓은 것도 아마가세가 전신전화공사의 전화 가입권을 사준 덕분이지만."

— 어쨌든 내가 다시 걸 테니까 잠깐 끊어봐.

"괜찮다니까. 그렇게 맨날 아마가세한테 부담을······." 하고 말하는 도중에 전화가 끊겼다.

수화기를 내려놓자 바로 전화벨이 울렸다.

— 근데 기타조노, 무슨 일 있었어?

"아니, 딱히 별일 없어. 가끔은 목소리가 듣고 싶어서."

— 거짓말. 무슨 일 있는 거잖아. 먼저 전화를 걸었을 정도로.

"거짓말 아냐. 그냥 목소리가 듣고 싶었을 뿐이야."

— 흠, 뭐 그렇다고 해두지. 아, 그러고 보니 어디로 취업할 건지 아직 못 들었네. 어떤 회사야? 어? 여보세요? 여보세요. 기타조노, 내 목소리 들려?

"······응, 들려."

— 무슨 일인데? 기타조노, 괜찮아?

"미안. 나중에 또 전화할게. 오늘은 이만 끊어."

— 무슨 소리야? 지금 막 걸어놓고서. 뭔가 나한테 할 말이

있었던 거 아냐? 어이, 여보세요? 여보세요. 혹시 기타조노, 너, 우는 거야?

나도 모르는 사이에 눈물이 흘러내리고 있었다.

사방이 다 막혀 있어, 이제 앞으로 어떻게 살아가야 할지 막막했다.

— 무슨 일이 있었는지 다 털어놔봐. 응? 나는 이 세상에서 유일한 동지잖아?

"……고마워. 하지만 어디서부터 얘기해야 좋을지. 게다가, 응, 별로 대단한 일도 아니고."

아마가세에게 얘기한다고 해서 해결될 일도 아니다.

— 지금 12월 중순이지?

"응, 그런데?"

— 혹시 취업이 아직 안 된 건가?

대답을 할 수 없었다.

— 그런 거야? 합격한 데가 없는 거야? 여보세요?

"그것도 있지만. 그거 말고도 여러 가지로."

— 도카여대 콘서트에 갔을 때 말야, 아카다 사촌동생이 그랬지? 지방 출신 4년제 대졸 여자는 취직이 안 된다고.

"응, 맞아."

— 그렇군. 문제는 그것뿐이야? 그밖에는? 또 있는 거지? 이참에 말해봐, 다 털어놓으면 편해질 거야.

아마가세는 유도 심문이 능숙하다. 의사보다 변호사가 더 잘 맞는 거 아닐까? 멍하니 그런 생각을 했다.

— 여보세요? 듣고 있는 거야? 그거 말고도 안 좋은 일이 있었던 거지? 아카다랑 싸웠다거나.

"그건 아냐."

— 그럼 아르바이트 쪽이군. 무슨 일인데? 성희롱이라도 당한 거야?

"아니야."

불현듯 전화비 생각이 머리를 스쳤다. 아까 아마가세가 말했듯이 이 시대에는 장거리 전화 요금이 잔인할 정도로 비쌌다. 그러니 이렇게 우물쭈물 시간을 끌어선 안 된다. 아버지는 도시에 사는 친척한테 전화 걸기 전에는 꼭 해야 할 말을 메모해두지 않았던가. 기일 추모 행사 일정 등 연락 사항뿐만 아니라 가족의 근황도 짧게 전달하려고 항목별로 정리해놓고 나서 전화를 걸곤 했다.

"아마가세, 그럼 전부 다 얘기할게."

그렇게 말하고 나는 티슈로 눈물을 거칠게 닦아냈다.

"저기, 우선 첫 번째로 취업 말인데."

기관총처럼 빠른 말투로 이야기한 건, 아마가세는 머리가 좋으니까 단번에 이해할 거라고 계산했기 때문이다.

그는 잠자코 내 이야기를 들었다. 이따금 들려오는 커다란 숨소리는 한숨인 걸까.

"그다음은 아르바이트하는 우에다 건축사무소에서 좀 일이 있었어. 실은 오늘 말이야."

순서대로 이야기했다. 아마가세는 다 듣고 나서 말했다.

— 우선 간단한 쪽부터 내 생각을 말할게. 아르바이트 사무소에서 있었던 일.

"응, 아마가세가 생각하는 거 솔직히 다 말해줘."

— 기타조노는 아직 철이 안 든 거야. 이미 60대인데도.

"뭐어? 무슨 소리야, 그게."

역시 아마가세한테 말하는 게 아니었다. 보통은 공감하거나 동정하거나, 이 두 가지 아냐? 그런데 마음고생하는 사람을 비난하다니 믿을 수가 없다.

— 내가 너라면 말이지, '우에다 마사키는 제가 좋아하는 타입이 아니에요'라든가 어쨌든 밝은 목소리로 깔깔 웃으면서 넘어갈 거야.

"……아, 그런 방법이."

가볍게 웃어넘기는 방법은 생각도 하지 못했다.

— 기타조노는 마치 인질로 잡힌 것 같은 기분이 되어서는 당장 여기서 벗어나야 해, 하고 초조했을 거 아냐.

"어떻게 알았어? 대단해."

— 그야 기타조노가 그런 사람이니까.

그건 그렇고, 우에다 마사키는 나와의 관계를 자기 부모에게 어떤 식으로 말한 걸까. 서로 사랑한다고까지는 말하지 않았겠지만 가망성이 있다고 느꼈던 걸까. 그가 착각한 원인은 내가 우에다 건축사무소에서 아르바이트를 시작한 거라든가 점심 식사 준비를 도왔던 일, 정직원이 될까 하고 고민하던 일, 이런 데 있을까. 그런 것들이 우에다가 충분히 오해할 만한 일이었을까. 내겐 눈곱만큼도 그런 마음은 없었는데.

— 정기 승차권 케이스나 수첩에 내 사진 넣어 다녀.

"왜?"

— 왜라니, 당연하잖아. 내 사진을 보여주고 '전 남자친구가 있어요' 하고 말하는 거지. 그러면 어떤 남자라도 바로 포기하거든. 엄청난 미남이지, 게다가 의대생이라고 말하면 다들 미안해하면서 물러날걸.

"그런 말을 어떻게 자기가 하냐."

— 왜 어때? 사실인데.

"고마워. 얘기하고 나니까 후련해졌어. 그럼 잘 지내."

— 어이, 기타조노. 잠깐만. 전혀 후련해진 거 같지 않은 목소린데.

"아마가세한테는 이제 얘기 안 할 거야."

— 왜 그러는데?

"분하고, 오히려 더 우울해."

― 그게 뭐야. 모처럼 내 사진 보내주려고 했더니. 그럼 사진은 필요 없는 거지?

"일단…… 보내봐봐."

― 그래서, 어떻게 할 건데? 그 건축사무소 알바는.

"두 번 다시 가고 싶지 않아."

― 그럼 안 가면 되겠네.

"그러고 싶은데, 내 개인 물품을 그대로 두고 왔지 뭐야.

― 바보, 왜 전부 갖고 오지 않고서. 혹시 학생증이나 운전면허증 같은 거 책상 안에 두고 온 거야?

"아니. 카디건이랑 자, 그리고 사무실에서 신는 샌들."

― 그게 다야?

"응, 그게 다야."

― 그런 거 없어도 되잖아. 버렸다고 생각해.

"그 카디건 3900엔이나 주고 샀단 말야. 자도 문방구에서 파는 초등학생용 자가 아니라 제도용이라서 비싸거든."

― 내가 다시 사줄게. 카디건이든 자든, 샌들이든 뭐든 다 사줄게. 지금 나, 개업의 외아들 가정교사를 하고 있는데 겨울 보너스를 말도 못하게 많이 받았거든.

"역시 의대생은 다르네."

― 그런데 그 애 엄마가 추파를 던져서 좀 섬뜩하지만.

"그래? 잘생겨도 고생이구나."

— 그렇다니까. 하지만 당분간은 돈 생각해서 참을 거야. 어쨌든 그 애하고는 죽도 아주 잘 맞아서.

"사무실에 두고 온 개인 물품은 낡아빠진 것들뿐이니까 버린 셈 칠게. 미리 말해두지만 사주지 않아도 돼. 하지만 아무리 그래도 마지막으로 인사는 하는 게 좋을 것 같아. 3년이나 아르바이트하게 해줬으니까. 게다가 졸업식까지 3개월 남았으니까 학교에 가면 우에다도 만나게 될 테고."

— 기타조노, 넌 사람이 너무 좋아 탈이야. 그 알바, 시급이 얼마였는데? 실컷 널 부려먹고 착취한 거잖아. 감사하다는 마음 같은 건 버려.

"아, 그렇게 생각하는구나."

— 어쨌든 거긴 다시는 가지 마.

"……알았어. 그럴게."

— 그럼 이걸로 한 가지는 해결한 거다. 다음은 취업 얘기.

"그건 됐어. 잊어줘. 혼자 어떻게든 할 거야."

— 혼자 어떻게든 못하니까 궁지에 몰린 거잖아? 최후의 수단이 우에다 건축사무소였던 거고.

"응, 그렇지."

— 그러면 몇 년 동안은 어딘가에서 알바하면서 내가 졸업하는 걸 기다리면 어때?

"아마가세가 졸업하는 걸? 그게 무슨 뜻이야?"

— 내가 의사가 되면 결혼하자. 내가 먹여살릴게.

"그거, 진심으로 하는 소리야? 아, 미치겠다, 진짜!"

— 역시 화낼 줄 알았어.

화가 난 건 아니었다. 화가 나기는커녕 고마워서 눈물이 나려고 했다. 그만큼 앞이 보이지 않아 지푸라기라도 붙잡고 싶은 심정이었던 것이다.

하지만 다음 순간, 머릿속에 사회 구도가 뚜렷이 보였다. 지금까지 줄곧 여자는 돈벌이하는 남자에게 부속되어 살아갈 수밖에 없었던 것이다. 만약 남자 동급생들과 똑같이 취업이 되었더라면 먹고살 길이 막막한 공포심 따위 느끼지 않고 살았을 것이다. 역시 남자가 있어야 의지가 된다는 그런 착각도 하지 않고 살았을 터였다.

하지만 현실은……

이 시대는 파견회사도 없었고, 아르바이트 시급은 500엔 전후여서 지방 출신으로 도쿄에 집이 없는 사람은 먹고사는 것조차 힘들었다. 그렇다고 시골로 돌아간다고 해도 뭘 해서 먹고살아야 할지 모르겠다. 분명 엄마는 초조해서 여기저기 지인에게 맞선 자리를 부탁하고 다니겠지.

"레이와시대가 되면 창업하는 대학생이 늘어나잖아? 그러니까 나도 뭔가 좋은 아이디어가 없을까 찾아보고 있어."

마음에도 없는 말이 입에서 술술 흘러나왔다.

— 기타조노, 정초에는 어떡할 거야? 본가에 갈 건가?

"고민 중이야."

— 나, 다음 주에 도쿄 갈 거니까 도쿄에서 같이 고향 내려가
자.

"도쿄에 와? 뭐하러?"

— 이 시대에는 도쿄의 크리스마스가 어떤 분위기였더라 생
각하니까 갑자기 도쿄 거리를 여기저기 걸어다니고 싶어졌어.
긴자라든가 히비야, 신주쿠, 시부야 이런 데 말야.

"그거 좋네, 누구랑 같이 가는데?"

— 누구라니 누굴 말하는 거야? 설마 내가 리나한테 같이 가
자고 할 거 같은 거야?

"리나가 아니더라도 여자친구 한둘은 있을 거 아냐?"

— 없어. 난 일편단심 기타조노 마사미뿐이니까.

"농담 그만해."

— 그렇네. 농담은 그만둘게.

"어이, 아마가세."

— 그래도 말야, 진짜로 기타조노랑 같이 거리를 걸어다니
고 싶어. 이 시대의 도쿄를 함께 추억할 수 있는 사람은 너밖에
없는걸. 깡촌 야마다마치 출신 동지로서 이 시절의 대도시 도
쿄를 속속들이 느껴보자고.

19.

아마가세는 구세주?

아마가세가 도쿄로 올라온 것은 크리스마스 전전날이었다.

요전번 전화 통화를 할 때 도쿄 거리를 여기저기 걸어다니고 싶다고 했기에 운동화를 신고 나갔다. 만나기로 한 시부야의 충견 하치코[86] 동상 앞에는 누군가를 기다리는 듯한 남녀노소가 많이 서 있었다.

"오래 기다렸어?"

등 뒤에서 아마가세 목소리가 들려 뒤를 돌아보았다. 훤칠한 큰 키에 아이보리 화이트색 패딩이 잘 어울렸다. 아키타에서 오는 길이라면서 빈손이었다. 물어보니 짐은 우편물 소포로 직접 호텔로 부쳤다고 한다.

----

86 자신을 기르던 주인이 죽은 뒤에도 역 앞에서 주인이 오기를 기다렸다는 일화로 유명한 개. 시부야 역 앞에 동상이 세워져 있고 만남의 장소로 많이 이용된다.

"나 오랜만에 도큐 플라네타리움[87] 가고 싶은데."

"그거 좋겠다. 가자."

플라네타리움이 있는 도큐문화회관은 2013년에 해체되고 34층 건물인 시부야히카리에[88]로 탈바꿈한다는 사실을 둘 다 알고 있었다. 건물 앞에 나란히 서서, 아쉬운 마음으로 전체 모습을 눈동자에 새겨넣기라도 하듯 가만히 바라보았다.

아마가세와 나란히 플라네타리움을 보고 있자니 기분이 묘했다. 예전 인생에서도 전문대에 다닐 때 남자친구와 온 적이 있다. 그때는 남자친구가 내 손을 잡고 있는데도 나는 아마가세를 생각했다. 아마가세는 별에 관심도 많고 박식하니까 분명 이곳에 왔을 게 틀림없다는 생각이 들어서였다. 중학교 때 친하게 지낸 것도 아니고, 멀리서 바라보기만 했으면서 나 혼자 가까운 존재로 느끼고 가슴이 설레곤 했다.

"역시 도쿄는 좋구나. 도쿄에는 없는 게 없어."

아마가세는 플라네타리움을 다 보고 나서 밖으로 나오며 그렇게 말했다.

느긋하게 오모테산도[89]를 걷다가 아오야마도리[90]에 있는 세련되고 예쁜 찻집에 들어갔다.

---

87 planetarium. 천체투영관
88 渋谷ヒカリエ. 2012년에 문을 연 건축물로 쇼핑&문화를 함께 즐길 수 있는 시설이다.
89 表参道. 도쿄도 시부야구에 있는 아트, 건축, 패션의 거리
90 青山通り. 도쿄도 미나토구에 있는 세련된 쇼핑 및 문화의 거리로 오모테산도와 인접해 있다.

"기타조노, 표정이 시무룩하네."

"미안."

"취업 때문에 그러지?"

"자나깨나 한시도 머릿속에서 떠나질 않아."

"헬로워크[91]에 가보는 건 어때? 이 시대에는 직업안정소라고 하지만."

"직업안정소? 그건 생각 안 해봤네."

"나도 가본 적이 없어서 어떤 곳인지 잘 모르지만, 이렇게 된 바에야 닥치는 대로 해보는 게 좋지 않겠어?"

"그런가? 그렇네. 해볼게."

예전 인생에서는 몇 번인가 직업안정소에 가본 적이 있다. 아이를 낳고 나서 파트타임 일을 알아보러 갔더랬다. 그곳은 대학생 취업 활동과는 전혀 다른 세계다. 대기업은 고사하고 중견기업의 정직원 모집도 거의 없을 터라 기대는 하지 않는 게 좋다.

하지만 가보자. 아마가세가 말한 대로 뭐든 해보는 게 나을 테니까.

물론, 아마도…… 헛수고로 끝나겠지만.

그렇지만 주부들이 주로 하는 파트 근무 같은 일자리라도 상관없다. 그 일이 건설 관계 일이라면 더더욱 감지덕지다. 먹

91 Hello Work. 국가가 운영하는 공공직업안정소

고살 수 있는 최소한의 돈을 벌지 못하면 옴짝달싹할 수 없으니까.

"뭐였던 걸까······."

맞은편 자리에 앉은 아마가세가 얼굴을 드는 걸 보니, 나도 모르는 사이에 중얼거렸다는 것을 깨달았다. 그 말을 얼버무리려고 커피를 한 모금 마셨다.

정말로 뭐였던 걸까, 내 인생은.

뭘 위해 열심히 애써왔던 걸까.

얼굴을 들자 아마가세가 정면으로 나를 바라보고 있었다.

"아마가세, 미안해. 오랜만에 만났는데 자꾸 기분이 가라앉아서."

"그대로 괜찮아. 있는 그대로. 나 신경 안 써도 돼."

"······응."

"울어도 돼."

다음 순간 정말로 눈물이 나오려 했기에 "바보, 내가 울긴 왜 우냐?" 하고 아하하 웃어 보이자 아마가세는 숨을 길게 몰아쉬며 눈길을 돌렸다.

그래서 무슨 말이라도 해야 하는데, 하고 조급해졌다.

"난 말야, 설마 이렇게 될 줄은 생각도 못했어."

"그렇겠지."

"이렇게까지 심하게 남녀 차별을 당한 적이 없었거든."

"맞아. 요전번에 전화로 얘기 듣고 얼마나 놀랐는지 몰라. 이 정도로 뒤처진 사회 통념이 만연해 있을 줄 몰랐어."

"그런 면에서는 참 좋겠어, 남자는."

"응……그건 그렇지만, 그래도……."

"그래도, 뭐? 너야말로 숨기지 말고 다 말해봐."

"전에도 잠깐 얘기한 거 같은데 나, 은행에서 근무할 때 정말 힘들었어. 선후배라는 상하 관계가 얼마나 엄격한지, 지금 생각하면 이상할 정도로 후배는 노예나 다름없었거든."

"정말?"

"체력적으로도 한계에 다다랐어. 내 업무를 다 끝마치고도 선배가 한 사람이라도 남아 있으면 퇴근하지 못했고 주말 출근도 밥 먹듯이 했지."

"선배가 한 사람이라도 남아 있다면? 직속 선배?"

"아니, 부서 전체. 일 년이라도 먼저 입사한 사람은 전부 선배고."

"그러면 매일 제시간에 퇴근 못하겠네."

"그렇지."

"야근 수당은 나오고?"

"안 나와."

"말도 안 돼. 무상으로 일하는 거잖아. 돈도 못 받는데 일하다니 이해할 수 없어. 자원봉사네. 하긴 확실히 그런 시대였어."

"기타조노 남편도 그랬어?"

"우리는 꼬박 야근 수당을 받았어. 아니, 야근 수당이 없었으면 살 수가 없었지. 도토 은행과는 달리 기본급이 짰으니까."

"여직원들한테 성희롱도 장난 아니었어. 회사 단체여행에는 강제로 참가해야 했고 아타미[92] 호텔에서 열리는 연회에서는 매년 니닌바오리[93]라는 놀이를 했어. 그러면 부장이나 과장급 남자 한 명하고 신입 여직원 한 명으로 조를 짜는 거야. 커다란 겉옷 속이 안 보이는 걸 이용해서 맘대로 만지는 거지. 이 행사가 끝나면 여직원들이 울곤 했어. 모두들 보고도 못 본 척했지만."

"어? 그럼 아마가세도 못 본 척한 거야?"

"물론."

"그렇게 안 봤는데. 왜 주의를 주지 않았어?"

"만약 에둘러서라도 뭐라고 했다가는 승진은 꿈도 꿀 수 없을뿐더러 악질적인 괴롭힘이 시작되는걸."

"믿을 수가 없네. 하지만 여성 종합직이 들어오고 나서는 분위기가 크게 달라졌을 거 아냐?"

화물 자동차업계에서도 여성 운전기사가 늘어나면서 남성

---

[92] 시즈오카 현 동쪽에 위치한 지역. 온천으로 유명한 관광지다.

[93] 二人羽織. 두 사람이 앞뒤로 앉아 커다란 겉옷을 함께 걸치고, 앞 사람 손은 뒤에 둔 채 뒷사람 양손을 소매에 꿰어 앞으로 내민 뒤 보이지 않는 상태에서 앞 사람에게 음식을 먹이거나 해서 웃음을 유발하는 놀이. 둘이서(二人) 하나의 하오리(羽織. 일본 옷 위에 걸치는 겉옷)를 입는다는 뜻

운전기사가 깔끔해졌다는 이야기를 들은 적이 있다. 연예인의 지방 순회공연 때도 여성이 한 명 참가하면 어색하던 분위기가 사라지고 화기애애해진다고 들었다. 그 홍일점은 노인이든 미인이 아니든 관계없다고 한다.

"그 당시 종합직 여성은 2, 3년 만에 차례로 퇴직했어. 더는 버틸 수 없었겠지. 성희롱뿐만 아니라 여러 가지 불합리한 관행이 많았으니까. 아이러니하게도 종합직 여성보다 전문대졸 사무직 여성이 더 근속 연수가 길었을지도 몰라."

남녀고용기회균등법이 시행된 무렵에는 회사 상사가 여직원을 어떻게 다뤄야 할지 몰랐던 것이다. 제대로 된 업무를 맡기지 않으니까 여자들이 견디지 못하고 잇달아 그만두면서 문제가 되었다.

"아오모리 지점으로 전근하고서는 어떻게 됐어? 그 후에 도쿄로 돌아온 거야?"

"돌아오긴 했는데 출세 코스에서 벗어난 지점으로 발령받았어. 한 번이라도 밀려나면 두 번 다시 출세 코스 지점으로는 갈 수 없다는 걸 알았을 땐 정말 절망했지."

"하지만 도중에 몇몇 은행인가 하고 합병해서 메가뱅크가 되었잖아? 그때부터는 개선된 거 아니었어?"

"조금도 달라지지 않았어, 오히려 더 심해졌으면 심해졌지."

"말도 안 돼. 그렇게 유명한 은행인데도? 여전히 내부에서는 그런 일이 있는 거야?"

"그럼, 있지."

"아니, 모두 일류대학을 나온 사람들뿐이잖아?"

"그렇지. 그게 왜?"

"그러니까 다들 머리가 좋고 상식 있고, 집안 환경도 좋은 사람이 대부분일 거 아냐?"

"아마 그럴 거야. 하지만 난 초등학교 때도 그 정도로 질 낮고 치사한 짓을 본 적도 당한 적도 없었거든."

"그런 관행을 깨부수려는 사람은 없었어?"

"입사 초기에는 언젠가 출세해서 사내 분위기를 올바르게 바꾸겠다고 마음먹었지. 나뿐만 아니라 모두 그렇게 생각했을 거야."

"하지만 차츰 물들어가는 건가?"

"매일 지치다 보니 아무래도 상관없게 되는 거지. 자신의 일만 생각하기에도 벅차거든. 사람이란 게 참 무서워. 게다가……."

"게다가?"

"나는 시골 출신이라 몰랐는데, 아내가 미인이고 처가가 자산가면 그 남자는 출세하지 못한다는 게 어느 회사에서나 통용되는 상식이라더라고."

"뭐어?"

"한마디로, 남자도 힘들다는 말이야."

"그렇긴 해도 취업할 수 있으니까 얼마나 좋아. 나같이 문전 박대당해봐, 어떤 기분인지."

"그건 정말 마음이 아파. 그치만 매일 아침에 아, 오늘도 회사에 가야 하는구나, 하고 우울해지는 직장인도 수없이 많아. 항상 그만둘 수만 있다면 그만두고 싶었어. 그래서 연말연시에 판매하는 점보 복권도 샀다니까. 전업주부인 리나는 이런 고충을 이해 못하겠지."

"그랬구나……."

"가령 내가 우주비행사나 프로야구 선수, 또는 배우라든가, 즉 어릴 때부터 갖고 있던 꿈을 이뤄서 일하면서 보람을 느꼈다면 얘기는 달라지겠지만, 그렇게 비상식적인 은행에서 일하고 싶어서 어릴 때부터 열심히 공부한 게 아니었거든. 열심히 노력해서 좋은 대학엘 갔는데 결국 그 꼴이라니. 그래서 세계를 여행하는 유튜버 같은 사람들이 죽을 만큼 부러워졌어."

"알 것 같아. 그래서 의사가 되어서 고액 아르바이트를 하고 싶다는 거였구나. 하지만 말야, 나도 가사와 육아에다가 파트타임 근무까지 하느라 매일 녹초가 되었어."

"기타조노는 파트 근무지를 바꿔본 적 있어?"

그렇게 물으면서 아마가세는 이미 식어버린 커피를 꿀꺽 들이켰다.

"물론 있지. 30대에는 성희롱을 당할 때마다 바로 그만뒀고 직장에 믿을 수 없을 정도로 고약하게 구는 직원이 있을 때도 마찬가지였어. 그러면 바로 또 다른 파트 근무지를 찾아서 일했으니까 집에서 느긋하게 있어본 적이 한 번도 없었어. 가계에 보탬이 되려고 필사적이었거든."

"거봐." 하고 아마가세가 말하더니 나를 바라보았다.

"뭐가 '거봐'야?"

"쉽게 근무처를 바꿀 수 있었네."

"응, 바꿀 수 있었는데 왜? 그치만 어딜 가나 시급도 별 차이 없었고."

"파트타임 근무는 속 편해서 좋겠어."

"그거 실례야. 속 편하지 않아. 담당하는 일을 몇 명의 인원이 시간표를 짜서 근무하는 경우가 대부분이라 그리 쉽게 쉴 수도 없고 책임도 무거워. 게다가 진상 고객들한테 시달리면 정신적으로도 너무 힘들어. 남자 정직원들한테는 무시당하기 일쑤고."

"그러니까 그럴 때는 싫어져서 그만두는 거잖아?"

"그렇지."

"바로 단념할 수 있는 게 속 편하다는 거야. 남자는 가족을 부양해야 하니까 그렇게 간단히 이직할 수가 없거든. 그때까지와 똑같은 급여를 주는 이직처를 찾기도 힘들고, 남자가 벌지 않으면 가족이 다 함께 무너지는 거니까. 궁지에 몰린 끝에 자살한 동료도 있었어."

"그건…… 힘들겠네. 그 시대는 종신고용제였으니까 한 번 레일 위에 올라타면 거기서 내리는 건 그야말로 자살 행위였을지도."

"내 입장에서는 리나가 귀족이고 난 노예 같은 존재였어."

"하지만 아이들 키우는 것도 보통 일이 아니야. 아기 때는 밤새 울어대서 나는 수면부족이 극도에 달해 낮부터 몽롱해 있었고, 아이가 걷기 시작하니 한시도 눈을 뗄 수 없어서 쫓아다니는 것도 힘에 부쳤거든. 그 밖에 집안일도 있으니까 내 입장에서는 밖에서 일하는 것보다 훨씬 힘들었는데."

"그런 힘든 시기가 있다는 건 알아. 하지만 말이야, 아이가 중학생, 고등학생, 그리고 대학생이 되어서도 그만큼 힘들어? 그렇진 않잖아?"

"아마가세는 아내가 일하러 가지도 않았다고 그랬지? 그건 곧, 아이들한테 손이 가지 않게 되고서도 일하려고 하지 않았다는 거야? 가계에 힘을 보탤 마음이 조금도 없었다는 거네."

"리나는 항상 유행을 좇았고 피트니스 다니면서 친구들하고 호사스러운 런치를 먹으러 다녔어. 아이들이 취업해서 독립해 나간 뒤로도 잠깐 자원봉사 일을 했을 뿐, 돈을 벌기는커녕 가져다 쓰기 바빴지. 그렇게 리나가 편하게 지내는 모습을 봤기 때문에 우리 집은 경제적으로 여유가 있는 줄 알았어. 정년퇴직했을 때 저금한 돈이 하나도 없다는 말을 듣고는 얼마나 충격을 받았는지, 짐작이 가?"

"그건 너무 안쓰럽네. 태생도 자란 환경도 다르니까 금전 감각도 다를 거야. 하지만 호사스러운 런치라고 해도 한 달에 몇 번일 테고 점심이라면 그렇게 비싸지는 않을 거 아냐?"

"응. 그러니까 아내한테 그 정도 호사도 누리게 못해주는 남자는 한심하다고 나 자신이 그렇게 생각한 거지. 그래서 아무 말도 하지 않았어. 역시 내 머릿속도 꽤 고루했던 거야. 더욱이 연애 감정은 사라져도 가족애 같은 건 나름 있다고 생각했으니까."

"생각했다고? 과거형이야?"

"그렇다니까. 이제 과거형이야. 나 자신도 놀랐어. 타임슬립해서 인생을 다시 살 기회를 얻었을 때, 다시는 결혼하고 싶지 않다는 생각이 확실히 들었어. 리나에 대한 미련이 티끌만큼도 없더군. 내가 너무 매정한 걸까? 기타조노는 남편한테 미련 있어?"

"전혀 없어. 역시 너무 싫어."

그렇게 말하자 아마가세는 기쁜 듯이 웃으며 말했다.

"다행이다. 나랑 똑같네. 우린 냉혈 인간이야."

남자도 여자도 만년이 되면 인생을 되돌아본다.

그리고 후회만 가득한 인생을 누군가의 탓으로 돌리고 싶어진다.

— 자유롭게 살지 못했어.

누구나 그런 생각이 마음속 어딘가에 있다.

어쩔 수 없었다.

여유가 없었으니까.

시간이 없었으니까.

돈이 없었으니까.

"이제 그만 나가자. 나 신주쿠에도 가보고 싶어. 같이 가줄래?"

"물론."

찻집을 나와 전철을 타고 신주쿠로 향했다.

신주쿠역을 나오자 신주쿠알타[94] 빌딩 벽면을 장식한 대형 전광판이 눈에 들어왔다.

그러고 보니 언제였더라, 번잡한 신주쿠 거리에서 무심코 걸음을 멈추고 가만히 서 있던 일이 있다. 앞쪽에서 걸어오는 남자애가 아마가세를 닮아서였다. 그때 나는 이미 중년이 되어 있었는데, 남자애는 중학생쯤이었다. 남들 모르게 어이가 없어 픽 웃었지만 마음속에는 견딜 수 없을 정도로 쓸쓸함이 덮쳐왔다.

아마가세가 사립고교를 졸업하고 도쿄에 있는 대학으로 진

---

94 신주쿠역 동쪽 출구 앞에 있던 패션 빌딩으로 외벽의 대형 전광판으로 유명했다. 2025년 2월 폐점되었다.

학했다는 건 게메코에게 들어 알고 있었다. 언젠가 만나게 될지도 모른다고 기대했지만, 도쿄는 너무 넓어서 한 번도 마주치지 않았다. 그래서 지금 이렇게 나란히 걷고 있다는 게 신기하기만 하다.

"어라? 여기 알아. 분명 리나와 같이 온 적이 있어."

아마가세는 넓은 통유리로 되어 있는 큰 매장 앞에서 발걸음을 멈췄다.

안에는 여러 대의 시스템키친이 진열되어 있는 것이 보였다.

"결혼 전에 리나는 넓은 부엌에 로망이 있어서 이런 쇼룸에 오는 걸 좋아했거든. 그래서 요리를 무척 잘하는 줄 알았는데 전혀 아니더라고."

그렇게 말하며 아마가세가 매장으로 들어가기에 나도 뒤를 따라 들어갔다.

"어서 오세요."

매장 안쪽에서 인사말이 들렸지만 점원은 다른 고객을 응대하느라 바쁜지 우리에게는 다가오지 않았다. 오히려 잘됐다 싶어 벽 쪽에 놓여 있는 시스템키친을 둘이서 차례로 들여다보았다.

"이거야, 이거. 이런 거야. 아, 진짜 짜증나."

나는 점원에게 들리지 않도록 작은 목소리로 말했다.

"어떤 시리즈든 여자 키에 맞춰서 만들어놨잖아. 이게 원흉

이야. 요리는 여자가 하는 거라고 여기고 있어. 게다가 설계자는 분명 남자일 거야. 부엌일은 한 번도 해본 적 없는 인간이 설계하니까 사용하는 데 불편한 거지."

매장 안을 한 바퀴 둘러보니 욕실도 몇 가지 진열되어 있기에 그쪽으로 발걸음을 옮겼다.

"맞아, 이거라니까. 청소하기 힘들어서 괴로운 욕조. 틀림없이 주부를 한가한 사람이라고 생각하는 거야. 그렇지 않고선 이렇게 청소하는 데 시간이 걸리는 상품을 설계할 리가 없거든. 게다가 말이야, 설계자는 실제로 살면서 사용해본 적 없는 게 분명해. 직접 써보면 곰팡이 제거하느라 얼마나 골치를 썩는지, 청소할 때마다 얼마나 허리가 아픈지 알 텐데. 그러면 개량했을 거고."

벽 옆에는 바닥이나 외벽에 쓰는 건축자재며 단열재 샘플이 쭉 진열되어 있었다.

"일본 주택은 단열재를 더 많이 사용해야 돼. 창도 이중으로 해야 하고. 그러면 여름은 시원하고 겨울은 따뜻해져서 광열비도 훨씬 절약할 수 있고 지구온난화를 방지하는 데도 기여할 거야. 왜 그렇게 안 하는 건지 모르겠어. 그런 설명을 충분히 하면 건축비가 조금 더 오르더라도 고객이 납득할 것 같은데 말이지."

나 혼자 너무 많이 떠들었다.

아마가세는 아무 말 없이 듣고 있다가 갑자기 나를 쳐다보며 말했다.

"그럼 이런 주택 설비 제조회사에 취직하는 건 어때?"

"응?"

"기타조노가 이 회사에 취직해서 불만 사항을 개선해나가는 거야."

"어? 제조회사에?"

나는 지금까지 대형 종합 건설회사를 비롯한 건설회사와 재벌그룹 산하의 주택 건설업체, 그리고 유명한 설계사무소만 목표로 해왔다. 그런 회사의 입사 전형에 전부 실패했기에 아케타와 함께 어패럴 업계까지 면접을 보러 다녀왔다. 지금 생각해도 그 방향 전환은 너무 극단적이었다. 하지만 설마 어패럴 회사에도 떨어질 거라고는 상상도 하지 못했기에 이 세상이 다 끝난 것처럼 낙담하고 우울했던 것이다.

"기타조노가 취업이 안 돼서 애먹고 있다는 말을 전화로 들었을 때 생각한 건데⋯⋯, 아니 아무것도 아냐."

"뭔데? 말을 꺼냈으면 끝까지 해."

"언짢아하지 말고 들었으면 좋겠어."

"알았어. 말해봐."

"너무 대기업만 찾는 게 아닌가 싶어. 이 시대는 엄연히 남녀 차별이 존재하니까 같은 대학 같은 과 남자들이랑 같은 회사에 취직하는 건 애초에 불가능하지 않을까?"

그때였다.

"찾는 게 있으신가요? 괜찮으시다면 무료로 견적을 내드릴게요."

그렇게 말하며 유니폼을 입은 젊은 여자 점원이 다가왔다.

"이 회사는 업계 몇 위입니까?" 아마가세가 느닷없이 물었다.

"네?" 점원은 순간 당황했는지 눈을 꿈뻑이더니 대답했다.

"저희 회사는 아직 업계 6위입니다만, 직원이 한마음으로 열심히 일하고 있습니다. 사이타마현과 도치기현에 공장이 있어 풀가동하고 있고요."

"흐음. 잘 되고 있군요." 하고 아마가세가 말했다.

"네, 전부 고객님들 덕분입니다. 최근에는 주택 설비도 확고한 취향을 가지고 고르는 분들이 많아져서요."

"저기, 관계없는 걸 여쭤봐서 죄송하지만." 하고 내가 말을 꺼냈다.

"네, 뭐든지 괜찮습니다."

"이런 업계에는 지방 출신인 4년제 대졸 여성도 취업할 수 있나요?"

갑자기 이런 질문을 받으면 싫은 내색을 하지 않을까 싶었는데 의외로 그녀는 활짝 웃었다.

"바로 제가 그 최악의 조건이었어요."

그리고 재빨리 주위를 둘러보더니 목소리를 낮춰 말을 계속했다.

"실은 아무 데도 취업이 안 돼서 곤란하던 참에 공공 직업안정소에서 이곳을 소개받았거든요."

나도 모르게 아마가세와 눈을 마주쳤다.

매장을 나와 카레전문점 나카무라야에서 카레라이스를 먹고, 호텔로 돌아가겠다는 아마가세와 헤어져 그 길로 나는 신주쿠에 있는 직업안정소를 찾아갔다.

이 시대는 컴퓨터가 도입되지 않았던 때라 열람용 파일을 펼쳐 종이에 쓰인 구인 정보를 한 장씩 넘기며 샅샅이 찾아보았다.

있다!

다이요 리빙. 주택설비 메이커다.

게다가 정직원 모집이다. 단 한 명을 모집한다고 하니 결원이 나온 걸지도 모른다. 바로 창구로 가서 면접을 보고 싶다는 의사를 밝히고 상담하자 중년 남성 직원이 이 회사로 전화를 걸어 문의를 해주었다.

전화를 끊고 나서 직원은 싱긋 웃으며 나를 보았다.

"이력서를 우편으로 회사에 보내달라고 하네요. 건축학과라고 했더니 저쪽 반응이 괜찮았어요. 서류 심사에 통과하면 연초에 면접을 진행한다고 합니다."

나는 정중히 인사를 하고 나서 직업안정소를 나왔다.

잰걸음으로 역을 향한 건 기분이 한껏 좋아져서겠지.

침착하자.

뛰는 가슴을 진정시키려고 도중에 발걸음을 멈추고는 빌딩 그늘에서 심호흡을 했다.

지금까지의 경험으로 봐도 채용될 확률이 낮은 건 분명하다.

언제부터인가 지레 기대했다가 실망하지 않으려고 꽤 조심하게 되었다. 실패라는 걸 알게 되었을 때 나 같은 인간은 살아갈 가치가 없다고까지 비관하게 되기 때문이다.

그래서 미리 예방선을 쳐둔다. 만약 실패하더라도 원래와 똑같은 상황일 뿐이라고 나 자신에게 수없이 일러둔다.

사회 풍조에 대한 분노는 물론 있다. 하지만 그 이상으로, 거듭되는 자신감 상실이 습성이 되어서 평생 사소한 일에도 걱정이 앞서는 데다 소심하고 자신감 없는 태도가 여자의 몸과 마음에 깊이 배어든다.

그런 연쇄를 끊어내고 싶었다.

마음이 진정되지 않은 채 전철을 타고 아무 데도 들르지 않고 집으로 돌아왔다.

20.

같이 돌아가자

아마가세와 함께 고향으로 왔다.

역 개찰구를 나가자 아버지가 마중을 나와 있었다. 아버지는 내가 남자와 함께 온 걸 알아차리자, 마치 보면 안 되는 것을 보기라도 한 듯이 시선을 돌려 허공을 두리번댔다. 그래서 나는 바로 아버지에게로 달려가 아마가세가 중학교와 고등학교 동급생이라고 설명해야 했다.

"처음 뵙겠습니다. 아마가세 료이치라고 합니다."

"아마가세라면, 혹시 그 사법서사 댁?"

"그렇습니다. 제가 아들입니다."

"아버님에게 여러 번 신세를 진 적이 있어요."

"그러셨습니까? 앞으로도 많이 이용해주십시오." 역시 아마가세는 빈틈이 없다.

"아버지, 아마가세도 집까지 바래다줘요."

"응, 물론이지."

"감사합니다. 덕분에 편하게 가게 됐습니다."

나는 조수석에 올라타고 아마가세는 뒷좌석에 앉았다.

강변을 따라 달리다가 아버지는 뒷좌석에 들리지 않게 작은 소리로 물었다.

"개찰구에서 우연히 만난 거냐? 아니면 도쿄에서부터 같이 온 건가?"

"도쿄에서 같이 왔어."

"도쿄역에서 우연히 만났나 보구나?" 아버지가 끈질기게 물었다.

"아니야. 도쿄역에서 만나기로 해서 같이 온 거야."

"아, 그래? 그런데 아마가세 군은 뭐하는 사람이고? 학생인가?"

"의대에 다니고 있어."

"의대? 그럼 장래에 의사가 되는 거냐?"

"그야 의대니까 그렇게 되겠지."

그렇게 대답한 순간, 아버지 표정이 단박에 바뀌었다. 그때까지 걱정스러워하던 얼굴이 이제는 안심하는 표정이다. 뭔가 오해하시는 것 같다.

하지만 이제 아마가세가 본가로 전화를 걸어오더라도 아버지는 흔쾌히 바꿔주시겠지. 고교 시절에는 교환 일기로 연락을 주고받았지만 지금도 아직 휴대전화가 없으니 불편하기 짝이 없다. 집 전화에 무선 수화기가 딸려 있지 않아 전화기가 놓여 있는 거실에서 이야기할 수밖에 없다 보니, 대답하는 소리만으로도 가족들이 대화 내용을 대략 다 알게 되는 시대이기도 했다.

그 후 80~90년대로 들어서 남녀노소 누구나 휴대전화를 갖게 되면서 인간관계도 마음가짐도 극적으로 달라지게 된다는 것을 나는 알고 있다. 한집에 사는 가족도 각자 자신만의 전화를 소유하게 되자 서로의 사생활을 들여다보기 어려워졌고 배우자 몰래 외도하기도 쉬워졌다.

문자 메시지를 사용해 멀리 떨어져 있는 사람과도 쉽사리 연락을 취할 수 있게 되었지만, 그렇다고 사람들 사이에 마음의 거리가 좁혀진 것은 아니다. 오히려 목소리도 듣지 않고 만나지도 않은 채 문자만으로 용무를 끝내는 경우가 많아졌으며, 글자만으로 전한 메시지 탓에 오해가 생겨 인간관계가 꼬이는 일도 늘어났다.

"마사미, 장 보러 갈 건데 같이 가서 짐 좀 들어줄래?"

엄마가 후다닥 코트를 입고 나갈 채비를 하고 있다. 어제 드디어 대청소를 끝냈고, 오늘은 엄마와 새해 음식을 만들 예정이다. 아버지는 얇고 흰 반지를 지그재그로 접어 시데[95]를 만들

---

95 紙垂. 반지를 일정 모양으로 접은 종이 장식으로, 현관 등에 걸어 부정을 막고 복을 부르는 의미가 있다.

어 신단에 올리고, 현관에 시메나와[96]를 장식하느라 바빠 보였다. 오빠가 운영하는 레스토랑은 연말연시가 대목이라 본가에 와 느긋하게 지낼 여유가 없는 모양이다.

선달그믐날이 되었다. 홍백가합전이 끝났을 무렵, 아마가세가 차로 데리러 왔다. 둘이서 새해 첫 참배하러 가기로 약속이 되어 있었다.

밖으로 나오자 제야의 종소리가 들려왔다.

아마가세 얼굴을 보니 안심이 되었다. 이 세상에서 서로를 가장 잘 이해할 수 있는 유일한 사람이다. 아마가세의 안심한 듯한 미소에서도 나와 같은 마음이라는 게 느껴졌다.

아마가세는 냉큼 차에서 내리더니 현관 앞까지 나와 있던 어머니에게 인사를 드렸다.

"안녕하세요. 늦은 밤에 죄송합니다. 따님과 참배를 다녀와도 될까요? 되도록 빨리 집까지 바래다주겠습니다."

부모님이 걱정하지 않게 하려고 마음을 써주고 있다. 역시 살아온 세월이 있는 만큼 부모의 마음을 잘 헤아리고 있다.

"늘 마사미가 도움받는 모양인데, 고맙습니다."

엄마는 얼굴 가득히 웃음을 띠고, 말하는 동안에도 아마가세를 머리끝부터 발끝까지 유심히 살펴보았다.

---

96 注連縄. 마 또는 짚을 엮어 금색 또는 은색으로 만든 줄. 신성한 장소를 표시하고 신을 기리는 뜻에서 걸어놓는다.

"그럼 잘 다녀와요. 조심하고."

"다녀오겠습니다."

아마가세가 자동차에 오르려고 할 때였다. 엄마가 내 소매를 끌어당기고는 귓가에 대고 속삭였다.

"제법인데! 넌 인생 완전 성공한 거야. 놓치지 않게 꽉 잡아."

그러고는 내 등을 두드리며 보내주었다.

이런 야밤에 남자 차를 타고 외출하는 것이다. 고등학생 때였다면 난리가 났겠지. 아니, 대학교 4학년인 지금도 만약 데리러 온 남자가 의대생이 아니었다면 엄마가 이 정도로 기분 좋게 보내주었을지는 알 수 없는 일이다.

우에다 건축사무소 선배 직원들도 내가 우에다 마사키와 결혼할 거라고 착각했을 때, 엄마와 똑같은 태도를 보였다. 정확하게 기억은 안 나지만 선배들은 이렇게 말했었다.

— 역시 여자들은 좋겠어.

— 그렇게 안 보였는데. 기타조노가 책략가였던 거야.

세상은 이런 거다.

자신의 딸이 경제력 있는 남자의 부속물이 되어야 비로소 부모는 안심한다. 타인도 마찬가지로, 여자 뒤에 있는 남자의 배경을 알아야 비로소 여자를 신뢰한다.

시골 밤길은 어두웠다.

구름에 가려져 있는지 달빛도 없었지만 희미한 눈빛은 있었다.

이 시대 야마다마치에서는 새해 첫날 아침에 참배하는 게 일반적이어서 밤에 가는 사람은 거의 없었기 때문에 우리 말고는 차량이 한 대도 달리지 않았다. 가로등도 없었기에 쌓인 눈에서 반사되는 빛이 끊기면 완전히 어둠에 둘러싸여, 마치 우주의 어둠 속에 떠 있는 듯한 느낌이었다. 그러자 갑자기 불안감이 엄습해오는 바람에 변속 레버에 올려져 있는 아마가세의 손을 잡고 싶은 충동이 일어 당황스러웠다.

크리스마스에 아마가세와 도쿄 시내를 걷던 일이 떠올랐다. 크리스마스 캐럴이 울리는 거리는 당연히 화려할 거라고 생각했지만, 몇만 개나 되는 푸른 빛 LED전구로 반짝거리는 현시대의 거리와 비교하면 이 시대의 소형 전구 불빛은 형형색색이기는 하지만 소박해서 약간 쓸쓸한 느낌이 들었다. 그래도 어두컴컴한 시골길에 비하면 도쿄의 밤은 비할 데 없이 화려했다.

신사가 가까워지자 참뱃길을 따라 쭉 놓인 등롱에 촛불이 켜져 있는 것이 보였다. 그 광경을 보자마자 긴장이 풀려 한숨 돌렸다.

"이제 곧 새해네."

핸들을 쥔 아마가세가 앞을 본 채로 혼잣말처럼 말했다.

"새해가 되자마자 레이와시대로 돌아가게 된다거나, 그런 거 아냐?"

"기타조노는 돌아가고 싶어?"

그 질문을 받자 예전 인생에서의 생활이 어렴풋이 떠올랐다.

많은 일이 있었다. 독박 육아와 가사, 주택 대출로 힘겨워하고 절약에 절약을 거듭하면서 아이들 학비를 마련했다. 예순이 넘어서도 여전히 파트 근무로 일하러 가야만 하는 살림살이, 언젠가는, 하고 줄곧 꿈꾸던 '이탈리아에서 2주간 지내기 여행'도 죽을 때까지 이루지 못할 것이다. 그리고 나를 무시하고 깔보는 남편.

하지만 그런 생활은 어디나 있는 평균적인 여자의 인생이었다. 엄마 시대와 비교하면 여자는 자유를 손에 넣었다고 할 수 있겠지. 할머니 시대와는 비교도 할 수 없을 정도다.

성희롱이나 직장 내 갑질이라는 말도 없던 시대에는 '교육'이니 '지도'니 하는 명목 아래 폭언과 폭행이 횡행했으며 남녀 모두 인내하며 살아온 사람이 많았다.

하지만 스마트폰이 보급되면서 녹음과 녹화가 손쉬워져 악행이 세상에 밝혀지게 되었다. 옛 시대에도 스마트폰이 있었다면 레이와시대의 몇십 배, 몇백 배나 되는 피해 사례가 드러났을 게 틀림없다. 하지만 그 시대의 성희롱 사건이라면 매스컴은 여성 피해자를 속된 흥밋거리로 취급할 뿐, 사회 문제로까지 확대해서 진지하게 들여다보지 않았을 가능성이 크다.

그런 생각을 하면 약자에게 레이와시대는 예전보다 훨씬 나은 시대가 되었다고 할 수 있다. 돌아갈 수 있다면 레이와시대로 돌아가고 싶다. 그렇긴 하지만 남편과 다시 함께 지낼 일을 생각하면 또 우울해진다.

신사 주차장에 도착해 아마가세가 후진으로 주차를 하려고 할 때였다.

라디오에서 들어본 적 있는 노래가 흘러나왔다.

— 이 사람이 내 집사람입니다

— 네모난 방을 둥글게 쓸지요

— 이 사람이 내 집사람입니다

— 잘하는 요리는 달걀 프라이

— 그래도 이 사람에게 반한 건 샴푸를 잘해준다고 해서

— 처음으로 자랑하는 이 기분, 우유 샴푸 스페셜

"이 노래 기억나. 옛날 생각 난다."

기쁜 듯이 말하는 아마가세 옆얼굴을, 김새서 냉담해진 기분으로 바라보았다.

"나, 지금 당장이라도 레이와시대로 돌아가고 싶어. 이런 곡을 아무렇지도 않게 내보내는 시대에는 더 이상 살고 싶지 않아. 레이와시대가 훨씬 나아."

— 왜? 무슨 의미야?

이렇게 물을 거라 생각했지만 아마가세는 "그렇네." 하고 낮

은 목소리로 말하더니 다시 말을 이어나갔다.

"남자들은 진짜 여자를 우습게 보고 있어. DNA에 깊이 스며들어 있다고밖에 생각할 수가 없어. 나도 예전 인생에서는 그런 걸 깨닫지 못했어. 우리 아버지도 그렇고 친척이나 동급생들도 전부, 한 사람도 예외 없이 여자를 아래로 봤고 그걸 당연하게 여겼어. 하지만 여자들은 오랜 옛날부터 공평하지 않다는 걸 느끼고 매일같이 상처받으면서 살았던 거야."

나는 다급하게 지갑을 열어 새전을 꺼내는 척하면서 눈물을 흘렸다.

고향에서 며칠을 보낸 뒤 도쿄로 돌아왔다.

아마가세도 아키타로 돌아갔다.

나나쿠사가유[97]를 먹을 무렵, 다이요 리빙에서 면접을 보러 오라는 연락이 왔다. 나는 정장을 갖춰 입고 신주쿠 본사로 갔다.

괜히 좋아했다가 실망하지 않으려고 아침부터 마음을 다잡았지만, 채용 담당인 중년 남성의 표정을 본 순간, 잘될지도 모른다는 생각이 들었다. 환영하는 것까지는 아니었지만 지금까지처럼 여자를 깔보는 분위기는 아닌 데다가, 그렇다고 채용할 마음도 없으면서 형식적으로 면접을 보는 듯 은근히 무례한 태

---

97 七草粥. 일곱 가지 채소(풀)를 넣어 끓인 죽으로, 새해에 한 해의 건강을 기원하며 1월 7일에 먹는다.

도도 아니었다. 그보다는 일하다가 도중에 시간을 내 빠져나온 듯한 모습으로 상당히 바빠 보였다.

나는 '도쿄의 부잣집 아가씨'처럼 품위 있게 미소를 짓는 데만 온통 신경을 집중시켰다. 업무 내용이 차 심부름이든 복사든, 아니면 머리 나쁜 남자들의 보조 역할이든 뭐든 좋으니 어쨌든 정직원으로 채용되기만을 바랐다.

간단한 질의응답이 끝난 후, 채용 담당자가 말했다.

"대략 잘 알았습니다. 그럼 채용하도록 하겠습니다."

"네?"

그 자리에서 결과를 듣게 될 거라고는 생각지 못했다.

"어떠신가요? 입사하시겠습니까?"

다음 순간, 나는 마치 용수철 인형처럼 자리에서 벌떡 일어나 깊이 머리를 숙여 인사했다.

"감사합니다. 잘 부탁드립니다."

돌아가는 길에 혼자 축배를 들기로 하고 다카노 후르츠 파라[98]에 들어가는 사치를 나 자신에게 허락했다. 아주 큰맘 먹고 멜론 주스를 주문했다.

맛있었다.

졸업식 날이 왔다.

---

[98] 신선한 과일을 듬뿍 사용한 주스, 파르페, 케이크 등을 파는 고급 디저트점. 신주쿠에 본사가 있다.

졸업증서 외에도 여러 가지 서류를 받아들었는데, 그 안에 교우회 입회 신청서가 들어 있었다. 입회비를 1만 엔이나 받는 모양이다.

"어떻게 할래, 아케타? 입회할 거야?"

"할 리가 없잖아. 이런 대학, 나 너무 싫다고." 하고 아케타가 내뱉었다.

열심히 충만하게 보낸 4년간이긴 했다.

입학식 날부터 아케타와 함께 지냈다. 여자 화장실의 방범 벨에 놀라던 날이 새삼 그립다. 나는 60대 아줌마지만 아케타는 젊으니까 많은 사랑을 하면서 차고 차이는 소동도 있었고 말 그대로 청춘 그 자체로 빛나는 날들이었다. 나는 4년 동안 여기저기 건축물을 보러 다녔고 책을 많이 읽었으며 아르바이트를 하면서 과제와 제미 활동에 진지하게 애썼다.

그래서 만족했으며 좋은 추억도 많이 쌓였다. 하지만 중요한 취업 활동은 고전의 연속이었다. 지원한 회사마다 이가 갈릴 정도로 분한 경험을 했고, 마지막 희망이었던 취업과도 내 편이 되어주지 않았다.

취업과에서 알게 된 문학부 여학생이 해준 말이 마음에 걸렸다.

— 문학부는 대부분 대학이 80퍼센트가 여자인데 우리는 왠지 여자가 20퍼센트도 안 되거든. 우리 과 여학생들은 우수한

사람이 많지만 남학생들은 어떻게 입학했나 의아한 사람이 많단 말이지.

그때 나는 딱 감이 왔다. 예전 인생에서도 몇 년 전에 의대 입시에서 여성 차별이 문제가 됐던 사실이 생각났기 때문이다. 하지만 말하지 않았다. 말해봐야 누가 믿어줄 리도 없다. 많은 일이 비밀리에 행해지고 은폐되던 시대였다.

취업 활동은 대학 생활 4년간의 집대성이다. 그런데 괴로운 경험이 계속되어 그때까지의 즐거웠던 수많은 추억이 사회와 대학에 대한 원망으로 덧씌워지고 말았다.

"여어, 기타조노! 너 취업되었다면서?"

그렇게 말하며 숏타라가 다가왔다.

"다이요 리빙? 처음 듣는 회사네. 대체 어떤 회사야?"

순간 마음속 깊은 데서 시커먼 증오가 치밀어올랐다.

"우왓, 무서워, 그 눈빛. 그렇게 노려보지 말라고. 모처럼 걱정해서 물어봤더니만."

그때 아케타가 "가자." 하고 내 소매를 끌어당겼다.

"숏타라 같은 멍청이를 상대하는 것도 오늘이 마지막이야. 속이 시원하네."

아케타는 주위에 다 들리게 큰소리로 말했다.

따가운 시선이 느껴져 뒤를 돌아보자 우에다 마사키가 나를 보고 있었다.

마지막으로 인사 정도는 해두는 게 좋을 것 같았다. 우에다 건축사무소에서 아르바이트를 하게 해준 덕분에 케이크점에서의 성추행이며 서서 일하는 업무에서 해방되었다. 아마가세한테 사람이 너무 좋아 탈이라고 또 한소리 들을지도 모르지만, 전무님도 내게 잘해주신 건 사실이다. 그런 생각에 우에다 쪽으로 한 걸음 내디뎠을 때, 우에다는 일부러 그러는 것처럼 시선을 돌리고는 홱 돌아섰다. 그리고 다시 뒤를 돌아보더니 흘깃 나를 노려보았다.

"뭐야, 우에다 저 태도는. 제멋대로 마사미를 신붓감으로 점 찍어놓은 주제에."

아케타가 화를 냈다.

하지만 나는 안도해 가슴을 쓸어내렸다. 가족이 함께 똘똘 뭉쳐 나와의 결혼을 계획했던 것에 화가 났지만, 나도 깨닫지 못하는 사이에 우에다가 착각할 만한 태도를 보였을지도 모른다는 생각도 들어서였다.

하지만 그는 마지막 순간에 나를 노려보았다. 마치 더러운 것을 보는 듯한, 그때까지 본 적 없는 불쾌한 눈빛이었다.

떠날 때 비로소 그 사람의 진가가 드러난다는 건 어느 시대나 마찬가지구나.

— 기타조노, 미안해. 내가 멋대로 착각하고 불편하게 해서.

그 정도로 한마디 해줬더라면 나도 사과하려고 마음먹고 있었다. 그리고 기분 좋게 웃으며 헤어지자고…… 그런 상상을 하던 나는, 아마가세가 말한 대로 사람이 너무 무른가 보다.

3월이 되자 졸업여행을 가는 학생이 많았다. 아마가세가 아키타로 놀러오라고 몇 번이나 말했지만 취업이 결정되고 나서 시작한 슈퍼마켓 풀타임 아르바이트를 쉴 수는 없었다.

엄마가 전화해서는 "졸업했으니까 이제 생활비는 보내지 않으마." 하고 냉정하게 선언했기 때문이다.

21

다이요 리빙

입사식 날이 왔다.

넓은 회의실로 안내받아 들어가자 신입사원으로 보이는 여성들이 회의실 구석에 모여 있기에 나도 그 무리로 들어갔다.

모두 환하게 웃는 얼굴이었다. 밝고 상냥해 보이는 여성들만 있었기 때문일까, 첫 대면인데도 화기애애한 분위기여서 동기로서 오래 같이 일할 수 있을 것 같은 기분이 들었다. 아주 좋은 징조다.

"여러분, 자리에 앉아주십시오. 지금부터 입사식을 거행하겠습니다."

신입사원은 전부 스무 명이었고 그중에서 여자는 나까지 다섯 명이었다.

사장은 아직 마흔두 살로, 활달해 보이는 웃는 얼굴에서 의욕이 넘쳐났다. 그 겉모습으로 봐서는 아마도 여자들한테 인기가 많을 것 같다. 그렇기에 여자라는 생물을 잘 이해하고 있지 않을까. 지방 출신의 4년제 대졸 여성이라는 최악의 조건인 나를 고용해줄 정도니까, 여자도 한 사람의 인간이라는 사실을 알고 있는 소수파 남성 중 한 사람일 것 같다.

식이 끝나자 부서 배정이 발표되었다.

여성 다섯 명 중에서 접수직이 두 명, 서무직이 두 명이고, 나는 설계부에 배속되었다.

설계부라고 들은 순간, 기뻐서 나도 모르게 소리가 튀어나올 뻔해서 양손으로 입을 틀어막았다.

그때 시야의 한쪽 구석으로 날카로운 시선이 느껴져 주위를 살펴보니 인사부의 젊은 여성이 나를 뚫어져라 보고 있었다. 그 표정으로 짐작하건대, 내 행동이 그녀의 신경을 거슬리게 한 모양이었다.

그녀는 다마루 미치코라고 하며 20대 후반쯤 됐을까, 입사 수속을 할 때 도움을 받았다.

그 미치코의 인솔하에 여성 다섯 명은 로커룸에 모였다.

"유니폼을 입어보고 사이즈를 알려주세요. 오늘 중으로 주문할 테니까요." 미치코가 말했다.

기다란 책상 위에 S부터 3L 사이즈의 감색 조끼 정장이 놓여 있었다.

유니폼을 입는 건 여자들뿐이었지만 그것을 남존여비라고 따질 마음은 없었다. 그런 건 사소한 일이라고 여기기로 했다.

생각하기에 따라서는 출근용으로 따로 옷을 사지 않아도 된다. 본가에서 출퇴근하는 게 아니므로 식비나 광열비 등 지출도 많다. 그렇다면 유니폼이 있는 건 행운이라고, 긍정적으로 생각하기로 했다. 이 시대, 일일이 남녀 차별이 아닐까 하고 마음에 걸려 하다가는 그런 상황이 너무 많아서 지쳐 쓰러지고 말 거라는 걸 나는 알고 있었다.

"저는 M사이즈로 괜찮을 것 같아요." 하고 한 사람이 말했다.

"네, M이요." 하고 미치코가 빠릿빠릿하게 메모했다.

"저는 S도 헐렁한데요……."

"어쩔 수 없어요. 그보다 더 작은 사이즈는 없으니까 그냥 S로 입어요."

모두 사이즈를 다 골랐을 때, 갑자기 긴장이 풀린 분위기가 되었다.

"기타조노 씨는 대단하네요. 설계부에 배속되다니." 하고 신입사원 중 한 명이 말했다.

"아, 저요? 아니, 그게, 설계부에서 차 심부름을 하게 될지도 모르고."

"그건 아니에요." 하고 미치코가 단호하게 말하더니 화난 듯한 얼굴로 말을 계속했다.

"작년 말에 차 디스펜서[99]를 설치했어요. 부장이든 과장이든, 차를 마시고 싶은 사람이 직접 차를 타 마시게 된 거죠. 최근에는 어느 회사나 그게 당연한 일이 되어가고 있어요."

그렇다면 나도 남자들과 똑같이 설계 업무를 맡게 되는 걸까. 알고 싶었지만 물어볼 분위기는 아니었다.

"혹시 기타조노 씨는 4년제 대졸?" 하고 S사이즈 사원이 물었다.

"그래요. 기타조노 씨는 4년제 대졸이에요." 하고 나보다 앞서 미치코가 대답했다.

"아, 그런 거였군요."

"그렇구나. 여자가 4년제 대졸이 있을 줄은 몰랐네."

"내가 접수 담당이라니……. 못생긴 주제에 우쭐해한다고 할 것 같아 무서워."

"나도 분명히 그런 말 들을 거야. 보통은 미인이 맡는 업무인데, 어째서 네가? 하고 말이야."

"얼굴은 관계없어요. 당신들 두 사람은 고졸이니까 접수처 업무인 거죠. 서무 두 사람은 전문대졸이고요."

미치코는 개인 정보를 차례로 폭로했다.

"기타조노 씨 혼자만 설계부라니, 왠지 기분이 안 좋은데." 하고 S사이즈 그녀가 말했다.

---

99 사무실이나 공공장소에서 물이나 차(녹차, 보리차 등)를 자동으로 타주는 기계

입사하자마자 벌써 왕따가 될 것 같은 예감이다. 반면에 그게 무슨 상관이야 하는 강한 마음도 들었다.

"같은 여자인데 차별하네."

놀란 건 아무도 반론하지 않았다는 사실이다. 반론은커녕…….

"여자를 학력으로 차별하다니 말도 안 돼." 하고 미치코마저 거들었다.

여자들이 얼마나 사회성이 없는지 드러난 순간이었다. 남자라면 학력별로 직종이 나뉘는 것을 상식으로 알고 있다. 관공서뿐만 아니라 민간기업에서도 학력과 자격증 여부에 따라서 간부 후보 등 진급 코스가 구분되어 있다. 그런데 이곳에서는 남자라면 당연한 일이 여자에게는 해당되지 않았고, 모두 '여자라는 테두리' 안에서 평등하게 대우받아야 한다고 생각하고 있다.

여자는 어디까지나 여자, 여자라면 모두 똑같다. '여자라는 테두리'에서 불거져나오면 교활하다고 비난받는다. 마치 학생 시절 친한 친구들끼리 그랬던 것처럼.

나이에 비해서 너무 유치하지 않은가. 세상을 몰라도 정도가 있지.

오랜 세월에 걸쳐 여러 기회를 빼앗겨온 여자들은 사회인으로서 크게 뒤처져 있다.

"기타조노 씨는 혹시 스물두 살?" 하고 한 사람이 조심스레

물었다.

"응, 나, 지금 스물두 살이야." 하고 나는 대답했다. 이번에는 미치코가 먼저 대답하지 못했다.

"아, 4년제 대졸은 벌써 스물두 살이구나. 그러면 올해 스물세 살이 되겠네. 난 생일이 빨라서 올해는 계속 열여덟 살인데. 미성년자라 신입사원 환영회에서도 술은 못 마셔."

접수직 그녀가 자랑스럽게 말했다.

"좋겠다. 10대라니 신선한 느낌이 나. 아직 10대라고 하면 남자 직원들이 기뻐한다고 들었어."

이번에는 전문대졸 그녀가 말했다.

신입사원 여자들은 내가 스물두 살의 '늙다리'라는 걸 안 순간부터 승자의 얼굴로 돌변했다. 몇 분 전까지만 해도 혼자만 설계부에 배속되었다고 부러워했으면서.

대화가 끊겨 조용해진 순간, 미치코가 갖고 있던 메모 용지가 바스락 소리를 내는 바람에 모두 일제히 미치코를 쳐다보았다.

미치코는 꼼짝도 하지 않고 불쾌한 표정으로 서 있었다.

이 사람, 몇 살이나 되었을까 하고, 미치코를 쳐다보는 모두의 눈이 말하고 있다.

그때 미치코가 "자, 자," 하고 힘껏 손뼉을 치면서 말했다.

"여러분의 유니폼 사이즈는 알았으니까, 그럼 각자 발령받

은 부서로 가주세요. 어딘지 모르는 사람은 제가 안내해드릴
게요."

　미치코는 말을 마치자 재빨리 로커룸을 빠져나갔다.

22.

대립

직속 선배 직원은 스물일곱 살의 독신 남성인 미야타케 마나부였다.

이 회사에서는 OJT[100]라는 말은 아직 없었지만 선배 직원이 일대일로 신입사원을 육성하는 지도 체제가 갖추어져 있었다.

첫 일주일 만에 나는 미야타케를 아주 싫어하게 되었다.

한마디로, 끔찍하다.

사생활에 관해 배려 없이 꼬치꼬치 캐묻지를 않나, 직원식당에서는 당연한 듯이 옆자리에 턱 하니 앉는다. 여름맞이 회식 때도 남자 동기 옆자리가 비어 있어서 내가 앉으려고 하자 "안 되지. 네 자리는 이쪽이잖아." 하더니 내 팔을 세게 잡아당겨 자신 옆에 앉혔다.

----

100 On the Job Training: 직장 내 교육 훈련. 일상적인 직무를 통해 개별 지도와 교육을 실시하는 방식이다.

뭘 착각하는 걸까, 내가 다른 남자 사원과 이야기만 해도 갑자기 심기 불편한 기색을 보였다.

마치 애인이라도 되는 것처럼 굴었다.

나는 남자 동기들에게 호감을 갖고 있었다. 입사 초기라 그렇기도 하지만 모두 희망으로 가득 차 있고 주택 건축에 열정을 불태우는 동지였다.

하지만 미야타케는 무슨 일이 있을 때마다 내게 말했다.

— 그 녀석은 조심하는 게 좋아. 바람둥이라고 소문났어.

내가 친근하게 대화를 주고받기만 해도 누구나 미야타케가 말하는 '바람둥이'가 되었다.

미야타케는 내 몸을 만진다거나 직접적인 성추행은 하지 않았다. 그래서 누구한테도 하소연할 수도 없었고 나날이 스트레스가 쌓여갔다.

퇴사 이유로 가장 많은 대답은 남녀 모두 '직속 상사를 견딜 수 없어서'라는 앙케트 결과를 본 적이 있다. 일 자체가 싫어진 거라면 몰라도, 인간관계를 견딜 수 없어서 그만두는 것이다. 대체 회사란 무엇일까? 일을 하는 집단이 아니라 굴욕을 주기만 하는 집단인가.

이런 나도 회사를 그만두고 싶을 정도로 미야타케가 싫었다.

때로 아마가세가 한 말이 떠올랐다.

— 기타조노는 파트 근무지를 바꿔본 적 있어?

그때의 나는 당연하게 "있지." 하고 대답했다. 그러자 아마가세가 말했다.

— 파트타임 근무는 속 편해서 좋겠어.

그때 나는 굉장히 반발했다. 그래도 아마가세는 계속해서 말했다.

— 바로 단념할 수 있는 게 속 편하다는 거야. 남자는 가족을 부양해야 하니까 그렇게 간단히 이직할 수가 없어.

아마가세가 한 말이 맞았다는 걸, 지금은 안다.

나는 다이요 리빙을 그만둘 수 없다. 이곳을 그만두면 두 번 다시 취업하지 못할 가능성이 크다. 이 시대는 갓 대학을 졸업한 사람만 귀하게 대접했고, 게다가 종신고용제였기 때문에, 누구나 정년퇴직할 때까지 이직하기가 어려웠다. 그런 상황에서 직장인들은 견뎌냈던 것이다. 정말이지 힘든 시대였다.

"기타조노 씨, 어때요? 잘하고 있어?"

그렇게 말을 걸어온 사람은 설계부 1과의 호시카와 아야메 과장이다.

아야메는 30대 중반 기혼자로 아이가 둘 있다고 들었다. 그녀는 내게 희망의 별이었다. 대부분의 여성이 결혼하면 퇴직하던 시대에 아야메는 결혼 후에도, 출산 후에도 정직원으로 일을 계속했다. 그리고 사내에서 유일한 여자 과장이다. 그녀를 생각하면 미야타케가 끔찍하다는 이유로 회사를 그만둘 수는 없는 노릇이다. 그런 사소한 일로 나약한 소리를 할 때가 아니다.

"네, 열심히 하고 있습니다." 하고 나는 대답했다.

아야메 과장은 "응, 그래야지." 하더니 빙긋 웃으며 자리를 떴다.

다음 순간, 옆자리에 있던 미야타케가 의자에 앉은 채 이동 바퀴를 굴려 내 쪽으로 돌진해왔다. 나는 재빨리 내가 앉아 있는 의자를 반대 방향으로 굴려 옮겨갔다. 그때까지 몇 번이나 미야타케는 실수인 척하며 몸을 부딪쳐온 적이 있었다.

"그러지 마세요." 하고 말해도 미야타케는 우연이라고 우겼다. 그뿐만 아니라 이 정도 일로 눈에 쌍심지를 켜는 건 이상하다며 오히려 나를 비난하기도 했다.

이렇게 당사자밖에 알지 못하는 성희롱은 레이와시대가 되어도 은밀하게 계속되어서 여자들은 인내에 인내를 거듭하고 있다.

하지만 오늘은 순간적인 판단으로 내가 비켰기 때문에 미야타케는 생각지 않은 방향으로 미끄러지다가 내 의자 등을 꽉 붙잡고는 멈췄다.

"대체 왜 그러시는 거예요?"

나는 있는 힘껏 인상을 썼다. 이제 처음 입사했을 때처럼 마냥 웃어 보일 수는 없었다.

"아야메 과장은 말이지, 퍼펙트 우먼이라고들 하지. 미인인데다 패션 센스도 뛰어나잖아? 거기다 일도 잘하고."

그 말은 수도 없이 들었다. 미야타케는 자신의 일처럼 자랑하곤 했다.

그러고 나서 미야타케는 건축물 사진집을 내 책상 위에 올려놓더니, 비싼 책인데 개인 돈으로 샀다고 자랑인 양 떠들었다. 그리고 페이지를 넘겨 손가락으로 가리키며 말했다.

"봐봐, 이 건물, 굉장하지? 한 번만이라도 좋으니 살아보고 싶군."

정육면체 모양의 상자를 쌓아올린 형태로 지은 유명한 아파트였다.

"아아, 이 건물이라면 알고 있어요."

"멋있지? 노후화되면 상자째로 교체한다는 발상이 역시 프로네."

"교체할 수 있을 리가 없잖아요."

"뭐? 무슨 소릴 하는 거야! 자네는 아직 신입사원이라 뭘 모르는군."

"배관은 어떻게 하고요?"

"그런 건 건축가가 알아서 잘 설계했을 테지."

미야타케는 내가 아무 말 하지 않자 설복시켰다고 생각했는지 웃음을 지었다. 멍청한 여자를 가엾어하는 듯한 웃음에 소름이 끼쳐 나도 모르게 시선을 돌렸다. 그 건물은 도저히 보수할 방법이 없어 결국 레이와시대에 헐리고 만다는 것을 나는 알고 있다.

집은 사람이 살아가는 곳이다. 모름지기 집이란 편히 쉴 수 있어야 하며, 튼튼하고 오래가며 수선하기 쉬워야 한다는 것이 사람들의 보편적인 바람이다.

집은 누구를 위한 것인가.

그 집에 사는 사람들을 위한 것이다. 여자라면 누구나 알고 있다. 그곳에서 삶을 살아가는 사람들이 만족할 수 있는 집을 지어야 하는데, 건축가가 자기도취에 빠져 자랑하기 위해 짓고 있는 게 아닐까. 세월이 흐르고 시대가 바뀔수록 도쿄는 점점 서민이 살기 어려운 거리가 되고 있다. 여성의 의견이 오랫동안 무시되어온 데 대한 분한 마음이 새삼스레 깊이 사무쳤다.

오후에는 시스템키친의 신상품 시리즈 설계 회의가 있어 신입사원도 참석해 방청하게 되었다. 열 명 정도의 선배 직원들이 디근자 형태로 배열된 테이블을 둘러싸고 앉았으며, 신입사원들은 벽 쪽에 나란히 놓인 접이식 의자에 앉았다.

설계도 복사본이 전원에게 배부되었다.

"오호, 개수대가 아주 근사하군. 이거야말로 세상 모든 주부들이 아주 좋아하겠어."

백발이 희끗희끗한 부장이 말하자 설계자가 "그렇습니다."

하고 기쁜 듯이 웃었다.

주부 경력이 오래된 내가 보기에는 지나치게 큰 개수대와 삐까뻔쩍한 가스레인지 탓에 조리대 공간이 거의 없어 불편하기 짝이 없었다.

"여성들이 기뻐할 거야. 기타조노 씨도 감상을 말해보지?"

하고 부장이 나를 돌아보았다.

"엣, 저, 말인가요?"

벽 쪽으로 쭉 앉아 있는 신입사원은 모두 설계부 동기들이다. 그 열한 명 중에서 여자는 나 혼자뿐이다.

갑작스러운 지명에 당황했다. 솔직한 의견을 말해도 될까. 고생 끝에 간신히 취직한 회사가 아닌가. 풍파를 일으키고 싶지 않다.

이런 상황에서는 아부가 필요하다. 선배 직원이 기뻐할 만한 대답을 해야 한다.

"사양 말고, 기타조노 씨, 여성 대표로서 기탄없이 의견을 들려줘요."

부장은 한 번 더 점잖은 태도로 웃음을 띠며 나를 보았다.

"말씀드리기 송구스럽습니다만……."

그렇게 말한 순간, 정면에 놓인 화이트보드 옆에 서 있던 설계자가 못마땅해하는 표정을 짓는 것을 멀리서도 알 수 있었다. 정색하고 나를 빤히 쳐다보았다.

"생각한 걸 솔직히 말해도 돼요. 지금은 어디까지나 설계 단계니까 얼마든지 수정할 수 있거든." 하고 너그러운 말을 하는 부장 얼굴에는 웃음기가 사라지고 없었다.

말해선 안 돼. 지금은 분명히 칭찬을 퍼부어야만 하는 상황이다.

그도 그럴 것이, 나는 신입사원일 뿐만 아니라 '여자'이다. 시건방진 여자라고 소문이 돌 거라는 건 손바닥 보듯 훤하다. 그러니 분위기를 파악해야 한다.

하지만…….

"이 설계로는 식재료를 자르고 섞을 공간이 없어 요리하기에 불편할 거라고 생각합니다."

모두의 시선이 내게로 쏟아지는 가운데, 말끝이 들릴락 말락 목소리가 작아졌다.

"그건 기타조노 씨가 시골에서 자랐기 때문이야."

설계자가 그렇게 말하며 웃었다. 이야기를 나눠본 적도 없는데 내가 지방 출신이라는 것을 알고 있는 모양이다.

그때 회의실 뒤쪽 문으로 사장이 불쑥 들어왔다. 그리고 신입사원들과 똑같이 벽 쪽에 놓인 접이식 의자에 조용히 앉았다.

모두가 알아차리고 사장 쪽을 보았다.

"아, 나는 신경 쓰지 말게나. 방해해서 미안하군. 자, 계속하지." 하고 사장은 온화한 표정으로 웃었다.

"신입사원인 기타조노 군이 조리 공간이 없어 불편하다는 의견을 냈는데, 그러면 설계자인 고노 군의 의견은 어떠한가?" 부장이 질문하자 고노가 이야기를 시작했다.

"그러니까 시골은 봉당[101] 같은 게 있어서 꽤 넓습니다. 저도 견학한 적이 있는데 그런 곳은 확실히 요리하기는 쉽겠지요. 하지만 도시는 땅값이 비싸서 부엌이 좁은 건 어쩔 수 없습니다. 따라서 이렇게 설계할 수밖에 없어요. 기타조노 씨, 이해했나요?"

"하지만 이렇게 큰 개수대와 가스레인지라면 그 일부를 줄이면 된다고 생각하는데요."

고노는 내 의견에는 아무 대답도 하지 않고 회의실을 둘러보며 "그밖에 또 의견 없습니까?" 하고 물었다. 아무도 의견을 내지 않았다.

그냥 두면 좋으련만, 나는 가만 있지 못하고 다시 손을 들고 말았다.

"네, 말씀하시죠." 하고 설계자 고노가 질린다는 얼굴로 나를 지목했다.

"시스템키친 자체가 너무 낮습니다. 이 높이는 여성의 평균 신장을 참고로 해서 만들었다고 들었습니다만, 남성이 사용할 경우 허리가 아픈 사람도 있지 않을까 싶습니다."

---

[101] 안방과 건넌방 사이의 마루를 놓을 자리에 마루를 놓지 않고 흙바닥 그대로 둔 곳

"남자는 요리 같은 거 안 하니까 관계없잖아." 하는 목소리가 어디선가 튀어나왔다.

"가끔 휴일에 인스턴트 라면을 끓이는 남자도 있을지 모르지만, 고작 그때를 위해서 높게 만들면 평소에 주부들이 사용하기 힘들지."

"맞습니다. 어쩌다 요리하는 남자에 맞춰서 높게 만들 순 없죠."

"하지만 앞으로 맞벌이 부부도 증가할 거라고 생각합니다." 하고 나는 또 저항을 시도했다.

"응, 기타조노 씨가 하고 싶은 말이 뭔지 잘 알아요."

이렇게 말하고 나선 사람은 사회자 격인 부장이었다.

"자네 말은 알겠네만, 그래도 아직 시기상조가 아닐까?"

— 시기상조라니, 대체 언제까지 그 말을 할 거냐고.

그렇게 반론하고 싶은 걸 꿀꺽 삼켰다. 그 말까지 뱉었다가는 결정적으로 회사를 계속 다니기 힘들어질 것이다.

그때, 아야메가 "저요!" 하고 시원한 목소리로 외치며 손을 들었다.

아아, 드디어 아군이 나타났다. 나 외에 여성이 있어서 다행이다.

"말씀하세요, 아야메 과장."

아야메는 여성 중에서는 키가 큰 편이다. 165센티미터는 될

듯하다.

 "저희 어머니는 143센티미터예요. 그래서 발판을 놓고 올라 서서 요리를 하는데, 좀 위험해 보이거든요. 요리할 때 부엌 안을 왔다 갔다 하잖아요? 냉장고나 찬장 사이를 오가게 되는데 그때마다 발판에 올라갔다 내려갔다 합니다."

 "그렇군요. 연세 있는 여성들에게는 높을지도 모르겠네요."

 설계자는 태도가 싹 달라져서는 동정 어린 눈으로 아야메를 보았다.

 "아야메 과장님의 어머니가 만든 도시락, 엄청 호화롭더군 요." 하고 누군가 말했다.

 "매일 싸주신다니 부럽습니다."

 "제 도시락도 부탁드려요." 하고 장난스러운 목소리가 튀어 나오자 신입사원을 제외한 모두가 일제히 웃었다. 화기애애한 분위기였다.

 "아야메 과장의 아이들 도시락도 어머니가 매일 만들어주신 다면서요? 훌륭한 어머니세요. 아야메 과장, 감사한 줄 알아야 해요." 하고 부장이 약간 비꼬듯이 말했다.

 "물론 어머니에게는 감사하고 있죠."

 "게다가 본가의 넓은 부지에 집을 지어주셔서 살고 있다고 들었어요. 어린이집에 보내고 데려오는 일도 부모님이 해주고 있죠?"

"그야 그렇죠. 안 그러면 야근 못한다니까요."

아야메 과장의 표정과 목소리가 밝을수록 그에 반비례해서 내 기분은 점점 더 가라앉았다.

어머니에게 가사와 육아를 도움받는 것이 나쁘다고는 생각하지 않는다. 남자 직원들도 집안일은 모두 아내가 해주고 있으니 똑같은 상황이다. 하지만 순식간에 희망이 사그라들었다. 역시 여자는 친정어머니 도움 없이는 일을 계속할 수 없는 걸까.

"그러면 선택할 수 있게 하면 어떨까요? 부자(父子) 가정[102]도 있을 테고요."

이러한 방법을 제안하면 분명 반대 의견은 나오지 않을 것이다. 휠체어를 타고 생활하는 사람을 위해서는 더욱 낮은 싱크대도 만들어야겠지.

바로 그때였다.

"너, 입 좀 다물어!" 하고 고함 소리가 날아들었다.

놀라서 소리 나는 쪽을 바라보니 미야타케였다. 나를 무섭게 노려보고 있었다.

"아이고, 무서워라. 벌써부터 가부장처럼 구네. 성급하기는."

놀려대는 듯한 소리가 들려왔다. 마치 나와 미야타케가 연인 사이인 것처럼 말하지 않는가. 모두 흥미진진해하는 눈으로

---

102 미혼이나 사별, 이혼한 아버지와 20세 미만 자녀만으로 구성된 세대

나를 바라보았다.

"괜찮아?" 하고 작게 중얼거리는 소리가 바로 옆에서 들려왔다.

옆에 앉아 있는 동기 나카모리였다. 나카모리의 지도 담당은 후타로라고 불리는 남자였다. 나카모리와 후타로는 죽이 잘맞는 듯, 언제나 즐겁게 일했다. 휴일에는 둘이서 주택 전시회장을 돌아보기도 하고 지은 지 오래된 도내 민가나 중요 문화재로 지정된 서양식 건축물을 보러 다닌다고 한다. 나카모리도 후타로도 총명해 보였고 일에 대한 열정이 느껴졌다. 내 지도 담당도 후타로 같은 선배였다면 얼마나 좋았을까. 운이 지지리도 없다는 생각에 한숨이 절로 새어나왔다.

"혹시, 벌써 그렇고 그런 사이인 거야?"

"선배도 참! 뭘 그런 걸 묻고 그러십니까?"

미야타케가 기분 좋은 듯이 말하는 소리가 들려온 뒤, 휘익휘익 휘파람 소리가 났다.

"그래도 그렇지, 진도가 너무 빠른 거 아냐?"

아아, 이런 회사 때려치우고 싶다.

어느 누구도 자신이 성희롱에 가담하고 있다는 인식을 하지 못하고 있다. 이 시대에는 이런 분위기가 곳곳에 만연해 있었다.

"이봐, 미야타케. 그만하게나!"

큰소리로 제지하고 나선 사람은 사장이었다.

"기타조노 군에게는 어엿한 남자친구가 있다네."

나를 도와주려고 거짓말을 해준 것 같다. 도와준 것은 고맙지만 그 방법은 뭔가 약간 어긋나 있다.

"어엇, 너 남자친구 있었어?" 하고 미야타케가 얼빠진 목소리를 냈다.

미야타케는 나를 바라보며 내가 대답하기를 기다리고 있다.

그런 사적인 얘기를 회의 자리에서 대답할 필요가 있을까.

하지만 어쩌면 좋은 기회일지도 모른다. 두 번 다시 기분 나쁜 벌레가 들러붙지 않도록.

"네, 있는데요?" 하고 나는 태연하게 대답했다.

"양다리 걸친 거야?" 하고 다른 선배 직원이 물었다.

"네? 무슨 말씀을 하시는 거예요? 저는 미야타케 선배와 아무런 관계도 없습니다."

"그래? 뭐야, 미야타케. 깜빡 속았네."

"그럼 그렇지, 네가 여자한테 인기 있을 리가 없지."

미야타케가 나를 원망하는 눈으로 뚫어져라 보는 게 신경 쓰였다. 되레 나한테 원한을 품을 게 분명하다.

그렇다면 나는 어떻게 대답해야 좋았던 걸까.

어떻게 해야 여자는 성희롱당하지 않고, 안심하고 살아갈 수 있을까.

그날 밤, 사장이 불러서 이자카야로 갔다.

사장이 지명해 부른 인원은 나와 아야메 과장, 그리고 후타로였다.

건배를 마치자 바로 사장이 물었다.

"기타조노 군은 어떤 집을 짓고 싶은가?"

직접적으로 물어볼 때는 솔직하게 대답하는 게 좋다.

"저는 여성이 혼자서도 안심하고 살 수 있는 집을 설계하고 싶습니다. 집 자체도 그렇지만, 부엌과 욕실도 집안일을 하지 않는 남자가 고안한 건 사용하기도, 청소하기도 불편하거든요."

"실은 나도 말이지, 개수대가 너무 낮아서 허리가 아팠던 적이 있거든." 하고 사장이 말을 꺼냈다.

사장은 어머니와 둘이서 살고 있으며, 아내가 딸을 데리고 집을 나간 지 일 년이 된다고 했다. 처음에는 어머니가 의욕적으로 집안일을 해주었지만 넘어져 대퇴부가 골절되는 바람에 간병이 필요해졌고, 지금은 가정부가 집으로 오지만 주말에는 오지 않는 날이 많아서 사장이 직접 부엌에 들어간다고 한다.

"어머님이 절대로 시설에는 들어가지 않겠다고 눈물을 흘리면서 애원하시더군."

"아, 그러셨군요?" 하는 걸 보니 후타로도 몰랐던 모양이다.

"아야메 과장의 어머님과 우리 어머니는 완전 다르지. 어머니께 감사하라고."

"네네, 그래서 감사하고 있다니까요. 오늘처럼 퇴근하고서 자유롭게 술자리에 올 수 있는 것도 어머니가 집에서 애들을 돌봐주시는 덕인 걸요."

"죄송한데요, 잠깐 일 얘기를 해도 되겠습니까?" 하고 후타로가 조심스럽게 물었다.

"어제 그 서재 내부 설비 건입니다만, 책장은 붙박이로 하는 게 잘 팔릴 것 같습니다."

"찬성이네. 나도 줄곧 같은 생각을 했어."

사장이 그렇게 동의하자 후타로가 기쁜 듯이 웃고는 우롱하이[103]를 한 모금 마셨다.

"기타조노 군은 서재에 관해 어떤 이미지를 갖고 있지? 남자의 성 같은 느낌인가?"

"이런 말 해도 될지 모르겠지만……."

"어서 말해봐. 기탄없이 말야." 하고 사장이 재촉했다.

"……네, 저는 서재라는 말이 싫습니다."

"으응? 왜지?"

후타로가 의아하다는 표정으로 나를 보며 물었다.

"혼자 있을 수 있는 공간을 절실히 원하는 사람은 아내 쪽이라고 생각하거든요."

말을 꺼낸 순간, 찬물을 끼얹은 듯 조용해졌다.

---

103 소주에 우롱차를 탄 알코올음료

1990년대 후반 무렵에 '남자의 은신처'[104]라는 말이 유행한다는 걸 나는 알고 있다. 그 말을 들었을 때, 숨어서 혼자가 되고 싶은 건 여자 쪽이라고 큰소리로 외치고 싶었다. 아이들을 키우는 여성은 혼자 있을 시간이 조금도 없다. 회사 일이 끝나면 서둘러 어린이집으로 아이를 데리러 가야 한다. 하지만 남편은 퇴근길에 자유롭게 여기저기 갈 수 있다.

"서재는 남편의 것이 아니다, 아내야말로 혼자 있고 싶은 마음이 절실하다는 뜻이지?"

사장은 날 배려해서 한 말인지, 어딘가 어색하게 물었다. 아야메 과장은 아무 말도 하지 않고 삶은 풋콩을 먹고 있다. 같은 여자라도 환경과 처지가 너무 달라서 공감할 수 없는 것이리라.

공감하기는커녕 골치 아픈 신입사원이 들어왔다고 생각하는 것 같았다.

다음 날 아침에 눈을 뜨자마자, 오늘도 회사 가야 하는구나 하는 생각에 우울해졌다.

알람 시계가 원망스럽다.

꾸물꾸물 이불 속에서 나왔다.

---

104 1997년(헤이세이9년)에 라이프스타일 잡지 <남자의 은신처(男の隠れ家)>가 창간되어, 남성들이 꿈꾸는 남성만의 아지트나 취미 공간이나 생활 스타일을 주제로 한 콘텐츠가 인기를 끌었다.

회사에서 복사기 앞에 서서 회의용 자료를 복사하는데 미야타케가 소리도 없이 다가왔다.

"기타조노, 이번 일요일에 시간 있나?"

이럴 때는 솔직히 대답해야 한다. 되묻는 게 왕도다.

"아, 일요일이요? 왜 그러시는데요?"

"영화라도 보면 어떨까 해서."

어이가 없어 말문이 막혔다. 어제 회의 때의 일을 없었던 걸로 하려는 걸까?

모두 있는 자리에서 내게 고함쳤던 것을, 내가 마음에 담아 두지 않을 거라고 여기는 걸까. 게다가 나는 남자친구가 있다고 분명히 말했다. 아니면 내 거짓말을 꿰뚫어보는 건가?

"죄송합니다. 그날은 선약이 있는데요."

후배 입장인 여성은 남자 선배의 청을 거절하기 어렵다. 거절한 순간 손바닥을 뒤집는 듯이 태도가 돌변해 업무를 가르쳐 주지 않는 남자를, 파트 근무처에서 수없이 봐왔다. 그런 일은 남녀 직원들 간에도 있었고, 젊은 주부 근무자에게 기혼 남성 직원이 그러는 경우도 있었다. 파트 근무지를 여러 곳 옮겨다니며 일했었기에 다양한 사례를 목격했다. 자존심에 상처를 입은 남성의 복수는 정말이지 무서웠다.

"어떤 선약인데?" 하고 미야타케는 내 눈을 뚫어져라 쳐다봤다. 거짓말을 했다가는 용서하지 않겠다는 기세였다.

"남자친구와 데이트가 있어요."

복사가 끝나서 내 자리로 돌아왔다. 미야타케도 내 뒤를 바싹 붙어서 따라왔다.

"데이트? 정말로 남자친구가 있는 거야?"

"정말인데요. 사진 보여드려요?"

"응. 보여줘."

나는 수첩에 넣어두었던 아마가세 사진을 보여주며 덧붙였다. "의대생이에요."

"기타조노, 농담은 그만하지."

"무슨 뜻이에요?"

"이런 잘생긴 의대생이 기타조노에게 반했을 리가 없잖아. 기타조노가 혼자 짝사랑하는 거겠지."

"또 한 장 있는데 보실래요?"

작년 크리스마스 때 도쿄타워 앞에서 찍은 사진이었다. 아마가세가 내 어깨에 팔을 두르고 딱 붙어서 찍었다.

이 사진을 찍자고 한 사람은 아마가세였다. 이 사진이 이렇게 도움될 날이 올 줄은 아마가세도 생각하지 못했겠지만, 어쨌든 다행이다.

"이런 남자는 못써. 여자한테 인기가 많아서 툭하면 바람피울 거야. 기타조노는 나 같은 사람이 잘 어울려."

이렇게까지 집요할 줄은 몰랐다.

"기타조노, 고엔지에 살지? 세이유[105] 근처잖아."

개인정보보호법이 없는 시대로, 주소가 기재된 직원명부가 전 직원에게 배부되어 있다. 상사에게 연하장을 보내기 위해서도 필요했다.

"요전번 일요일에 말이지, 한가해서 집 앞까지 가봤거든. 핑크색 커튼은 바꾸는 게 좋겠어. 여자가 살고 있다는 걸 도로에서도 한눈에 알 수 있어 위험해."

너무 놀라서 말이 나오질 않았다.

그때 후타로 선배가 불쑥 다가왔다.

"이봐, 미야타케. 농땡이 좀 그만 피우지?"

"후타로 선배, 그건 오해예요. 전 기타조노의 지도 담당이라 업무를 의논하는 거라고요."

"허어, 그렇게 안 보이던데."

멀리서 계속 보고 있었던 걸까.

"미야타케, 넌 단지 지도 담당일 뿐이라고." 하고 후타로가 말했다.

"네? 그건 무슨 의미인지?" 하고 미야타케가 의아한 표정으로 후타로를 쳐다보았다.

"무슨 의미인지 모르겠어? 어이없는 친구네. 지도 담당은 업무를 가르쳐주는 역할이야. 남자친구가 아니라고."

---

[105] 세이유그룹이 운영하는 슈퍼마켓 체인. 여기서는 세이유 고엔지점을 가리킨다.

후타로는 그렇게 말하고 자리를 떴다.

"이건 비밀인데, 후타로 선배는 별나다고 소문이 자자해. 저 사람이 하는 말은 신경 쓰지 않아도 돼. 기타조노는 내가 하는 말만 믿으면 된다고."

이 남자에게서 도망치는 방법은 없을까.

이런 경우는 사장님에게 직접 보고해도 되는 걸까.

회사에서 바로 집으로 오기가 싫어서 도중에 찻집에 들렀다.

이번 일요일은 데이트가 있다고 둘러댔지만, 아마가세는 아키타에 있다. 설마하니 미야타케는 내가 정말로 데이트하는지 아닌지를 확인하려고 이른 아침부터 우리 집을 엿보러 오는 게 아닐까.

아아, 진짜 싫다.

내 인생, 역시 잘 풀리질 않는다.

고난이 끊이질 않는 인생이다.

앞으로 나는 어떻게 하면 좋을까.

어디를 향해 나아가야 하는 걸까.

그날, 집 근처 카페에서 만다라차트에 뭐라고 썼더라.

분명 한가운데 칸에 쓴 글은…….

— 여성이 가슴을 활짝 펴고 살아갈 수 있는 세상을 만든다.

그리고 그 주위 칸에는…….

— 가정 내의 설비는 가사에 익숙한 사람이 설계할 것.

칸을 하나 메웠더니 기세가 붙어 잇달아 거침없는 글씨로 적어넣었다.

— 편견으로 가득 찬 상업 광고를 전부 없앨 것.

— 편견에 치우친 발언을 하는 아나운서를 해고할 것.

그때 쓴 것은 하나도 달성하지 못할 것 같다.

편견에 절어 있는 작사가와 여중고생에게 나쁜 영향을 미치는 유명인에게 시정해달라는 편지를 보냈지만 답장을 보내준 사람은 한 명도 없었다.

아아, 허무해.

애당초 가망 없는 이야기였던 것이다.

나 한 사람의 힘으로 세상 풍조가 바뀔 리가 없지.

하지만…… 세상은 바꾸지 못하더라도 나 자신의 인생쯤은 바꿀 수 있을 거라고 믿었다.

찻집을 나와 집으로 가는 동안에도 계속 생각에 빠져 있었다. 그 결과 깨달은 건, 나라는 인간은 인생을 몇 번 다시 산다고 해도 별 차이가 없다는 냉혹한 현실이었다. 애초에 우수한 사람이라면 인생 1회차에서 성공을 거머쥐었겠지. 나같이 평범한 사람은 아직도 어떻게 사는 게 정답인지조차 알지 못하고 있다.

그날은 밤이 깊도록 좀처럼 잠이 들지 않았다.

침대에 누워 벽시계를 올려다보았다.

빨리 자야 하는데. 가고 싶지 않지만 내일도 회사에 가야만 한다. 빨리 자려고 생각하면 할수록, 미야타케 얼굴이 떡하니 떠올라 점점 더 신경이 곤두섰다.

물이라도 마시자.

일어나 부엌으로 가서 선 채로 물을 마셨다.

테이블 위에 도시락 가게의 광고 전단지가 놓여 있었다. 우편함에 꽂혀 있던 그 전단지를 뒤집어보니 광택 있는 하얀 면이 나왔다. 전등에 반사되어 눈이 부셨다. 가만히 바라보고 있으려니 원근감이 틀어졌다.

의자에 앉아 광고지 뒤에 볼펜으로 바둑판 모양의 선을 그려보았다.

그때, 한가운데에 뭐라고 써야 했던 걸까. 어떤 목표라면 달성할 수 있었을까.

바둑판 모양 한가운데에 펜 끝을 올려놓고 구멍이 뚫릴 정도로 바라보았지만 아무런 답도 떠오르지 않았다.

그때였다.

만다라차트의 중심 부분이 태풍의 눈처럼 바뀌더니 주위 칸들이 빙글빙글 돌기 시작했다.

기시감이 있었다. 레이와시대에서 70년대 중학생 시절로 타임슬립하던 때 경험한 상황과 같았다. 만다라차트가 빙글빙글

돌고 있는데도 전혀 어지럽지 않았고 속이 울렁거리지도 않았으며 의식도 또렷했다. 모든 게 그때와 똑같았다.

설마, 다시 타임슬립하는 걸까?

얼굴에 바람이 느껴졌다.

장난감 풍차나 아니면 소형 선풍기를 가까이에서 바라보는 것 같은 감각이었다.

아아, 기분 좋아.

눈을 감아보았다.

회사에서의 스트레스를 다 잊을 수 있을 만큼 상쾌한 기분이다.

다음 순간이었다.

만다라차트의 가운데 칸으로 온몸이 빨려들어갔다.

소리를 지를 틈도 없었다.

23.

레이와시대

　문득 정신을 차려보니 낯익은 카페에 있었다.

　눈앞에 놓인 커피잔 안에는 3센티미터쯤 커피가 남아 있다. 그 옆에는 먹다 만 토스트 샌드위치가 있었다.

　숨을 죽이고 가만히 주변을 둘러보았다. 어딘가에서 높은 목소리가 들려왔다. 목소리가 나는 쪽을 쳐다보니, 나와 같은 세대로 보이는 여성 두 명이 함께 앉아 있었다.

　"나, 요즘 또 살쪘지 뭐야. 봐봐, 여기. 살이 붙었어. 그래서 나, 지난주부터 다이어트하고 있어."

　살쪘다고 푸념하는 여성은 비싸 보이는 트위드 재킷을 걸치고 있다.

　"엄살은. 날씬하기만 한데 뭘 그래. 살 안 빼도 돼."

　"난 평생 예쁘고 싶은걸."

아아, 역시 그때 그대로다. 이제 이 여성들은 지인들에 대해 들은 소문 이야기를 시작한다.

타인의 불행을 꿀맛으로 여기는, 그런 대화가 이어질 것이다.

"기타무라 씨가 홈헬퍼 일을 시작했대."

"어머머, 그 소문 역시 진짜였구나. 남편이 주식으로 큰돈을 날렸다더니."

아아, 아무것도 달라지지 않았다. 작사가에게 편지를 보내는 정도로는 일본 사회는 꿈쩍도 하지 않는다.

눈앞에 있는 잔을 들고 남아 있는 커피를 다 마셨다.

식어 있어서 맛이 썼다.

"야마자키 씨네 아들이 회사 그만두고 집에 틀어박혀 있는 거, 알아?"

"진짜? 몰랐어. 야마자키 씨도 힘들겠네. 아들이 명문고 나와서 도쿄대에 합격했을 때는 그렇게 자랑하더니만."

"그 사람, 자랑이 너무 심하더라고. 벌이 내린 건지도 몰라."

그때 쓴 만다라차트는 어디에 있는 거지?

어깨에 대각선으로 멘 포셰트에 손을 넣어보았더니 종잇조각이 나왔다.

── 닭가슴살, 오이, 참깨 페이스트, 랩 작은 거, 과일.

종이를 뒤집어보니 아무것도 쓰이지 않은 백지였다. 만다라차트는 흔적도 없이 사라져버렸다.

입구 쪽에서 소리가 나더니 대학생으로 보이는 남성 세 명이 카페로 들어왔다.

그들은 차례로 카운터에서 음료를 주문하고 나서 내 바로 옆자리의 둥근 테이블에 자리를 잡았다.

그 후에 어떤 대화가 오가는지는 생생하게 기억하고 있다. 충격을 받았기 때문이다. 듣고 싶지 않아서 눈앞에 있는, 다 식어빠진 토스트 샌드위치를 덥석 베어 물면서 마음속으로 노래를 불렀다.

"진짜? 말도 안 돼. 너, 그런 폭탄한테 술을 샀다고?"

"나도 후회했어. 폭탄이랑 결혼할 바에는 평생 혼자 사는 게 나아."

목소리가 너무 크다고!

다 들리잖아.

이 불쾌한 기분, 어떻게 책임질 거냐고.

세상은 이렇게 수준 낮고 저속한 사람들로 가득하다.

하지만 사람은 겉모습만으로는 알 수 없다. 중년 여성 두 사람만 해도 평소에는 품위와 교양 있는 사모님 모습일 터이고, 남학생 세 명도 취업 활동을 하게 되면 분명 정장을 차려입고서 예의 바르고 눈에 총기가 도는 청년으로 변신할 것이다.

아, 아마가세는?

아마가세는 지금 어떻게 됐을까? 그도 이 시대로 돌아온 걸까?

맞다, 고등학생 때 아마가세의 제안으로 휴대전화 번호를 교환했다.

손에 든 스마트폰을 열어 '연락처 목록'을 살펴보았다.

……없다.

몇 번이고 찾아봤지만 그의 번호는 없었다.

그러고 보니 아마가세가 서로의 번호를 외우자고 했었지? 기억해낼 수 있을까.

아, 아마도…… 생각났다. 잊을세라 스마트폰에 번호를 저장했다.

이 번호가 맞을 거다.

한시라도 빨리 조용한 장소에서 아마가세에게 전화를 걸고 싶은 충동이 일었다. 다음 순간, 덜컥 소리가 날 정도로 의자를 박차고 일어섰다. 너무 갑작스러운 행동이었는지 두 중년 여성과 세 남학생이 놀란 듯이 얼굴을 들고 나를 쳐다보았다.

개의치 않고 쟁반을 반환구에 올려놓고서 잰걸음으로 집에 돌아왔다.

현관문을 열면서, 남편이 집에 있으면 싫은데, 하는 생각이 스쳤다.

하지만 집 안은 조용했다. 방마다 들여다봤지만 남편은 없었다. 거실 벽에 걸려 있는 달력을 보니 오늘 날짜에 '골프'라고 적혀 있다.

내 방으로 들어가 문을 단단히 잠갔다. 그리고 바로 아마가 세에게 전화를 걸었지만 몇 번 울려도 받지 않았다.

어쩌면 아직 이 시대로 돌아오지 못하고 대학생으로 살고 있는 걸까. 아키타에 있는 그의 집 전화번호는 술술 나왔다. 휴 대전화가 없던 시대는 일일이 번호를 눌러야 했기에 자연스럽 게 외워졌다.

— 지금 거신 전화번호는 없는 번호입니다.

다시는 만날 수 없을 거라는 예감이 들었다.

혹시 모르니 한 번만 더 휴대전화로 걸어보자. 이번에도 안 되면 아마가세 본가로 걸어볼 수밖에 없다.

신호음이 가고 있다는 건 이 번호가 존재한다는 뜻이다. 하 지만 역시 받지 않는다. 포기하고 끊으려 하는 참에 상대가 전 화를 받았다.

— 여보세요?

아마가세 목소리였다.

"아, 다행이다. 받았구나. 지금 어디야?"

— 여보세요? 잘못 거신 거 같은데요.

"앗, 그게……."

상대가 전화를 뚝 끊어버렸다.

번호를 잘못 기억하고 있었나. 아마가세 목소리 같았지만 확신은 없었다.

저장해놓은 번호를 하나하나 소리내어 읽어보았다. 맞는 건지 틀린 건지 알 수가 없었다.

하지만 역시 아마가세 목소리 같았다.

한 번만 더, 딱 한 번만 더 걸어보자.

— 여보세요? 전화 잘못 거셨다니까요.

"정말 죄송합니다. 자꾸 걸어서 죄송합니다만……."

— 여러 번 거셨네요. 착신 기록이, 수도 없이 찍혀 있어요.

"죄송합니다. 하지만, 그래도, 자꾸만 죄송해요. 근데 목소리가 너무 비슷해서……, 근데 아니라는 거죠? 아마가세 료이치 씨가 아니신 거죠?"

순간, 아주 잠깐 공백이 생겼다. 상대는 아무 말이 없었다.

"여보세요? 들리세요?"

— 듣고 있습니다. 전 아마가세입니다만, 누구시죠?

수화기 속에서 "누구 전화야?" 하는 여자 목소리가 들렸다.

"역시 아마가세 맞지? 나야, 나. 기타조노 마사미."

— 기타조노 씨, 라고요? 그러면 어느 기타조노 씨죠?

"어느, 라니! 무슨 소리야. 동급생이었던 기타조노. 야마다마치 마을회관 옆집에 살던 기타조노라고."

— 아아, 야마다마치의 기타조노 씨, 인가요?

"그렇다니까. 그 기타조노 마사미야. 대체 왜 그러는 거야?"

— 왜 그러냐고 하시면……. 그러니까 중학교 동창 기타조노 씨, 라는 거죠? 그 농구부였던?

그때 소름이 돋았다.

나뿐이었던 거다. 나만 중학생 시절로 돌아갔던 거였다.

지금 전화를 받고 있는 아마가세는 예전 인생을 살고 있다. 아마가세 입장에서 생각하면, 대화해본 적도 거의 없는 단지 동급생, 더욱이 별로 인상에도 남아 있지 않은 사람인 거다.

"아마가세, 만나지 않을래?"

— 네?

"미안. 뜻밖이라 놀랐을 거야. 하지만 한 번, 만나서 이야기를 하고 싶어."

— 무슨 이야기를?

"무슨이라니, 여러 가지."

— 기분 나쁘게 듣지 말아줬으면 좋겠는데, 난 생명보험이라면 충분히 들고 있고 갈아탈 생각도 없어.

"생명보험? 무슨 얘기야? 아앗, 설마 내가 생명보험 들라고 전화한 걸로 생각한 거야?"

— 아니라면 미안. 실례를 했네. 하지만, 기타조노가 나한테 무슨 용건이 있을지 전혀 짐작이 가지 않아서.

"경계하는구나. 알았어. 이 전화는, 잊어줘."

그렇게 말하고 바로 전화를 끊었다.

눈물이 배어나왔다.

고독했다.

"……외로워."

나는 아무도 없는 방에서 벽에 대고 중얼거렸다.

어느새 잠이 들었나 보다.

눈을 뜨고 나서도 머릿속이 멍했다. 푹 자고 난 뒤의 개운함이 전혀 없다.

타임슬립하면 아무래도 체력이 다 빠져나가는지 몸이 철근처럼 무거웠다.

침대에서 몸을 일으켜 창밖을 내다보니 벌써 어두워져 있었다.

집 근처 카페에서 모닝 세트를 먹고서 집으로 돌아왔으니까 점심 무렵부터 쭉 정신없이 잔 셈이다.

스마트폰으로 오랜만에 유튜브를 열었더니 무카이 치아키 씨가 클로즈업되어 비치고 있었다. 일본 여성 최초로 우주비행사가 되었을 때의 뉴스였다. 거의 40년 전 영상이다.

자랑스러운 듯이 눈이 반짝반짝 빛나고 있다.

얼마나 아름다운 표정인가.

그렇게 생각한 다음 순간, 어렸을 때는 그녀를 아름답다고 느낀 적이 없었다는 사실이 퍼뜩 떠올랐다.

시골 중학생 같은 머리 모양에다가 민낯으로 햇볕에 그을려 있었기 때문에 균형을 갖추지 못한 여성이라고 속단했던 기억이 난다. 그 당시 내가 생각하던, 균형을 갖춘 여성이란 일도 열심히 하지만 자신을 꾸미는 데도 힘껏 노력하는 사람이었다. 화장과 헤어스타일, 그리고 옷차림을 세련되게 꾸미는 것은 '여자의 상식'이고 '여자의 품격'이라고 굳게 믿고 있었다.

— 최소한 눈썹이라도 그리면 좋을 텐데.

— 아무리 그래도 립스틱은 칠해야지. 티브이에 나오는데.

그렇게 생각하던 당시의 나는 뼛속까지 외모지상주의에 물들어 있었다. 무카이 씨가 이뤄낸, 그때까지의 어마무시한 노력과 성과보다도 외모에만 주목했던 내가, 지금은 너무 부끄럽기만 하다.

눈썹을 그릴 여유도 없었거니와 관심도 없다. 그런 사소한 일보다, 몰두할 수 있는 일이 내게는 있다, 외모에 신경 쓸 틈도 없을 정도로 자신에게 모든 것을 걸고 있다…… 그런 인생을, 나는 살지 못했다.

되돌아보면, 외모를 꾸미기 위해 얼마나 많은 시간과 돈을 허비해왔던가. 나이가 들어 시간의 소중함을 절실하게 느끼게 되고, 그와 동시에 외모지상주의 풍조가 얼마나 죄가 무거운지를 깨달았다. 긴 인생을 돌아보면, 내가 생각했던 것보다 훨씬 더, 그것들은 시간 도둑이었다. 인생을 방해했다. 하지만 그 사실을 깨달았을 때는 이미 예순이 넘어 있었다.

남편은 아침에 일어나면 세수하고 옷을 갈아입고, 아침을 먹은 후 어제와 같거나 비슷한 양복을 입고 바로 집을 나선다. 하지만 나는 화장을 하고 머리를 매만지고, 어제와 다른 옷을 고르느라 집을 나설 때까지 시간이 오래 걸릴 뿐만 아니라 귀중한 자원인 두뇌를 아침부터 낭비한다. 그리고 휴일이 되면 패션 잡지를 뒤적이고 옷을 사러 외출하기도 하고, 인터넷이나 홈쇼핑에서 질리지도 않고 옷을 몇 시간이나 들여다본다.

인생의 시간은 한정되어 있다는 것을 어릴 때부터 알고 있었으면서도.

…… 괴롭다. 고통스럽다.

후회의 감정에 휩싸여 마음이 편안해질 틈도 없다.

그때 찰칵 하고 현관문 열리는 소리가 났다. 남편이 돌아왔나 보다.

발소리가 가까워지고 있다.

여기는 내 방이다. 두 아들이 독립해 나가고 방이 비었을 때, 부부의 방을 나눴다. 아들이 사용하던 침대와 책상을 그대로 사용하고 있다. 2.2평밖에 되지 않지만 커다란 창이 있어 쾌적한 나만의 성이다. 아무에게도 침범당하고 싶지 않은 공간이었다.

그런데 멋대로 문이 열렸다.

"뭐야, 잤어? 설마 아직 밥 안 한 거야?"

마음속 깊은 곳에서 혐오감이 솟구쳐 당장이라도 소리를 지르고 싶었다.

아니, 소리 질러야 한다.

마사미, 소리 질러!

"당신, 오늘 골프 치러 갔다 왔지?"

내가 생각해도 의외일 정도로 침착한 목소리가 나왔다.

"그런데 왜?"

"놀다 온 거네."

"놀다 왔다고 해야 하나, 골프 친 건데?"

남편은 의아한 눈으로 나를 보고 있다.

"접대 골프도 아니고, 좋아서 갔다 온 거잖아."

"그래서 뭐가 어쨌다고! 성가신 여자네."

"왜 내가 당신 저녁밥을 차려야 해?"

"뭐? 오늘은 어지간히도 기분이 안 좋구먼. 갱년기 그건가?"

그렇게 말하고 남편은 빈정거리는 듯한 얼굴로 나를 쳐다봤다. 갱년기에 보이는 여러 증상에 동정하는 거라면 몰라도, 왜 빈정거리는 걸까.

이런 남자에게 계속 애정을 가지라는 말 자체가 무리 아닐까.

"아 됐어. 라멘이라도 사먹고 올 테니까."

"잠깐만. 그전에, 이 시간까지 침대에 누워 있던 나한테 할 말 없어?"

"할 말이라니?" 하고 남편은 어리둥절한 표정으로 나를 쳐다보았다.

"어디 몸이 안 좋아? 라든가, 괜찮아? 라든가."

"뭔 소린지 원. 그냥 게으름 피우는 거면서."

남편은 그렇게 내뱉더니 문을 쾅 닫고는 방을 나갔다.

건축학과 4학년 때, 문득 생각나서 남편의 본가 근처까지 가본 적이 있었다. 아마가세가 젊은 날의 리나를 보고, 결혼을 잘못한 거라고 냉정하게 분석했기 때문이다.

나는 남편이 너무도 싫어서 만나고 싶지 않았지만 젊은 날의 남편을 보면 어떤 감정이 들지 알고 싶어졌다.

남편의 본가는 서민 동네 상점가 근처에 있는 아담한 단독주택이었다. 가까운 역에 숨어서 기다렸지만 그렇게 딱 맞춰 남편이 개찰구를 나오는 일은 일어나지 않았다. 그래도 아침저녁으로 시간대를 바꿔가며 가보았다. 내가 살던 집에서 대학까지 가는 도중에 있는 역이었기에 통학 정기권을 사용할 수 있어서였다.

몇 번째 갔을 때던가, 어느 날 남편이 역에서 나왔다.

젊었다. 호리호리한 체격에 머리숱도 많고 다부진 얼굴이었다.

지인 소개로 남편을 처음 만난 건, 전문대학을 졸업하고 사회인이 된 지 3년쯤 되었을 때였다. 그래서 나는 대학 시절의 남편을 알지 못했다. 무심코 빤히 쳐다보다가 당황해서 시선을 돌렸다. 마침 갖고 있던 문고본으로 시선을 떨어뜨리고 마치 누군가를 기다리는 것처럼 가장했다.

그때 허리를 구부정하게 굽힌 할머니가 남편에게 말을 거는 모습이 시야 한구석으로 들어왔다. 얼굴을 들어보니 남편은 노인에게 뭔가를 열심히 설명하고 있었다. 아마도 노인이 길을 물어본 모양이다.

"도중까지 같이 가시지요." 하고 말하는 남편 목소리가 들리더니, 이내 또 "괜찮으세요? 짐 좀 들어드릴까요?" 하고 묻고 있다.

나는 멍하니 그 자리에 서 있었다. 이렇게 자상한 남자가 왜 그런 차가운 남자로 변해버렸을까.

나는 남편을 미행했다. 남편은 교차점에서 노인과 헤어져 집 쪽으로 걸어가기 시작했다. 석양이 사라지고 주변이 어두워지자 귀갓길을 서두르는 직장인과 학생들, 저녁 찬거리를 사서 돌아오는 주부들로 길이 혼잡했다. 남편을 시야에서 놓칠 뻔했지만 본가 위치를 알고 있었기에 당황하지는 않았다.

남편은 도중에 왼쪽으로 꺾어 돌더니 좁은 길로 들어섰다. 나는 모른 체하고 그 뒤를 걸어가 남편 본가 맞은편에 자리한 고풍스러운 찻집으로 들어갔다. 창가 자리에 앉아 커피를 마시면서 남편의 본가를 바라보았다. 1층과 2층에서 모두 불빛이 새어나오고 있었다. 시어머니는 부엌에서 일하고 있을 땐가.

그런 생각을 하면서 벽에 장식된 재즈 LP 레코드판 커버를 멍하니 바라보았던 탓일까, 맞은편 집에서 남편과 시어머니가 나오는 것을 못 보고 놓친 모양이다. 찻집 문에 달린 방울이 울려 입구를 바라보니 그 두 사람이 들어오기에 깜짝 놀랐다.

집과 마주보고 있는 찻집이어서 서로 잘 아는 사이인가 보았다.

"오늘은 어쩐 일이세요?" 하고 찻집 주인이 반가워하며 물었다.

― 제 얘기 좀 들어보세요, 사장님. 학교에서 돌아왔는데 글쎄 아직 저녁밥이 되어 있질 않은 거 있죠? 주부가 이래도 되는 건가요?

― 미안하구나. 머리가 아파서 누웠다가 깜빡 잠이 들었어.

― 오늘 아버님은요?

― 아버지는 규슈로 출장 가셨어요. 아버지가 안 계시면 이렇게 금방 게으름 피운다니까요. 기가 막히지 않아요? 전 돼지고기 생강구이랑 코코아 주세요.

― 사모님은 뭘로 하시겠어요?

― 난 홍차면 돼요. 식욕이 없어서.

좁은 매장 내에서의 대화가 고스란히 들렸다. 둘러보니 단골손님 같아 보이는 노인 몇 명과 중년 남성 두 명, 그리고 학생 커플이 있었다.

남편과 시어머니를 보고 떨떠름한 표정을 짓는 손님이 많은 가운데, 여학생만은 화가 난 표정으로 남편의 옆얼굴을 빤히 바라보았다. 이렇게 배려심 없는 남자와는 절대로 결혼하지 않겠다고, 자신의 장래를 떠올리고 결심하는 걸까. 그렇다면 남자 보는 눈이 없었던 젊은 날의 나 자신에게 절망할 수밖에 없다.

그때 현관에서 나는 소리에 퍼뜩 현실로 되돌아왔다.

나는 방에서 나와 현관까지 달려가 남편에게 말했다.

"나는 마구 부려먹어도 망가지지 않는 가정부 로봇이 아니라고. 내가 요리해봐야 어차피 불평만 하는 주제에!"

남편은 흘낏 나를 보더니 "시끄러워. 히스테리 할망구!" 하고 내뱉더니 현관을 나가버렸다.

쾅 하고 문 닫히는 소리가 귓속에서 계속 메아리쳤다.

앞으로도 남편과 함께 살아갈 수밖에 없는 걸까.

돈이 있었으면.

돈이 없으면 아무것도 할 수가 없다. 아버지가 세상을 떠났을 때 어느 정도 큰돈을 물려받았지만 그 사실은 남편에게 말하지 않았다. 하지만 앞으로 남은 긴 노후를 생각하면 그 정도로는 충분치 않을 것이다.

인생은 돈이 전부가 아니라고 말하는 사람들이 있는데, 지금의 나에게는 필요하다. 돈만 있으면 자유를 손에 넣을 수 있다.

그날, 나는 만다라차트를 썼다.

왜 그 일을 남편에게 말하고 싶지 않았을까. 말하면 냉소가 돌아올 걸 잘 알기 때문이다. 하지만 아마가세에게는 말했다.

그날…….

― 어디 가서 절대 그런 말 하지 마라. 머리가 어떻게 된 줄 알 거야. 오타니 선수랑 자신을 비교하고 울적해하는 주부라니 너무 웃기잖아. 나까지 망신이라고.

그런 말까지 듣고 아직도 여기 있는 거야, 마사미?

주부니 가족이니 말하기 이전에, 남편과는 친구조차 될 수 없지 않은가.

나를 무시하고 우습게 여기는 인간하고는 절대로 함께 있을 수 없다.

하지만…… 돈이 없으니 집을 나갈 수가 없다.

게다가 아마가세는 이 세상에 없다. 아니, 있기는 하다. 하지만 나와 교환 일기를 주고받은 그 아마가세가 아니다.

고독했다.

24.

재회

내가 레이와시대로 되돌아온 지 3개월이 지났다.

아침 9시에 집을 나와, 파트타임으로 전화 응대 업무를 하는 대규모 인터넷쇼핑몰 회사로 갔다. 티브이에서 상품이 소개되면 일제히 전화가 걸려오기 때문에 잠시도 긴장을 늦출수 없다.

겨우 점심시간 순번이 돌아와 집에서 싸온 오니기리[106]와 삶은 달걀을 먹고 있을 때였다. 스마트폰을 보니 문자가 들어와 있었다.

아마가세였다. '전화해주세요'라는 메시지다.

이제 와서 무슨 용건일까. 그날의 아마가세는 내 전화를 보

---

106 おにぎり. 밥을 삼각이나 원 모양으로 뭉쳐 쥐어서 김으로 싼 일본 음식. 쌀밥 안에는 매실장아찌나 연어, 다시마 등 간이 된 재료를 넣는 경우가 많다.

험 권유라고 단정하고 경계심을 그대로 드러냈다. 그때 일을 떠올리자 숨이 잘 쉬어지질 않았다.

아니면, 혹시…….

아냐, 설마…….

그래도 마지막 희망을 버리지 못하고 전화를 걸자 상대가 바로 받았다.

— 여보세요? 기타조노? 지금 어디야?

아아, 아마가세다. 내가 알고 있는 아마가세다. 인사도 없이, 다짜고짜 내가 있는 곳을 물어볼 정도로 친한 아마가세다.

"아마가세, 레이와시대로 돌아온 거구나?"

— 맞아. 다행이다, 연락이 닿아서.

"지금 근무하고 있어. 점심시간이야. 아마가세는?"

— 집 근처 산책로. 리나한테는 조깅하고 온다고 말하고 막 나온 참이야.

"만나고 싶어. 당장이라도."

— 나도 지금 당장 만나고 싶지만 왠지 피로감이 엄청나네.

"나도 그랬어. 타임슬립해 온 직후에는 무리하지 않는 게 좋아."

— 다음 주 정도가 어떨까? 나중에 장소랑 시간을 문자로 보낼게.

휴게실에서 일터로 돌아가는 복도에서, 같은 연배 동료가 앞쪽에서 걸어왔다.

"뭔가 좋은 일 있어?" 하고 물으면서 놀리듯이 내 얼굴을 들여다보았다. 아무래도 얼굴 가득 웃음이 번져나왔던 모양이다.

하지만 도중에 화장실에 들러 커다란 거울에 비친 나를 본 순간, 절망의 수렁으로 곤두박질쳤다.

아마가세는 20대 초반까지의 내 모습밖에 모른다는 생각이 퍼뜩 떠올라서였다. 예순세 살인 나를 보고 어떤 생각을 할까. 장소를 정해 만나기로 해도 누군지 몰라서 그냥 지나쳐가는 게 아닐까.

예순세 살의 아마가세도 어떤 모습일지 상상이 되질 않았다. 살이 찌고 머리숱이 적어졌을지도 모른다. 아무리 충격을 받아도 절대로 얼굴에 표를 내지 말아야 한다. 그런 일로 그를 상처입히고 싶지 않다.

만나기로 한 장소는 레이잔대학교 근처에 있는 노포 카페였다.

약속 시간보다 10분 먼저 도착해 묵직한 문을 밀고 들어가자 구석 쪽에서 손을 흔드는 남성이 보였다. 쭈뼛쭈뼛 다가갔다.

"다행이야, 이렇게 만나서. 기타조노, 맞지?"

아마가세는 머리가 하얗게 세고 주름이 늘어 있는 거 말고는 놀랄 정도로 젊을 때와 별반 다르지 않았다.

맞은편 자리에 앉아 말했다.

"아마가세, 대단해. 이렇게 멋쟁이가 되었을 줄이야."

"그러게 말이야. 한마디로 꽃중년이라는 거지?"

"아마가세, 이런 말을 자기가 하는구나."

"사실이니까 어쩔 수 없지. 그보다, 이 시대로 돌아오니까 어때? 좋아?"

"희망이 보이지 않아서 괴로워. 우리가 돌아갔던 그 시대보다는 낫지만."

"괴롭다니, 어떤 점이?"

"저런 남편하고 한평생 같이 늙어가야 한다고 생각하니까 앞이 캄캄한 느낌이야."

"……그렇구나."

"아마가세는 레이와시대로 돌아와서 실망했지? 의사로 고액 알바해서 번 돈으로 세계를 여행하려는 계획이었으니까. 그 꿈을 향해서 순조롭게 나아가고 있었는데 아쉽다."

"그게, 또 그렇지도 않아. 연수의가 된 선배들을 보니까 상상 이상으로 힘든 데다 월급은 짜지, 마치 노예가 따로 없더라고. 갑질도 엄청나고, 게다가 개업의가 되려면 돈이 있어야 하니까 뭘 어떻게 할 수가 없어. 우울증에 걸려서 극단적인 선택을 한 선배도 있었고, 그대로 있었다면 나도 아마 똑같은 상황이 되었을 거야."

아무래도 장시간 노동에서는 벗어날 수 없다고 한다. 그 시대부터 '노동 시간 단축'에 대한 목소리가 높아졌지만 현시대가 되어도 장시간 노동이나 갑질 문제는 해결되지 않고 있다. 대체 사람은 무얼 위해 살아가는 걸까.

주문한 커피가 나왔다.

이마리야키[107] 커피잔이 앤티크 풍의 인테리어와 잘 어울려 짙은 호박색 액체가 특별히 맛있어 보였다.

"그럼 아마가세는 이 시대로 돌아와서 좋아?"

"이 시대도 힘들어. 앞으로도 경박한 그 사람의 사치를 위해서 일해야 하나 생각하니까, 더는 안 되더라고. 그래서 지난주에 가계 관리는 내가 하겠다고 선언했지."

"그랬어? 리나 씨는 뭐래?"

"엄청 화를 내더라고. 하지만 나는 절대로 양보하지 않을 거야."

남의 부부 일에 참견하는 건 좋지 않을 것 같아서 나는 아무 말 없이 커피잔을 입으로 가져갔다. 화상을 입는 게 아닌가 할 정도로 뜨거웠기에 조금 더 있다가 마시려고 그대로 테이블에 내려놓았다.

얼굴을 들자 아마가세의 시선이 내 전신을 구석구석 관찰하고 있다는 걸 알아차렸다. 보이고 싶지 않았다. 나는 이제 늙었고 살쪄서 정말 부끄럽다.

---

107 伊万里焼. 사가현 아리타 지역에서 생산되는 도자기의 총칭

그때, 우주비행사의 뉴스 영상이 떠올랐다. 그녀에게서 삶의 자세를 배웠거늘 아직도 나는 외모지상주의에 사로잡혀 있다. 나는 지금까지 열심히 살아왔다. 언제나 있는 힘껏 노력했다. 부끄러울 게 뭐가 있나. 그렇게 생각이 들어 등을 쭉 펴고서 아마가세를 보았다.

아마가세는 자신의 시선을 내가 알아차린 것을 알고도 당황하지 않고, 시선을 천천히 내 옆에 놓인, 대각선으로 걸치는 숄더백으로 옮겼다. 그러고 나서는 내가 만든 토트백을 가만히 바라보았다.

아, 그러고 보니…… 잊어버리기 전에 줘야겠구나.

나는 토트백에서 종이로 포장한 꾸러미를 꺼내 테이블 위에 올려놓았다.

"이거, 우리 집 근처 화과자점에서 산 도라야키[108]야. 굉장히 맛있으니까 먹어봐."

그렇게 말하며 꾸러미를 내밀자 아마가세는 더 이상 참을 수 없다는 듯이 웃음을 터뜨렸다.

"실례 아냐? 어차피 난 아줌마야. 필요 없으면 관둬."

그렇게 말하자 아마가세는 재빨리 손을 내밀어 종이꾸러미를 자기 쪽으로 끌어당기더니 "고마워. 받을게." 하고 말했다.

"기타조노 참 좋다."

---

108 밀가루, 달걀, 설탕을 섞은 반죽을 둥글납작하게 구워, 두 개를 맞붙인 사이에 팥소를 넣어 만든 빵

"좋다니, 뭐가?"

"좋아해."

"……고마워."

아마가세가 말한 '좋아해'라는 건, 필시 이런 뜻이다. 고급 브랜드를 좋아하는 아내 리나와 달리, 천으로 가방을 만드는 시골 출신의 절약가 아줌마는 아주 바람직하다는 의미인 거다.

"어느 시대나 어려움은 있기 마련이지만 어쩔 수 없는 거겠 지?"

나도 모르게 결론 같은 말을 했다.

무슨 결론인가, 인생에 대한 결론인가. 나 자신도 잘 모르겠 지만, 살아간다는 건 포기의 연속이라고밖에 생각할 수 없었다.

"그렇잖아, 우린 벌써 예순세 살이고, 앞으로 뭐가 크게 달라 질 것도 아니니 말이야."

"둘이 도망갈까?"

"도망? 무슨 소릴 하는 거야. 농담이지?"

"진심이야. 기타조노는 언제나 인생에 진지하게 마주하고, 노력하는 사람이니까 신뢰할 수 있어. 함께 있으면 마음이 편해. 그래서 계속 함께 있고 싶어."

"그렇게 말해주니 기쁘긴 하지만……."

"기타조노는 어떤 인생이 성공한 사람이라고 생각해?"

"글쎄, 갑자기 그렇게 물어보면……."

"나는 말이야, 매일 설레는 인생을 살고 있는 사람이 성공한 거라고 생각해."

"매일이라니, 그건 불가능하지."

"그럼 바꿔 말할게. 평생 살면서 설레는 횟수가 많은 사람이 성공!"

"그건 사람마다 다른 거 아닐까? 평온하고 안정된 삶을 좋아하는 사람도 많잖아."

"그런 사람도 있겠지만, 하지만 나는 달라. 죽을 때까지 설레며 살고 싶어."

"그거야 뭐, 나도 아마가세랑 같은 부류긴 하지만."

"기타조노는 이혼할 수 있을 거 같아?"

"뭐?"

놀라서 아마가세를 보았다.

"아마가세야말로 불가능한 거 아냐? 리나 씨가 납득할 리가 없지."

"그렇지도 않아. 전 재산을 주겠다고 했더니 생각해보겠대."

"설마, 벌써 말한 거야? 이혼하고 싶다고?"

"응, 말했어. 돈 관리를 누가 할까 하는 일로 다투다가 얘기했어."

"대체 무슨 생각을 하는 거야? 전 재산을 리나 씨에게 주고 무일푼으로 어떻게 먹고살려고?"

"어떻게든 되겠지."

"되지 않아. 절대로 그렇지 않아. 어떻게든 된다는 속 편한 말은 인간관계를 돌이킬 때는 써도 되지만 돈은 달라. 돈이 없으면 아무것도 할 수 없다고. 게다가 우린 이제 계속 노화할 거라고."

"그렇다면 당장 눈앞의 5년만 생각할 거야. 앞일은 어떻게 될지 모르는 시대가 됐으니까."

"구체적으로 어떻게 할 생각인데?"

"우선 각자가 지금 배우자와 이혼하는 거야. 상대가 이혼을 망설이면 재산은 전부 상대에게 줄 테니까 이혼해달라고 하는 거지. 그래도 안 되면 몰래 집을 나오자고. 그다음은 둘이서 살아가자."

"둘이서 살아가자니, 어떻게?"

"리나 모르게 주식으로 번 돈이 있으니까 그걸로 우선 외국을 여행하고 싶어. 기타조노가 함께라면 마음이 든든해."

나와 마찬가지로 아마가세도 배우자에게 숨기는 게 있는 모양이다. 그것도 부부라는 공동체에 가장 중요한 돈에 관해서. 왜 비밀로 하는 걸까. 상대를 신뢰하지 않으니까 만일의 경우에 자신을 지키기 위해서다. 결혼해서 몇십 년이 지나도 여전히 '가족'이 되지 못하고 마음은 남이나 마찬가지였던 것이다.

"여행이라, 좋지."

대성당이나 훌륭한 박물관 같은 데 말고, 전 세계를 돌면서 서민들의 부엌을 보고 싶었다. 부엌에는 여자들이 창의적으로 연구하고 고생한 역사가 담겨 있다. 그 모습을 블로그나 유튜브로 올리면 언젠가 출판사 눈에 띄어 '사진집을 내지 않으시겠어요?' 하고 제안이 들어올지도 모른다.

  아니 아니 아니, 그렇게 마음처럼 잘되어갈 리가 없지.

  하지만…… 포기하면 끝이다.

  어라? 인생이란 포기의 연속이라고 깨달은 거 아니었어?

  아니, 그렇지 않아. 타인의 평가 같은 건 관계없다. 그저 단지 순수하게, 다양한 부엌을 보며 돌아다니고 싶은 거다. 하지만…….

  "역시 나, 당장 눈앞의 5년만으로는 불안해."

  "앞이 보이지 않는 인생은 불안하기도 하지만, 반면에 즐겁기도 할 거야."

  "아마가세, 언제부터 낙천주의자가 됐어?"

  "여차하면 우리 집으로 가도 되고."

  "우리 집이라니, 어디?"

  "야마다마치에 있는 내 본가. 부모님이 돌아가시고 나서 빈 집이야."

  "우리 집도 마찬가지야."

  "우리 집은 기타조노네 본가와 달리 마을에서 떨어져 있어서 집 뒤에 밭도 있어. 정 안 되겠다 싶으면 거기서 감자 심고 살자고. 가끔은 바다까지 드라이브도 하고."

눈앞에 있는 사람은 공상하는 소년이 아니다.

인생 경험이 얕은 청년도 아니다.

사려 깊고 총명한 노력가이고…… 그리고 어리석고 대담한 어른이다.

"기타조노, 왜 아무 말도 안 해? 싫은 거야?"

"아니야. 지금 나, 엄청 설레어."

(끝)

인생 임시 보관 중

초판 1쇄 발행 2026년 5월 15일

지은이 가키야 미우
옮긴이 김윤경
펴낸이 한승수
펴낸곳 문예춘추사

편집 구본영
디자인 이새봄
마케팅 박건원, 김홍주

등록번호 제300-1994-16호
등록일자 1994년 1월 24일
주소 서울특별시 마포구 동교로 27길 53, 309호
전화 02 338 0084
팩스 02 338 0087
메일 moonchusa@naver.com

ISBN 978-89-7604-804-2 03830